いやいやながらルパンを生み出した作家

モーリス・ルブラン伝

ジャック・ドゥルワール
小林佐江子訳

国書刊行会

目次

いやいやながらルパンを生み出した作家——モーリス・ルブラン伝

Ⅰ　少年時代（一八六四―一八七八）

ノルマンディーの家系

モーリス・ルブランは、一八六四年一二月一一日の日曜日午前四時、ルーアン〔フランス西部に位置する都市。ノルマンディー地域圏の首府。作家フロベールが生まれた〕のフォントネル通り二番地に生まれた。それは、厳しい冬のことだった。一〇月以来、霜の降りない夜は一日もなかった。赤ん坊は若き卸売商エミール・ルブランの息子である。エミールの妻は、旧姓をブランシュ・ブロイといった。夫婦は、一八世紀末に建てられたブルジョワ住宅に住んでいた。それは、モーリス・ルブランが最初の短篇小説集『夫婦たち』と処女長篇小説『ある女』のなかで、「日曜にルーアンの住民が好んでそぞろ歩く遊歩道」と描いている、賑やかなセーヌ河岸のそばだった。

ルブラン夫人の分娩を担当した外科医は、『ボヴァリー夫人』の作者の兄、アシル・フロベールであった。後にルブランは、このフロベールとの縁を、パリの文学界で自慢の種にしている。アシル・フロベールは、一家のかかりつけの医者で、モーリス少年を「ファーストネーム」で呼んでいた、とルパンの生みの親はアンドレ・モーロワ〔小説家・評論家。一八八五―一九六七〕に宛てた手紙で書いている。ゴンクール兄弟〔兄エドモン（一八二二―九六）、弟ジュール（一八三〇―七〇）の兄弟で共同制作した作家・美術評論家。『日記』など〕は、「ルブランは、とても大柄でメフィストフェレスみたいな青年だった。黒い顎鬚をふさふさと生やし、痩せていて、その横顔はまるで影絵のように輪郭がはっきりしていた」と記している。

ブランシュ・ブロイは一八六一年、わずか一八歳で、三一歳の「卸売商」、エミール・ルブランと結婚した。エミールの実家は裕福ではなかった。結婚した時、家具調度、動産、衣装、リネン類、宝飾品から成る、価格にして三万フランの財産があったが、そのすべては仕事の収入と倹約とで築いたものだった。妻の方は、両親から遺産を受け取っており、ずっと裕福であった。持参金として、現金四万七千フランの他に、さまざまな国債、六ヘクタールの耕作農地（ノートルダム・ド・ボンドヴィルに所在）、それに「リネン類や家具調度、衣装、宝石、その他もろもろから成る嫁入り道具一式」を持っていた。そのなかには、「インド産の長いカシミヤのショール」や「見事な肩掛けやレースのベール、日本の酒杯、ブロンズとボヘミアンクリスタル製の盃」があった。

モーリスの妹である女優のジョルジェット・ルブランが、その『回想録』（一九三一年）のなかで語っていることをもし信じるなら、父エミールはヴェネツィアの出身ということになる。エミール自身が、フランスに帰化したということだ。だが、それは本当ではない。演劇の世界に足を踏み入れた頃、ジョルジェットは自分の生い立ちについてさまざまな作り話をしている。父親の名も、もともと「エミリオ・ビアンカ」であり、それをフランス風に変えていたことになっていた。

しかし実際は、エミールの先祖は確かにノルマンディー人で、どんなに遡ってみてもルーアンの人間である。エミールの祖父フィリップ・ルブランは、庶民的なマルタンヴィル通りに住む「石工」であった。「このマルタンヴィル界隈はルーアンのあらゆる貧困と恥辱が辿りつく場所だ」と、モーリス・ルブランは書いている。父エミールは一八三〇年、トマ・ルブランとデジレ・サンティエの間に生まれた。両親は、一八一六年七月にルーアンで結婚している。トマは、「ル・ブラン」と署名しており、「馬車塗装工」であった。当初、住まいはエスパニョル通りであったが、のちにブーヴルィユ大通りに移った。モーリスの祖父トマは一七九一年にルーアンの人口密集地であるサント＝クロワ＝サン＝トゥアン小教区に生まれた。ヴィクトワール・ルフェーヴルとフィリップ・ル・ブランの息子である。この人物が前に触れたモーリスの曽祖父である。フィリップは、息子の洗礼式の証書に、「字が書けないと宣言して自分の目印を記した」という。結婚証明書によれば、「およそ三五歳」で「故セバスティアン・ルブランとマリー＝アンヌ・マリー」の息子であり、「トスカーナ地方のルッカ共和国トレピニャン出身」とある。これが、一族がヴェネツィア出身だという伝説が生まれたルーツであるに違いない。フィリップの父セバスティアンがトスカーナ地方に赴いたのは、「大理石の石割り工」だったからだ。

マルタンヴィル通り――サント＝クロワ小教区――エスパニョル通り――ブーヴルィユ大通り――最後にフォントネル通り。ルブラン一家がルーアン市内で移り住んでいった場所を辿れば、彼らが社会階層を上っていくのがはっきり読み取れる。こうして、ルブラン一家は東の庶民的な地区から西の高級住宅地へと住まいを移していったのだ。

エミールの母、一七九四年ルヴィエで生まれたデジレ・サンティエもまた、慎ましい家庭の出身である。それにも関わらず、結婚した当時、エミールは「事業」に励む「卸売商」であった。「父が財を成したのは懸命に働いたからだ」と娘のジョルジェットは書いている。事業と裕福な若い女性との結婚、それに巧みな資産運用によって、ほどなくエミールは何不自由ない暮らしを手に入れた。一族はほとんど皆事業を営んでいる。たとえばブランシュの妹姉のエルネスティーヌと結婚していたモーリスの叔父、アシル・グランシャンもそうだ。彼はフォントネル通りからそれほど遠くないルノートル通り二五番地に住んでいた。「この陰気なルノートル通りには、裕福なルーアンの実業家たちが住んでいた」と初期の短篇小説で、モーリス・ルブランは述べている。アシルは「兵器と石炭」を扱っていた。会社はディエップやフェカン、エルブフ〔いずれもノルマンディー地域圏の町〕に支店をいくつも持っていた。

ジョルジェットの『回想録』のなかでは、父親は「船主」となっている。一八六四年の『ルーアン人名録』によれば、エミール・ルブランは「石炭商」だ。一八八三年から一八九〇年まで、人名録は次のように記している。「E・ルブラン、共同経営卸売商（A・グランシャンとその息子商会）、バヤージュ通り四番地」。つまり、エミールは義理の兄弟の会社に出資していたのだ。その後、一八九〇年にアシルが亡くなると、会社の状況は大きく変わる。『ルーアン人名録』は、「ルブラン・シャルルメーヌ商会、船主、石炭、海洋輸送、ジャンヌ・ダルク通り一七番地、ディエップ、エルブフ、パリ、ボルベックに支店」と記している。

エミールの会社は運輸業を営むテオドール・シャルルメーヌの会社と合併したのだ。ほどなくして、ジュール・ギオの会社が加わる。一九〇五年の『ルーアン人名録』には、「ルブラン・シャルルメーヌ・ギオ商会、船主、石炭、海洋輸送、ジャンヌ・ダルク通り一七番地及びフォセ・サンティヴ通り」と記載されている。

こうした環境で、モーリス・ルブランは少年時代を送った。『特捜班ヴィクトール』で、ギュスターヴ・ジェロームという名の「薪炭商」を登場させたモーリス・ルブランは、その家では「安楽で裕福な」暮らしぶりが窺われると書いている。

ルブランの母親ブランシュ・ブロイもまたノルマンディーの古い家柄の出である。彼女は一八四三年にカイイ渓谷の村、ノートルダム・ド・ボンドヴィルで生まれた。その村には、すでに一八世紀半ばには、その地方最初のインド更紗《さらさ》の工場が建てられていた。父親であるシャルル・ブロイは、その村の有能な「染物職人の親方」であった。彼は、四〇人ほどの職工を雇っていた。一家はかなり裕福で「名士たち」とのつきあいもあった。ブランシュの姉妹、エルネスティーヌの叔母ゼリー・トルカはルーアンのグロゾルロージュ通りの商人アマン＝アドルフ・カンブルメールと結婚したが、彼は市立病院の外科医院長アシル＝クレオファス・フロベールの実の従兄弟であった。

姉ジュアンヌと妹ジョルジェット

エミールとブランシュは一八六三年に最初の子供をもうけた。女児で名前はジュアンヌ、一〇月七日、フォントネル通りにて誕生。

長男のモーリスは、法に従い、生まれた翌日の一八六四年一二月一二日月曜日午後三時に、ルーアン市庁に連れて行かれた。父親エミールは二人の証人と一緒だった。叔父アシル・グランシャンと一家の友人ジュール・ギオである。洗礼証書によれば、モーリスは一二月一四日、生まれた三日後に略式洗礼を授かっている。当時広く行われていたこの略式洗礼が、家族が子供の命を案じていたためなのかどうかは定かではない。一八六五年三月一二日、「サント＝マドレーヌ小教区」の教会で洗礼を受けた時、モーリスはちょうど三ヶ月になったばかりだった。教会は同名の大通りの突き当たりに建っていた。当時、通りにはシードルの卸商人たちの低層住宅が軒を並べていた。モーリスの代父は、父の友人で「民間企業の技師」であり、ポーランドの移民だったヴァンサン・スラヴェキだ。代母は祖母デジレ・ルブランだった。洗礼のドレスは大切に保管された。伝統的に、刺繍が施されたそのドレスというのは、一家の裕福さを物語っている。

モーリス・ルブランの最も古い写真のひとつは、カルム広場のヴィッツ家で撮られたものだ。当時の幼い男の子にはよくあるように、一八ヶ月の巻き毛の坊やもドレスを着ている（一三頁参照）。一家のアルバムには、「ジュアンヌとモーリスの乳母」である、小太りな女性も写っていて、農婦が被るような頭巾姿をしている。

一八六九年二月八日、フォントネル通りの家に女の子が生まれた。それがジョルジェットだ。のちにコケットな女優になると、ジョルジェットは、生まれを一八七三年だと嘘をついていた。『回想録』のなかで、自分は「恥かきっ子」だったと語っている。というのは、「両親にとってきっと私はあやまって出来た子だったのだ。予定外で生まれた私は、ノルマンディーで言う恥かきっ子だった。両親は三番目の子供を望んでいなかった。十ヶ月もの間、私の誕生を受け入れられなかった」。『我が人生の物語』〔ジョルジェットの残した未発表のタイプ原稿〕では、ジョルジェットはさらに大げさに言っている。「私は望まれていなかった。上の二人はずいぶん前から寄宿学校に入っていたし、前もって産着と揺りかごが用意されていた。私は邪魔者だったし、人は好ましくない考えを受け入れないものだから、私の誕生も認められなかった」。実際のところは、ジョルジェットはべつに「恥かきっ子」ではなかった。彼女と兄は四歳しか年が違わず――四歳では、兄は「ずいぶん前から寄宿学校に入っていた」というには無理がある！――彼女を生んだ時、母親はまだ二六歳だったのだから！

一八七〇年の『ルーアン年鑑』によれば、当時ルブラン家はランペラトリス通りの二七番地に住んでいた。ルーアンで最も大きなその通りは、町の外観を一変させる大工事の一環として開通した

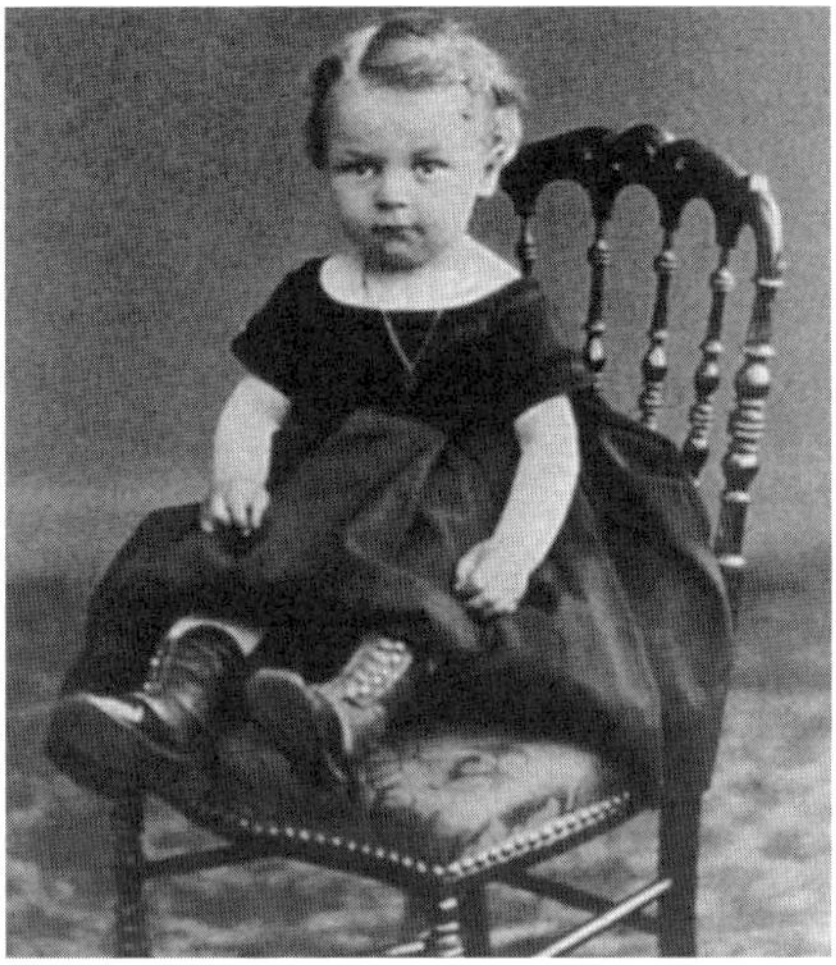

モーリス・ルブラン
生後18ヶ月

1876年
左より姉のジュアンヌ、
妹のジョルジェット、モーリス

ばかりだった。その後、一八七〇年九月二五日に、この通りはジャンヌ・ダルク通りになっている。ルブラン家は、「大きな館の左右対称なファサードが整然と並んでいる」この長い幹線道路を上ったところにあった。「ずっと下のほうを見ると、通りがだんだん狭くなっていくその先に、細長く巨大な船のマストが立っている。通りを上った反対の端には、モン・フォルタンの緑の景観が広がり、木々の間から赤い屋根がいくつかのぞいている」と、ルブランは『ある女』のなかで書いている。

フォントネル通りに住んでいた頃の記憶が、ルブランにそれほどあったとは思えない。しかし、ルブランは、のちに『ある女』のなかで当時のことを思い出し、小説のヒロインは、河岸の「フォントネル通りの角」にあるまさにルブランの生家の前を歩いている。そしてルブランは、自らを好んで「フォントネル通りのルーアン子」と称している。

プロシア兵の占領

一八七〇年七月一九日、普仏戦争が布告された。ヴィサンブール、フルッシュウィラー、ライシヨフェン……訳の分からない外国語の名がついた敗北が続いていた。ルーアンが戦争の脅威にさらされ、一二月五日にプロシア兵が侵攻してきたことや、ル・アーヴル街道を通ってイギリス行きの船に乗ろうと多くのブルジョワたちが逃げていくのを、『カリオストロ伯爵夫人』のなかで、ルパンの生みの親は回想している。「その上、ひどい大雪だった……」。父のエミールが息子のために選んだ道は、スコットランド行きの船に乗ることだった。父は息子を叔父のアシル・グランシャンの船に乗せた。

ルブランはこの悲劇的な出来事を、思い入れを込めて語っている。「『七〇年』の戦争が起こった。スコットランド行きの船に乗せられたが、六歳の私は船酔いでひどい吐き気に襲われた。その後、私は、プロシアにすっかり占領されてしまったルーアンに連れ戻された」……つまり、一八七一年七月二日以前、町がまだ尖頭帽をかぶった軍服姿のプロシア兵に占拠されていた時のことだ。一九一四年から一九一八年まで続いた戦争を思い浮かべて、ルブランはこう付け加えている。「もちろん、この恐怖の年は、その後我々を襲った戦争の日々と比べれば、少しも恐ろしいものではなかった。むしろ惨めな年と呼ぶべきだ。すべてが生気を失い活力も失っていた……それは疲弊感であり、そこからは決して立ち直ることができないように思われた」。

ルブランはこうした話を打ち明けて、ジャーナリストを驚かせている。「あなたは子供の時にそんなことが分かっていたのですか？」。彼はこう答えている。「嫌なほどにね」。というのは、止むに止まれぬ旅とこうした悲惨な出来事、大混乱と無秩序が、その後もずっと家族の間で語られ続けていたからだ。それは、ルブランがそれまで幼少時代を過ごした穏やかで安全な環境とは余りに異なっていた。従兄弟のひとりジョルジュ・バリルは、義勇遊撃兵隊に志願していた。ルブランは『熱情』〔一九〇二年〕のなかで、「神もなく主人もなく」という文字が黒い布で縫いつけられた、赤い旗を翻した強盗団を描いている。彼らは、ルーアンの町（作品ではサン＝ジョールという名で描かれている）で歌（そのなかには、おそらく何年も前から禁止されていた「ラ・マルセイエーズ」もあった）を大声でわめいた。ルブランの母親はそうした歌を「おぞましい」と思っていた。というのは、一八七一年のコミューンは、資産家たちに恐怖を抱かせていたからだ。

ルブランがどんな子供だったかを知るにはどこから始めたらよいのだろうか？「幼年期の記憶

が少しずつ何もかも消え去ってしまうこの過去の暗がり」から、どのようにして蘇らせたらいいだろうか？　おそらくルブランの玩具のなかには、短篇小説のなかで語られた「ポリシネル」や「鉛の兵士」、「白い鉄製の機関車」があっただろう。家族のアルバムには、神妙な顔をした巻き毛の男の子の写真が載っている。時には姉妹の間でポーズをとっている。一八七二年四月に撮られた写真では、ルブランはアンピール様式の家具に肘をついている。広い襟を大きなリボンで結び、髪にはきちんと分け目が入っている。モーリスは当時七歳半であった。

バヤージュ通り

一八七三年、ルブラン家はジャンヌ・ダルク通りの借家を離れた。ブランシュが株を売り、バヤージュ通り四番地に家を買ったのだ。今でも隣家には「デュムシェル、企業家」という表札が掲げてあり、ルブランはその名を初期の短篇小説の主人公につけている。

ルブランの家は、一八〇〇年代初頭に建てられた大きな邸であった。バヤージュ通りが拡張され、南側にソルフェリーノ庭園が出来る前のことである。売却証によれば、それは「地下室、地上四階建て、その上に使用人の部屋のある、奥行きが二倍の住宅」であった。ほどなく、家は増築され、「裏庭に地下蔵のある翼棟を建て増しした」。煉瓦で建てられた翼棟には、白い石材で縁取られた大きな窓が設けられた。モーリスの部屋があるのはそこで、家の裏手にあたる。ジョルジェットは『回想録』のなかで、このブルジョワの邸を語っている。窓にはユトレヒトベルベットのカーテンが下がり、沢山の使用人が忙しく働いていた（当時使用人は安い給料で雇えた）。ルブランは、『熱情』のなかで、そこでの穏やかな暮らしを語っている。「秋になるとすぐ夜には暖炉に火がくべられ、母はそのそばで針仕事をしていた。何年も続けている刺繍や、絹糸と針を置いたマホガニー製の円卓、そして母が足をおき、かつては私が腰を掛けて延々とおしゃべりをした、その背の低い小さな椅子を、ランプ（ずっと前からあったブロンズの大きなブール象嵌のランプ）の灯りが照らしていた」。

ルブランはジャンヌ・ダルク大通りのガストン・パトリ寄宿学校で初等教育を受けた。一八七三年一〇月の新年度から、八年生のクラスで、ラテン語の基礎を学んだ。家には立派な蔵書が揃っていたが、文学的な雰囲気は少しもなかった。話題の中心は、フランスとイギリスの外交関係や商取引や工業のことだった。ルブランには、しきたりに縛られた息苦しい環境とうつっていた。彼は『熱情』でこう書いている。「私達は育ちのいい子供だった。それは潑剌としてやる気に溢れ、洞察力や自主性が養われた子供のことではない。行儀よくしていられる子供、いつも決まった行動しかしない、やって良いことと悪いこととを直感的に知っている子供のことだ」。

父エミール

写真に写ったエミールは微笑み、ほっそりした顔に額が禿げあがっている。第二帝政風の長いほお髯に濃い口髭を生やしている。『回想録』のなかで、自分が周囲から虐げられていると思わせたかったジョルジェットは、この父親を厳格なモラルをもつ人物として描いた。それは、娘が父親と衝突し始めた時期だった。また当時、妻を亡くしたエミールは、以前にも増して生活態度にうるさかった。

さて、ここで品行方正について語らねばならない。ルーアンのブルジョワ階級は裕福だが禁欲的なものだ。彼らは義務のために生きている。そして第一の務めは家の資産を守ること、できればそれを増やすことだ。エミールは、少なからず寡黙な男ではあったが、こうした「ルーアンとその近郊の大卸売商と大実業家たち」、「マロンムの紡績工場主とその他の工場主たち」とはよく付き合っていた。彼らのことを、初期の著作と中篇『バカラの勝負』で、ルブランは冷徹に描いている。彼らが、取引所が開いている日に集まって、ギャンブルに興じていること、それに単に金持ちだから信望を得ているだけにすぎないことも。ルブランはこうした環境が好きになれなかった。作品に登場させた、ただ一人の「薪炭商」(『特捜班ヴィクトール』)であるギュスターヴ・ジェロームは感じがいいとはとても言い難い……特に『熱情』のなかで、少年時代に「新年の葉書を出したり、答礼訪問をしたり、お礼をしたり、断食節を守り、決まった日に墓参りをしたりといったあらゆる務めを、事細かに守ることがいかに重要であったか」が述べられている。「私たちが学んだことは、どんなにくだらない慣習も教義のように受け入れなければならない、ということだった。社交上の苦役というのは宗教と同じである。そうした務めに、ミサに行くのと同じだけの信心を捧げるのだ」。

とりわけ一月の訪問のお務めは、ルブランの気に入らなかったようだ。彼は『ある女』でも回想している。ジョルジェットは『我が人生の物語』のなかで、「家族で祝った元旦」について語っている。三人の子供たちはコンスタンティヌ通りの「祖父母の家」に連れていかれ、そこでお年玉をもらったものだった。

堅物で厳格なエミールにも、良い面があった。音楽や絵画の才能があり、娘たちに用意した「結婚支度一式」には、楽器や楽譜、絵画があった。残念なことに、エミールは「仕事に熱心なあまり、芸術的な素養が損なわれてしまった。生来音楽家であり画家であった父は、たまに自由な時間ができると、熱心な収集家になった」と、ジョルジェットは書いている。そうした収集家は、当時、ルーアンのブルジョワ階級では広く見られた。彼らは、収入の一部を書籍や絵画、美術品のコレクションに充てたようだ。エミールも貴重本の見事なコレクションを有していた。ジャンヌ・ダルク通りにあるル・ブリュマンの〈新古書店〉に足繁く通っていた。バヤージュ通りの家には、時代ものの家具や有名作家の絵画、ルーアン製の陶器が、次第に増えていった。

母ブランシュ

ブランシュは、子供たちの記憶の中で、愛の威光に包まれている。それはおそらく、非常に早く、一八八五年に亡くなってしまうからだろう。ルブランはちょうど二〇歳だった。のちに彼は母親に対する愛情をしばしば語っている。「母！　小さなベッドに屈みこんでは、私たちが無邪気についた嘘を告白するのを聞いてくれた女性、私たちを愛にあふれた人生に目覚めさせ、生来、利己的で冷淡な少年の心に、思いやりというものを初めてもたらし、寛大でありたいと初めて思わせた女性――そこには、時にはわずかな崇高ささえ芽生えたのだ。母はこうした崇高さの化身のようだった……」。彼女は、モーリスが良い子にしていなかった時は、「これ以上はないほどに優しく咎めたものだった。あまりに優しくあまりに憂いを帯びているので、どんな罰も、母が悲しげな声でたしなめるほど彼の胸に響くことはなかったであろう」。

ルブランにそっくりな『熱情』の主人公、パスカル・ドゥヴリューは、母親を心から崇拝している。そのため、母親が地方のブルジョワの「馬鹿げたしきたり」や「狭量な偏見」に従うのを見て心を痛めていた。彼女にとって、「世間の目を気にすること」が、第一の行動原理のようだった。

「皆から賞賛され愛されていた彼女は、目的はただひとつ、人に気に入られることだと思いこんだのかもしれない。気に入られるための唯一の手段はしきたりに従うことなので、自然に、彼女は行為のすべて、言葉のすべてを、他人が評価するかのように行動し話すようになった。地方では、人に自らの好ましいイメージを与えることほど素晴らしいことはないし、不満げな眼差しや冷淡な表情に出会うことほど辛いものはないものだ……。人は自分の務めを果たすことで、どんな見返りを求めているというのだろう？　もしそれが人から賞賛されて、こんな風にほんの少し心が浮き立つからでないとしたら」。同様に、ジョルジェットも母親を「とても優しく寛容である」が、「しかし凝り固まった偏見から逃れられなかった」人と語っている。

こんな風に、「他人はなんて言うだろう？」と「世間の目」を気にかけることを、ルブランはしばしば初期の作品のなかで非難している。ルーアンを舞台にした短篇『金婚式』のなかで、主人公は「非常に周囲を気にしている」。つまり、「彼は常に人の非難を恐れ、人の意見を尊重し、その忠告に従っていた」。

エレガントな女性だったブランシュは、社交界の付き合いを楽しんだ。パーティーを好み、その折には最も美しい宝石を身に着けた。彼女は、『冒険の森』のなかでルブランが描いた母親、若く優雅で、控えめな様子のボワガルニエ夫人によく似ている。写真のブランシュは、多少ふくよかな女性だ（当時は丸みのない体は美しいとは見なされなかった）。まなざしはとても優しく、優雅に首をかしげ、美しい金髪である。その見事な髪を、二人の娘ジュアンヌとジョルジェットも受け継いだ。ジョルジェットは母親を讃えている。「古いノルマンディーの家系である母は、一族の美点を備えていた。気強く、陽気で良識を備え、その上繊細だった」。

鋭い感受性と気品そして陽気さ。ルブランが母親から受け継いだ特徴だ。彼によれば、自分が感じやすく、「多少子供っぽい感傷的な性格」であるのは、母親への深い愛情のせいだ。ルブランの作品には、若い母親の感動的な姿が幾度となく登場する。たとえば、『金三角』のなかで主人公が恋する、愛情深い「ママン・コラリー」や、『水晶の栓』のなかの心優しいクラリス・メルジー、さらに二人の幼い兄弟を引き取り、母親代わりとなる、『綱渡りのドロテ』の親切なドロテ。『三十棺桶島』の健気なヴェロニック、残酷にも息子を奪われた母親はどうだろう。この作品でアルセーヌ・ルパンは、コー地方〔ノルマンディーのルーアン、ディエップ、ル・アーヴルを結ぶ三角形の地帯〕、つまり作者の原風景である「コー地方の三角地帯」を舞台に、過去に埋もれていた謎を解決する。

ルブランの最も古く最も優しい思い出は、母親のものだ。彼は『熱情』のなかでこうした思い出を語っている。「もし彼女の腕のなかに抱かれながら眠ることがなかったら、私はどうなっていたのか？　何年ものあいだ、母は必ずそうしてくれた。私達は話をしなかった。母は優しい仕草で私をあやした。時々、私の髪に唇を押しあてた。貴重な愛撫。子供の心が思いやりへと導かれるためには、この愛撫を受けるだけで十分だ。口づけの優しさを教えるのは母親なのだ」。

都市ルーアン

ルブランにとって、ルーアンの最も古い記憶は、自宅の窓の下に広がるソルフェリーノの庭園で遊んだことだ。その庭園は、初期の短篇のひとつ『デュムシェル夫妻』のなかで描かれている。「ソルフェリーノでコンサートがあった。公園は人で溢れていた。人々は、中央の芝生のまわりで身動きが取れずにいるか、円形の音楽広場のそばでごった返していた。歩道の端に集まった人だかりが、通行人たちを眺めていた」。天気に恵まれた季節には、木曜と日曜に、白鳥の池の近くに建つ野外音楽堂のなかで、軍楽のコンサートが開かれた。この「おしゃれな」界隈のことは、ジョルジェットの『回想録』のなかでも描かれている。「公園は私たちの家の前まで広がっていました。春になると、私は、バルコニーに出て人々との交流を始めました。私は歌った。通行人が集まってきました」。ルブランは、『デュムシェル夫妻』のなかで当時を懐かしんでこう書いている。「歌ミサに行ったり、軍楽が演奏されるソルフェリーノ広場や取引所を散歩したり、日曜日はすることがたくさんあった」。

この界隈は、ルブランにとって、喉あめの思い出と結びついている。それは、サン＝パトリス教会にほど近いサクルク通りに店を構えていた薬剤師、シャルル・ルフェーヴルの店で買ったものだ。彼の妻は、フロベールがエンマ・ボヴァリーのモデルにした女性の娘と言われていた。ルブランは、そのことをアンドレ・モーロワ宛の手紙のなかで書いている。またジョルジェットも、『ボヴァリー夫人の国への巡礼』〔一九二三年〕のなかで、この女性のことを語っている。「細い通りに面しガラス窓も低かったので、店のなかに射し込む日の光はほんの僅かだった。奥のカウンターの後ろに、ひとりの婦人がいることがあった……。その日、帰宅途中、私は母がこんな言葉を言うのを聞いた。『私たちはボヴァリー夫人の娘さんに会ったのよ』と」。

この地方の暮らしをルブランは早々に捨てたが、後になって感動を込めてこう語っている。「ルーアンはそこで暮したことがあると忘れられない町だ。私たち自身の最も奥深いところに、町の痕跡が刻まれているのだ」。確かにその通りだ。それでもやはり、ルブランの最も美しい子供時代の思い出は、コー地方をめぐる散策であろう。「それは自然の発見であり、感受性が常に目覚めている恍惚とした気分であった」。幼いモーリス少年に似た『冒険の森』のピエール少年にとってそうであったように。「彼は誰かと共有したいと思った。子供の陶然とした眼差しに、自然という書物がひも解かれる時、初めて訪れる感動。それは、繊細な人や心優しい人にとって、誰かと分かち合うことで何ともいえない甘美なものになるのだ」。

ラ・ブイユの町

子供時代の散策のなかには、昔から日曜日にルーアン子が楽しむ、ルーアンからラ・ブイユ〔ルーアンからセーヌ河を下った左岸の町〕までの船遊びがあった。ラ・ブイユでは、古い家々が、白い断崖と大きく湾曲する堂々とした大河とのあいだに、ひしめき合うように建っている。そこへ訪れると、ウナギのワイン煮と「ドゥイヨン」〔洋梨やりんごをまるごとパイ皮で包んだノルマンディー地方のデザート〕が名物のレストランで食事を楽しむのだ。ルブランによれば、彼らは「『ユニオン号』という緑色のひどい船」に乗っていた。彼は、喚声を上げる。「クロワッセ！　ラ・エ渓谷！　ラ・ブイユ！　ほんの子供の時に、何度となく乗ったあのおんぼろ定期船。あの船は吊り橋の近くで沈没してしまった（吊り橋の通行料金は一サンチームだった！）……」。

ルブランはこの船に、『ある女』のヒロインを乗せている。「舷窓に目を張りつけて、ルーシーは川岸が流れ去り、景色がゆっくり広がっていくのを眺めた。彼女はバポームの草原やカントルーの丘を見とめた。クロワッセで、窓ガラスに額をつけた。人気のない芝地、一軒の白い家が、次々と流れていく……」。この「白い家」は、おそらくフロベールの家であろう。ルブランの記憶のなかで、クロワッセ〔ルーアン近郊のカントルーにある村。フロベールの家が残っている〕とラ・ブイユは「長老」のイメージと結びついている。幸運にもルブランは一度、船の上からその姿を目にしたことがあった。彼は、「船に乗り、クロワッセの小さな家の窓に背の高い人影を見ることの出来た中学生たちのなかにいたのだ」。それは、『ボヴァリー夫人』の作者であった。フロベールを目にしたのは彼ひとりではなかった。モーパッサンは述べている。「ルーアンのブルジョワたちは、日曜日にラ・ブイユでの昼食に出かけると、汽船の甲板から、自宅の背の高い窓辺に立つフロベール本人を目にすることができないと、がっかりして帰宅したものだった」。また、汽船の就航について説明している『コンティ・ガイドブック』は、「緑に溢れた美しい自然を愛する旅行者にうってつけの散策」を薦めている。「最初に停留する村はクロワッセです。船着場は『サランボー』や『ボヴァリー夫人』の作者である、かのギュスターヴ・フロベールの邸宅の真前にあります。なんと美しいポプラ！　なんと豊かな緑！」

幼少期の読書

モーリス・ルブランが一九三三年に語った思い出によれば、彼は幼少からエトルタの断崖〔ノルマンディー地域圏の町。石灰質の海岸が有名〕を知っていたことになる。「エトルタに借りていた家から遠く離れ、少年であった私がいつも胸をどきどきさせながら足を踏み入れた広大で真っ暗な庭の先に、今では使われていない古いカロージュ〔古い小舟を改造した物置〕があった。それは、廃墟同然の、わらが抜けてボール紙の切れ端で穴を塞いだ藁葺き屋根の小屋だった。散歩の足をそこまで延ばす者は誰もいなかった。そこが私の王国だった。（……）私はそこで冒険物語を読み、海賊になることを夢見ていた」。モーリス少年は、『冒険の森』の「空想家の少年」のように、「船体の残骸にしがみつき、荒れ狂った大海の波にのまれながら過酷な戦いに耐えている遭難者」を演じて楽しんでいた。モーリス少年もまた読書に励んだ。ジョルジェット曰く、燃え上がる想像力はほんの子供だった彼を、彼が読み漁った小説家「ギュスターヴ・エマール〔冒険小説や南米について数多くの作品を残した。一八一八―八三〕の主人公に変えてしまった」。彼はまた「ばら色文庫」〔アシェット出版社の児童向け文庫〕シリーズや「マダム・マックミッシュ〔セギュール伯爵夫人の『優しい腕白小僧』に登場する意地悪な人物〕」、ジュール・ヴェルヌ〔SFの開祖とされる作家。『海底二万海里』など。一八二八―一九〇五〕やアレクサンドル・デュマ〔劇作家・小説家。『モンテ・クリスト伯』『三銃士』など。一八〇二―七〇〕の作品、『驚天動地』のなかで引用されているフェニモア・クーパー〔米の作家。『モヒカン族の最後』など。一七八九―一八五一〕の『大草原』のことを回想している。この作品では、無人島の砂の上に裸足の跡を見つけるロビンソン・クルーソーも語られている。ルブランは「幼少期の読書」を語る時、多くの冒険小説を書いたエミール・ガボリオ〔大衆作家。『ルコック探偵』など。一八三二―七三〕やアルフレッド・アソラン〔児童文学作家。一八二七―八六〕を引き合いに出している。

　モーリス少年の姿を描き出すのには、『冒険の森』の主人公ピエール少年を参考にすべきだ。「少年は図書室に上った。閉じられた部屋のなかで眠りについていた本のモロッコ革の赤い背表紙や古びた金模様を灯りが照らしていた。〔……〕そこにはペローの物語や『お伽の部屋』〔シャルル＝ジョゼフ・メイエが編んだ一七―一八世紀のおとぎ話集〕、ドーノワ夫人〔『妖精物語』で知られる作家。一六五〇―一七〇五〕の作品、『千夜一夜物語』、圧倒的ですばらしい大傑作『ドン・キホーテ』があった……こうした本はつまり、想像力を掻き立てるものばかりだが、読み耽りすぎることは望ましくない」。

　ピエール少年に母親は訊ねる。こんな質問をルブラン夫人もしたかもしれない。「いったい、お前は本ばかり読んで、いつになったら現実の人生を学ぶの？　いつになったら頭の中でごたまぜになった色々なおとぎ話の主人公だと思いこむのを止めるの？」。作者自身の分身である『三十棺桶島』のフランソワ少年のように、ルブランは「冒険小説をたくさん読み、そのおかげで想像力が豊かになった」。のちになって、こうした読書は、彼の感じやすく夢見がちな性格には危険だと思われた。ジョルジェットが「過剰」だと思ったルブランの想像力は、彼を苦しめることになるのだった。……

　さしあたり彼は幸福だった。「なんと美しい夢に彼の心はときめいていただろう！　なんという夢物語に彼は浸っていただろう！　事物に、人々に、動物に、動くすべてのもの、煌《きらめ》くすべてのもの、歌うすべてのものに、彼はなんという微笑みを投げかけていたことだろう！」。『熱情』のなかでも、夢と空想に浸った子供が描かれている。「幸運な人であった私には、喜びに満ちた記憶だけしかない。少年であった私を思うと、それはまるで選ばれた人のこととしか思えない。その人のために、運命の力は、駆けまわる草原を切り開き、よじ登る木々を植え、瑪瑙の玉を産出する山を聳え立たせ、妖精が活躍するおとぎ話や英雄たちが戦う高貴な物語を思いえがいたのだ」。

　こんな風に「喜びに満ちた記憶」だけ、というわけにはいかなくなる。悲しいことに、学校が始まるのだ。……

リセ・コルネイユ

モーリス・ルブランは最初の教育を、ジャンヌ・ダルク通りを上った所にあるパトリ寄宿学校という私立学校で受けた。彼は、ガストン・パトリを「完璧な教育者」「洞察力があり、誠実で、厳正な校長」と賞賛している。校長はあご髭と口髭をたくわえ、生き生きした眼差しの上に、大きな出っ張った額を持っていた。

　ルブランは一八七五年から一八八二年、六学年〔日本の小学校六年生に相当〕から哲学級〔高校の最終学年のこと〕まで、パトリ寄宿学校に通学生として登録しながら、ルーアンのグラン・リセに通っていた。一八七二年からリセ・コルネイユと名づけられた学校である。ここは、かつてイエズス会のコレージュだった古典的な大きな建物を使っていた。建物には荘厳な正面広庭があった。ルブランは一八七五年一〇月六日、六学年からリセに入学した。六学年は「私立学校の生徒がリセの授業を受け始める最初の学年」だった、と『ある女』でルブランは書いている。実際はそうではなく、私立学校の生徒は、第六学年と第五学年では、付属学校の「喜びの小さな学び舎《プティ・コレージュ・ド・ジョワイユーズ》」で学んでいた。

始業式はいつも同じしきたりに則って行われた。朝八時に、リセの礼拝堂で聖霊のミサに参加する。午後に作文を書き、その結果によって、生徒たちはさまざまなクラスに振り分けられた。『熱情』で描かれたように、ルブランは、グラン・リセの陰鬱な雰囲気を少しも好きになれなかった。「私たちは皆、金ボタンのついた黒い制服を着せられ、教育されたが、そのやり方といったら、どんな生徒でもその素質のほとんどが損なわれずにはいられなかった」。

初聖体拝領式

ルブランは厳格な宗教のしきたりに従って育てられた。彼によれば『カリオストロ伯爵夫人』に登場するルーアンの大司教、ボンヌショーズ猊下が彼に堅信の秘跡を授けたという。日曜のミサにはサン゠ゴダール教会へ通った。大きなステンドグラスが目を惹く教会は、背の高い二本のゴティック様式の柱が木製の円天井を支え、内部を三つの身廊に分けていた。小説『ある女』では、初聖体拝領式の準備や歌ミサ、日曜の晩課、祝いの贈り物、「ロシアの革製のミサ典書」、「銀の輪がはまったラピス・ラズリの玉の」ロザリオ、それに、「晴れの日」の様子が描かれている。その日、聖体拝領者は、「金のボタンが二列に並んだ、ウエストを絞った丈の短い青い上着の制服」を着て、腕には「きらびやかな縁飾りのついた白いリボン」を巻いていた。初聖体拝領式は、ブルジョワ階級が競い合ってお祝いの贈り物を見せびらかす絶好の機会であった。ルブランが初聖体拝領式を受けたのは一八七六年である。五月六日には、洗礼証明書が与えられている。六月一日のお祝いの記念として友人や家族に配られた聖像画と一緒に、ルブランはこの洗礼証明書を、生涯大切にしていた。

八月一日、一家は写真家ヴィッツのカメラの前に立った。二枚の見事な写真には、三人の子供が写っている。モーリス・ルブランはコレージュの生徒の制服を着て制帽を手にしている。妹のジョルジェットは腰掛け、ちょっとふてくされた表情で、手に人形を抱いている。ジュアンヌはボタンが三列に長く並んだ丈の長いワンピース姿だ（一三頁参照）。

賞の授与式

リセを嫌ってはいたものの、家族の激励もあって、ルブランは精一杯勉学に励んだ。六学年の時には大変優秀な生徒になっていた。学年末に準優秀賞をもらった。級友レオン・デュドゥイはほとんどすべての科目でルブランより優れていたが、古典暗誦と歴史・地理、「ギリシャ語演習」だけは別であった。ルブランはすでにギリシャ語の初級を学び、また（すでに二年前から）ラテン語も学んでいたのだ。彼は、キシュラとダヴリュイ共著の大きなラテン語辞典の最初のページに、「ルブラン……モーリス、ジャンヌ・ダルク大通り二六番地、パトリ寄宿学校」と記している。おそらく退屈しのぎだろう、辞書の最初のページや余白に、尻尾を立てた猫の後姿の絵をいくつも描いて楽しんでいる。それでもやはり、当時の大半の高校生と同様、ルブランは古典に多くの影響を受けている。

レオン・デュドゥイとの間には、その後ずっとルブランに影響を与え続けるようなライヴァル関係があったのだろうか? 『ルパン対ホームズ』や『813』、『ルパンの告白』のなかで、刑事にデュドゥイという名がつけられているのはおもしろい。もちろん怪盗紳士は、この刑事に一杯食わせて大喜びするのだが。

賞の授与式は一八七六年八月七日に行われた。ルブランが出席した一八八二年まで、式のしきたりはずっと変わらなかった。セーヌ=アンフェリユール県知事が、リセの大庭で軍楽に迎えられて、主賓として出席した。続いて、式服姿の教授たちと軍当局者や官僚が入場した。一人の教授が挨拶し、それに知事が答え、それから受賞者名簿が読み上げられた。

ルブランは叔父アシルのジュミエージュの家で夏休みを過ごした。ノルマンディーには長らく訪れなかったような、暑く雨の降らない夏であった。

学校の表彰獲得競争

一八七七年一〇月九日、ルブランは「上級生のクラス」に入った。四学年となり、「プティ・コレージュ・ド・ジョワイユーズ」を離れ「グラン・リセ」に入学したのだ。一八七八年六月一七日に撮影されたこの年のクラス写真には、物思いに沈んだモーリスが写っている。彼はうんざりしていたのに違いない。というのは、この優等生はリセが好きになれなかったのだ。学年末の八月六日の授賞式では、歴史・地理と「古典暗誦」の二つの科目で一等を取ったものの、またもや二等賞しかもらえず、一等の級友アンドレ・ドゥラマル=ドゥブトゥヴィルには及ばなかった。

母親に励まされ、ルブランはまじめに勉強した。『熱情』のなかで、母親にこう言っている。「覚えているかしら、お母さんは土曜日、不安と期待でいっぱいだったのを？　土曜日は、一週間の試験結果が公表される日だった。お母さんの機嫌は、僕が何番だったか次第だったもの。その後一週間はずっと、にこにこしながら溌剌とやたら人に会いに出掛けたり、はたまた不安な様子でじっと家に閉じこもったり。咎める時は、こんなことを言ったね。『お前が勉強しないと、人になんて言われるかしら？』誉める時は、こうだ。『皆私にお前のことを誉めてくれるでしょう！』そして、「成績が上がるように気にかけてくれる沢山の人の励ましに応えようと、僕はますます熱心に勉強した」。当時女性の義務は、子供、とりわけ男子の教育に気を配ることであった。次第に、バカロレア〔大学入学資格のこと〕が中産階級に属することの証となっていくのだ。

　学校の思い出のなかで、ルブランが最も心動かされたのは、パトリ寄宿学校で過ごした休み時間であった。「そこでは、私は幸福で陽気な少年であった。私の心が最も純粋で深い友情で満たされたのは、そこだった」。この寄宿学校には、彼の「子供の悪ふざけ」や「あの頃の友情」や「移り気で好奇心に溢れ、上の空で熱中しやすい、子供と呼ばれるこの小さな存在を美しいものにするすべてのもの」の思い出が結びついている。モーリスと同様にリセ・コルネイユの優等生である親友たちは、パトリ寄宿学校で顔を合わせた。アルマン・ルスレやアンドレ・ドゥラマル＝ドゥブトゥヴィル、アルベール・ドゥショモン、ジョルジュ・ルフェーヴル、アンリ・ラミ。ルーアンから遠くに住む者たちは、寄宿生だった。ルイ・サンティエの住まいはプレオで、ヴィクトール・ユーはエルブフ、シャルル・マズはフォンテーヌ＝ル＝ブールだった。……

　当時の「寄宿学校」は、リセと一体になって統一のとれた機関を成していた。ガストン・パトリ

19世紀中ごろのルーアン

リセ・コルネイユのクラス、前列右はしがモーリス・ルブラン

の寄宿学校はかなりの評判を得ていた。ここの生徒たちはしばしば授賞式の名簿に名を連ねた。第二帝政下では、生徒たちをまとめて指導することだけが役目であるような、こうした私立学校がたくさんあった。当時を知る人によれば、私立学校ではリセまで生徒たちに「付き添って」行き、「昼には慎ましい手軽な食事を出し、食べ終わるとすぐに、ボール遊びをさせた。……それから、また授業が始まるまでにリセに送り届け、夕は自習室で宿題を仕上げるのを監督する。そして、七時に、すっかり暗くなると、解散するのだった……」。

ルーアンでルブランが知っていたのは、日に二度、寄宿学校からリセに通うのに通る道だった。「私たちは日に二度そこに行き、日に二度そこから帰ってきたものだった。町を横切るこの散歩は、一日でもっとも楽しい時だった。ああ！　ルジュマール広場、ブヴルイユ通り、すべてが記憶の中で鮮明で、そこに結びついたどんな些細な出来事や事件もはっきりと覚えている！」。

学校生活は、一〇月始めに再開する。それと同時に、環状道路にサン＝ロマン市が開かれた。日曜日に「焼き栗のいい香り」を嗅ぎながら、「スパイス入りパンの店」や「レ・ドリル・エ・レ・コルヴィ」の屋台の前を散歩したことをルブランは、ずっと忘れなかった。この屋台の前を、処女小説『ある女』の主人公たちに歩かせている。サーカスもあった。一八五六年にルーアンで誕生したフランシー・サーカスがしばしばやって来て、秋の陰鬱な数ヶ月を陽気にしてくれた。ルブランは、「金ぴかのけばけばしい服を着た曲馬師」に目を輝かせ、「涙が出るほど大笑いさせ、一匹の見事な豚を放つ、稀代のピエロ」である「ググのいたずら」に拍手を送った。

ジュミエージュでの休暇

田舎は感受性の豊かなルブランに、町とは較べものにならないほどの影響を与えた。リセ時代、最良の思い出は、いつも待ち焦がれていたコー地方での休暇だった。彼はしばしばジュミエージュ〔六五四年に建てられた修道院の廃墟が残っている〕について語っている。ジュミエージュでは、幌つきの小型の馬車で、一家は叔父アシルと叔母エルネスティーヌの家を訪れた。叔父夫婦は、その地方では「グランシャン屋敷」の名で知られた一軒家に住んでいた。

アシル・グランシャンはコー地方コドベックで生まれた。父親はそこで「鉄鋼と石炭」を商っていた。アシルはルーアンに居を構える前には、父親の共同経営者だった。有名なジュミエージュの大修道院の前に、「ル・クルティル」と呼ばれる領地を買ったのは、この父親である。そこに、アシルとエルネスティーヌは煉瓦と石材で小塔のある広大な屋敷を建てた。この屋敷は現存している。二本の門柱が立つ入り口は、大修道院の門番室が見えない位置にある。グランシャン家は子供がいなかったので、喜んで甥や姪を迎えた。アシルはジュミエージュの名士であった（一八八四年から一八九〇年に亡くなるまで村長を務めた）。ルブランは、アシルを中篇『すばらしい教訓』に登場させている。「アンティム伯父さん」という「両親が私に休暇を過ごさせた小さな村の村長」を、ルブランは描いている。「滞在のたびに、叔父が心を配ったのは、私の体や知性が成長することではなかった。道徳心や良識、善悪の判断、正しいことと間違ったこと、すべきこととやってはならないことを深く理解させたかったのだ。そういうわけで、散歩といえば、必ず徳についての長談義をするきっかけになった。畑を耕す人を見れば、伯父は素朴な田舎の生活を称えた。休暇の終わりには、お見事な教訓やご立派なお手本にうんざりしながら、私は立ち去ったものだ」。

ジュミエージュで、ルブランは歴史や芸術、自然や古石を愛することを学んだ。大修道院の廃墟は、作品のなかにしばしば登場する。『カリオストロ伯爵夫人』では、「セーヌ河に沿って続く果樹園と、大河の上にそそり立つ白い断崖のあいだを走っている」ルーアンからジュミエージュまで至る街道が描かれている。「白い石灰質の岩壁を掘って横穴が穿《うが》たれていて、農民や工員たちはそこに農耕具を保管したり、時には寝泊まりしたりしている」。ある中篇小説では、そこから「大きな船が水面を滑るように進んでいくのが見える」波止場のことや、それからデュクレールの先にあるルネサンス時代のタイイ城が描かれている。ジュミエージュに着く前に、ヤンヴィルを通るが、このヤンヴィルも彼の初期の中篇小説の舞台に選ばれている。

ガブリエル＝ユルサン・ランジェ〔ルーアン生まれの作家・詩人。ノルマンディー、ジュミエージュについての作品を数多く著した。一八八四―一九七七〕に宛てた一九三三年の手紙で、ルブランは、ジュミエージュでの滞在について書いている。「ジュミエージュの名を聞くだけで、なにより甘美な幼少期の思い出が蘇ってくる。一八八二年まで、子供の時も少年になっても、僕はヴァカンスの大半をそこで過ごした」。彼は、廃墟の中を自由に散歩することができた。「廃墟に溶けこんでいる自然の美しさと、自然によって現在に絡み合う過去の美しさがまるごと、ジュミエージュで僕の眼前に現れた」。そして、また「僕の心の奥底には、ジュミエージュの廃墟ほど魅惑にみちた圧倒するようなイメージは他に存在しない」。

彼が鮮明に覚えている人のなかには、教師を退職したポミエおじさんがいる。彼はアシル家のすぐ近くの小さな家に住み、「自筆原稿のアルバム」を持っていたために敬われていた。それから大修道院の愛すべき管理人ルデュックおばさん。彼女はルブランに修道院を好き勝手に散歩させた。大修道院の所有者ルペル＝コワンテ家のことも覚えている。一家は、「大修道院の家」に住んでいた。

それは、ローマの遺跡の中にそびえ立つ、前面に巨大な階段を持った一七世紀の小さな城館だった。ルブランは、セーヌの迂曲部を探検した。そこは、「風に揺らいで波打つ湿った草原で覆われ、その静寂は限りなく、人を寄せ付けないかのようだった」。彼は、曳船道やメニル＝ス＝ジュミエージュ村をよく知っていた。その村を訪れて、アニエス・ソレル〔ヴァロワ朝国王シャルル七世の愛妾。一四二一―五〇〕が死んだ古い館のほとりで夢想に耽った。ルブランは、その村を『獄中のアルセーヌ・ルパン』と『カリオストロ伯爵夫人』で描いている。『カリオストロ伯爵夫人』の物語はここ、「女王の石」の近くで幕を閉じる。人々はジュミエージュでの滞在の折に、しばしばルパンの冒険譚のなかで描かれているセーヌの渓谷に遠出した。ルブランはサン＝ワンドリーユのゴシックの廃墟〔ノルマンディーにあるフォントネル修道院のこと〕を発見した。後に住まうことになるこの広大な大修道院のことを長々と語っているジョルジェットは、「私は、子供の頃、両親と一緒に夏を過ごしたジュミエージュのお城からサン＝ワンドリーユへやって来ると、もうこの大修道院に心を奪われてしまった」と打ち明けている。ルブランは、ヴィルキエまで行くと、いつも懐かしんだ「荘厳な曲線を描く大河」や『八点鐘』で描かれた「ローマ時代のなごりや中世の遺跡が数多く残る古い広大なブロトンヌの森のうっそうとしげる大木」に出会った。

しかし、残念ながらヴァカンスは一時しか続かない。一八七八年一〇月、ルブランは三学年〔日本の中学三年生に相当〕の第二クラスに進学した。ドゥロー氏が文学の教授だった。ルーアンに寂しい冬が訪れた。雨が絶え間なく降り、雪や霙《みぞれ》が襲った。一八七九年一月末、ルーアン中が、クロワッセの所有地で雨氷に滑ったフロベールの事故（腓骨の骨折）の噂でもちきりだった。

Ⅱ　青年時代（一八七九―一八八七）

少年の情熱

一八七九年の夏、ルブランは新しいスポーツに夢中になった。自転車だ。後にルネ・トランツィウス〔ルーアン出身の作家、ジャーナリスト。一八一八―一九五三〕にこう言っている。「世界の探検に出かけました！　二段の踏み台をよじ登り、一・五メートルの高さの自転車に乗った。一三歳だった。一度転んだら、サドルに座り直すのに、通行人に手伝ってもらわなければならない。ルーアン―ラ＝ブイーユ間で三〇回も……転びましたよ！　それから、ルーアン―ジュミエージュ間（三一キロ）を二時間で走破。大成功です！」。ルブランは、短篇『初挑戦』で、――当時彼は一四歳だった――「数ヶ月も前から」狙っていた「一三二センチの大きな自転車が贈られた」日のことを回想している。「一日猛練習して、どうにかこうにかバランスが取れるようになると、僕は日曜日の朝の六時、思い切って出発した」。そして、叔母の家までの旅を語っている。「転んでばかりだった（……）が、やっかいなのは、その後で自転車によじ登ることだった。一人ではむりだった。標石とか踏み台が必要だった。それがなければ、通行人の助けが必要だった」。

新学期、ルブランは第二学年〔日本の高校一年生〕に進学した。文学の教師はユイヨ氏、英語は、ジュール・フェリー〔第三共和政で首相を二度務めた。一八三二―九三〕風の長い頬ひげを生やしたビーミッシュ氏だった。もっとも、教師たちのことが彼の記憶にあるかは定かではない。後になって、物理のアルテュール・ルカプランや地理のアシル・ルフォールのことはよく覚えていると、アンドレ・モーロワに書いている。確かに二人ともかなりの名声を得た人物だった。ルフォールは権威ある『ルーアンの歴史』の著者であり、ルカプランは人びとの尊敬を集めていたとの証言が数多く残されている。

『熱情』のなかでルブランは、一五歳の頃、ジャン・デュヴァロワという級友と固い友情で結ばれていたことを語っている。「こうした少年の情熱を笑ってはならない。おそらく汚れたものが一切紛れ込んでいない唯一のものなのだから。それは、感受性の鋭い心のしるしだ。こうした少年の心は、歓喜と憂鬱《メランコリー》で震えているのだ」。同様の友情は、短篇『寄宿学校で』でも語られている。「休暇が終わったばかりだった。新学期の朝、通学生だった僕は寄宿学校に行き、そこから級友たちと一緒に教会へ行った。すぐに、皆が僕に、隣にいた新入生を指さした。(……)僕らは離れがたい仲になった。休み時間には一緒にいた。夕方の下校時間には、彼は僕を家の戸口まで送ってくれ、そこで僕らはまた長い間おしゃべりしたものだった」。

その年の一月は、忘れられない不幸があった。叔母のエルネスティーヌが五一歳で亡くなったのだ。二一日の《ルーアン日報》はこう記している。「町で最も尊敬を集める一家は、先刻、深い悲しみに襲われた。グランシャン夫人がジュミエージュの邸宅で、火曜の晩、急病に襲われその生涯を閉じた」。「ルーアンやジュミエージュでは、夫人の賢明なる慈善行為のおかげで、多くの不幸が救われてきた」ことも新聞は記している。

フロベールの死

一八八〇年五月九日、《ルーアンの情報屋《ヌーヴェリスト・ド・ルーアン》》〔当時の有力な地方日刊紙〕はこう記している。「町が誇りにする、ルーアン出身の現代文学の大家の一人が、世を去った。ギュスターヴ・フロベール氏が昨朝、卒中に襲われ亡くなった……」。ルブランはのちに、五月一一日、カントルーの教会で、フロベールの埋葬に立ち会ったと言っている。彼は、パリからやって来る作家たちを見てみたいと思っていた。ゾラ、モーパッサン、セアール、ゴンクール、アレクシ、ドーデ、ユイスマンス、バンヴィル、エニック、コペ。……葬儀のミサが終わると、葬列は、五月の美しい陽光の下、モン・リブデ河岸、コショワーズ大通り、ジャンヌ・ダルク大通り、ボーヴォワジーヌ大通りを辿り、フロベールの遺体をルーアンの記念墓地に運んだ。

続く五月二七日、ジョルジェットの初聖体拝領式を盛大に祝おうと、ルブラン家一同はバヤージュ通りに集まった。「父が作らせたばかりで、とても自慢にしていた」「大食堂」でお祝いをしたと、のちにジョルジェットは書いている。気晴らしに、一家はルーアンに来ていた手品師のピクマンを見に出かけている。

ルブランは八月五日の終業式を心待ちにしていた。彼は休暇をジュミエージュで過ごした。一八八〇年の夏は見事な天候に恵まれた。……新学期は一〇月五日からだ。ルブランは修辞学級〔日本の高校二年生〕に進級した。素晴らしい教師に恵まれた。フランス語はオーギュスタン・アンリで、生徒たちに好んで「ユゴー氏」の話をした。ラテン語はシャルル・グランサール、ラマルティーヌの友人だったとされる詩人であった。

ルブランは神経質で、感じやすい、想像力豊かな少年であった。『回想録』の中で、妹の目にはこう映っていたのだ。「幼少期のモーリスは、神経が高ぶると、突発的なチックの症状に襲われました。成長するとその症状は出なくなったのですが、それでも時折、会話の最中に、顎から耳にかけて兄の顔が軽く痙攣で引きつることがありました。まるで、感受性がいつでも目覚めているしるしのように。神経質で横暴な子供だった兄は、大人になっても繊細で意志が強いままでした」。

ジョルジェットの方は、兄の『熱情』の中で、クレールとして描かれている。「彼女の声を聞いたり姿を見たりすることは殆どなかった。というのは、一人きりでいたり、黙っているのが好きだったからだ。窓の大きなカーテンがお気に入りの隠れ場だった。（……）彼女は隅っこにいて、孤独に耐えられることをいささか自慢に思っていた。孤独こそが独創性の源なのだと、なんとはなしに感じ取っていて、そのためなら、ありとあらゆることを甘受し、不満を漏らさずに多少の切り詰めた生活さえ受け入れる気でいた」。

あらゆるユートピアへの松明

『勇気の機械』（ジョルジェットの回想録。一九四七年）の中でジョルジェットは、ピアニストであった若い女友達ネリー＝ローズのような一家の知人や、その両親が催したパーティーのことを回想している。「黒い服を着た大人」であるネリー＝ローズの両親のことを、「いわゆる善良な人たちであり、貧しい人の世話をして、自分たちの情け深い行いに満足していた」と記しているが、その一方で、「私はこの方たちが冷酷そうで恐ろしかった。もっとも、この町で出会う人はみんな同じだったけれど」とも付け加えている。こうしたパーティーで、ジョルジェットは促されて歌を歌った。「ネリー＝ローズと私は、町内のちょっとした余興を行っていたのです」。

ルブラン一家もまた豪華な晩餐会を開いた。ブルジョワ階級では、毎年三、四回、何品もの料理が供される盛大な晩餐会を催す伝統があった。ワインを選ぶのは夫である。バヤージュ通りの酒蔵は実に立派なもので、特級ワインが千本も揃っていたのだ。

ジョルジェットは、アロイス・クランとの家族ぐるみの付き合いについても語っている。このクランは、「ルーアンの大きな音楽関係の出版者」で、町の人はここで楽譜を買い求めていた。「彼は、私にオルガンのレッスンをしていました。さして乗り気ではなかった父をうまく言いくるめたのです。神秘的なオルガンの音色を聴けば、私が信仰深くなると言って」。ルブラン家が「保守的」で、小うるさい信心家であったからだ。のちに、その反動から、モーリス・ルブランは「自由思想家」になる。とはいえ、この「あらゆるユートピアへの松明を掲げた青年」（ジョルジェットの言葉だ）は、修辞学級のこの年ではまだ大人しく勤勉な少年であり、好みは古典的《クラシック》で気質はロマン派的《ロマンティック》であった。ロマン主義者のルブランは、ルネ・トランツィウスにこんなことを言っている。「よければ私の学業のことは話すのをやめましょう。学校で、私はあらゆる賞を取った。自分でもロマン主義だってことはよく分かっているけれど、そんなことは本当につまらんことだよ」。

それはつまらんことだった。リセの悪しき記憶がまだ残っていたのだから。一九〇五年、学校の褒賞について意見を求めたジャーナリストに、ルブランは苦々しく答えている。「賞や褒美だとかには、コレージュの生徒たちは誰も発奮することはなかったんじゃないですかね。もっとも罰にだって同じです。役立つ唯一の勉学とは、学ぶ喜びのためだけにやり遂げる勉強ですよ」。

リセ時代の打ち明け話をすると、ルブランは常に辛辣だ。一九〇七年、ルパンが彼を有名にしてくれたばかりの頃、《われらが古き学び舎《ノートル・ヴュー・リセ》》という同窓会機関誌が、リセの思い出を尋ねた。ルブランの頭に浮かぶのは、「小さな低い扉」のイメージだけだった。「その扉をくぐって、僕らはどうせ出来もしない課題の暗誦をし、あるいは全然やる時間がなかった宿題を提出しに行ったものでした。そして、うんざりした少年たちのために、普通より長い一分を発明したかのような大時計が、限りなくのろのろと時を刻むのを聞くのです」。『熱情』の中で昔の学校の再訪を回想した時にも、同様の陰気なイメージが現れる。「さあここがコレージュだ。ああ！　かつて冬の朝、陰鬱な背の高い建物を目にした時のあの悲痛な瞬間、その時と同じ苦悩に襲われて、私は身を震わせた。この大時計の音が、まだ耳にのこっている。まるで弔鐘のようだ。柵の右手には、あの低い扉が、私が通った途端、監獄の扉のように音を立てて閉まる。監獄だ、人の出発点は、実は、監獄ではないだろうか。広々した空間を欲し、独立する心に目覚め、ものの美しさや空と地平線の織りなす光景を愛し始めるかと思いきや、子供は閉じ込められてしまう。そびえ立つ壁、牢番、独房、懲罰はあるが、空気や光はほとんどない。もし子供が何か悪さをしてしまったら、これにもましてひどい目に遭わせるのだろうか？」。「なぜ、昔のことを思い出そうとすると、その子が通ると監獄の扉が音を立てて閉まる、あの臆病な生徒の哀れな姿しか思い浮かばないのだろう？　実際は不幸ではなかったのに、私はまるでそうだったような気がしてならないのだ。思い出の中ではみんな、良い人も悪い人も、自習監督も教師も生徒監督も、いつも同じイメージで、誰も彼も変わらず、とにかく私を虐げるように言いつかった人物の姿で立ち現れるのだ」。

こうしたリセと、あまりに息詰まる実家の空気から逃れるために、ルブランはわずかでも自由な時間を見つけては田舎を旅した。自転車は大きく改善されたばかりだった。チェーンによる駆動自転車が発明されたのは、一八七九年だった。ルブランは、のちにルネ・トランツィウスにこう言っている。「もう我慢できませんでした。僕は、練習もせずに、ラ・ブイユへ向かって猛スピードで飛び出して、一時間半で到着しました（成功！）」。「当時の冒険といえば、自転車旅行です（……）僕は夢中になって田舎に飛び出した。嬉々としてルーアン近郊のあらゆる場所を踏破したのです」。彼は、短篇『麗しき若夫人』で、こうしたコート・ド・カントルーの頂きから始まるサイクリングを回想している。人々は、ルマールの森を抜け、（ボッシェルヴィルの）「コート・ド・サン＝ジョルジュ」を下り、その後、「穏やかな美しい川と白い断崖」との間を「セーヌ川に沿って」滑走したものだった。

姉ジュアンヌの結婚

その間、姉ジュアンヌは、一七歳になるとすぐに婚約した。未来の夫は三〇歳の「酒類卸売商」、ギュスターヴ・サールだった。年の差は少しも驚くことではない。当時の慣例では、女性はとても若くして婚約し、他方男性は家庭を築くのに三〇代になるまで待たねばならないと考えられていたのだ。

一八八一年五月二九日、婚約者ジュアンヌの屋敷で結婚の契約が結ばれ、その機会に社交パーティーも催された。その日、屋敷には多くの人が集まり、その中にはモーリス青年もいた。契約書の末尾には、下線の飾り書きのある美しいルブランの署名が残っている。ルブランは、その後も長い間、このサインを変えずに使っている。

結婚は六月一五日、サン＝ゴダール教会で催された。人が語るところによると、ジュアンヌはちょっとした騒ぎをひき起こした。教会から逃げ出したのだ！　強要された結婚だったのだろうか？

いずれにせよ、彼女はギュスターヴ・サールとルーアン、つまりアルマン＝カレル通り七番地（のちに、ジャンヌ・ダルク通り八五番地）とル・メニレナールにあるボワ＝バニェールの広大な城の中で暮らすことになる。ルブラン家はしばしば、特に七月一四日の祝日には決まって夫婦を訪ねた。一八九二年、兄への長い手紙の中で、ジョルジェットは当時の思い出を語っている。「アルマン＝カレル通りのお姉さん夫婦の家で夕食をとった後、私たちはみんなしてサン＝ポールへ花火を観に出かけたわね！」。サン＝ポール教会はボンスクールの丘の麓、ルーアンの西、セーヌ河岸にあった。

ギュスターヴ・サールは裕福であった。「ワインとスピリッツ」の会社は、一八二六年に設立され、「ルーアンの港からラム酒の直輸入」を営み、「見事な年代物の蒸留酒とボトル詰用の上等なワインを揃えていた」。ジュアンヌは七万フランもの持参金と、一万フランと見積もられた見事な「嫁入り衣装一式」を持ってきており、それには「イニシャルの花文字入りの」上下揃いのシーツ三六組も含まれていた。

名誉賞

当時、両親の屋敷の前では、図書館や美術館を建てるために、ソルフェリーノ庭園に面した古い大きな建物が取り壊されていた。その間、ルブランは文系バカロレアの第一部試験を受けた。一八八一年七月二七日に三つの筆記試験を受けている。翌日の口頭試験は全部で七つだった！「古典文学の基礎知識」に関しては、古代雄弁術について、歴史では「バリケード条約」、地理では「アジアの河川」について質問を受けた。最低点を取ったのはギリシャ語で、最高点はラテン語だった。

つらい一日の終わりに、ルブランは可の成績で合格した。八月三日の授賞式では、「文学分析と文学史の一等賞」を受賞した。クラスの一位だったジェローム・ドゥーセは、ルブランの友人で……妹ジョルジェットの友人でもあり、ソルフェリーノ庭園でよく会っていた。

夏休みが終わり、ルブランは哲学級〔リセの最終学年〕に進んだ。担任は、エミール・ボワラック、後にルブランが「素晴らしい教師」と評する若い教員であった。ルブランが、『思い出にふける男』の主人公に、次のような台詞を言わせた時思い浮かべていたのは、この教師のことだ。「一七歳まで私は他の子と同じような子供だった。皆のように、遊んだり、勉強したり、ぶらぶらしていた。成長とともに、私は形而上学の問題に関心を持つようになり、哲学級に入るとすぐさま上位に躍り出た。先生の授業の間に味わった喜びを決して忘れないだろう。（……）先生は、私たちに、自分たちの情念、本能、知性を分析しなさいと言った」。「言うまでもなく、私はこうした若き心理学者たちの中で誰よりも熱心な一人であり、そしてルーペで覗くかのように詳細に、自分の意識を観察して時を過ごしたのだった」。

未来の作家は、人間心理の分析に夢中になり始める。心理分析は、ルブランの初期の作品に大きな影響を与えた。そして、エミール・ボワラック自身、研究の大半をこうした問題に捧げていた。『思い出にふける男』の主人公のように、ルブランは「あらゆる自我の表出」をより一層楽しむために、自らを「観察する」ことに打ち込んだ。

この哲学級は例外だった。ルブランは他の教師たちからはほとんど影響を受けなかったのだ。あるジャーナリストが、「あなたはモーロワとは違いますね、彼は『私の当時の冒険とは先生たちだ！』と言っています」と指摘すると、ルブランは「むろん、違いますよ！　当時、僕の冒険とは、自転車旅行でした。程度の差はあれ、それこそが冒険への出発だと思います」と率直に答えている。

彼は、修辞学級と哲学級を、後にキップリングの翻訳者となる同級生、ルイ・ファビュレ〔訳にキップリング『ジャングル・ブック』など。一八六二―一九三三〕と共に、「学んだ」。二歳年長だったルイ・ファビュレから、ルブランはかなりの影響を受け、空想的社会主義とアナーキズムに関心を抱くようになった。

一八八二年三月撮影の、エミール・ボワラックをまん中に集まった三二人のクラスメートの写真を眺めて、のちにルブランは生徒の顔一人一人の名前を思い出そうとしてみたが、その大半を忘れていた。彼は奥の方でガストン・ヴァレとアルテュール・ウォディントンにはさまれて座っている。

八月三日の授賞式で、ルブランは優秀賞の次点の第三位しか獲得できなかったものの、歴史では一等賞を得、とりわけ同窓会組織から小論文の名誉賞に選ばれた。その月の七日と八日には、文系バカロレアの第二部を受けた。筆記には二つの試験、哲学と理系の試験があった。ルブランは理系の試験では平凡な成績だったが、哲学では組の一位であり、口述試験の受験資格が与えられ、翌日それを受けることになった。カン大学の記録のおかげで、口述試験でルブランに課された「問題」を知ることができる。哲学は「思考の心理」、哲学史は「アレクサンドリア学派」である。「授業のプログラムに記載された哲学者」については、セネカの『幸福な人生について』に関する質問を受けた。

ルブランは、三つの理系の試験も受けた。数学では「内接多角形」、物理では「電磁石」、自然科学では「嗅覚」についてだった。歴史では帝政について答えなければならなかった。この試験でルブランは最高点をとった。一日の終わりに、結果が発表された。可で合格だった。

不幸の二年間

ルブランはグラン・リセの重苦しい環境から解放された。……とはいえ、これから暗い二年間が訪れることになる。まずは、ビジネスに役立つ言葉を学ぶため外国へ一年間滞在した。父親のエミールは、息子に工業でのキャリアを望んでいたため、英語をマスターして欲しかったのだ。父親は息子をイギリスのマンチェスターに送った。当時、綿紡織工業でマンチェスターは、フランスにおけるルーアンのような都市であった。イギリスの石炭を輸入していたエミールはその地に有力な知人がいたのだ。

いずれにせよ、エミールには、フランスで息子に職を見つけてやるには十分な知人がいた。あるいは、自分の会社に息子を入れることを考えたかもしれない。バカロレアに合格した多くの若者はそうした道をすすんだ。例えば、リセ・コルネイユ時代のルブランの級友、ジョルジュ・バダンは、すぐに父親オーギュストがバランタンに設立した工場の運営に参加している。

『熱情』の主人公もまた、リセを終えると外国に発った。ルブランは、その時、自分の母親の言葉を引用している。「兵役を志願するにはまだ早すぎるわ。だから、この一年を無駄にせずに、この機会に、例えば旅行をしたり、英語を学んだりしたらいいでしょう。それは決して無駄ではない、そうではないかしら……」。イギリスを舞台にした唯一の短篇である『異国の恋』の中で、ルブランはイギリス人女性との交際を回想している。「外国語で愛することはできない。沈黙でさえ、何の役にも立たない。心は無言のまま、お互い遠く離れたままだ」。

一八八三年一一月五日月曜日、暴風雨がルーアンを襲った。市庁舎で、ルブランは「条件付きの一年の兵役に志願した」。一八七二年から法律によりフランスの若者には五年間の「兵役」が課せ

軍服姿のモーリス・ルブラン（1884 年頃）

られたうえに、それを終えても義務を果たしたというには程遠かった。四年間の予備役期間の後、「後備兵役」を五年間、それから「後備兵役予備役」を六年、その間「二八日」の演習期間が課されている。幸いにも、法は、一定の教育を修めた若者（大学入学資格試験《バカロレア》合格者の資格で十分だった）に対しては、千五百フランを収めれば兵役を一年間務めるだけで残りを免除していた。これらの者はより多くの外出許可も得ていたが、ただし自費で服や装備を整え、食事もまかなわねばならなかった。

　この「志願兵役」をルブランは、ヴェルサイユの、宮殿に面した旧王立厩舎内に配された砲兵隊の第一一連隊で務めた。一一月一二日、ルブランは軍に到着した。一枚の写真には、革の長靴を履き軍帽《シャコ》〔羽根の前立てと庇のついた円筒型の軍帽〕を被った制服姿のルブランが写っている（四七頁参照）。もう一枚では、所属する軍隊の一一の数が襟に印された、肋骨付きのドルマン〔前身頃に飾り紐のついた軍服〕姿である。軍人手帳に記載された身体的特徴はきわめてあいまいだ。茶色の髪と眉、「平凡な」額と鼻、「平均的な」口、「丸い」顎、「卵型の」顔、「特別な特徴」は皆無。背丈の記載はまだしも興味深い。一メートル七〇。

　短篇『小旦那《プティ・ムッシュ》』の主人公は、「数年前、ヴェルサイユで砲兵として」務めた志願兵役の思い出を語っている。主人公は陰気な兵舎を、「青白い空に、建物の屋根が、屋根裏部屋《マンサード》の窓によって対照的に折れ曲がった黒っぽい線を描いていた」と、描写している。主人公は、女友達に会うためにどうやって壁を越えていたか、語っている。「もっとも、ことは簡単だった。中央棟と調馬場の間に鉄柵で塞がれた一本の通路があったのだ。僕はこの鉄柵を越えていた。サラはホテル〈レゼルヴォワール〉で待っていた。朝四時頃、僕は同じ道を通って帰ったのだ」。悲しいかな、出たくなくても、「七月の太陽が照りつける中、背嚢を背負い、軍帽《シャコ》を被り、木靴《サボ》を履いて、」外に出なければならないこともあった。この一八八四年七月は、焼けつくような太陽が照りつけていた。

それは、惨めな時期だった。一八八七年に発表された小説『ミズレ騎兵』が掲げる反軍国主義にルブランは賞賛を送っている。この作品で、著者アベル・エルマン（小説家・劇作家。一八六二―一九五〇）は、ルーアンの一二歩兵隊で起こった事件を描いていた。ルブランは『熱情』に記している。「イギリスでの滞在や志願兵役については、『この二年間、私は不幸だった』と率直に言うことができるだろう」。兵役については、こう言っている。「青春に対する飽くなき抑圧は、兵役というこの試練に凝縮され、完結を迎えるのだ。もはや、反抗も恋も形而上的仮説も社会的権利要求もどうでもよかった。そんなくだらない事を考えていては、厩舎の苦役に耐えられない。私はすぐに従順になり、望まれた人間にならざるを得なかった。（……）必ず上の人間がいるし、上の人間がいないかのように行動するなんて無謀だろう。最初から私は上の人間がいると、落ち着かず、自分が弱々しくてつまらぬもののように感じた。その年の終わりには、誰か同胞の袖に階級章の金筋が飾られていると、私には彼が本質的に特別な、私より限りなくはるかに優れた種類の人間であるかのように思えたものだ」。

さりとて、ルブランは、袖章に全く興味がなかったわけではないのだ。というのは上等兵候補生を務めた後、一八八四年八月一八日には、上等兵に任命されているし（確かに、志願兵の大半はそうだが）、兵役の書類から、ルブランが「年末の試験において『良』をもらった」ことが分かっているのだから。

放蕩生活

一八八四年一一月一二日、ルブランは、予備役編入までの「待命予備期間に入った」。予備役編入は、一八八八年一一月五日になされるだろう。彼はルーアンに戻った。ジュアンヌはその頃、ジャンヌ・ダルク通り八五番地に住んでいた。二人の娘、マルグリットと一八八四年一一月一日に誕生したマリー＝ルイーズがいた。

兵役志願の際と同様、一八八六年度版のルーアン高校《リセ》の卒業生名簿では、ルブランは、バヤージュ通り居住の「学生」として記載されている。本当は、この頃は、ルブランが自由気ままに旅行したり恋を発見した時期であった。『熱情』の中でこう書いている。「決められた仕事に無理矢理就かせられたり、何らかの制限を設けられたりするという考えが、私には突然、耐えられなくなった」。「私は仕返しをしていたのだ。二〇歳まで抑圧されてきたあこがれや欲求、我慢できない衝動がついに爆発して、全く自然に、私は恋のしぐさに夢中になり、恋を求めるようになった。なぜなら、その年齢では、恋が最も魅力的で最も手に入りやすい目標だからだ」。

のちに、二一歳の時何をしていたかをジャーナリストに尋ねられて、ルブランはこう答えている。「忘れないでいただきたいのは、以前からずっと変わらず、僕がサイクリングに夢中になっていたことで、それも尋常じゃないレベルに達していました。フランス全土を踏破したのです」。作品には、この風景と建築物に捧げられた愛の告白が散見される。例えば、短篇『希望の光』だ。「毎夏、彼はフランス各地をさまよった。自転車の甘く重々しい音を立てて、大きな道路や蛇行した小道を走りながら」。「彼は朽ちたものの陰で瞬く命、打ち捨てられた教会や崩れ落ちた城壁、人気のない池に宿る美しさを愛した」。ルブランは、「あこがれを渇望し熱狂の虜になった青臭い田舎者」として自らを描いている。過ぎ去った時や自然に対する感受性が強かった。彼は言う。「二〇歳で、私はエトルタの断崖に登り、沈む太陽の美しさを前に涙を流していた」。この光景は、『奇巌城』の最も美しい場面の一つになっている。「水平線は、沈んだ太陽の残照で、紅《くれない》に染まっていた。空に浮かんで動かない真赤な長い雲が、素晴らしい光景を描いていた。空想の干潟《ひがた》、燃える平原、黄金の林、血の湖、燃えていてしかも静かな変幻極まりない一大光景を、描き出していた」。

ルーアン子が昔から楽しんでいる遠足にルブランも出かけ、このことは初期の本の中で回想されている。物語の主人公たちは、サンタドリアンに行き、「断崖の岩の中にすっぽり埋まっている礼拝堂」を訪れ、ボン＝スクールに行く。少し前、そこに、かの大教会堂が建てられたのだ。「内部は青色で溢れかえっていた。外陣も側廊も丸天井も全てが、けばけばしく派手で悪趣味な青だった」。

ルーアンでは、ルブランは劇場に足繁く通い、ラクロワ島にも足を踏み入れた。ラクロワ島では、〈ティヴォリ・ノルマン〉や〈フォリー・ベルジェール〉の名でも知られた〈シャトー・ボーベ〉に、お祭り騒ぎをしようと人が押し寄せていた。この劇場は『夫婦たち』でこう描かれている。「商取引所の営業日には、そこで群衆が大騒ぎしていた。実業家や商人や外交販売員やこの地方の農家といった紳士たちが立ち見席を埋め尽くし、喜劇歌手の歌に、叫び声や笑い声を挙げていた。中央は、ルーアンの高級娼婦たちでごった返していた。流行遅れのドレスと帽子を身につけ、優雅さのかけらもない醜悪な娘たちの一団だった」。毎晩、「小唄やバレエや軽業師、幕間の寸劇」の楽しめるさまざまなショーが催された。劇場は「立ち見席」や「アメリカン・バー」、「温室」も自慢にしていた。

ルブランは『熱情』で、「放蕩生活」を送っていたと打ち明けている。「自由になるとすぐに、私は快楽と女に溺れた。あたかも堕落するためにこの瞬間をずっと待っていたかのように。飲み騒ぐというのは、私の階層の若者の間では、自由のしるしであり日常だった。夜明けに眠り、昼に起きて、ビリヤードやマニラで遊び、ゆで卵とビールの夜食をとり、金があれば、数人のご婦人方を集め、時には彼女たちを家まで送るのだ……」。ルブランは短篇『靴下《ショシェット》』と小説『ある女』の中で、ルーアンでの「遊び人」の暮らしがどんなだったか、証言を残している。彼は「ノクテュルヌ・クラブ」を回想している。「クラブの代表は、あのヴェルドールだった。一五年前からルーアンの若者たちにリーダーと認められていた」。時々仮装舞踏会が催された。大抵は何をするでもなく、ただ煙草の煙の充満する居酒屋で、夜が過ぎていくのを待つ。「時々、議論が沸き起こった。政治や道徳や宗教や死刑や自殺についてだ。聞き飽きた理屈や常套句が言い交わされた。議論の特徴と言えば、偏狭で凡庸な考え方だった」。

母ブランシュの死

青年であったルブランが「旅行に夢中」になったのは、冒険や探検へのあこがれと、息苦しい家庭の雰囲気から逃れたかったからだ。その後、実家を襲った深い悲しみによって、この家庭環境はますます悪化する。一八八五年一月二七日火曜、夜の七時、バヤージュ通りで母親が亡くなったのだ。まだ四一歳だった。ジョルジェットは回想録に記している。「パーティーのために盛装し、シャンデリアの明かりにきらきら宝石を光輝かせた母が、私の腕の中に倒れました」。それはひどい一日だった。気温が上がって、積もっていた雪が解け、ルーアンの通りは泥のぬかるみと化し、湿気を含んだ低い空が立ち込めていた。次の金曜日、サン゠ゴダールでの弔いのミサの後、ブランシュはルーアンの記念墓地にある一族の地下墓所に葬られた。礼拝堂の中には、今でもブランシュの銘板が残っている。L.B.というイニシャルが花輪の中心に描かれた一族のモノグラムが、礼拝堂の三角のペディメントに装飾されている。

ブランシュの死によって、事情が変わった。二月二四日、故人の財産を分割するため(父親が「財産管理人」となって)、モーリスとジョルジェットは親権を解かれた。『死の所産』でルブランは、「親権からの解放は自由の時」だと書いている。四月二三日、父エミールと子どもたち三人が同席し、カレ氏が作成した死後財産目録には、一八八五年一月における屋敷の支出リストが載っている。それによって、裕福な一家の「使用人」が明かされている。ルブラン一家は自分たちのために、女性の料理人を一人とお手伝いが一人、そして女中を二人雇っていた。

一家の行きつけの商人やサービス業従事者の名も分かっている。バナージュ通りの暖房装置設計者であるデフォセ親子、ウルス通り四番地、美容室兼香水商(店の看板は「スミレの花束」)フィリポン、ティエール通りのワインと蒸留酒の卸売商ルペック、ルーアンの人名録によれば「フィラデルフィア出身のアメリカ人」で、ジャンヌ・ダルク通りの歯科医F=W・ベネット。一八五三年からルーアンで開業し、市議会議員になったルイ=スタニスラス・デュメニル博士が、一家かかりつけの医師であった。彼は、ルーアンの医学界の名士であり、多くの著作があった。市立病院の外科部長をつとめていたこともある。

ジュミエージュのバター商テュイリリエの名も記してある。彼のことを覚えていたルブランは、『カリオストロ伯爵夫人』の中で、「メニル=ス=ジュミエージュの牧草地の所有者」シモン・テュイラールの名で、テュイリエを登場させている。町の業者がすべて載っている。多くの卸売商やいくつもの本屋や帽子屋、ボルドー産ワイン商一人。……パリの仕立屋や歯科医に支払われた費用から、ルブラン一家がしばしば首都パリに「上京した」ことが分かる。

ルブランと妹ジョルジェット

母の死で父は悲しみに沈み、家はますます重苦しくなった。とはいっても、あいかわらず盛大なパーティーが開かれ、その際には各人がちょっとしたプレゼントを受け取った。一家の女主人の役は今や、父エミールの姉であるデジレの娘エルネスティーヌが演じた。この従姉はルブランにとって第二の母のようになった。若かりし日のたくさんの思い出がエルネスティーヌに結びついている。

しかし、ルブランとジョルジェットにとって、バヤージュ通りの雰囲気は息が詰まるようだった。ジョルジェットはこんな風に書いている。「ルーアンで育てられ、年老いた使用人たちに監視される少女であれば、できることは限られています。母は亡くなっていました。父は町中の事務所をめったに留守にしません。姉はずっと前に結婚していました」。兄は妹を助けることを義務と考えた。彼女はこう回想している。「私たちは友だちになりました。むしろ同志になったとも言えるでしょう。私たちの考えや趣味は私たちの暮らす環境とは相容れないものだったから」。

「同志」とは、意味深長な言葉だ！　確かに、兄妹は周囲に反抗していた。『我が人生の物語』の中で、ジョルジェットは、こんな風に兄との絆が生まれたのは、兄が自分の考えを綴っている手帳を簞笥の中に見つけた日だったと語っている。「私はそこに私の最も秘められた考えや意思をそっくりそのまま見いだしたのです」。「ということは、兄は、私が決して思いもよらなかったような生き方をしていたのだ」と。

兄は『熱情』に書いている。「夜、私が執筆している時、一緒にいることをゆるされると、彼女は私が自分の草稿を朗読するのを親身になって聞いてくれた。あるいは彼女はなにか本を探した。隅を折っておきさえすれば安心だった。彼女は許されたページしか読まないと分かっていたから」。

ミルド＝ピシャール梳毛機

とうとう勤めねばならない時が来た。これといってやりたい仕事もなかったので、ルブランが「白紙委任状」を渡すと、父親はルイ・ミルド＝ピシャールの梳毛《そもう》機工場に職を見つけた。「ほら、決まりだ。われらが親愛なる友人、ミルド＝ピシャールを知っているだろう？　おまえはあの人たちのところに入る。来週だ。あれは、梳毛機の工場では、ルーアン屈指の会社の一つだからな」。ミルド＝ピシャール家は、ジョルジェットが『回想録』の中で描いた、あの「立派な人々」の一員だった。奥様は「ルーアン母親慈善協会」に携わる婦人として「貧しい人々の面倒をみていた」。

ルブランはこの会社に「研修生」として入ったが、将来は「関係者」、その後「共同経営者」になる見通しだった。後にフレデリック・ルフェーヴル〔作家・文芸批評家。文芸週刊誌《ヌーヴェル・リテレール》編集長〕に話すところによれば、それは、彼が「将来、経営幹部を期待できる」会社だった。工場は左岸のサン＝スヴェル河岸に建っていた。ルブランはこの工場を『ある女』の中で描いている。「セーヌ河のこちらの岸には全く別の世界があって、そこでは工場の高い煙突が煙を吐いている。（……）排水溝を流れる泡立った水の上には熱い湯気が漂っていた。蒸気機関のあえぐような音が聞こえ、その振動でガラス張りの古い建物が震えていた。窓から羊毛や綿のふわふわした塊が降っていた。時折、デスクに座った事務職員たちが頭を上げた」。

ルブランは、梳毛機に少しも関心がなかった。彼にはまったく合わない環境で、居たたまれない気分だった。「広い工場で、騒々しい小さな機械が、長い帯状の革をせわしなく少しずつ挟むと、革の帯は細い針でおおわれて出てくるのだった。最初から私の理解を超えた作業……私には決して解き明かせない謎だった」。「いくら頑張ってみても、これらの問題に興味を持つことも、興味を持ちたいという気もてんで湧いてはこなかった」。

こんな環境から逃避するために、ルブランは執筆を始めた。「仕事をしていた頃のことは、うんざりするような思い出を抱いていただろう、もし、工場の片隅の屋根裏に、私のために洗面室に改修された小部屋がなかったら（……）。轟音と一緒に工場は消え失せた。しがない労働者たちは実態のない幽霊のように消えていった。私は幸福だった。私は書いた」。「同じ頃」ルブランは別の場所で言っている。「僕は短篇小説を書き始めました。敬愛しているモーパッサンから直に着想を得たものだった」。

工場での仕事のことで、ルブランが覚えていたのは、ミルド＝ピシャールの顧客のもとに出張した時のこと、ルーアン近郊での素晴らしい散歩のことだ。「ノルマンディーの小道のはずれをぶらぶらするのは、なんて楽しかったろう！　アンデル川のほとりでどれほど夢想したことか！」。セールスマンの仕事には身をいれてはいなかった。「気が弱くて、商売のことは何ひとつ知らない私が、どうやって製糸工場長たちに立ち向かい、与えられた商品を褒めちぎったり、原価の交渉をしたりできただろう？」。

ミルド＝ピシャール家には親近感が少しも湧かなかった。『デュムシェル夫妻』の中で、ルブランはこの一家を「紡績工場主」であるブジュ＝ヴォサールの名で登場させ、『ある女』では、今度は「ルーアン織仲買人」であるブジュ＝ガヴァールの名で再登場させている。

アンリ・アレとの交友

ルブランは、若手の弁護士で、小説家の道を歩み始めていたアンリ・アレ〔ルーアン出身の弁護士・作家。一八五六—一九〇五〕

と親しかった。ジョルジュ・デュボスクとシャルル・ド・ボールペールと共に、アレは、一八八六年に出版された『ルーアン・ピトレスク』という図版入りの本を書いていたが、その本が、父の蔵書の中にあったのだ。ルブランはアレを「魅力的な男」、「教養に溢れ、芸術と文学のあらゆることに通暁した知的な男」と描いている。しばしばブーケ通り一一番地の彼の小さな事務所に会いに行った。のちにルブランは書いている。「作家として」、アンリ・アレは「とても素晴らしい書籍を残した。その中でも、『かぶと』と題した本が完成するまで、一章ごとに、立ち会うことができたのは、私のような若者にとって大変名誉なことだった」。本は、一八八九年にカルマン＝レヴィ社から出版される。アンリ・アレはその本で、エヴルーで務めた志願兵役の思い出を語っている。エヴルシーという名に変えてはあるが、すぐそれと分かる。アレはそこで、反軍国主義を明らかにしているが、それは若者だったルブランの大いに気に入った。のちに、ルブランは、こんなことを言っている。「僕たちは、アベル・エルマンの処女作『ミズレ騎兵』事件に夢中だった。作中、第一騎兵連隊長は、早くもヒトラーの焚書を予言するかのように、シャルトルーの兵舎で本を何冊も燃やしていたのだ」。さらに、「若者特有のありとあらゆる反抗については、ここでは語らないでおこう」とも言っている。軍隊生活を痛烈に批判したアベル・エルマンの本が、ルブランを魅了しない訳はなかった。友人アンリ・アレやルイ・ファビュレの抱く空想的社会主義で反逆的な思想をルブランも共有していたのだ。

物静かで勉強熱心、夢想家の若者は、反逆者へと変貌した。彼は『熱情』で打ち明けている。「私は自分の意見を心から信じていた。だけど、自分がそういう考えを抱いていることを誇らしく思っていたので、それを大きな声で叫びたくて堪らなかった。だからそうしたのだが、若気の至りでやり過ぎてしまった」。さらに、「誰にでも反抗した。（……）もし死を前にしたら、私は私の理想を告白していただろう。すなわち、信仰、弱者への愛、不正と特権への憎しみ、あらゆる束縛とあらゆる規律の嫌悪、規律を意に介さずに生きる人々への敬服、個人の自由だ」。

ルーアンからパリへ

田舎に耐えきれなくなっていたし、また文学的成功も夢見ていたルブランは、パリへ発とうと考えていた。パリへは鉄道でよく赴いていたのだ。サン＝ラザール駅は工事の真最中だった。一八八九年に開催される大博覧会に訪れる人々を迎えるためだ。ルブランは以前にもまして頻繁に、パリを訪れるようになった。というのは、若い女性マリー・ラランヌとパリで知り合い、恋に落ちていたのだ。それに、ルーアンにはますます居づらくなっていた。ある恋愛ごとで後ろ指をさされていたのだ。

ルブランの初期の作品にはしばしば、「世間」の反対にあう大恋愛のテーマが見られる。短篇『好ましい侮蔑』には、こう書かれている。「私は若くてどんな拘束にも縛られず、熱狂と、幻想と、高邁な思想に満ちて、生来の感情のおもむくままに行動した。私は偽善を働かないという以外に悪いことなど少しもしていなかったが、偽善を働かないというだけで、すでに悪いことだった。それもとんでもなく悪いことだったのだ。（……）それから、何より私は愛した。ああ！　私は狂ったように愛した！　ところで、地方では真の愛の光景が何よりも不快なものなのだ。本当の愛が、けちな恋やくだらない情熱に対する罵りに見えるのだ」。

愚かで偏狭で悪意に満ちているとしか思えない社会から逃げ出し、ルブランはパリに住むつもりだった。ジョルジェットも『回想録』で、ルーアンは「偏見がはびこり、心が狭かった」と書いている。フロベール風の見解が、周囲に反発し、パリだけが叶えてくれる栄光を追い求めていた青年の気に入らないはずはなかった。短篇『魂の本質』の主人公は、肺結核で死を宣告され、ルーアンに行って死ぬことを選ぶ。ルーアンに行けば、この世を去らねばならないことをそれほど辛くは思わないだろうと。「ああ！　醜い奴らめ、この地の、卑しくて貧弱で汚く下品で醜悪な心の持ち主どもめ。（……）公共の場や通りに、堕落の空気が立ちこめている。私利私欲や吝嗇、利己主義、恨み、匿名、卑劣、無知、愚かさがうごめき、潮流のように行き交っている」。生まれ育った町をこれほど悪く言うとは、若い作家はよほど恨み辛みが溜まっていたのに違いない！

初期の作品である中篇小説『デュムシェル夫妻』と特に長篇小説『ある女』で、ルブランは、勝手知ったるルーアンの町を正確に描写している。ピエール橋、裁判所、ボーヴォワジーヌ広場とそこにある〈十字架の白鳥亭〉ホテル、ブーラングラン広場、「いつも人気《ひとけ》のない」ビュフォン通り、「古くて暗い通り」のシゴーニュ通り、ジャンヌ・ダルク通りの市街電車、河岸の賑わい、サン＝ロマン縁日の曲芸師、クロ・サン＝マルクの古道具屋、フランス座やそのマルディ・グラの仮装舞踏会、サンタンドレ塔と小公園、商取引所の領事の間《ま》でのコンサートや冬の慈善パーティー、いかがわしい家々の並ぶフォーブール・マルタンヴィル近くのサン＝マクルー教会とその彫刻が施された扉、「教会と市役所の裏にある、労働者たちの住む通りに面し、老木が生え、建物の大きな陰になってじめじめして陰気な」サン＝トゥーアン庭園。デュクレールやジュミエージュへ行くのに乗ったヴュー＝パレ広場の四頭立て馬車、「並木が四列にも植わった雄大な大通り」、クール＝ラ＝レーヌの遊歩道、さらにサンテルブラン小路とカルム通りの角にあるルモニエの「新古書店」も描かれている。

Ⅲ　パリ征服（一八八八—一八九二）

首都パリに上る

ルブランがパリに居を構えたのは一八八八年の末だった。当時の政治情勢で大きな話題といえば、ルブランが後に「悲喜劇」と評するブーランジェ将軍の行動だった〔対独復讐の気運の中、一八八七年陸相を解任されたブーランジェが、右翼勢力に接近して不平分子を糾合し、八九年一月にはクーデタ決行寸前の状態に至ったが、彼の逡巡によって不発に終わった。その後、ブーランジェはベルギーにのがれて自殺する〕。また同じ頃、エッフェル塔が完成し、ポール・ブールジェ〔小説家・評論家。一八五二—一九三五〕が小説『弟子』において、人間心理を化学者のような正確さで分析してみせた。ほどなくして、この作品は、文学界に大きな動揺を引き起こすことになる。ルブランはルーアンを去るのに少しのためらいもなかった。バヤージュ通りのルブランの部屋は、妹のジョルジェットが自分の「アトリエ」に整えたと、『我が人生の物語』で語っている。

父エミールは、自由業に就けるよう息子に法律の勉強をすることを勧め、仕送りをしたと、しばしばいわれてきた。しかし、そうではない。実際、エミールが息子に払い込んだ金というのは、一八九一年に母ブランシュの財産が分配されるまで、遺産から前払いされていたものにすぎない。一八八八年一二月二九日、エミールは二万フランを息子に与えた。一八八九年と一八九〇年の間、七千フラン近くを支払っている。かなりの額で、まずまずの生活を送るには十分すぎるほどだから、ルブランが法学部にほとんど通わなかったのも当然である。とはいえ、パリに来て「法律と文学を同時に」学んだ、とルブランはジョルジュ・ブールドン〔文芸批評家・ジャーナリスト。一八六八―一九三八〕に語っている。当時の多くの学生と同様、ルブランも、ボヘミアンの画家や長髪の詩人や身持ちのよくない若い女たちでごった返した、カルティエ・ラタンのブラッスリーによく通った。ルブランがパリに来たのは、マリー・ラランヌと暮らすためでもあった。彼女はルブランのひとつ年下で、サン＝ラザール通りの母親の家に住んでいた。イポリット・ブルイエという男と結婚し、一八八七年に離婚していた。

ルブランが出入りしていたのは、文壇の人たちと知り合えるような場所だった。〈黒猫《シャ・ノワール》〉のキャバレー〔一八一八年にパリのモンマルトルに開店した文芸酒場〕にも通った。彼は、そこから遠くない、ブランシュ広場とその当時出来たばかりだった〈ムーラン＝ルージュ〉の近く、カレ通り六番地に部屋を見つけていた。当時モンマルトルの界隈は、第一次世界大戦後のモンパルナスのようなものだった。つまり芸術家や作家たちのたまり場だった。ルブランの作品の主人公もまた、田舎を去って「ど真ん中、活気に満ちた、パリの中心」であるこの街にやって来る。しかし、多くのキャバレーがあったとはいえ、当時のモンマルトルはまだ村であった。農家や牛、じゃがいも畑がいくつかあったのだ。

〈黒猫〉に、客はシャンソンや詩を聞き、一人芝居を見に来る。そのファサードは梁《はり》がむき出しになっていて、看板は三日月に乗る一匹の猫だ。二階の「パーティー・ホール」では、アンリ・リヴィエール〔画家。映画の先駆けとも言われる「影絵芝居」を創設した。一八六四―一九五一〕の「影絵芝居」が上演されていた。そこでルブランは多くの芸術家と出会った。モーリス・ドネー〔劇作家。〈黒猫〉の詩人としてデビュー。一八五九―一九四五〕、同郷のユーグ・ドゥロルム〔劇作家・詩人・シャンソニエ。一八六八―一九四二〕、水治療法派《イドロパット》〔一八七八年にエミール・グドーを中心にカルティエ・ラタンで結成された前衛的な芸術家の集まり〕の連中と親しかったこともあるモーリス・ロリナ〔詩人・音楽家。一八四六―一九〇三〕。ロリナの詩集『神経症』は注目を集めた。ルブランはエドモン・アロクール〔詩人・小説家。一八五六―一九四二〕とも知り合った。アロクールは文壇でも顔が広く、すでに『性の伝説』を出版し、この本は長い間話題のまとだった。〈黒猫〉では、アルフォンス・アレ〔作家・ジャーナリスト。一八五四―一九〇五〕やスイスの画家アレクサンドル・スタンラン〔画家・版画家。一八五九―一九二三〕とも会った。こうしたキャバレーの常連はみな、長きにわたってルブランの友人であった。

ルブランの親友はルネ・モロ〔美術鑑定家、のちに《ニースの斥候兵》編集長。一八六四―一九三九〕という「文士」で、一八八八年当時、彼と同じ二四歳だった。ルネ・モロはヴュー＝コロンビエ通り一七番地に住んでいた。その後、シャンロゼの筆名で様々な新聞に記事を書いている。

小説『アルメルとクロード』の中で回想される、この「芸術家と文士」の世界は、ルブランの性に合っていた。同郷のルイ・ファビュレと仲がいいのだからなおさらだ。ファビュレと一緒にルブランは、ラスティニャックを演じていた、つまり、二人は「パリの征服」を目論んでいたのだ。ルイ・ファビュレは後にルブランにこう書いている。「君はあの日を覚えているかい。二〇歳だった僕たちはシャンゼリゼ大通りを一緒に下って、微笑みをうかべてお互いに見つめあい、大地を足で踏みつけて言ったんだ。僕にはあの正確な場所が分かるだろうよ。僕らは互いを励ますように言った。『征服するぞ、このパリを！』って」。

『死の所産』の主人公のように、ルブランには将来の計画があった。「パリでこの首都を征服してやろうと決意した人々に相応しい唯一の住処、すなわち屋根裏部屋に住んでいた時のこと、全てが彼に微笑んでいた。彼には、数百フランと気高い夢、それに相応の野心があった。一〇ヶ月の間、屋根窓から頭を出して、ずっと計画を練っていた。眼下には大都市が広がっている。彼はそれを自分の戦場と呼んだが、実際のところは、一ダースほどの屋根と煙突からなる地平線だった。彼は、それを誇らしげに眺めていた、まるで自分のものであるかのように。勝利は確実だった……しかしそれを得るにはどんな手立てがあるのだろう?」。

ルブランにとっては、当時の多くの若者同様、「モーパッサンか無か」しかなかった。作家にならねばならなかった。「崇高な職業だ! 作家は、頭をこねくり回し、実りある思想の種を蒔き、それに女にもてるときてる」。後になって、ルブランはこう書いている。「僕は、パリに居を構え、狭い家の中で、猛勉強の日々を始めた。英雄的な闘い、幻滅、つかの間の成功を味わった。しかし、それこそ僕が愛した暮らし、僕に必要な闘いだった」。

妹のジョルジェットもまた将来の夢を抱いていた。一八八九年の年始は、彼女にこの上ない喜びが訪れた光輝く瞬間だった。ジュール・マスネ〔作曲家。オペラ『タイス』など。一八四二―一九一二〕の署名が入った「新年の挨拶の電報」を受け取ったのだ。六年後、彼女はマスネにこの思い出を語っている。「あなたのご親切、それだけで、私は大きな夢へ一歩前進したかのように感じました。……当時、周りの人々は、みんな私を押さえ込もうとしていましたが、私は決して負けてはおりませんでした。あなたの電報は、そんな地方の偏狭な社会に射し込んだ微かな光、そこに生まれたいささかの希望でした」。

美しい結婚

一八八九年一月一〇日、ルブランとマリー・ラランヌは婚姻届に署名した。「未来の夫婦は、婚姻の基礎として、後得財産に限定した共通財産制を採る。(……)この共通財産は相続によって既に手に入ったものや今後手に入るものは全て排除している」。同様に短篇『澄んだ瞳』の女主人公も、「持参財産、後得財産、共通財産……といった奇妙な語句が繰り返し出てくる長話を聞かなければならないだろう」。

結婚は、翌土曜日の午後、九区の区役所で祝われた。エミール・ルブラン、カロリーヌ・ラルディエ（花嫁の母）と立会人たち、ルブランの側は「ルーアンの船主」テオドール・シャルルメーヌと友人ルネ・モロが出席した。夫婦の名と結婚の日付が刻印された金の指輪の交換があったが、宗教的なセレモニーは全くなかった。マリーは離婚の経験があったし、役所での結婚がインテリたちの間では流行り始めていて、自由思想家の意見を標榜していたルブランの気に入ったのだろう。翌年、彼は娘に洗礼を受けさせるが、それは信条に基づいてというよりは、家族の機嫌を損ねないためであった。

ルブランはいわゆる「美しい結婚」をした。彼自身は、新婚家庭に五万二千フランという大金をもたらした。つまり、「衣服、リネン類、身の回り品、宝石、個人的に使用する家具調度、書籍や書架」が二千フラン、現金で二万フラン、「利潤を生む、父親のルブラン氏に対する三万フランの債権」だ。妻の方は更に多くを所有していた。「衣服、リネン類、宝石、レース、毛皮、ダイアモンド」を含む「嫁入り衣装一式」とフランス国債の有価証券、さまざまな鉄道会社の株券。……ラランヌの一家はパリにいくつもの不動産と、ニースやノルマンディーの海岸、イポールとエトルタの間のヴァトゥト＝シュル＝メールの集落ヴォコットに地所を持っていた。

ルブランは、こうして「豪奢な内装、絨毯、植物、ビロード」を所有していたので、ルーアンのリセの卒業生名簿には、パリのクラペロン通り一八番地の「不動産所有者」として載っている。こうした安楽な環境のおかげで、ルブランは文学に没頭することができ、若い夫婦はイタリアに新婚旅行をすることができた。

この旅行のことをルブランは、一九〇二年ルネ・ボワレーヴ〔小説家。一八六七―一九二六〕への手紙の中で回想している。ボワレーヴが旅行を計画していたシチリアについて、ルブランは長々と語っている。「僕は一三年前にシチリアで幸福と高揚の二週間を過ごした。（……）メッシーナ、パレルモ、シラクサ、信じられないほど素晴らしいタオルミーナ、必見のアグリジェントは、僕から勧めるまでもない。すべて外せない、必ず行かねばならない場所だ。だけど、君は多分、セジェスタまで遠回りしたり、セリヌンテへ足をのばすことまではしなくてもまあいいかと、考えているかもしれない（僕が行った頃は、この二つの小旅行はかなりむずかしかった）。……だめだぜ。セリヌンテは人が夢に見ることのできる最も驚異的な廃墟群だ。そして、セジェスタ……ああ！　あの乾いた山々の圏谷の中に建つギリシャ神殿！　厳しい孤独のなかのあの澄んだ輪郭線！　歓喜と賛美の涙が溢れるほどだ。もしあそこに行くのなら、友よ、神殿の階段で僕のことを思ってくれたまえ……」。

実際、これらの場所に行くのはいくらか難しそうだった。『ジョアンヌ・ガイドブック』は、セリヌンテへの小旅行は、馬車が借りられるカステルヴェトラーノを出発しておよそ四時間半かかり、また用心のために食料を持参する方がいいと注意をうながしている。カラタフィーミの北、七キロに位置するセジェスタの神殿もいくらか忍耐を要した。ロバか雄ラバに一時間半ゆられた後、四〇分間徒歩で山を登らねばならなかったのだから。

ノルマンディーとリヴィエラ

ルブランと妻のマリーは夏をノルマンディーのヴォコットで過ごした。その周辺はよくルブランの初期の短篇の中で描かれている。イポール、フェカン、ブーズヴィル、キュヴェルヴィル、クリ

ルブランの最初の妻
マリー・ラランヌ

ルブランと若いころ交友のあった
作家のレオン・ブロワ

クトとその周辺、モンティヴィリエとサン＝マルタン・デュ・ベックの城、レ・ジフ、そこにはフェカン行きの支線の出る駅があった。ヴォコットに行く人々のために、〈駅ホテル《オテル・ド・ラ・ガール》〉で車を借りることができた。ルブランはエトルタも描いている。ルブランはそこで、モーパッサンに会おうと試みた。……

　結婚証明書の記載では、ルブランは「文筆業」とある。事実、彼は執筆をしていたし、ヴェルサイユの砲兵一一連隊に戻る気はさらさらなかったものの、そこで訓練期間を終えねばならない身だった。しかし、妻は身ごもっていたので、ルブランはそれを口実にした。一八八九年一〇月三一日、軍当局の決定により、この訓練期間を「一八九〇年の秋に延期する」ことができた。こうして、ルブランは、パリを襲った深刻なインフルエンザの流行を逃れ、ニースでの穏やかな冬を過ごすことができた。短篇をいくつか書き、大きな期待をかけた長篇小説『ある女』の構想を練った。

　マリーが女の子を出産し、マリー＝ルイーズと名づけられたのは、一一月二八日ニースであった。一八六〇年にフランスへ併合されて以来、ニースは大変な発展を遂げ、社交場となった。ルブランは、短篇の一つで、「ニースでの冬のシーズン」や毎朝歩いた〈英国人遊歩道《プロムナード・デ・ザングレ》〉について語っている。また、その遊歩道を『ある女』でこう描いている。「右手には、アンティーブ岬が水平線を取り囲み、左手には、遊歩道と南仏埠頭《ケ・デュ・ミディ》が河岸の曲線に従って弧を描いていた。それから順番にヴュー・ニース、城のあるぽつんとそびえる丘、ヴィルフランシュの海岸、そして背後に山々が聳えていた」。

　当時のニースは、有名なカーニバルや「仮装夜祭」、「舞踏場での祭りや舞踏会」、「パレードや紙吹雪合戦」といった「祭りの豪華さ」で名高かった。「花のパレードは豪奢と優雅さの極みである」。

若夫婦は、マセナ広場のすぐ近くのアルベルティ通り一八番地、ヴィラ・ラランヌに住んでいた。パリでは、八区、クラペロン通りにある錬鉄の柵で囲まれたバルコニーの美しい建物に住んでいた。

一八九〇年三月八日、ニースから、ルブランは友人のルイ・ファビュレに、女性たちとの情事や恋愛について長い手紙を送っている。「恋愛の中で僕がとりわけ好きなのは、女を惚れさせることだね。そのために、僕は、抗えない魔法の力を発揮して、どんなに身持ちが堅い女も気を許してしまう言葉を語る。どんなにつれない女の心にも、ぽたりぽたりと落ちる熱い涙を流すことができる」。ルブランは妻マリーだけでは明らかに満足できなかったのだ。……

短篇集『夫婦たち』

ルブランはこの時代について、「私は新しい雑誌にいくつかのエッセーを発表し始めた」と言っている。彼の名が初めて登場したのは、一八九〇年三月の《挿絵入り雑誌》《ルヴュ・イリュストレ》にポール・トマの挿絵が入った短篇小説『救助』を発表した時である。光沢紙を用いたこの豪華な雑誌は、リュドヴィック・バシェ美術出版社から出ていた。高名な作家も執筆していた。例えば、アナトール・フランス、モーリス・バレス、フランシスク・サルセー〔文芸批評家・劇評家。一八二七—九九〕、ポール・マルグリット。……前年には、モーパッサンが長篇『死の如く強し』をこの雑誌に発表していた。

短篇『救助』は、四月三日、《挿絵入り盗人》《ヴォルール・イリュストレ》誌〔他の新聞雑誌の記事を剽窃した週刊新聞〕にも掲載された。この「皆のための雑誌」は、ショーシャ通りにある当時流行の装飾過剰な建物の中にあった。編集長は、ルブランの友人ルネ・モロである。歴史は古いが（創設はエミール・ド・ジラルダン〔新聞経営者・政治家。《プレス》など次々創刊し、大成功を収めた。一八〇六—八一〕による）、ごく穏健な雑誌で、目新しさを狙うことはまずなかった。当時、アルフオンス・ドーデ〔小説家・劇作家。『風車小屋便り』『アルルの女』など。一八四〇―九七〕の新聞連載小説《フィユトン》『ジャック』を掲載していた。ジャン・ベルナックは劇評を書いていた。M・シャンピモンの署名入りの時評『あちらこちらに』も載っていた。

短篇小説『救助』の舞台はエトルタである。ルブランは、教会やノートル゠ダム通り、断崖の十字架、浜辺と針岩を回想している。この短篇には、タイトルのアイロニーや、興味を巧みに引きながら意外な結末に至るといった、ルブランの未来の「作風」となる特徴がよく表れている。

ルブランとマリーはヴォコットで夏を過ごした。一八九〇年八月一五日、マリー゠ルイーズが洗礼を受けたのは、その近くのヴァトゥトである。代父は祖父のエミール・ルブランで、代母は祖母のルイーズ・ラランヌだった。

秋、ルブランは今度こそ「二八日間」の訓練を受けないわけにはいかなかった。九月二二日から一〇月二〇日まで、ヴェルサイユの一一連隊に伍長の位で身を置いた。既婚の予備役軍人はみなそうするように、ルブランも「兵舎の外で」夜を過ごすことができた。

ルブランは短篇集を執筆し、一八九〇年一一月、サン゠ジョゼフ通りの出版社エルネスト・コルブ社から刊行した。この会社からは、ポール・アダンやポール・マルグリット、アルマン・シルヴェストルの作品、それにジュール・マリーの大衆小説が出ていた。ルブランは自分の本を自費出版させた。当時、彼のように金をいくらか使える新人作家にはよくあることだった。一冊に七編の短篇が入った、『夫婦たち』と題された短篇集だった。「ギ・ド・モーパッサン先生」に捧げられている。短篇『デュムシェル夫妻』は有名な「去りゆくことは死にゆくことにも似たり……」と詠う『別れのロンデル』の作者エドモン・アロクールに、二番目の短篇はルーアンの友人アンリ・アレ、

『ある愛』はポール・ブールジェ、『責務』は「ルイ＝ジャック・ファビュレに」捧げられた。

　これらの物語の舞台は、ルーアンとコー地方だ。『フーク氏の幸運』は、コードベッカン＝コーを正確に描いている。『デュムシェル夫妻』はルーアンの小ブルジョワジーの暮らし、幸福を知らない狭量な人生を描いている。

　『夫婦たち』は成功にはほど遠かった。のちにルブランは告白している。「『夫婦たち』のために私は優に八百フランは払っていた。千冊刷ったんだから。そのうち売れたのは三〇か四〇冊だった」。しかし、友人であるルネ・モロの《挿絵入り盗人》誌は、宣伝もしてくれた。一一月二〇日には、短篇『デュラメ家の子息』を載せ、作品の前にこんな言葉が添えられている。「これからお読みになる短篇は、コルブ書店で発売されたばかりの一冊からとられたものです。著者モーリス・ルブラン氏は、若く、デビュー作は世間の注目を集めましたが、この度、作者の豊かな想像力と真の才能を物語る一連の短篇を、『夫婦たち』というタイトルのもとに集めました」。

神人たち

　一八九〇年一一月二三日日曜日に、ルーアンの実家の窓の下、ソルフェリーノ庭園で、フロベールに捧げられた記念碑の落成式が行われることをルブランは知った（新聞雑誌はこぞってそれを取り上げた。《イリュストラシオン》紙〔フランス初の挿絵入り週刊新聞〕は一面に掲載した）。美術館には、すでに、アンリ・シャピュ〔彫刻家。一八三三―九一〕作の大きな彫刻が設置されていた。「井戸から出た真実」を、フロベールの肖像の下に表したものだ。ゴンクールは、『日記』に、「それはご大層な安っぽい浅浮き彫りで、《真実》が井戸の中に用を足しているように見える」と記している。

「文士たち」に会うため、ルブランはルーアンにいることにした。彼らは、朝到着し、すでにルーアン市役所で昼食を取っていた。その後、天候が荒れていたので、フロベールに関する展覧会が開かれていた図書館に向かった。雨は二時半に止んだが、風はひどく激しかった。「第二四戦線部隊」の音楽が、美術館の近くに設置された演壇に名士たちを迎えた。一方、大勢の人がティエール通りに集まっていた。庭園の鉄柵は閉められ、招待された人しか入ることができなかった。

ルブランはこの忘れがたい日を詳細に語っている。「庭園に面する美術館の近くに、小さな演壇が見えた。何列も並べられた椅子、大勢の黒衣の紳士たち、パリや他の町から招待された市の役人たちが見えた。偉大な作家を賞賛する演説の声が、ぼんやりと聞こえた」。彼は、シルクハットの下に「何度も何度も読み返した」「神人たち」の顔を見つけようとした。エドモン・ド・ゴンクール、非常に立派な鼻眼鏡をかけたエミール・ゾラ、オクターヴ・ミルボー、堂々とした口ひげが顔を横切っているギ・ド・モーパッサン。「こうした著名人たちの全てに私は驚いた」とのちにルブランは書いている。「どうしてあの人たちが、他の人と同じように歩くなんてことがありうるだろう？違った風に、もっと洗練されてもっと巧みに表現するはずではなかろうか？　私は彼らの顔に、わずかな天才のしるしを探り、彼らの目に、燃えさかる知性の炉に点るかすかな光が輝いていないかをうかがった」。

「パリ行き急行列車」の出発時刻は、二〇時四〇分だった。この物語の続きはしばしば繰り返し語られた。たとえば、『文壇へのデビュー』でルブランは次のように語っている。「たまたま居合わせたしがない若者のために、ちょうど一人分席が空いているだろう」と考えて、ルブランは「神人たち」の中に加わろうと決意した。こうして、彼は、コンパートメントの中に座ったのだ。「私の前にはゾラ、隣がモーパッサン、そしてゴンクール。それからミルボーに代わってギュスターヴ・トゥードゥーズ」。しかしだ、彼は声をかけ、アドヴァイスを求め、自分の短篇のいくつかを見せたかったのに（彼が『夫婦たち』を一冊携えていないなんて考えられようか？）、コンパートメントはすぐに「共同寝室」と化したのだ。モーパッサンが「なんだか分からないことをぶつぶつ言い」、ゾラが「たらふく食ったな」と言っていると、ゴンクールはサント＝カトリーヌのトンネルを出たところで、文句を言い始めた。「おいおい、こんな風にパリまでお喋りしないだろうね？　俺は疲れたよ。除幕式ってやつでもうくたくただ。寝るよ。誰かカーテンを閉めてくれないか？」。気に入られようとして、ルブランは、すぐにカーテンを閉めた。数分後には、「神人」たちのひとりは、すでにいびきをかいていた。……

一一月二七日の《挿絵入り盗人》誌で語られた出来事は、ルブラン自身の話であろう。「オワセルで急行は一分停車して、エルブフの乗客を乗せた。突風の中、つまらぬジャーナリストが待っていた。大先生たちのコンパートメントに一人分席が空いていて、パリまで才気溢れた会話に加わることができるんじゃないかと期待して（……）。ところが、カーテンは引かれ、電灯は覆われ、背を丸めて、うずくまり、身を縮め、文学の父と叔父たちは眠っていたのだ！」。

この記事で、シャンピモン氏、別名ルネ・モロは、ルーアンを訪れた作家たちを回想して、「コンパートメントに乗ったのは、五人だった。そのうち最も取るに足らない作家もひとかどの人物だった」と書いた。シャンピモン氏は、一二月四日の時評に、こう書いている。「その後、その五人のうちのひとりが私に会いに来た。彼は私に一冊の本を持ってきた。処女作を私に渡した時、『五人のうちの最も取るに足らない作家もひとかどの人物であった』と私が書いたことに礼を述べた。というのは、最も取るに足らない作家とは彼のことで、謙虚に、こう言ったのだ。『あれは僕だったんです、ただうとうとしていたのです』」。コラムはこう続けている。「モーリス・ルブランは全く知られていなかった。どこにも何も出したことがないとは思わない。きっと手当たり次第に短篇小説を売り込んでいただろうし、至るところでこんな風に答えられただろう。『すまないが読むことはできませんよ、記事はもう一杯で。だから隣に持って行って下さい』と」。シャンピモンは、『夫婦たち』を絶賛している。「ここに、新人若手作家が、その才能を十二分に表した処女作を携えて、姿をみせた」。いくつかの中篇については多少まとまりに欠け、いまだ未完成といった印象だ。「シンプルで平明な文体ではあるものの、四つの習作については手ばなしの賞賛とはいえない。演出とお決まりのストーリー展開に精通したベテランの経験というものが、そこには欠けているように感じられる」。

短篇小説『フーク氏の幸運』は例外だ。「この作品は、才能に恵まれ前途有望な作家の特徴を、うたがいなく備えている。大げさにきこえようが、読みながら、偉大なるフロベールの卓越したアイロニーが頭に浮かんだ。あの冷笑的な冗談である、『ブヴァールとペキュシェ』の作者フロベールの遺産のうちに、まだ誰も継承せずに残っていた、あの平然と発せられる皮肉を、私は『フーク氏』の中に再び見いだしたのだ」。そして、シャンピモンはこんな風に記事を終えている。「モーリス・ルブラン氏が処女長篇小説を発表するのを、私は今、心待ちにしている。その長所を失わずに、いっそうテクニックを磨き、今以上に登場人物になりきれれば、ルブランは〈ひとかどの人物〉以上になれるだろう」。このシャンピモン氏は、明らかに、当時ルブランが長篇小説『ある女』に取りかかっていたことを知っていたのだ。

一二月二九日、ルブランはルイ・ファビュレに手紙を書き、彼の健康と富を願った。「健康と金さえあれば、人は望めば幸福になれるものだよ。なにせ、あの性悪女がいたって、僕はいつも幸せなんだからね」。彼は、妻マリーのことをこんな風に呼んでいたのだ。……

ジョルジェットの結婚

ルーアンに住んでいたジョルジェットは、兄とは一月の祝日に帰省した時にしか会わなかった。彼女は兄がパリから持ち帰った尊大な態度に驚嘆した。ルブランは、煙草をプカプカやって、パリの偉人たちについて語った。アナトール・フランスやモーパッサン。……

ジョルジェットは歌手になることを夢見ていたが、家族は「危険と思われる職を諦めさせる」ために手を尽くした。ルブランは『熱情』の中で妹との会話を記している。

《「もし失敗したら？」

「自分の好きなように暮らし、自由でいられるぐらいには、いつだって成功できるでしょう。それが肝心なことよ」

自由でいる！　思うがままに生きる！　かつて彼女の目の前で私が軍隊の掛け声のように大声でわめいていたこれらの言葉を、彼女もまた言い放っていた！　彼女も自己責任と本性の権利を主張するつもりなのだろうか？

「じゃあ、お前は自由になりたいんだね？」

「ええ」

「どうして？」

「あなたと同じ理由だわ。それに他の理由もある、うまく言えないけど、もうずいぶん前から、私の心が揺り動かされてきた理由が。どんな風でもいいけど、私は自分を表現しなきゃならない。それから、今まで私はあまりに締め付けられてきたわ。私の流儀で幸せになりたいの、自分の人生を選びたい、自由に選びたいのよ」》

結婚を決めたのは結局「自由で」いるためなのだと、ジョルジェットは語った。「男というものを知らずに、私はある逃避の計画を立てました――誰でもいいから結婚するって、契約を結ばせて。偽装結婚をして、持参金で自分の自由を買うんだって」。彼女は、親しい仲間には別の説明をしていた。この結婚は、父親に強いられたものだと、そう言っていたのだ。一八九一年四月初旬、彼女は兄に手紙で秘密を打ち明けている。「本当にどうしてもお兄さんが必要なの!!……時々ほんとに正気を失いそう（……）。怖いのよ、私は破局しか望んでいないのに、あの人は私を愛しすぎているの。怖いし、悲惨だわ。本当に困っているの。もしどこに行って何をすればいいか分かってたら、私は恥ずかしげもなく逃げ出して全てを投げ出したでしょう。だけど、その後どうしたらいいの？だから、結婚なんて――強制された結婚なんて――どうにも耐えられない、結婚が近づくにつれて、どんどん辛くなるの、これって馬鹿げているわ。せめて結婚式が二一日か二二日になるようにするわ、少しでも時間稼ぎができればまだましだもの!!　あの人は私に親切の限りを尽くし、プレゼントを山ほど贈るの。どんな女性だって私の立場だったら幸せだったでしょうに……なのに、私ときたら言い表すことのできないくらい悲惨な気持ちよ……」。

哀れな未来の夫、スペイン人のボナベントゥーラ＝フアン・ミヌエサは、パリの卸売商だった。三一歳だった。ジュアンヌの結婚と同様、ルブラン家はブルジョワジーのしきたりを重んじたのに違いない。公式の求婚、婚約パーティー、指輪の贈り物、互いの家での夕食会、嫁入り支度一式の準備、結婚通知状の郵送、陳列する贈り物の受けとり。……

もはや婚姻届に署名するだけであった。それは、一八九一年四月一九日に行われた。一〇年前のジュアンヌの結婚と同様に、ルブランはバヤージュ通りにいた。ファン・ミヌエサは二万七千フランを用意した。ジョルジェットは一〇万フラン以上の持参金があった。前日亡き母ブランシュの財産の「数額確定」が行われていた。ブランシュに所有権があり、父のエミールが用益物件として持っていたバヤージュ通りの建物は、一〇万フランと評価された。

結婚式は四月二二日に市庁舎で、その後、サン゠ゴダール教会で行われた。ジョルジェットは書いている。「ランチパーティーはそのまま続いてディナーパーティーになり、その後はダンスをした」。この結婚から抜け出すのに、ジョルジェットは「痣だらけに」ならなければならなかった。彼女はこう語っている。「私は、自分が新聞小説に載っているようなどんな悲劇にまきこまれているのかが理解できませんでした。私をあちこち連れ回すこの夫という乗り物と一年間にわたって格闘して、私はようやくそこから抜け出しました。夫は法に守られ、法が夫に授けた役割をちゃんと果たしていると主張していました。(……)医者が、検察に告訴したのです。法によって、私は連れ出されて、ラヌラグ通りの療養所に入れられました」。

モーパッサンのラ・ギエット荘

ルブランは一八九一年の夏をヴォコットで過ごした。時々エトルタへも訪れた。一九世紀半ばから、グラン・ヴァルとプティ・ヴァルの丘には優雅な別荘が建てられてきた。クリクトへ向かう道の途中に、緑にすっかり覆われたモーパッサンの隠れ家、〈ラ・ギエット荘〉があった。ルブランは「師匠」に『夫婦たち』を送ったが、思い切って会いに行くことができずにいた。彼は、フレデリック・ルフェーヴルにこう言っている。「何度も玄関まで行ったが、呼び鈴を鳴らすことができなかった。（……）ついに、ある日、ラ・ギエット荘の中に入る決心をした。歓待されましたよ。会話の大半は、ガス工場が近いせいで騒音がひどく、作家が苛立っているという話ばかりだった」。「二度目に今度はパリで訪問した際には、アパルトマンは完全に布団張りしてあるのに、モーパッサンは、物音が聞こえてくると不平を並べずにはいられなかった」。

この打ち明け話は偽りかもしれない。というのは、モーパッサンが最後にエトルタに滞在したのは一八九〇年の夏なのだ。ルブランと『ベラミ』の作者との付き合いはおそらく非常に浅いものだったのだろう。たとえアンドレ・ビイー〔作家・文芸批評家。一八八二―一九七一〕が記すように、彼が「モーパッサンの友人だったと思われていた」としても。ジョルジェットは『回想録』の中で「モーパッサンは兄に目をかけていた」と明言して、この伝説の信憑性を裏付けている。実際、そんな事実はなかった。だが、ルブランは人にそう信じさせてご満悦だったのだ。

ジョルジェットと同様、ジュアンヌも父親を失望させた。夫と別れてパリに来たのだ。アンリ四世大通り三七番地に住んでいたジュアンヌに、一八九二年三月、ルーアンの控訴院による「判決」が言い渡された。ギュスターヴ・サールに有利な離婚だった。めずらしいことだが、子どもたちは夫に託され、「被控訴人に第一審と控訴の訴訟費用の支払いをする」よう宣告したのだ。ルブラン家は今後一切サール家と関係がなくなるだろう。一八八四年以来、ナケ法によって、無条件というわけではないとしても、離婚は復活していた。しかし、それでもやはり良識的な階層の間では、離婚は醜聞の種であった。……

ヴォコットでの夏

一八九二年の夏の始めを、ルブランはジョルジェットと、アルプスのアルヴァール＝レ＝バンで過ごした。その翌日、妹が兄に宛てた「昨日はお兄さんが出発するとすぐに私は夕食を取った」と書いている手紙からすると、七月八日、兄は妹と別れ、ヴォコットに戻ったのだ。こんなことも書いている。「万事順調よ、とても気に入ってるわ、私の住む部屋も、人も、物も、特に庭もね。（……）穏やかなところよ！　静かなの！　やっと休養できるかしら？」。

ラランヌ家は、木製のバルコニーを廻らせた煉瓦とフリント石材の大きな別荘を、ヴォコットに所有していた。ルブランはこの別荘を短篇『死刑台』で描いている。それは、「山小屋風の別荘」で、外壁には「木製のバルコニー」が廻らされ、「月桂樹とゴムの木立ち」や「所々に花壇が配された広い芝生」を見下ろすように建っていた。短篇『鎮静』は、懸谷や砂利浜、海水浴場の脱衣室を回想している。

モラン神父〔ルブランの娘マリー＝ルイーズに洗礼を授けた〕は当時のヴォコットをこう描写している。「最初、芸術家が数人やって来てテントを建ててからというもの、ヴォコットの渓谷は著しい変貌を遂げた。その立地や海岸は、避暑地や海水浴に求められる条件を全て満たしている。全てが開発中だ。観光客がそこに何よりも求めているのは、画趣に富む美しい風景や静寂、落ち着いた雰囲気であり、それは今流行のビーチの〈ファッション〉からは得られないものだ。それは、木陰の散歩道だ。ノルマンディーの海辺で木がこれほど海の近くに生えている所は他にない」。

ヴォコットを「最も熱心に訪れる人」のひとりに、モラン神父は、大きな別荘〈ヒイラギ〉を所有している作曲家のアメデ・デュタック〔一八四八―一九二九〕を挙げている。彼は、ルブランが一八九二年の夏にヴォコットで執筆した喜劇『女の平和』の舞台音楽を作曲している。モラン神父はモーリス・ドネー（モーリス・ルブランはドネーと共同でこの『女の平和』を制作した）と、詩人のエドモン・アロクールの名も挙げている。アロクールは、ヴァトゥトの海辺に、藁葺き屋根の家〈ヴィラ・マルグリット〉を長い間所有していた。

実は、ドネーはヴォコットに家がなかったのだが、それでも一八九二年の夏はそこで過ごした。ジョルジェットは、七月一四日にルブランに書いている。「お兄さんから便りがないけど、私は分かっていたの。ドネーが来たから、ヴォコットをいろいろ案内したくなったんだろうって」。彼女は哀れな夫の近況を知らせた。「夫は、私がお兄さんとヴォコットの近郊か多分パリ近郊にいると信じているわ」。

一八九四年までルブランは夏の数ヶ月をヴォコットで過ごした。鉄道で来て、短篇『飼育』に登場するブーズヴィル駅で降りた。ルブランが長篇小説『ある女』を執筆したのは、一部はヴォコットである。短篇も数本書いて、それをジョルジェットに読ませ、長い親しげな手紙をやりとりしていた。一八九二年七月一四日、ジョルジェットは二人の幼年時代の思い出を語って、手紙にこう書いている。「なんて沢山のことを経験したのかしら！　私たち、まるで老人みたいね！」。そして、同年の八月には、「昨晩、お兄さんの中篇小説を受け取って、大きな声で読んだの。ウジェニーと私はお腹を抱えて笑ったわ。もう夢中よ、素晴らしい作品だわ、これ以上ないほど滑稽、着想はとても面白いし、今までの中で一番の出来よ。始めから終わりまで最高だわ」。

別荘の庭には書斎として使われたカロージュが今でも残っているが、そこで、ルブランはドネーと一緒に喜劇『女の平和』を書いた。当時三三歳だったドネーは、その後すぐに大成功を収めることになる。〈黒猫《シャ＝ノワール》〉のパーティーに参加したドネーは、機知に富んだ詩人との評判をすでに得ていた。そこで、ポレル〔ポール・ポレル。俳優・舞台演出家・劇場支配人。一八四三―一九一七〕は、設立予定の「大劇場《グラン・テアトル》」の柿落としのために、ドネーに『女の平和』を注文していたのだ。ドネーは後にこう書いている。「ヴォコットで過ごしたこの夏は、何よりも甘美な思い出だ。それは都会の人間が麗しき夏と呼ぶもの、つまり農家が雨の降らないことを嘆く夏の三ヶ月間だった。空はいつも青かった」。

しかしながらこの二人の関係にまもなく陰りが差し始める。ドネーは、『女の平和』に友人が協力したことを認めようとはしなかった。ルブランがしたことなど大したことではないと思っていたのだ。一八九二年八月になると、この「ドネー事件」にルブランは心を痛め、ジョルジェットに打ち明けた。妹は兄に書いている。「それで、アロクールは？　ヴォコットにいないの？　多分、彼ならドネー事件に対してアドヴァイスをくれるでしょう」。

作家マルセル・プレヴォー

小説家マルセル・プレヴォー〔一八六二―一九四一〕とルブランは、エトルタで知り合った。「湯治施設」の下にあるエトルタのビーチは、「出会いの場、散歩道そして保養客皆のサロン」であり、「男女を分かつ仕切りは一切ない」と、『ジョアンヌ・ガイドブック』は明言している。

一四年後、「私の教え子ふたり」という時評で、ルブランは当時を回想している。「私は多くの人に自転車の趣味を吹き込んだが、その中でも私をバランス感覚の師匠として持つという稀な特権を得た人物が二人いて、この二人は当時なかなかの有名人であった（……）。私が二人に出会ったのは、同じ年の浜辺でだった。一人は『半処女』、もう一人は『女の平和』を書いていた。一八九二年の八月の朝（……）、エトルタの美しい海岸で、マルセル・プレヴォーは私に言った。

『ところで、来週からほとんど毎日フェカンに行かなければならないんだ、行きで一六キロだ』

『帰りも大体同じぐらいだ』

『車は嫌なんだ。自転車を借りたらどうだろう？』

『いい考えですね』

『どのくらいの練習が必要かね？』

『三、四回、あるいは五回……』

『誰と？』

『よければ、僕とやってみますか？』

午後、私たちはパッセに向かう道路上で落ち合った。（……）未経験の青年は自転車に跨がった。私はサドルのスプリングを片手で握り、もう片方でハンドルを握った。乗り方を教え、さあ出発だ。最初は左右にぐらぐら進んでいたが、それからはもっと安定して進んだ。モーパッサンの山小屋〈ラ・ギエット〉まで達すると、私はハンドルを放した。スピードが上がり、私は走った。一瞬して私は何も言わずにサドルを放したが、プレヴォーは転ばなかった。私は止まったが、彼は走り続けた……さらに走った……どんどん走って行く……それからかなり遠くまで行った。きっかり八分間で、マルセル・プレヴォーは自転車に乗れるようになった」。

ルブランは続ける。「当然、私は他にも教える気になった。ちょうどモーリス・ドネーが、私と同じ小さな海水浴の村、大きな木々に囲まれたとても静かで涼しいあの美しいヴォコットの渓谷に滞在していたのだ。私たちはよく一緒に散歩していた。ただ、ドネーは歩くことが大好きで、私は大嫌いなのだ。

『ねえ君、自転車が二つあるんだけど、一つ貸すよ』私は彼に言った。

『そりゃ、すごい！……だけど、それをどうするんだ？』

『君が乗るんだよ』

『乗れないんだ』

『乗れるさ。マルセル・プレヴォーは、八分で乗れるようになったんだから』

『僕なら七分だな』彼は偉そうに叫んだ。

その日に私たちはうってつけの道路を見つけた。私は生徒に乗り方を教えた。彼は自転車に跨がった。私は片手でサドルを、もう片方でハンドルを握った。最初は左右にぐらぐらしながら進む……初めての転倒……再度挑戦……うまく行かない……私たちは夢中になって試みるが……あいかわらずだ（……）翌日再度挑戦するも同じように失敗だった。続けて一週間、ノルマンディーの急斜面の間を、私たちは走り、汗を流し、力を尽くしたが……徒労に終わった。

九日目、ドネーは叫んだ。

『つまりだ、ジュピターが反対しているんだ。もしこれ以上続けたら、神は『女の平和』の第二幕を失敗させるかもしれないぞ』

『それで？』

『だからさ、自転車とその虚飾とタイヤを捨てるよ〔「サタンとその虚飾を捨てる」のパロディー〕』それで、私たちは徒歩での散歩を再開することになった」。

女性の心理描写を得意とした小説家、マルセル・プレヴォーは、のちにアカデミー会員へと続く道を歩み始めていた。まず一八八七年に『さそり』を出版、その後、『ションシェット』、『ジョーフル嬢』、『従姉妹ララ』、そしてとりわけ一八九一年の『愛人の告白』の成功により、それ以降、ペンだけで暮らすことができたのだ。ルブランはのちにこう回想している。「『ある女』が出版されるはずの年、私は、エトルタで、当時『半処女』を執筆中のマルセル・プレヴォーと親しくなった。私は彼に自分の本を読んで、原稿をどこかに渡してもらえるように頼んだ」。プレヴォーは答えた。「いいかい、《ジル・ブラス》紙会長のデフォセ氏がここにきている。通風で身動きできなくて、退屈しているのさ。僕は彼と昼食を取る。僕について来たまえ。原稿を持ってこいよ」。

ヴィクトール・デフォセはオール通りの入り口に〈テラス〉という大きな別荘を持っていた。彼はそこである午後、『ある女』の原稿を読み、ルブランを《ジル・ブラス》にコラムニストとして参加させることを決めた。短篇か中篇に七五フラン払うことになった。

《ジル・ブラス》紙

《ジル・ブラス》紙は紙面のかなりのスペースを文学に割いていた。「軽薄な」面があったが、作家にとってやはり名の通った新聞であった。過去にはヴィリエ・ド・リラダン、ミルボー、モーパッサンが寄稿していた。ゾラの『大地』も《ジル・ブラス》紙上で読まれたのだ。

ルブランが《ジル・ブラス》紙に寄稿し始めたのは、一八九二年一〇月である。三日の月曜日、彼の署名のある、「苦しむ人々」との副題を持つ短篇『嘘だ!』が掲載された。ルブランはすでにいくつもの短篇を執筆しており、それらはのちに、この「苦しむ人々」という総題のもとにまとめて出版されている。

同日一〇月三日、第二訓練期間を終えるため、ルブランはヴェルサイユの一一連隊に戻った。そこには一〇月三〇日まで留まり、当時のいわゆる「二八日間の訓練」を受けた。ジル・ブラス社に通うことを切望しながら、彼がどんな風にこれらの日々を指折り数えたのか想像に難くない。……とはいえ、ルブランはそこから中篇『検診』の主題を持ち帰った。この作品は、「広く寒い医務室での」予備役軍人の検診を描写している。「格子のはまった窓からはほとんど光が入らなかった」。「奇妙で雑多な肉体が列を作って並んでいる。折れそうな短い足がずんぐりむっくりした上半身を支えている。腕が膝まで伸びている。負傷した足が曲がったふくらはぎの下に付いている。ヨウ素のように黄色い者もいれば、ある者はロウソクのように白く、そしてある者は生焼けの肉のように赤かった」。

《ジル・ブラス》紙を介して、ルブランは「パリの征服」を果たし、マドレーヌからバスティーユまでの華やかで活気に満ちた、かの有名な「大通り」を知ることになる。そこには、大新聞（《フィガロ》、《ゴーロワ》、《ジュルナル》、《自由言論《リーブル・パロール》》、《パリの噂《エコー・ド・パリ》》……）や書店や文学カフェ（ナポリタン、カルディナル、カフェ・ジュリアン、タベルヌ・プセ）が集まっていた。《ジル・ブラス》はカピュシーヌ大通りにあった狭苦しい事務所を離れ、その近くのグリュク通り八番地に引っ越した。狭い事務所だった。歩道から直接入れる八メートル×四メートルの一階。そこに、会計と広告と予約購買の窓口があった。奥には、螺旋階段が中二階に続いていた。そこにコラムニストが校正刷りを直す編集室と新聞の主宰者たちのオフィスがあった。編集長は、エレガントで礼儀正しく片眼鏡をかけた小説家のジュール・ゲランだった。毎日、夕方の五時から真夜中の一二時まで《ジル・ブラス》にいた。文芸部長は、ルネ・デュベールで、活発で愛想のよい良家出身の青年であった。リュドヴィック・ド・ヴォー男爵のオフィスもあった。「びっこの悪魔」との筆名で、社交欄を担当していた。モーパッサンの『ベラミ』のモデルの一人で、また、たくさんの秘め事を握っていると思われていた。ゴンクールは日記の中で、彼を「ゆすり男爵」と呼んでいる。《ジル・ブラス》紙は多くの事件に巻き込まれた。当時の新聞は、腐敗しきっていて、闘争や中傷が支配する陰謀とスキャンダルの世界だった。……

《ジル・ブラス》は「晩餐会」をよく開いた。ポール・エルヴュ、ポール・アレクシ、アンリ・ベック、アンリ・ラヴダン、ジャン・リシュパン、フェルナン・ヴァンデランも参加していた。……『薄ら笑い』で注目された作家ジュール・ルナールにルブランが会ったのも、ジル・ブラスだった。《ジル・ブラス》の有名作家たちは彼の友人になった。例えば、ジャン・アジャルベール、ルネ・メズロワ、モーリス・ド・フルリだ。……マルセル・プレヴォーやアルフォンス・アレにも会った。アレの時評は『奇妙な暮らし』という題で掲載されていた。ピエール・ヴェベールとその兄、画家のジャン・ヴェベールとも知り合いになった。《ジル・ブラス》紙に「ヴェベールたち」と署名した記事を二人で執筆していた。マルセル・ルールー〔小説家。一八六五—?〕とも親しくなり、その後ずっとルブランとルールーはよい友人同士だった。

ジョルジェットもまた芸術家たちと付き合っていた。ルブランが、妹のために奔走して、ヴィクトル・ユゴー通りに「アトリエ付きのアパルトマン」を見つけると、ジョルジェットは「停車場」と名づけた。彼女は兄にこう書いている。「隠者たちが抱く、神をあがめる高揚した気持ちが、私にも分かります。ただ、ここに足りないのは、神と垢だけ」。また別の日には「寂しい小さな私の場所に戻り、鍵穴に鍵を入れる時、私の心臓は愛する人に近づくかのように震えるの」とも書いた。「小さな場所」はそう長い間「寂しい」ままではなかった。程なくして、「停車場」には、沢山の芸術家が訪れるようになった。ルイ・ファビュレ、ジョルジュ・ローデンバック、「王《サール》」と自称した奇矯なジョゼファン・ペラダン、将来ゴンクール・アカデミー会員になるエレミール・ブールジュ、ずっとルブランの友人でありつづけたジョルジュ・モールヴェール〔作家・劇作家、ジャーナリスト。一八六九―一九六四〕。このモールヴェールが、ジョルジェットの奇妙なアパルトマンをめぐって、「当時、多少とも髪を長くのばした芸術家気取りなら誰でも」ここに迎え入れられたと回想している。

レオン・ブロワの友情

ルブランはレオン・ブロワ〔小説家・ジャーナリスト。激烈なカトリック教徒で、『絶望者』などを書いた。一八四六―一九一七〕と知り合った。ブロワは、一八九二年九月から《ジル・ブラス》での仕事を再開していた。一〇月二六日、ブロワは日記にこう記している。「《ジル・ブラス》社に行く（……）新人モーリス・ルブランの中篇小説を丁寧に読むように頼まれた。ルブランに目をかけていて、俺が賞賛するのを期待しているのだろう――俺の気にいればだが」。そして、一一月二日。「幹部たちに会った。秘蔵っ子のモーリス・ルブランを紹介するため、土曜日の昼食に招待された」。一一月五日にはこう記している。「デフォセ、ラカズ、モーリス・ルブランとカフェ・リッシュで昼食。ルブランはなかなか面白いやつだ。水曜日、アントニーでの昼食に招待した」。一一月九日、ブロワは記している。「モーリス・ルブランが来る。昼食を取る。理解者、友人を見いだした気がする。俺の話を聞くと、正義感から、俺が暮らしていけるように、なんとか契約を結ばせるつもりだ、と約束した。ジル・ブラスのデフォセという金持ちの男を知っていて、わざわざ明日会いに行ってくれる。希望の光」。

ルブランは翌日の夕、ブロワをクラペロン通りの自宅に夕食に招いた。ブロワはその晩をこう報告している。「七時にルブラン宅で夕食。歓待をうける。奥さんは頭が良さそうだ。顔つきは女優たちを思わせたが、なぜだか分からない。というのは彼女は俺に対しては気取らない様子だった。ルブランは、もちろん俺の役に立とうとしたのだが、契約の約束を取り付けることには失敗した。だめとは言わなかったが、俺がどんな才能を持っているか知りたいのだ。（……）おそらく、来年下半期には俺の小説を載せてくれるだろう。明日の朝、ルブランが『ダイナマイト』の記事について話し、その結果を電報で報告してくれるという」。

しかし翌くる日ブロワはこう記している。「電報は全く届かない」。さらに、「五時、散歩がてらに、ルブランの『夫婦たち』を読みながら、ブール＝ラ＝レーヌまで行った。（……）ルブランの本は興味深い、モーパッサンからの影響がかなりあるが」。翌日、ブロワは不満を記している。「六時半にジル・ブラスに到着したものの、待っていたのは失望だった。ラカズしかいないし、俺が来るとは思っていなかったのだ。なんだか分からないが誤解があったのだ。ルブランは昨日本当に奔走したし、彼らの最初の反応はよかったのだろう。だから、うまく行くはずと思ったのかもしれない。その後、アルビオが難点をあげつらったのだろう。ようするに、記事が採用されるかどうかはかなり不確かなのだ」。

ブロワはルブランの作品を高く評価した。彼は、日記に綴っている。「ルブランの中篇小説集を読了。モーパッサン風といえるだろうが、辛辣この上ないフロベールに刺激を受けている。モーパッサンよりずっと優れた作品だ」。そして一一月二〇日。「《ジル》紙に掲載されたルブランの見事な短篇『百スー』」。一一月二四日木曜、ブロワはルブランに熱烈な長い手紙を書いた。それは、「私の親愛なる友よ」から始まり、「最も心のこもった握手」で終わっている。ブロワは、ルブランの短篇集を「一息に、この上ない満足感を抱いて」読んだ。彼は、ルブランの文体をモーパッサンと比較しているが、しかし「より卓越したモーパッサン、より限界まで徹底した、辛辣この上ないフロベールの刺激を受けたモーパッサンだ」。「あなたは、他の者たちに強烈な影響を及ぼすことのできる、ある種の人たちの賦形剤あるいは土台に違いないものを——すでにして——ぜんぶ備えているようだ。私が驚いたのはこれだ。というのはあなたは苦労したことがないっておっしゃっていましたからね。おそらくあなたはご存じないかもしれないが、苦労もせずそれほどのものを備えているなんて大したものですよ」。

　ブロワは、この褒めことばを心から言っていたのだろう。彼は普段、自分の意見はずけずけ言うし、ドーデの表現を借りるなら「物書き連中」の駆け引きごときとは無縁だったからだ。彼は、ルブランにもそう書いている。「私は今まで誰にもおべんちゃらを言ったことはない、おそらくあなたもご存じでしょうが、本当にただ私の考えを申し上げているのです」。そうはいっても、やはり、彼はルブランの友情によって、《ジル・ブラス》で何らかの恩恵に浴することを期待はしていたのだろう。……

　一二月八日、ブロワは書いている。「ルブランから今晩の夕食に招くというメッセージ。ルブラン自身が俺に五百フラン貸すか、誰かに前払いさせることができたら」。のちに「ルブラン宅で夕食。彼は真剣にデフォセに話してくれるだろう。前払い金を五百フランもらえるかもしれない。軽蔑したように離婚の話をしてしまったが、ルブラン夫人が離婚の経験者だと知った。怒らせなかったらいいが」。翌日にはこう記している。「急ぐようにルブランへ手紙」。実際、一二月九日、ブロワは「物乞い」の長い手紙をしたためた。「僕がデフォセ氏から受け取りたいと願っているこのことが、どれほど緊急かつ必要なことか、とりわけどんなに緊急かってことを、昨晩あなたはお分かり頂けたでしょうか？（……）物書きの中で、知性の面で僕より支払い能力のある奴がおりますか？　僕が頼んでいるのは、ほんの些細なごく簡単なことだ。徳高い態度を求めているだけなんだから、デフォセ氏は、単なる俗物だと思われたくないに違いないし、頼みを断ることなぞそうできやしないだろうに」。一二月一〇日、ブロワは失望を書き留めている。「《ジル・ブラス》に六時に到着し、デフォセに会ったが、何も言わない。ルブランは彼に会わなかったのだろうか？」。それから、一二月一二日。「ルブランから残念な手紙を受け取った。俺に『なにも出来ることはない』と答え、そして手紙の最後に、断った時にデフォセが少し苛立っていたように見えたと述べた。これにはひどくつらい思いがした。（……）いずれにせよ、ルブランは個人的に何の手助けもしてくれない」。

一二月一七日、ブロワは書き留めている。「ついに明日の予告欄にルブランと共に載る」。それから、「一〇時、校正。ルブランに会ったが、あいかわらず愛想がいい。月曜の手紙について何か言うべきじゃないか。それについて一言も言わない。なぜだかは分からぬが、生まれたかに思った友情が、消え去った。彼との間に深い溝を感じた」。消えてしまったこの感情の原因は私たちには全く分からない。ブロワは自分にお金を与えることができる限りにおいてしか同胞を尊敬しないのだろう。

翌日、《ジル・ブラス》紙をめくりながら、ブロワは新たなショックを受けた。「今朝、自分の記事が見つからないことに驚いた。ルブランの記事が長すぎるせいで、俺の記事は翌日にまわされ、それも予告された中で三人目だったのだ。頭にくる」。また次のように記している。「ルブランの長ったらしい記事は言いようもない俗悪そのものだ。ああ！　嫌だ、奴を褒める記事なんて書くものか。無神論者なんかと仲良くやっていけるか」。言いようもない俗悪そのもの？　この評価は、ルブランの記事が連載小説『フーク氏の幸運』の冒頭だっただけにますます驚かされる。なにしろ、それは、今さっきブロワがとどまるところを知らない賛辞をおくっていた短篇集『夫婦たち』の中にあった中篇小説なのだから！

『女の平和』

『女の平和』に関する権利を守るため、ルブランは作家協会に入会を求めた。彼がひとりで全部執筆したのは、第二幕第七場だけであった。そのため、戯曲の作者としてルブランの名が自分の名と並んで載るのを、ドネーは望まなかった。ルブランは一二月三日、「記載はないが、モーリス・ドネーの共同執筆者」として、準会員の身分で入会を認められた。著者とされなかったことは、彼にはかなり辛いことだった。

　一〇月中旬、ドネーはポレルに『女の平和』を読み、その後、一一月初旬に俳優たちに読んだ。彼らが、「いくつかのシーンの台詞の口調」と「主題の斬新さに多少戸惑った」ため、台詞をいくらかカットするのが賢明だろうということになった。芝居は一二月二二日から、「大劇場《グラン・テアトル》」の舞台で上演された。「インド風の」装飾が施された巨大な建築物である。豪華に彫刻を施した円柱の上で多葉形のアーチが四方に広がっているのだ。一二月二一日は、報道関係者向けの上演が行われ、それが終わった朝の二時に、アメデ・デュタックはルブランにこう書いている。「総稽古《ゲネプロ》から戻ってきた。明日には大いに期待している。新聞雑誌記者しかいなかった。そんなに反応はかんばしくなかった。とはいえ、あの性悪な新聞批評家連中が観客にしては、芝居の受け止め方は好意的だったと思う。第一幕の間、奴らは陰気な顔をしていたよ。笑いがおこったのは、君のシーンになってからだ。それにタラクシオンは俳優として素晴らしい成功を収めた。君も満足するでしょう。ぜひ明日来て下さい」。

二二日、二百人の観客席には百五〇人しかいなかった。華やかな大スペクタクルには、裸同然の若い美しい女性エキストラが多数出演し、豪華な役者が揃っていた。リュシアン・ギトリ〔俳優。名俳優サッシャ・ギトリの父。一八六〇―一九二五〕、リュニエ＝ポー〔俳優・演出家。〈制作座〉主宰者。一八六九―一九四〇〕、リューシストラテー役にはこのとき既に大女優であったレジャーヌ〔ガブリエル・レジャーヌ。当代きっての喜劇女優と言われた。一八五六―一九二〇〕。おかげで、最後には『女の平和』は成功を収めた。ジュール・ルメートル〔批評家・劇評家。一八五三―一九一四〕の批評は熱狂的であった。「この舞台で、私は、みごとな才を持った作家の軽妙さとちゃめっけを大いに楽しんだ。それは、アイロニー〈まさに悪ふざけと〈シャ＝ノワール〉主義の〉と、本物で本能的にほとばしるポエジーとの融合である。そして、こうした悪ふざけからポエジーへとなんとも自然に事もなげに移っていくのだ。それに、つまるところ、とても洗練され、調和のとれた見事なスペクタクルを観るのは、純粋に楽しいものだ」。

クリスマス物語

一二月二四日の午後の終わり、ルブランは《ジル・ブラス》の事務所で、次の時評の校正をしていた。ブロワはその夕方に記している。「ルブランに会った。あいかわらず愛想がいい」。というのは、一二月二六日の《ジル・ブラス》紙は、ブロワの『プロシアのクリスマス』とルブランの感動的な『クリスマス物語』を掲載したのだ。「マルセル・プレヴォーに」捧げたコラム〔『死にゆく年』〕で、ルブランは、三一日の大晦日に過ぎ去る時へのメランコリックな思いを吐露している。「がさつな心は、同胞の死の際にしか涙を流さない。他方、神経をいたく病んだ人同様に、繊細な心は、時を分かつ型どおりの期間が過ぎ去ることを悼み涙するものだ」。

三〇代が近づき、ルブランは老いを感じていたのだろうか？　彼はこう書いている。「三〇歳の時、私たちは幼少時代のことをまるで昨日のことのように思う。それに触れ、一目で見渡すことができる。過去は、私たちがいくつかの段階を経て駆けてきた道を、まるで丘の上から眺めるかのように一望できる。そして、道のむこう側はそのゴールも長さも分からないから、果てしがないと思いこんでいる。ああ、残念なことに、私たちは道半ば、おそらくは四分の三、いや、もう終わりにいるのかもしれないのだ！　これから私たちに残されたものは、いままで生きたのと同じくらいに、すぐにも崩れ去ってしまうだろう」。

Ⅳ　モーパッサンの弟子（一八九三―一八九八）

レオン・ブロワからの年賀状

一八九三年一月一〇日、レオン・ブロワはあいかわらず苛立って、日記にこう書き付けている。「《ジル・ブラス》は俺の記事を載せない。たった一通だけ手紙が届いた。年始の挨拶をよこしたのはルブランだ。慰めにはならない」。それでもやはり、返事を出した。「挨拶が遅れ失礼した。ご存じのように、僕はあまり礼儀作法を気にかけないからね。社交的じゃないから、手紙は本当に滅多に書かないのです。もし僕の手紙が気に入ったら、最も希少な類いの自筆文書を持っているのだと思ってくれたまえ」。

二月一二日、《ジル・ブラス》紙は、ポール・ブールジェに捧げたルブランの中篇小説『醜女』を掲載した。やっかんだブロワは日記で皮肉を言っている。「今朝のルブランの記事。ブールジェに捧げるときた。なんと誠実な友だことよ！」。

春、ルブランはピレネー山脈へ長い旅に出た。サン＝ソヴールを通り、コトレに行った。そこからは、ガイドが旅行者をロバの背に載せて、ポン・デスパーニュまで案内した。スペイン、とりわけアンダルシアをくまなく歩いた。《ジル・ブラス》の時評には「一八九三年四月、カディス」と記されている。彼は、セビリアの聖週間《セマナ・サンタ》やコルドバのモスク、「傑作中の傑作」グラナダのアルハンブラ宮殿を回想している。また、ジブラルタル海峡を渡り、北アフリカの国々も訪れた。短篇『浮気者』には「一八九三年、タンジール」とある。短篇『ズイーナ』ではアルジェリアを描いている。当時の多くの作家と同様に、ルブランは「オリエントの詩情」とそのいささか倒錯したエロチシズムを発見した。同時期のモーリス・バレスや多くの「耽美主義者」のように、旅が必要だと感じていた。そして、「新たな地平」、「新たな感性」を見出さなければならないと。

四月一八日、ブロワは午後遅くにジル・ブラスに立ち寄った。妬ましげに日記にこう記している。「スペインとモロッコから帰ってきたばかりのルブランに会った。そりゃあ、奴は、退屈しないだろうよ。申し分なく礼儀正しい」。

『**ある女**』

『ある女』は四月九日から、まず《ジル・ブラス》紙上に連載小説《フイユトン》として掲載された。単行本の出版は、《挿絵入りジル・ブラス》紙の一面に発表された。挿絵画家スタンランが、ルーアンの様々な鐘を背景に、男＝サテュロスたちに囲まれたひとりの女＝ファウナを描いている。

ルブランに長篇小説『ある女』を出版することを申し出たのは、ポール・オランドルフ自身だった。小説は、五月二三日に出版された。オランドルフは、リシュリュー通りの彫刻でごてごて装飾された建物に住んでいた。二八番地の二には、今でも小さな扉口を取り囲むレース状の石積みが残っている。オランドルフは、アルフォンス・アレ、ルネ・メズロワ、ポール・アダン、ジュール・ルナール、それに、ギ・ド・モーパッサンを出版していた。モーパッサンは、ヴィクトール・アヴアールと別れ、『オルラ』と『ピエールとジャン』をオランドルフの元に持ち込んでいた。

『ある女』は「現代の地方社会に生きる、恋に落ちた女性の心と肉体をめぐる、情欲と心情を分析した個別研究」であると、《ジル・ブラス》紙は紹介している。「ある一人の女が結婚し、そして愛に絶望し、それから意識もせずやすやすと再び貞淑な暮らしへと戻っていく。この官能の喜びに溺れる女の投げやりな人生の局面の一つ一つを、作者は余すところなく描いている。全てが生き生きと脈打ち、そこにはノルマンディーの物語作家たちの頑強な樹液が流れていることが感じられる」。

『ある女』の連載中、《ジル・ブラス》は、ルブランの掌篇もいくつか掲載していた。これは、ルブランが「ジュミエージュ修道院長」との筆名で著した『欠くべからざる物語』を総題に持つ作品群である。程なくして、《ジル・ブラス》紙には、「かの名高いジュミエージュ修道院長による掌篇は、そのこの上ない簡潔さと痛烈なアイロニーでもって、長きにわたり、真の文学ファンを魅了した」と書かれている。

『ある女』は「猜疑心と悪意に満ちた町」ルーアンを舞台にしている……この町でこの本はちょっとした騒ぎになった。たとえ、自然主義文学の読者が淫らな話に慣れっこになっていたとしても、ブルジョワジーはそういった一切のこととは無関係であり続けていたようだ。なにしろ、一八九三年のこの年、『礼儀作法の手引き書』の作者にとっては、「育ちのいい男性は若い女性と同じ長椅子には決して座らない」ことは明白なのだから！　エミールは息子の小説をどう思っただろうか？　それは決して分からないことだが。……

　多数の新聞に寄稿していたリュシアン・デカーヴ〔写実主義作家・劇作家・ジャーナリスト。一八六一―一九四九〕に、ルブランは『ある女』を送った。おそらく、批評記事をあてにしたのだろう。ルブランは失望したに違いない。六

1896年、32歳のモーリス・ルブラン

月七日、デカーヴは彼に手紙を書いた。「貴著『ある女』をご恵投下さりありがとうございます。読み終えたばかりです。すばらしい成功が待っているでしょう。批評ですか？　それがなんだと言うんです？　我々は同じ船に乗っていて、並んで船を漕いでいるのです。僕と同じように、あなたも芸術家気取りや大家ぶった文士はお嫌いでしょう」。「しかし、いずれにせよ、あなたのシャルマン夫人は、自分の体を惜しみなく与えているのです、『貧乏人や醜男や野暮男がこの慈善の祝宴から閉め出されることもなければ、拒絶という考えが彼女を捉えることもない』、そこに愛における良きアナーキーがあるのです。それだけでもましではないですか」。デカーヴは小説の結末についてこう記している。「リュシーの落ち着き、結局は良い結果をもたらす病、おそらく幸福の中で迎えるであろう死、崇敬の念、信心、不寛容、これらのおかげで、この本は、一般概念、もはやある女ではなく多数の女、つまり地方のブルジョワジーというものに対する評価という広がりを持つのです」。

『ある女』は、ジュール・ルナールからの手紙を受け取るだけの価値があった。ルブランはルナールに、「喜ばせるような献辞」を添えて一冊送っていた。ルナールは返事をしたためた。「あなたは、まさに、私が最も愛するフロベール一門の作家だ。あなたの『ある女』は、過激なボヴァリーだ」。「私はあなたに捧げるこれ以上の賛辞は思いつかない。あなたは、フロベールとギ・ド・モーパッサンを完璧に読みこなしたのです」。「ご著書の中に私が認めた一番の魅力について詳しくお話ししたいものです！　お目にかかって話をする必要があるでしょう。そんな機会が巡ってくることを望んでおります。あなたの簡潔な心理描写に脱帽です」。

レオン・ブロワとの諍い

ブロワは小説『血の汗』のための出版社を探していた。六月一三日にこう書いている。「モーリス・ルブランの『ある女』を見つけた。出版社がオランドルフだったのが、えらくショックだった。ルブランを仲介者として利用したらどうだろう？　この考えを実行した。ルブランに奴の自宅で会った。ルブランはやってみると約束し、その後すぐに俺に手紙を書くことになった」。万全を期すため、ブロワは、六月一七日に発表された彼の短篇『女義勇兵』をルブランに捧げた。しかしながら、同日、「ルブランからの手紙。昨冬デフォセに頼んだ時と同じように、完全な失敗だ。まったく、ルブランはいつでも失敗する」と日記に綴っている。

六月一九日、ブロワはルブランを訪ねる。四〇フラン借りることに成功する。二四日には、「ルブランに手紙を送ったが、二〇フランだけを同封。残りは火曜に返すと約束した」と記している。しかし、残りの金をルブランが目にすることは決してないだろう。……六月二九日、ジル・ブラスに午後遅く訪れた時のことを、ブロワは日記にこう打ち明けている。「ルブランに会った。あいかわらず礼儀正しいが、本心は分からない」。ブロワは誰ともそうしたように、ルブランとも仲違いした。ロニー（共同執筆していた兄（一八五六―一九四〇）と弟（一八五九―一九四八）のペンネーム。ヴェルヌに次ぐSFの開祖）は『文学生活の回想録』にこう記している。「ブロワの友人だと思った者は、最後には、彼から乱暴に縁を切られる目に遭うのだ」。

モーパッサンが七月六日に亡くなった。後にモーパッサンの「弟子」を自称するルブランは、八日、文士たちの群に紛れ、サン＝ピエール・ド・シャイヨ教会とモンパルナス墓地で行われた「師」の埋葬に参列した。エレディア、アレクシ、マルセル・プレヴォー、アンリ・ボエール、カテュール・マンデス、ジャン・ロラン……がいた。エミール・ゾラは墓前で追悼演説を行った。「彼はこれからも、地上で最も幸福で最も不幸であった人のひとりであろう……」。

七月一六日の《週の噂《エコー・ド・ラ・スメヌ》》は「モーリス・ルブランが最近オランドルフ社から出した小説は大センセーションを巻き起こし」、「その著者の評価を決定的なものとする」と記した。同日の《新聞と本の雑誌《ルヴュ・デ・ジュルノー・エ・デ・リーヴル》》は、アルマン・シャルパンティエ〔小説家。一八六四―一九四九〕の熱烈な記事を掲載している。「モーパッサンの後継者であるモーリス・ルブラン氏は、才能に溢れた緻密な作家である。彼は、師匠から、効果的な導入、また、鋭くて短い文章、時には何とも甘美なあの平然としたアイロニーも譲り受けた。前途有望な作家である」。

姉ジュアンヌと妹ジョルジェット

九月七日、ジュアンヌは女児フェルナンドを産んだ。父親はフェルナン・プラ。彼女が夫と別れたのは、この男のためだった。しかし、フェルナンの家族の猛反対に遭い、結婚できるのは、ずっと後になってからだった。

一一月一四日、ブロワは冷笑的に記している。「《ジル・ブラス》でルブランに会った。ヴェッツェルの店でのダルブールとクローズ、そして特に俺の飲食代を、ルブランに支払わせた」。金を引き出せると期待していた時には、あれほどルブランの才能を認めていたのに、今度は「全くつまらない会話」と評している。

この一八九三年は、ジョルジェットが、長く輝かしいキャリアのスタートを切った忘れられない年になった。オペラ＝コミック座に雇われたのだ。父親は絶望した。というのは、当時、女優はほとんど高級娼婦《クルティザンヌ》と同一視されていたのだ。ジョルジェットは、一一月二三日、『水車小屋の襲撃』でデビューした。アルフレッド・ブリュノー作曲、ルイ・ガレ台本の歌劇である。翌日、ルブランはヴィクトル・ユゴー通りのジョルジェットの部屋に新聞の束を持参した。ベッドにいたジョルジェットには、兄が女中にこう言うのが聞こえた。「ほら、ウジェニー、新聞だ。どれもジョルジェットの大成功を取り上げてるぞ」。ジャン・ベルナック〔作曲家。生没年不詳〕は《挿絵入り盗人》誌で、「彼女の名の周りには、まるで伝説ともいえるほどのものが生まれていた。聞くところによると、舞台で成功を収めるだけのありとあらゆる才能に恵まれているのに、女優になるのを快く思わない家族たちに猛反対されていたそうだ」と記している。

一二月二六日の《ジル・ブラス》紙に載った『クリスマス物語』を読めば、ルブランがアナーキズムに共感していたことは明らかだ。ルブランが登場させた貧しい男はとても正直だ。「幼少から、男と同胞の財産との間には、乗り越えられない障壁がそびえ立っていた。男は、その壁がどれほど強固なものか知ろうとも思わなかった」。男の最初の盗みは、ある人形だった。屋根裏部屋で待っている小さな娘のために、ほとんど心ならずも盗みを犯してしまったのだ。しかし、この盗みによって、男の目は覚めた。「誰かの所有と、別の誰かの必要との間に築かれた障害物は、全くのでっち上げであり、子供だましの脅しにすぎないと悟ったのだ」。

ルブランは冬をニースで過ごした。カミーユ・モークレール〔詩人・文芸批評家。ルブランの妹ジョルジェットの恋人になる。一八七二―一九四五〕やジャン・ロラン〔詩人・小説家・劇作家・ジャーナリスト。一八五五―一九〇六〕、アルフォンス・アレといった何人かの作家に会った。アレは時評のひとつにこう書いている。「ボリューで、ヴィルフランシュに錨泊中の巡洋艦〈シカゴ〉の二人のアメリカ人水夫に出会った。ポーランドの全艦隊のように酔っ払った、この二人のヤンキーは、おそらくひどく辛い話をしていたのだろう、というのは、悲痛な様子でおいおい泣いていたのだから。かわいそうに、この二人は、こんなに悲しくなるほど、何をそんなに呑んだのだろうか？　私は全く違う答えを期待していたが、モーリス・ルブランはこう推測した。『多分、アウアー《ショピヌ》のボトル《・アウアー》だろう〔発明家アウアーのボトル（Chopines Auer）を厭世的な哲学者ショーペンハウアーにかけた言葉遊び〕』」。

『苦しむ人々』

中篇小説集『苦しむ人々』が一八九四年四月一〇日、オランドルフ社から出版された。この四月一〇日は、「テオフィル＝アレクサンドル・スタンランのデッサンと絵画作品」の初展覧会のオープニングの日であった。その展覧会に、ルブランは、友人から贈られた『ある女』（《ジル・ブラス》に掲載された）のイラストの原画を貸し出した。展覧会は、サン＝ラザール通りのボディニエール劇場〔劇場の廊下で展覧会が催されていた〕で開かれた。ルネ・メズロワが序文を書いた展覧会のカタログによれば、マルセル・シュオッブ、レオン・グザンロフ、ジョルジュ・クルトリーヌ、ジャン・リシュパン、アリスティード・ブリュアン、ジュール・ルナール、リュシアン・デカーヴ……など、《ジル・ブラス》紙に寄稿し、スタンランが挿絵を描いた作家たちからも、作品が貸し出されていた。

この一八九四年には、ルブランはまだ毎週、頭をひねって風変わりな話を書かねばならなかった。四月一六日の時評『現実』では、ユーモアをまじえて、物語作家たちは「アイデアの提供者たち」にうんざりしていると語っている。彼らは、逸話を語り、「この話は、何か面白いネタになりますよ」とか、最後には「結末だの細かいところだのお好きなところを変えてもいいですよ」とか言う。ルブランはこう認めている。「確かに、冒頭、真ん中、結末を変えれば、面白い話が完成するだろう」。「しかし、どんな作品であっても、すべて作家の想像力から生み出されるものだ。例の資料なんでもの（この夢のような冗談）は、些細なこと、付随的な題材しか与えてくれない。（……）背景、あらすじ、出来事といった全ては、私たち作家の想像力から生まれるものだ」。また、こうも書いている。「現実の人生においては、あらゆることが、突然で、予想外で、バランスも調和もとれていない。恋愛ドラマを、敢えてそれが起こる通りに忠実に描いてみるとしよう。すると、おそらくは、退屈で真実味にかけて見えるだろう」。

『苦しむ人々』は何人かの文学者から評価された。『ある女』の著者は、もはや無名ではなかった。ベルナール＝アンリ・ゴスロン〔作家・文芸評論家。一八四五―一九一三〕は、雑誌《百科全書《ルヴュ・アンシクロペディック》》で、この本を紹介している。「この短篇集の中に、日刊紙の読者たちはモーリス・ルブラン氏の強烈で辛辣な才能を再び見いだすだろう〔『苦しむ人々』は、《ジル・ブラス》紙に発表された中篇小説の集成〕」。

ルブランが自分の本をアルフォンス・ドーデに送ると、ドーデはたいそう感じのよい返事を葉書でよこした。「あなたの中篇集『苦しむ人々』を読んで、とても強くて新しい、そして洗練された喜びを感じました。衷心より御礼申し上げます。私はあなたを全く、と申しますかほとんど存じ上げておりませんでした。今は、もうあなたの次回作を待ち焦がれております。私の愛読書のための本棚の一番よい場所に、繊細な、そして情熱的な作家の棚に、あなたの作品を並べましょう。お仕事に励まれて下さい。どうぞお元気で」。ルブランは一八九四年六月四日の《ジル・ブラス》に発表した短篇『老人と乙女』を、「アルフォンス・ドーデに」捧げることになった。

自転車讃歌

六月一一日、《ジル・ブラス》の一面に、声を大にして自転車を讃える、「自転車《それ》」と題された時評が載った。「数年来、私は自転車の忠実な臣下である」とルブランは打ち明け、こう続ける。「自転車は、アナーキーな器械だ。旧社会が過ぎ去る今の世紀末、（……）個人個人の努力の成果において、人は自己を発揮しようとしている。個人の活力が、群衆の絶対主義に取って代わる。乗合い馬車や汽車の一団の、陳腐さや自立性の欠如に耐えられない繊細な人間は憤慨しているのだ」。自転車は、人生の理想の表明だ。それ《そ》は《れ》、「最も崇高な自主性の萌芽を孕み、最も確かな個人の素質を伸ばす。そもそも自転車の登場は、アナーキズムの学説の誕生と完全に符合するではありませんか？（……）各人の財産が自転車ただひとつになる日、つまり〈大いなる夕べ〉の翌日が到来するのだ。まさに喜びのすべて、健康のすべて、情熱のすべて、若さのすべて、これらすべての源であり、人類の忠実な伴侶。それこそが、自転車だ」。

ルブランはよく自転車でブローニュの森を駆け巡った。「エラブル通りの松林」と「ポワン＝デュ＝ジュール通りの陽光に満ちた低木林」に沿って走った。それだけではなかった。毎年、ノルマンディーまでの走破を励行したのだ。「毎年、私は同じ試練を自らに課している。白状すると、初めての時はそれはとてつもなく厳しい闘いだった。ル・アーヴルからパリへの過酷な道を、私はたった一人で、一五時間、夜の寂しさや、朝の寒さ、真昼の太陽と格闘しなければならなかった。一二杯ものシードルを立て続けに飲み干し、疲労に耐えかねて土手に倒れ込み、また、暑さのあまり、公共の噴水の冷えきった水に飛び込んだ」。

ジョルジェットとともにブリュッセルで

この一八九四年、ルブランはドイツ、オーストリア、スイスを旅した。秋に《ジル・ブラス》に発表された短篇では、ニュルンベルクとその美徳の噴水〔女性立像の乳房から水の出る噴水〕、古城、「恐怖博物館」、べンベルクと「一一世紀のロマネスクの大聖堂」、レーゲンスブルクとミュンヘンの彫刻美術館《グリュプトテーク》を回想している。オーストリアでは、インスブルックやチロル地方を描いている。特にスイスについては、ヴァレン湖、クール、エンガディン地方、マローヤ、ベルニナ、シャフベルクなど、多くが語られている。

その夏、ジョルジェットはジュール・マスネと『ナヴァラの娘』の稽古をしていた。彼女の若い友人――そして恋人――であるカミーユ・モークレールのおかげで、ジョルジェットはモーリス・メーテルランク〔ベルギーの象徴主義の詩人・劇作家。『ペレアスとメリザンド』『青い鳥』など。一八六二―一九四九〕の作品を知った。すると、もうこの作家に会うことで頭がいっぱいで、ジョルジェットはブリュッセルのモネ劇場に雇ってもらうことになった。そんなこととは知らず、モークレールはメーテルランクの腕の中に彼女を放とうとしていたのだ。モークレールは、メーテルランクにこう書いている。「君は知らないけど、ルブラン夫人っていうのは社交界では知られた歌手で、とても美人で、とても若いんだ（……）。僕の恋人なんだよ。（……）僕は彼女を愛している。（……）思うんだが、もし彼女が君の作品を演じるとするなら、ドビュッシーが君の戯曲をオペラにした『メリザンド』じゃないかな」。

秋に、ルブランは妹に会いにブリュッセルに向かった。ジョルジェットはモークレールのおかげで知り合った人々を紹介した。エドモン・ピカール〔ベルギーの弁護士・作家。一八三六―一九二四〕、エミール・ヴェルハーレン〔ベルギーの詩人・劇作家。一八五五―一九一六〕、とりわけオクターヴ・モース〔ブリュッセルの法律家・美術・音楽批評家。一八五六―一九一九〕とその妻マドレーヌ。ルブランは一一月五日の《ジル・ブラス》に発表された『欠くべからざる物語』の内の三作をオクターヴ・モースに捧げた。この「アヴァン＝ギャルド」の芸術批評家は《現代芸術《アール・モデルヌ》》誌の主催者であった。ジョルジェットはマルティル広場にアパルトマンを借り、ウジェニー・マルタンという名の、長い間彼女の女中だった「忠実者のウジェニー」と住んでいた。ジョルジェットお気に入りの写真家「デュポン、ブリュッセル」と署名の入った見事なルブランの写真が二枚残っている。

一八九四年一二月一三日以来、ジョルジェットは、自由の身になったと感じていた。この日、セーヌ県民事裁判所が、スペイン人の夫との「別産および別居」を認めたのだ。メーテルランクとの最初の出会いは、一八九五年一月一一日、弁護士エドモン・ピカール宅での「芝居の後の夜食」であった。カルトン・ド・ヴィアール伯爵〔ベルギーの政治家・作家。一八六九―一九五二〕は著書『文学的回想録』のなかで、これを語っている。「流行のラファエロ前派スタイルの金色の花がちりばめられたベルベットのロングドレスを纏って女優が入ってくると、皆を驚嘆させた。額にひどくうっとうしいに違いないフェロニエール〔額に巻き付ける鎖に宝石などが施された装飾品〕を巻き付けた女優は、この宝石のことを褒められると、無邪気に答えていた。こういった装飾品を身につけるには相当美しくなければなりません、と」。数日後、ジョルジェットはヘント〔ベルギー第三の都市〕でメーテルランクに再会した。この逃避行の結果は、彼女の『回想録』の中で詳細に語られている。「私は今までずっと家族の機嫌を損ねないように気を使ってきました。けれども、私の行動を目にして、家族や特に兄は、悲嘆に暮れました」。兄は、こう忠告した。「なんでおまえはご本人に近づきたがるんだ？　最も偉大な作家ってやつは、いつだって作品よりも劣っているんだ。作品の中に自分自身が備えているよりも優れたものを注いでいるからね」。

マリーとの離婚

当時ルブランは、一八九五年と九六年に出版される作品、長篇小説『死の所産』と中篇小説集

ジョルジェット・ルブラン、26歳の頃

『謎の時間』を執筆していた。『死の所産』の主人公マルク・エリエンヌは、野心にさいなまれ、幸福を実現するために何でもする気だが、彼が手にするのは貧しさだけだ。物語の舞台の一部は、『謎の時間』収録の多くの中篇同様コー地方である。『謎の時間』というタイトルには不可解なことに対するルブランの関心が表れている。「私たちの魂や存在のかなりの部分は謎に包まれている。本能の謎、あるいは私たちの知らない外部の大きな力の謎に」。

『謎の時間』は「錯覚のなかでも最もむなしい」愛の物語だ。この作品からは、しばらく前にマリーと別れていたルブランの幻滅が窺われる。ルブランは、一八九五年一月二四日に「離婚勧告」を受け取っている。「ルブランは、侮辱的な状況において、妻が夫婦の住居へ立ち入ることを拒んだ」。これが、マリーがパリの執行吏ヴァンサン氏に認めさせたことだ。法は、「酷い侮辱」か「確かな起訴理由」ののちに提起する離婚請求を正当化すると期待していた。彼女はこの「酷い侮辱」が少しの場合のみ離婚を認めていた。「夫婦の住居への立ち入り」を拒むことは、よく口実として選ばれたらしい。例えば、フェルナン・ヴァンデランの小説『犠牲者』では、ヒロインは夫ジャックと次のように示し合わせている。「まもなくお昼に私が帰ってきたら、ドアにチェーンがかかっているでしょう……ジャックは私を拒むの、いわゆる夫婦の住居立ち入りをね。念のため、私たちは二人の証人が立ち会うようにしました。室内装飾の業者が職人と一緒に次の間にいます。三日前からブラインドの紐が壊れているからそれを修理しに。……裁判でお互い泥沼の中を転げ回るようなことにならないために、ジャックはこの策を受け入れました……」。

二月一六日の「執行吏の令状」によれば、法廷での弁護のために、ルブランは「訴訟代理人を選任」するように定められていた……しかし、ルブランは気にせずに、ただ成り行きにまかせた。一八九五年四月四日、「控訴人」であるマリーがただ一人出頭していた法廷で、セーヌ県裁判所の判決として離婚が下された。裁判所は、「妻の要望と利益を全面的に認めたルブラン夫妻の離婚」を言い渡した。裁判所は「婚姻で生まれた未成年の子供の保護と監督は母親に託した」。当時、「ルブラン夫人」は「ニースの、アルベルティ通り、ヴィラ・ラランヌ」に居住、一方、ルブランはピクシニ通り一〇番地の二に住んでおり、判決は四月二七日に下された。

離婚は、ルブランが《ジル・ブラス》紙に寄せた時評のテーマのひとつとなる。ルブランは、自分がいま離婚した女性に宛てて手紙を書いた。非難されるべきところは一切ないが、唯一、彼女は退屈なのだと。「あなたは、平凡なのです」。一八九四年に発表された時評にも同じテーマが見いだされる。「厚かましくも、君を批判するとすれば、ちょっと……なんて言うかな……ちょっと平凡なんだということだろうか？……それだよ、言ってしまった……平凡、つまりいつも同じってことだ。君には、思いがけないところ、陽気なところ、自由闊達なところが欠けている。君が生み出すのは、退屈なんだよ」。

ジョルジェットとの休暇

ピクシニ通りの兄の家で数日過ごしに、ジョルジェットがやって来た。彼女はそこで、カミーユ・モークレールに会った。モークレールは、おそらく、メーテルランクと彼女の純情な恋愛をまだ全く知らなかった。

一八九五年、アンドレ・ポニャトフスキ王子が、豪華本の《仏米雑誌《ルヴュ・フランコ＝アメリケーヌ》》を創刊した。それは、オランドルフ書店から、ニューヨークとパリで同時に出版されるはずであった。その目的は、「アメリカに現代フランス文学を紹介すること」である。その寄稿者の長いリストの中には、モーリス・ルブランもいた。彼は、友人で副編集長のマルセル・ルールーに頼まれたのだ。六月、創刊号は、ルブランの中篇小説『論理の友』を掲載した。小説と一緒に、本やカーテンに壁が覆われた自宅の部屋で、ソファーに腰掛けた若い作家の写真が載っている。二本の椰子の木が、その大きな葉を机の上に広げている。写真の下には、こんなコメントがある。「フロベールやモーパッサンが属す、ノルマンディー文学の名門の出。モーパッサンの門弟であり、好奇心をそそるレアリスムと的確な表現を備えた長篇小説と短篇を執筆」。

ルブランは自転車や自動車で沢山の旅をした。クリエル＝シュル＝メールにあるゴシック教会の横で撮られた写真には、一八九五年六月に最初のパリ―ボルドー―パリ間の自動車レースで優勝した車に似た、一台のパナール＝ルヴァッソールに乗ったルブランが写っている。この六月、ルブランは何度かジョルジェットと休暇を過ごした。彼女は喉を休ませる必要があったのだ。兄は、シンツナッハ〔スイスの温泉保養地〕の保養地を提案した。ジョルジェットは『回想録』で書いている。「モーリスと私は、シンツナッハに日暮れ時に到着しました」。彼女は兄について長々と話している。「アルセーヌ・ルパンを創造するまでの長い間、モーリス・ルブランはその過剰な想像力を抑えきれず、あちこちで発揮していました」。（……）「私がメーテルランクのことを話していると、兄は熱心に耳を傾けてくれました。私を理解して、兄もまたロマンチックな気性のもちぬしだったので、他の人の冷淡な忠告から私を庇ってくれたのです。私たち二人の性格は互いに異なっていましたが、理解し合い、寄り添って歩んでいました。私の性格は、年がら年中疑問に満ちていて、探究心が旺盛で、歩行に必要な杖のように、どんな考えに対しても『そうでしょう?』と問いかけることが必要でした。兄の方は、フランスの『上手くいくさ』からノルマンディー特有の『多分大丈夫』との間でいつもバランスをとって、陽気な哲学者の楽天主義の中に奇妙にもとどまっていたのです」。ルブランは、「メーテルランクの作品が好きでした。兄は、私のときめきに共感してくれたけれど、私の話が終わると、私たち二人、詩人と私とが取ることになる責任について長々と話しました。でもそれは無駄でした。愛にはそれ自身のこだましか聞こえないのですから」。

ジョルジェットは兄のダンディズムを力説している。「兄は、日にこんがり焼けた小麦色の顔色にイタリアを思い起こさせる眼差しをもった若者でした。当時、一八三〇年代のファッションをパリに復興させていました。高く結んだネクタイ、つばの広いフェルト帽、ギャザーを寄せた胸当て、ウエストのくびれたフロックコート（……）。溢れんばかりの熱狂から醒めると、再び同じくらい熱烈に新たな情熱を兄は抱きました。低くて、しばしば興奮からしゃがれた声で、容易に人を説き伏せたものです。（……）明るい性格でしたが、それでも遊び半分に、これから起きるかもしれない心配ごとや避けがたい危険や疑いようもない破滅やらを予想するのが好きでした。それから、兄はもみ手をしながら、こう締めくくるのです。『かまうものか！　今日は万事順調だ』と」。妹は次のような見事な表現でまとめている。「兄は、今この一瞬を楽しむことができる人でした。いつも一分のその六〇秒を、美食家の如く味わっているように見えました」。

一八九五年の夏（例外的な猛暑だった）、ルブランはパリでジョルジェットに再会した。彼女は長々とベルギーでの暮らしを語ったが、多忙を極めていたに違いない。というのは、八月三〇日、今度は彼の方が、モネ劇場の支配人にこんな手紙を書いているのである。「喉の痛みをこじらせてしまい、妹は三日前から心配なほど弱りきって床についています。（……）そんなですから、この哀れなジョルジェットは、ひどく苛立っているのです。仕事の再開を楽しみにしていましたから。これを機会に貴兄にお願いがございます。妹が貴兄のおそばに戻りましたら、どうか落ち着かせて頂きたいのです。数日の差でしたら、彼女が体力を回復するのを待つ方がいいでしょう。無理をして、今年、妹が歌うのを心待ちにしている素晴らしい収益の上がるはずのシーズンを危険にさらすことのないように。貴兄もよくご存じのように、彼女を発憤させるよりも、もっと頻繁に休ませるべきです。貴兄の賢明さに期待しています」。

メーテルランクへの手紙で、ジョルジェットは、兄と、未来の夫フェルナン・プラを同伴した姉ジュアンヌとともに、フォンテーヌブローの森〔パリ郊外の森。かつての王族の狩猟地〕につかの間の旅行をした時のことを語っている。そこには自分と女優の間が完全に終わっているとは信じられないカミーユ・モークレールもいた。行楽者たちの一行はある宿屋に泊まったが、そこで日曜の晩、二日前、妻に捨てられ首を吊ろうとした男に出会った。いつでも進んで「人助け」をしようとするジョルジェットは、男のテーブルに行って、また人生を楽しむことができると賢明に説得につとめた。彼女が仲間のテーブルに戻ってくると、姉のジュアンヌの涙（「とはいえ冷淡な」）とフェルナン・プラの「ほとんど崇高なる」言葉（とはいえ、「存在の希薄な」）で迎えられた。ジョルジェットは兄の言葉を記している。「今まで、ジョルジェットに反対したこともあったが、僕は間違っていた。これからはいつだってあいつが正しいと考えることにする」。

『死の所産』

一一月初旬に出版された小説『死の所産』は、注目を集めた。《フランス通信《クーリエ・フランセ》》〔挿絵入りの週刊誌〕は「新刊案内」で次のように記している。「モーリス・ルブランがオランドルフ社から『死の所産』を出版。力強く真に迫る作品であると同時に奇妙な味わいをもった小説である。これは、暴力的で陰険きわまりない方法、犯罪と淫蕩、偽善と卑劣な行為によって、あらゆる欲望を満たし幸福を手にする物語である。勝利した犯人が、この幸福そのものと人格の死の中に罰を見いだすという結末は、予想を超えた大胆さと悲劇的な壮大さを備えている」。《新聞と本の雑誌》でもアルマン・シャルパンティエが書いている。「歓喜し苦しみに悶える、生き生きとした人間を現に目の前にしているかのようだ。これが、私から著者に贈ることのできる最高の賛辞である」。

ルブランは再び、一八九六年一月四日の《挿絵入りジル・ブラス》紙の「一面」に短篇『不完全な生』を発表した。しかし、ルブランは《ジル・ブラス》では満足できなかった。フェルディナン・ブリュンティエール〔文学評論家。一八四九―一九〇六〕が編集長を務める名高い《両世界評論》〔一八二九年に創刊された右派の月刊誌〕に寄稿を望んでいたのだ。当時『自画像』で知られた小説家で、かつ『やっとこ』で喝采を浴びた劇作家ポール・エルヴュ〔小説家・劇作家。一八五七―一九一五〕に、ルブランは口利きを依頼した。一八九六年二月一日、エルヴュはこう書いている。「昨日になって（最初は失敗に終わったが）やっと《評論》でブリュンティエールに会えました。あなたのご希望通り、ご著書『苦しむ人々』、『ある女』、『死の所産』以外のあなたの資料を渡しました。彼は、あなたの原稿が彼の方針に合えばいいが、と言っていましたが、自分もそう願うと言い添えて、私もできるだけのことはしました。彼はあなたの原稿を目の前のテーブルの上に置いていました――しかし残念ですが、タブラ・ラーサ〔白紙状態を意味する「何も刻みつけられていない板」（table rase）と何も載っていないテーブルとの言葉遊び〕というわけではないのです！　ブリュンティエールは検討し、できるだけ早くあなたに知らせると約束しました。彼は今日三日間の予定でブザンソンに発ちました。講演をするのです。あなたにはただ待ってくれとしか言えません。待つなんて到底無理であることは重々承知していますが」。いくら待っても無駄であった。ルブランが、《両世界評論》に参加することはなかった。……

彼は、冬の一時を「太陽の国々で」過ごした。一八九六年二月にジョルジェットは彼に書いている。「お兄さんが太陽の方へ車を走らせているのが目に浮かぶわ。どんなに幸せか、知っているの」。

アーティスティック・サイクル・クラブ

三月、スポーツジャーナリスト、ピエール・ラフィットは、数人の友人と自転車のサークル「アーティスティック・サイクル・クラブ」を結成した。その月末にはすでに二百人以上の会員がいた。その中にはルブランもいた。重要な出会いだ。なにしろ、まもなくルパンの道にルブランを引き入れるのは、このラフィットなのだ。

五月一二日の《ジル・ブラス》紙に発表された『征服された自然』のなかで、ルブランは改めて自転車への情熱を歌い上げた。「こうして、今日、自然の面前に、より優れた、より強く、より繊細で、より健全な新たな人間が立ち上がるのだ」。

この五月、オランドルフ社は中短篇集『謎の時間』を出版した。ここに収められた中篇『文通相手』を捧げたジュール・ルナールからは、もちろん作品への賛辞が送られた。彼は、ルブランに手紙を書いた。「ここ数日、どこかの自転車小屋《シャレー・デュ・シクル》でお会いして、ご著書『謎の時間』のお礼を申し上げ、どれほど『文通相手』が私の気に入ったかをお伝えできればと思っていました。〈モーパッサンの見事な後継者〉とあなたをお呼びしましょうか？　いいえ、ノーです。あなたは独自の作家であり、いま出した喩えは多少古くさいのですから。しかし、それでもイエスなのです、なぜならモーパッサンは才能に溢れていたのですから。ゴンクールが何と言おうとね。そして、彼の後継者であるというのは、資質に恵まれているということなのですから。敬具」。アルフォンス・ドーデもまたこの本を贈られた。彼は葉書でルブランに礼をしたためた。「この官能的な黒い花束の献辞に感謝します」。ラシルドは《メルキュール・ド・フランス》誌にこう書いている（女流作家ラシルド（一八六〇―一九五三）の夫アルフレッド・ヴァレットによって創刊された文芸誌）。「一作ごとに個々の着想を備えている作品集というのは、希少である。（……）心理的考察には目を見張るものがあり、女たちは、優しすぎず、厳しすぎず、図らずもあるべき姿で描かれる。作家は女たちの無意識を完全に理解している。偏見もそれほどない。モーリス・ルブランの文体は非常に簡潔で快い」。

ルブランの宗教観

新しい感覚を味わうために、ルブランは自らの感性を研ぎ澄ますことに没頭した。『死の所産』のなかで、主人公は「ものと一体になっていた。もののように彼は恭しく無限の神秘を前に恐れて跪いていた。（……）空には、壮大な光景が絡み合っている。それは、穏やかな湾が眠る炎のラグーンであった」。この感性は、『死にゆく年』でも見られる。「そうとは知らずに、無数のほんの小さな悲しみが私たちの心をかき乱す。それが、理由の分からない、こうした漠とした憂鬱の源なのだ。遠ざかる物音、消えていく明かり、薄れる芳香、花びらを散らす薔薇、いずれもが私たちの内にひしめくほんの小さな苦しみだ。日没、それは死の淵にある人間の痛みのようだ」。同様の汎神論的な感性は『木』にも見られる。「苦痛を逃れられるものは何もない。人間の体も、その魂も、獣も、植物も、無生物さえも。万物の感受性は分割し、無限に存在する原子のうちに宿っている」。『囚われの女』の語り手のように、ルブランは「過剰な感受性にさえも喜びを見いだしてしまう感傷的な心」を抱いていたのだ。

宗教、それに保守的で幸福を享受できない狭量なブルジョワジーに、ルブランは抵抗していた。彼は一つの著作の中で、教会を「愛の概念さえ歪めてしまった」と批判するだろう。彼はこの愛が「世界で最も自然で最も人間的なこと」と見なされていないことに驚きを隠せない。「愛の行為というのは、食べたり飲んだり眠ったりする行為とは異なったものだなどと私たちに信じさせるために、どんな可笑しなでたらめを利用したのだろう?」。教会とは反対に、ルブランは「悲しみ、不毛な禁欲、卑しい謙遜、無意味な責め苦、現状維持の旧来の倫理とは対立した喜びの倫理」を主張するのだ。

ルブランの「宗教」は汎神論であり、それは彼の感性とよく合っている。彼は『木』の中で、書いている。「毎日、毎秒何百万回も、その千変万化の出現において、常にその子供たちへの愛のために、自然は、磔刑の苦しみを味わっている。ならば、自然を愛そう。この偉大で、善良で、唯一の神を!」。『待っている女』では、ドンフロンの城から見渡すパノラマに陶然として、「最も宗教的な高揚感を満たすことができる、この事物の完全なる美」について述べている。別の短篇では、「心を揺り動かす大空間」が私たちのうちに呼び覚ます宗教的希求を語っている。ルブランは社会の拘束に反発し、自分の情熱のままに身を任せた。そこから、社会に対して自らの優越を示す方法である、彼のダンディズムが生まれたのだ。

彼の知人の幾人かは今日も知られている。ジュール・ルナール、アナトール・フランス、ジャン・ロラン、レオン・ドーデ、カテュール・マンデス、あるいはトリスタン・ベルナール〔劇作家・小説家。一八六六―一九四七〕。ルブランが誰よりも気が合ったのはベルナールだ。トリスタン・ベルナールはバッファロー自転車競技場を経営していたが、ルブランは一八九四年『自転車《それ》』で競輪場が好きだと言っている。「私はトラックを走る選手が好きだ。謎を愛すると同じように好きなのだ。つまり恐怖と好奇心を抱くから。数時間もサドルの上に身を屈め、ただただ自分の前を進む車輪に集中して、回る、回る、果てしなく芝の周りを、気をそらさず、弛みなく、回り続ける。それは、愛好家だけが味わえる特別な娯楽だと思うのだ」。

他の知人たちは、今日ではあまり知られていないが、当時はかなりの名声を博していた。マルセル・ルールー、ジョルジェットの家で時々会っていたポール・エルヴュ、アベル・エルマン、ジャン・アジャルベール、ポール・アダン、才人ピエール・ヴェベール、彼もまたトリスタン・ベルナールの友人であった。カミーユ・ルモニエ、マルセル・プレヴォー、ピエール・ヴァルダーニュ（オランドルフ社の文芸部長）、ルネ・メズロワ、フェルナン・ヴァンデラン、フランシス・シュヴァシュ（フェルナン・クソと共同で《ジル・ブラス》の代表）、ギュスターヴ・ギッシュ、アレクサンドル・スタンラン。スタンランは、猫に囲まれてモンマルトルに暮らしていた。

旅と文学名所巡り

ルブランは旅を愛した。『謎の時間』に収められた中篇『魂の本質』で、ルブランはお気に入りの場所を挙げている。「ソレントでは、香りで心が疼いた。ギンバイカとオレンジが媚薬を振りまき陶然とさせる。（……）アマルフィ！　山の中腹に建つかつての修道院、長い遊歩道には蛍が人の目のように瞬いている。（……）ルチェルン、詩の湖……ライン川、神秘の大河……スコットランド、穏やかな渓谷……ブルターニュ、伝説の森……より私的な場所、私だけの場所といえば、それは、ギリシャの処女《おとめ》たちの幻が通り過ぎていくサントノラの森だ。そしてタルンの渓谷、その谷底では水が時にまるで鏡のように止まっているのだ」。

ルブランはプロヴァンス〔フランス南東部〕をくまなく旅したが、作品の中でもしばしばその地を回想している。「私の楽しみは、毎年、南仏から戻る時に、プロヴァンスの古い町を訪れることだった。町は、太陽の熱で固まった泥の小さな山のような岩山の頂で干上がっていた。類いまれな、信じられないほど美しい町がある。どんな町も私を楽しませ、町が城壁の中で守ってきた、長い間積み上げられた神秘的な過去に心を揺さぶられた」。ルブランは文学の名所巡りも好んだ。バルザックやジョルジュ・サンド〔女流作家。『魔の沼』など。一八〇四―七六〕の足跡を巡ってベリーやクルーズ渓谷を訪れた。

一八九六年の夏、ジョルジェットとメーテルランクに会いに、ルブランはヴァンデ県〔フランス西部〕に赴いた。後に『アルメルとクロード』で描くこの地方を、ルブランが自転車で訪れたのは、その時のことだ。ゲランド〔フランス西海岸、ブルターニュ地方の町〕を熱心に見て回り、しばしばこの場所に言及している。

九月に、ジョルジェットは兄の家に数日間滞在し、カミーユ・モークレールの訪問を受けた。メーテルランクへの手紙の中で、ジョルジェットはモークレールのことを「おちびさん《ル・プティ》」と呼んでいた。その月末には、彼女はボルドー〔フランス南西部の中心的都市〕に到着し、『ナヴァラの娘』と『タイス』〔共にマスネのオペラ〕を演じなければならなかった。兄への手紙にこう記している。「旅行は無事に済んだわ、一時間ほどかしら。読んだり、考えごとをしたり、食べたり、結局それはいい一日だった。もちろん、私は列車中の注目の的だった」。彼女は「家具付き」の部屋を借りた。とても賑やかなトゥルニー通りの「町の大きなレストラン兼ケーキ屋の上」で、有名な大劇場《グラン・テアトル》のすぐ近くだった。メーテルランクは、インフルエンザで動けず、数日しか彼女に会いに来なかった。その代わりに、兄は長期間妹のそばに留まった。ルブランは一八九八年ボルドーの作家にこう書いている。「僕はボルドーによく通ったものです。妹のジョルジェット・ルブランがそこで歌っていましたからね。多分あなたは妹のことを耳にしたことがおありでしょう。だからボルドーには結構な知り合いがいたのです」。

ピクシニ通り

一八九七年初頭、ルブランは数日ピクシニ通りに妹のジョルジェットを泊めた。彼女は、メーテルランクに故郷のベルギーを離れ、パリに住むように説得したいと――今のところ成功していなかったが――思っていた。ルブランは、ジョルジェットをジュール・ルナールに紹介した。『にんじん』の著者ルナールは、『日記』で一八九七年一月五日、ルネサンス座〔パリ二〇区の劇場〕でどんな風にジョルジェットと出会ったかを語っている。劇場では、サラ・ベルナール〔ベル・エポックを象徴する悲劇女優。一八四四―一九二三〕主演の『ロレンザッチオ』が上演されていた。ジュール・ルナールはこう記している。「昨晩、劇場の案内嬢にコートを渡していると、モーリス・ルブランが私に妹さんを紹介した。奇妙な顔だった。二つの大きな目、大きな鼻、大きな口、そして聞こえた。『ああルナールさん、お会いできて嬉しいです。あなたがなさっていること尊敬しますわ、並大抵のことではないですもの、作家って！』」。ジュール・ルナールはこう続けている。「幕間に、モーリス・ルブランにいいわけを言った。妹さんに私は見かけほど面食らっていないし、とても感激しています、と重々伝えて下さいと」。

メーテルランクは程なくして、パリでジョルジェットに再会するはずだったが、一月七日、長居して彼女の兄に迷惑をかけたくはないとジョルジェットに書いてよこした。「君と同じように、僕が到着するのは、木曜日に延期するのが賢明だろうと思う」。彼はこう付け加えている。「ルブランは僕らの愛から何も奪わないし、僕らが彼から奪うとしたら世間体だけだってことは分かっている。だけど、世間体ってやつは時に無慈悲で、僕は一度ならずそのことで後悔するはめになったからね」。

ピクシニ通りから批評家モーリス・ギユモ〔一八五九―一九三一〕に出したルブランの手紙が、ルーアンの図書館に所蔵されている。「これほどご好意にみちた評論を書いて頂きまして、感謝の気持ちで一杯です。私には本当に有り難い記事です。拝読して、一瞬思い上がって、私の作品の価値を研究するのに、人が数時間を割くのは当たり前だと（というのは、あなたはそうなさったのだから）思いこんでしまったほどです。あなたのおかげで、このような喜びを得ることができて幸せです。記事には、つねに変わらず、誠意と理解、総合という、あなたのあらゆる美点が備わっていました」。

モーリス・ギユモの記事はルブランの人柄についても言及していた。ルブランは次のように言い添えた。「ですが、一言だけ。どうしても冷ややかにならざるをえないような、完全にプライベートだとはいえない間柄では、私はおしなべて、しばしば嘲笑的で、見るからに退屈で憂鬱といった陰気な人間に見えます。またかつてあなたに対してもそう見えたことでしょう。しかし、本当はそうではない。私は、人生を熱烈に愛しております、私は熱中しやすく、夢ばかり見ております。要するに、どちらかというと幸福なのです（今までは）。そうは見えないのなら、誓って、それは私が気取っているからではありません。内気だからなのです」。

こうした内気さにもかかわらず、ルブランは、二番目の妻となるマルグリット・ウォルムセールと出会った。一八九七年二月初旬、ルブランは彼女を連れて、ニースの〈英国ホテル《オテル・アングルテール》〉に滞在するジョルジェットと合流した。ジョルジェットへの手紙で、メーテルランクは、「そばに彼女がいるから、モーリスはきっと幸せだろう」と語っている。その月末、ジョルジェットはブリュージュ〔ブルッヘ、ブルージュ。ベルギー北西部の都市〕から兄にこう書いている。「優しいマルグリットがいるから、私がいなくても寂しくないといいわ」。マルグリットはエドワール・ウルマンという男性と結婚していた。彼女は夫婦の住まいを出て、シャルグラン通り二八番地に居を構え、ルブランはそこへよく会いに行った。このエドワールとマルグリットの離婚は、一九〇四年一二月になってやっと認められる。ルブランはその時まで「長く苦しい時」を過ごすことになる。

ジョルジェットを介して、ルブランはメーテルランクに最新の小説『アルメルとクロード』の校正刷りを送った。メーテルランクはジョルジェットに次のようなコメントを添えて送り返した。「とても素晴らしいよ。この小説には、君の美しさがありありと表れているようだ」。つまり、メーテルランクは、アルメルに、ジョルジェットを投影した人物を見たのだろうか？

ヴィラ・デュポンと名士たち

女優はモークレールとの別離を公けにしようと決意した。兄に勧められ、彼女はかつての愛人に手紙を返すように求めた。すると、モークレールは考えたのだ、別れなければならなくなったのは、ルブランのせいだと！　彼は、「これはあの男の巧妙な仕業だった。だから、私は、怯えて、自己弁護もせず、むごい手紙を潔く返して、反論することもなく悲しみをひとり密かに抱いて立ち去ったのです」と書いている。

ピクシニ通りにほど近い、ペルゴレーズ通り四八番地に出る袋小路ヴィラ・デュポンに、ジョルジェットは小さな家を借りた。メーテルランクは彼女がたった一人でいるのを心配して、三月初旬に手紙を書いている。「こんな寂しい界隈にある家の一階に、女性がひとりで寝るのはとても危険だよ。（……）庭から君の家に侵入するのはいとも簡単だろう。それに、職人ふぜいに、金があることをきっと知られているだろう。だから、僕が行くまで、あるいは、賢くて強い番犬を飼って君が扱えるピストルを手に入れるまでは、用心してピクシニ通りに寝泊まりした方がいいよ」。

しかし、やっと我が家と思える家に、自分の判断で引っ越すことができて、ジョルジェットは幸福だった。三月二〇日、彼女は兄に手紙を書いている。「音沙汰なくて驚いたかしら？……ああ！お兄さんには見当もつかないでしょうね、幸いなことに、アパルトマンが本当に素晴らしくて驚くわ。想像もできないでしょう、私たちはお兄さんが来るのを狂ったように楽しみにしているのよ。だって、これほどの傑作、これほどの芸術作品の核心に迫ることのできる人なんて世界でも殆どいないでしょうから！（……）ああ！　早く来て、あなたが感嘆の声を挙げるのを楽しみに待っているわ」。

ヴィラ・デュポンで、ルブランはたくさんの名士に出会った。ポール・フォール、ジュール・ユレ、ステファヌ・マラルメ、カミーユ・サン＝サーンス、ラシルド、リュニェ＝ポー、ジュール・ルナール……時にはジョルジェットが「私のモーリス三世」と呼んだモーリス・ド・フルリ博士。博士が「的確な小さな身振りを加えながら語る、簡潔で熱のこもった言葉」に、ルブランは感嘆していた。博士の著書のひとつ『精神医学序説』のために、熱烈な賛辞をささげた時評をルブランは書いた。『ある精神科医』というタイトルで、七月三日の《ジル・ブラス》紙に掲載されている。

「博士が出版したばかりのたいへん見事な本の中に、あるがままの博士をあるがままに、そして博士がそうありたいと望むままに、博士その人を十全に見出して、人はまさに美的で充足した喜びを覚えるのだ」。

ジョルジェットはリサイタルを数多く開き、兄はよく観に行った。時には、彼がリサイタルを計画した。例えば、ボディニエール劇場で三度講演を行っている友人レオポルド・ラクールに、ジョルジェットの「オペラ独唱会」を開催してくれるように依頼している。ジョルジェットもまた、ヴィラ・デュポンでパーティーを開き、親しい数人の友人のために歌っていた。一八九七年四月一四日、招待客の中にはステファヌ・マラルメ〔象徴派の代表的詩人。一八四二―一八九八〕やメーテルランク、ジャン・ロラン、ウィリー〔ジャーナリスト・小説家・音楽評論家。女流作家コレットの夫。一八五九―一九三一〕、彫刻家のフィックス゠マッソーがいた。

ジョルジェットはその後ボルドーへ発ち、そこから兄に手紙を書いている。「ああ！　お兄さん、なんて大変な仕事なのかしら！」。メーテルランクの作品には、彼女の手紙からの借用がたくさんあることが気がかりなのだと、ジョルジェットは兄に吐露している。作家の「ミューズ」としての役割のせいで、彼女自身が文学のキャリアを築けないなどとは、ジョルジェットは納得できなかったのだ。

『アルメルとクロード』

四月末に、オランドルフ社は小説『アルメルとクロード』を出版した。五月二日の《フランス通信》はこう書いている。「本日、オランドルフ社から出版されたモーリス・ルブランの新作『アルメルとクロード』は、驚くほどに強烈な作品である。『ある女』の若き作家のしなやかな才能と、その見事なまでの語り口がなければ、これほど特異で新しい愛の物語を、僅かなニュアンスのうちに表現することはできなかったであろう。二人の存在が完全にひとつになろうとする試みを、絶対的な調和のうちに描き出すことはかなわなかったであろう。本作品はここ数年間に書かれた小説の中でも圧倒的な印象を残す。まもなく人々の会話のテーマはこの本のことだけになろう」。《メルキュール・ド・フランス》誌では、ラシルドから熱烈な賛辞を表された。「魂の宿った本である。これは、まるで生きているかのような本のひとつである。本書は愛を新たに変革することに挑戦し、愛という唯一永遠の炉から着想を得て、再びそれを温め直している。モーリス・ルブランの真の才能は次第に花ひらき、本書において、炎のごとく自由自在に放たれている」。

　モーリス・ルブランがジョルジュ・ローデンバック〔ベルギーの詩人・小説家。『死都ブリュージュ』など。一八五五－九八〕に献本すると、手紙が届いた。「素晴らしい小説をありがとうございます。美しく、切なく、情熱的な物語！　愛や官能の喜び、肉体の美しさ、魂の悲しみをなんと見事に分析なさっていることか。舞台となった場所の景観や風景の輪郭のなんとたおやかなことか！　あなたの恋人たちは、なんとも当世の恋人らしく、微妙なニュアンスのためにどれほど心を傷めていることでしょう。本当にお見事な作品です！」。ポール・ブールジェからも葉書が届いた。「興味深い本をご恵贈頂きましてありがとうございます。たいそう簡潔な心理分析がなされた作品であり、最後の数ページはおおらかで豊かな人間味に溢れています」。

温泉地バニョールでの保養

　メーテルランクがパリ通いを嫌がるので、ジョルジェットはバニョール・ド・ロルヌ〔ノルマンディー南部〕

〔温泉地〕の渓谷に一軒の屋敷を借りた。兄は、長らくそこに滞在した。一八九七年一二月に《ジュルナル》紙に寄せた短篇『待っている女』の中で、「私が夏を過ごした」というバニョールの「温泉保養地」を回想している。この地は、ほどなくして《ジュルナル》紙に掲載され、その後『閉ざされた口』というタイトルで短篇集として出版されるいくつかの作品の舞台になっている。短篇『獲物』では、個人的な思い出が語られている。「素晴らしきこの夏の二ヶ月、私たちは古いノルマンディーの地方を狂人のように駆け回り、この地方を彩る貴重な遺物のような古い小さな町や伝説的な城館に足を運んだ。ドンフロン、モルタン、アルジャンタン、セー、そしてラーヌ城、想像を絶するカルージュ城、神秘的な河の流れるラ・モット＝フーケ、クテルヌ、ロジ・ド・サン＝モーリス、他にもいろいろあった」。

ジョルジェットは兄に胸中を明かし、失望を吐露した。というのは、『貧者の宝』を執筆する際、メーテルランクは彼女の手紙から着想を得ていたというのに、そのことを公けにはしなかったのだ。文学のキャリアを築きたいと思っていたジョルジェットは、その道が閉ざされるのではないかと恐れていた。彼女はこのように記している。「兄が会いに来て、私はすぐに状況を打ち明けました……。私の志を大事に思っていた兄は、悲しみました」。そしてルブランは妹にこう言った。「ほとんど避けられないことだよ。人生ではしばしば選択を迫られるものだ」。

ルブランは、妹が歌いたがっていたシューベルトとシューマンの歌曲を翻訳した。ジョルジェットはメーテルランクにこう書いている。「兄は、多くの傑作（……）が翻訳不可能だって言います。けれども、目的が達成できれば、どれほど素晴らしい結果をうることができるでしょう！」。さらに、「兄の逐語訳によれば、歌詞は一度も聞いたことのないようなもので、あなたの美しい詩に本当にぴったりです」。どうやらジョルジェットは兄に「逐語訳」を依頼し、詩人メーテルランクが好きなように手直ししていたようだ。……

『これぞ翼だ！』

ある作品によって、ルブランは、万人が認める自転車の礼賛者となった。それは、『これぞ翼だ！』と題されて、一八九七年一二月に《ジル・ブラス》に掲載された。この小説は、私たちを自転車に乗せて、ノルマンディーやブルターニュに連れて行く。二組のカップルが「廃墟や森や絵のような風景」を求めて彷徨《さまよ》う。彼らは、「モルタンやドンフロンといった奇妙な町が隠れている痙攣したように歪んだ地方」をぶらぶらした後、「夢と悪夢の都市《シテ》、古来の城壁が崩れ、美しい瓦礫」となったフジェールやヴィトレを訪れる。

ルブランは友人との長い散策を回想している。「僕たちは、当時流行の自転車旅行をして、バルザックが小説の舞台に選んだフランスの古い都市《シテ》を訪れた。（……）僕らをすっかり魅了した巡礼の終わりは、こうした町の中でも最も美しいゲランドだった」。エグ＝モルトやラングル、リシュリューといった要塞都市を訪れたことや、読書と旅という二つの情熱を両立させながら、そこに過去の魂を再び見出したかったのだと、ルブランはルネ・トランツイウスに語っている。「僕はその町々に文学や歴史の記憶が本当に感じられるか知りたかったのだ。そして、それらの町は溢れ出るような過去で満ちていたので、僕は冒険をしたい衝動に駆られた。とはいえ、それは空想の中の冒険だった」。

《ジル・ブラス》紙に、『これぞ翼だ！』の広告が載り始めたばかりの頃、一二月一四日の《スポ《ジュル》ーツ・ジャーナル《ナル・デ・スポール》》紙に、ジャン・アミー〔彫刻家・作家。一八三九―一九〇七〕は、本書は「待ちにまった作品」で、サイクリングの作品を書くのなら、それは誰よりもモーリス・ルブランが相応しいと記した。「若き文学者は夢中なのだ。彼の愛するサイクリング、いくつもの美しい夏の日に、白く乾いた道の上に自転車を幾度となく走らせたことを回想している。（……）モーリス・ルブラン、彼こそ我らがメシア、ついに彼は、自転車への賛歌を情熱的に歌い上げる」。

ルブランは小説のタイトルについてこう説明する。「もちろん、それは自転車、つまり僕らの飛行機の翼のことだった。マルセル・ブーランジェ〔小説家・ジャーナリスト・フェンシング選手。一八七三―一九三二〕は僕が大げさだと思っていましたけれどね。本当のチェーン自転車が登場した頃、僕らの世代はどんなにサイクリングに夢中だったことか。なにより、僕らはスピードに酔いしれていたのです！」。

『これぞ翼だ！』にはニーチェの響きが見出せる。自転車は人に「超人の生」を与えるのだ。「人が世界中を彷徨い、自分自身の主人だった、あの冒険を愛した偉大なる時代の夢想を、自転車は、私たちに与えてくれる。私たちは自由で強い。孤独な征服者、勇敢な遍歴騎士《パラダン》の精神がみなぎっている。過ちを正し、怪物と闘おうと息巻いている」。情熱、生きる喜び、力や自由、冒険への願望を述べたこの文章は、まさにルパンを予言しているではないか！　それは、ルパン以前にルパンの父親がどんなだったのかをよく表している。ルブランは、青春時代に何よりも愛したものについて、語っている。それは、「幸福を感じ、また幸福を求める精神、女性への愛、冒険好き」である。

ジュール・ルナールとステファヌ・マラルメ

一八九七年一二月一五日、シューベルトとシューマンについてのジョルジュ・ヴァノールの講演のために、ジョルジェットはボディニエール劇場でリサイタルを開催した。観客の中には、モーリス・ルブラン、シャルル＝アンリ・イルシュ、リュシアン・ミュルフェルド、ステファヌ・マラルメ、ジュール・ルナールがいた。ルナールは、ルブランにこう手紙を書いている。「ええ、昨日は人生で最も素晴らしい時の一つを過ごしました。（……）ジョルジェット・ルブラン嬢の歌は私を震え上がらせ、私は精も根もが尽き果てました。私は感動の大海原で、小船に乗り、空に向かってそそり立つ波の頂で途方に暮れているような気がしました。しかし、私はさらに身をまかせねばなりませんでした。このボックス席、いや、この船室のことは生涯忘れないでしょう。そこから、私は目にしたのです。偉大な女優が未知の世界の中で身動きし、身振りとともに、その歌声が無限に響くのを。私たちは、船室の中でひとつになりました。私は感動で目に涙が溢れ、マラルメは私の手を握りながら言いました。『私は幸せだ、この感動を共にしたのだから』と」。

ルブランは《ジュルナル》紙にコラムニストとして参加し、一二月二〇日から短篇を発表した。これらの短篇は、ずっとのちに『閉ざされた口』に再録された。この日刊紙は、《マタン》紙と並んで、最も購読者の多い新聞の一つだった（六五万部発行されていた）。「文学、芸術、政治専門日刊紙」は、リシュリュー通りにあった。パーティー会場と編集者専用のレストランを併設し、ガラス張りのロビーのある建物の中だった。編集者の中には、最も偉大な名前があった。ゾラ、バレス、ブールジェ、エルヴュ、アレ、ミルボー、ロティ、ロラン、ドーデ、ルナール。……ここに来て、キャリアの重要なステップを一段上ったとルブランは思ってもいいだろう。《ジュルナル》紙は、《ジル・ブラス》よりも、作家たちへの支払いがいいことに加えて、より広い読者を抱えていたのだから。

一二月三一日、ジョルジェットは再びボディニエール劇場で「オペラの独唱会」を開いた。彼女はマラルメに二人分の指定席を贈った。マラルメは今回も非常に満足した。マラルメはヴィラ・デュポンでの「プライベート・コンサート」に出席したがった。頼まれたルブランは、一月一〇日、手紙を書いた。「我が親愛なる師よ、ことは木曜日に決まりました。九時半頃おこし下さい。とりわけ、平服の背広でおいでください。あなたの熱烈なファン、モーリス・ルブラン」。

ドレフュス事件

次の木曜日の一月一三日、人々は《オロール》紙〔「曙」の意。のちの首相クレマンソーが主宰した左派の日刊紙〕を奪い合った。一面にエミール・ゾラの『私は告発する』〔大統領に宛てた公開状。スパイ容疑で終身刑に処せられたユダヤ系のアルフレッド・ドレフュス大尉の不法投獄を糾弾した〕が、大見出しで載っていたのだ。興奮の渦が巻き起こったに違いない。ルブランはゾラに、動揺と興奮のふたつを同時に表明した長文の手紙を送っている。「先生、この事件が推移している間中、推論と直観から、私はドレフュスの有罪を信じてまいりました。唯一の疑念を私が抱いたのは、先生、私が尊敬してやまないあなたが、反対のことをお話しなされたからです。今日でもなお、私の意見には何の変わりもないことは認めるものの、先生のお言葉ゆえに、私は自分の意見が全く決定的だと思うことができません。そもそも、先生がお書きになった公開書簡についての意見は人それぞれでしょうが、いずれにせよ、この書簡をなんらか毅然とした美しいものとして見なさずにはいられないはずです。それを読み、感嘆の気持ちから私の体はうち震えました。先生は私たち皆に、若さと熱情と高潔、自然な感情のほとばしり、湧き上がる勇敢な命の、なんという手本をお示し下さったのでしょうか！」

ルブランは自分のためらいも書き添えている。「ですが先生、本当にフランス全土がこの真実の探求へ情熱を傾けているのです。確かに先生のおっしゃっていることとは反対ですが、先生は激しい闘争のせいで我を忘れていらっしゃるのです。おそらくは、未来がこの事件すべてを、私たちの思いもよらない意味、そして、私がそうであって欲しいと思っている意味に評価するかもしれません。なぜなら私はこんな風に思うのです。つまり、こうしたあらゆる意見が激しく衝突し合い、あらゆる人が、無関心から脱し、信じるあるいは信じないことを選ばずにはいられない。これほど深刻なテーマに対する、紛うかたなき誠実さが、突如と沸き起こった。その天才的な力故に、先生の信念が超越し目もくれないような、これらの様々な激しい信念の高まりが起きている。おそらく未来は、これらすべてが素晴らしき一つの光景をなしていると思うのではないでしょうか？」

この一月一三日の晩、マラルメと約束していた「オペラの独唱会」が、ヴィラ・デュポンで開かれた。ジュール・ルナールも出席し、彼の日記にその晩のことが語られている。そこには、ポール・エルヴュ、ユーグ・ル・ルー、ルネ・メズロワ、そしてジョルジェットのために作曲していた、「病弱で、とても優しいねずみの顔」をしたガブリエル・ファーブル〔作曲家。一八六三－一九二一〕も登場している。

情熱に溢れた本

『これぞ翼だ！』は、リュシアン・メティヴェ〔画家・イラストレーター。《リール》紙の表紙画で知られる。一八六三－一九三二〕の挿絵入りで二月に出版された。ルブランは、オランドルフ社の編集長アンブロ氏の頼みで、出版社の広告のために、自著の「新刊案内」を書いた。「《フィガロ》紙に寄せたいくつかの中篇小説を除けば、四年前の大きな注目を集めた登場以来、モーリス・ルブランが寄稿してきたのは、《ジル・ブラス》紙のみである。彼は紙面のトップに、大胆で力強い一連の短篇小説を発表してきた。文体が簡潔で物語の進展が穏やかであるだけに、題材の奇妙さが一層際立っていた。四年前、処女長篇『ある女』を著し、高い評価を得たことは記憶にあるだろう。それ以後は、二冊の作品、『死の所産』と近年発表された『アルメルとクロード』によって名声を確立した。ルブランは、すばらしく魅力的な挿絵画家リュシアン・メティヴェの協力をえて、『これぞ翼だ！』というタイトルの本を新しく出した。〈自転車に捧げられた〉愛を謳ったすばらしい小説。情熱に溢れ、野外の素晴らしさを存分に感じられる本。享楽にみちた熱烈な賛歌。この小説は、文学史上はじめて自転車という新たな崇拝の対象の栄光を讃えている」。

ルブランは「スナップショット」と題したプロフィールも執筆した。ルブランは、自らを「フロベールとモーパッサンの同郷人。彼らから貴重な助言を受けていた」と書いている。こうした小さな嘘は、ダンディのイメージにもぴったりだった。「見た目はどんなかといえば、肩幅は広くて、顔は青白く、身振りはゆっくりしている。独特きわまりない優美さを備えた、のちに大流行した一八三〇年代の美しいファッションを最初に身に纏った一人である。一見社交家に見えるが、孤独を好み、外出することはめったにない。パリを愛しているが、それは、この町が、仕事に必要な規律と秩序ある生活が乱されるほどには娯楽が魅力的ではない、唯一の場所だからである。できるだけ頻繁に旅行に出かけ、冬は太陽の国々へ、夏はフランス全国各地、古い城塞都市と古城、ロマネスクの教会を探し求めて旅している。スポーツとツーリズムに夢中である。古い木製のペダル式自転車〔足けり式自転車〕や、巨大なオーディナリ型自転車〔大きな車輪に直接ペダルがついた旧式の自転車〕、また最新の自転車で、フランスとナバラ〔スペイン北東部の地方〕のあらゆる道路を踏破した。そこでルブランが抱いたのは、自然と自由な暮らしへの熱狂的な愛であり、その影響は彼の最近の著作に明らかである」。

ギュスターヴ・ド・ラフルテ〔ジャーナリスト・アマチュア自転車選手。一八六六―一九三三〕は、《週の噂》誌にこう記している。「これまでにもオランドルフ社は、ルブラン氏の書籍を出版してきたが、そこでは、初期のペダル式自転車のことはほんの少しも触れられていなかった。しかし、実を言うと、作者は既に自転車について書いていい、いたのである」。そして、G・ド・ラフルテは私たちにこう明かしている。「ある自転車メーカーが旅行記のコンクールを開催した。高名な作家たちが構成する審査員は、一等賞――見事な三人乗り自転車――をモーリス・ルブラン氏に授与した。しかし、郵便物は匿名で、賞の発表後、封筒の上に書かれたしるしから、郵便物の持ち主のみ知ることができるようになっていたのだ。それは、ブルターニュ散策の話で、見事な描写の合間に、軽い恋の駆け引きが語られている」。

『これぞ翼だ！』は《メルキュール・ド・フランス》では、ラシルドの厳しい評価を受けた。「スノッブで魅力的なちょっとした小説ではあるが、私はスポーツ以外に情熱を傾けているルブランの方を好む……」。《フランス通信》は、あいかわらずルブランに好意的で、より高い評価をしている。「初めて自転車を讃えた真の小説である、モーリス・ルブランの最新作『これぞ翼だ！』を、オランドルフ社は、大好評の三・五フランの挿絵入りコレクションから、本日出版した。陽気さ、夢、健康、情熱に満ち満ちたこの作品で、若い作家は、愛や官能のうっとりする場面を語り、忘れがたい魅力を湛えた風景を描いている。挿絵を描いたのは、洗練され才気煥発なリュシアン・メティヴェである。本作は、すべての自転車乗りと……すべての自転車に乗らない人たちに読まれるだろう」。アルフォンス・アレは、六月二四日、《ジュルナル》紙に寄せた時評のなかで、この本の宣伝をしている。彼は、自転車についてこう語っている。「私だったら、この新しい移動手段を讃える作品を書こうとは思わない。既に、私よりもはるかに資格ある作家たちが、類いまれなほど見事にそれを成し遂げているのだから。あなたはモーリス・ルブランの『これぞ翼だ！』をお読みになりましたか？ 読んでいない、それなら、それを読みたまえ。そうすればあなたは、この耳寄りな情報を教えてくれた私に感謝することでしょう」。

ルブランはブローニュの森に足繁く通った。ジャン・ロランは、一八九八年五月二二日の「週報《ペル＝メル・スメンヌ》」〔ジャン・ロランが《ジュルナル》紙に連載していたコラム〕の中で、ブローニュの森を回想している。「森、アカシアの並木道、一一時半。今朝、陽光が差し、暑く、実に活気に溢れた並木道で〈見て歩く楽しみ《ショッピング》〉のすべてがあった。それは、春の最初の晴天だった。（……）パリの名士たちが集まっていた。芸術のパリと色恋のパリだ」。そして、彼が挙げた中には、リアーヌ・ド・プジー、ボルディニ、ポール・ロベール、アンリ・ボエール、モーリス・ルブラン、ド・ディオン、カラン・ダシュ、ジャン＝ルイ・フォラン、シャルパンティエの編集者エルー……などの名があった。

グリュシエ＝サン＝シメオンの家

一八九八年六月、ジョルジェットはメーテルランクと、イギリスの海岸にある劇作家アルフレッド・スートロ〔英の作家。メーテルランクの初の英訳者。一八六三―一九三三〕宅に滞在した。彼女は兄に長い手紙を書いて、ワイト島を望むこの場所の美しさを描写している。「ここの眺望は、サン＝ジャンのプラ家の眺めを思い出させるわ。（……）土曜日から五分おきに私たちは叫んでいるの。モーリスがいたらなあ、ってね」。

故郷のコー地方にルブランが再び通うようになるのは、ジョルジェットのおかげである。というのも、一八九八年、ジョルジェットは夏を過ごすために、ディエップ〔ノルマンディーの港町〕の後背地グリュシエ＝サン＝シメオンに、家を借りたのだ。彼女はその家を『我が家の犬』でこう描写している。「花が咲き乱れたとても小さな庭に囲まれた小さな家は、まるで香しい花籠から突然現れたかのようでした。その裏手にある、キヅタやキンレンカの蔓で覆われた台所は、明るくぴかぴかに磨かれ、フランドルの台所のように清潔に見えました」。

夏の終わり、ルブランとメーテルランクの関係に影が差した。ベルギー人作家は、『智慧と運命』を出版しようとしていた。『貧者の宝』と同様、この本にはジョルジェットの手紙から、沢山の引用がなされていた。ジョルジェットは言う。「メーテルランクの本はもうすぐ完成しそうでした。兄はメーテルランクに率直に話すように私に薦めました」。ルブラン自身も彼に手紙を書き、是非とも二人の署名が必要だと伝えた。メーテルランクは「そんな風に、秘められた私生活に読者を立ち入らせるなんてことは出来ない」と答えた。メーテルランクは、ジョルジェットの「協力」を認めることは受け入れたものの、献辞の中だけであった。九月八日、彼はヘントからジョルジェットに手紙を書いた。「うまい献辞の文句を考えているよ」。そして、翌日「手紙を書く時間がなかったとモーリスに言ってくれ。もっとも、彼からの手紙からすると、うまい献辞が見つからないのなら、返事はいらないみたいだけどね」。九月一〇日、メーテルランクは「その文句」を送った。「この献辞をすぐにモーリスに見せてくれ。もし君たちが十分だと思うなら、僕はファスケル社に送るよ」。

ルブランがどれほど妹の利益を気にかけていたかは明らかだ。彼は、メーテルランクの考えた凝りに凝った献辞に満足しただろうか？　以下がその献辞である。「ジョルジェット・ルブラン夫人に。私は、この本をあなたに捧げる。これは、言わばあなたの作品だ。ペンの協力以上に尊い実質的な協力を得たのだから。あなたは、思想と実例を私に与えてくれた。私は、理想的な賢者の意志や行動を苦労して想像することもなければ、どうしても多少曖昧になってしまう美しい夢の教訓を自分の心から引き出す必要もなかった。日々の暮らしの中であなたに注意深く目を配れば、それで十分だった。私の目は、いってみれば、まさに知慧そのものの動き、身振り、習慣を注視していたのだから」。本が「言わば」ジョルジェットの「作品」であると書きながら、実はそんなことはないことをこれ以上はっきり分からせることなどできるだろうか！

『カルメン』上演の準備で、ジョルジェットは秋にスペインに滞在した。彼女はグラナダ、セビリアの煙草工場を訪問し、マドリッドで闘牛を観た。兄は、彼女に同行した。というのは、一八九八年一〇月二三日、彼が同僚に書いた長い手紙は、このような追伸で終わっているのだから。「もっと早く返事を書かなくて申し訳ない。スペインにいたのです」。

助言を求めていたある若い作家へ、ルブランは次のような手紙を書いている。「お気遣いありがとうございます。感激しました。また私の作品に対してこんなに好意にみちたお手紙を頂戴したことにも御礼申し上げます。あなたの草稿を楽しんで読みました。御作は、優れた点、明晰さ、簡潔さを備えています。さて、これは、決定稿でしょうか？　いや、まだ改善の余地があります。一度書き上がっても、もっと時間をかけなければなりません。時だけが、私たちを熟成させ、最善のことを可能にするのです。私からの助言は、次の二点だけです。

一、我々の偉大な作家たちを沢山読みたまえ。フランス的な才能に恵まれた作家たち、モンテーニュ、パスカル、ラ・ブリュイエール、短篇小説《コント》のヴォルテール、ポール＝ルイ・クーリエ〔風刺文作家・ギリシャ学者・書簡作家。一七七二―一八二五〕、フロベール、ルナンを。……

二、生きなさい。そうだ、何よりも生きて、多くのことを感じ、愛し、苦しみ、幸福でいるように心がけたまえ。我々は生きるために生きている。それが、我々の第一の義務だ。それに、それがよい作品を書く最良の方法だ。作品は、それが人生に基づいていなければ、説得力を持たない。小部屋に閉じこもっているような人が書くのは、空虚についての作品だ。街路に太陽があれば、あるいはどこかに綺麗な女性がいれば、ペンを捨てなさい。後で、ペンを取ることはいつでもできるでしょう。その後、あなたが書くことは、必ずその暑さと美しさの影響を受けずにはいられないでしょう」。ルブランはこうも付け加えていた。「もう一つ助言を。もし可能なら、沢山旅をしなさい」。

一二月七日、ジョルジェットが新しいオペラ・コミック座の柿落としを飾ったのは、カルメンの一幕であった。パリでは、言葉が、あっという間に広まる。どんな「言葉」がパリの人々に受けるか、その秘訣をよく会得していたジャン・ロランは、次のような発言をした。「ジョルジェット・ルブランは、名声による失声症にかかっている〔avoir l'aphonie des grandeurs「名声による失声症」は avoir la folie des grandeurs「名誉欲につかれている」の言葉遊び〕」。この言葉のせいで、ジョルジェットと兄は、ジャン・ロランと仲違いしたのであろうか？ アルモリ〔カルル・リオネル・ドリアックの筆名。小説家・劇作家・ジャーナリスト。一八七七―一九四六〕によれば、ある日、ジャン・ロランがあまりにジョルジェットを批判したので、「モーリス・ルブランとメーテルランクは、この卓越したコラムニストの顔を殴りに行こうとまで話したほどだった。しかし、ロランは既にパリを去っていた。そして、リヴィエラから、幾人かの、多かれ少なかれ有名なご婦人たちを中傷し続けた」。

この一二月、ルブランは、二人の姉妹とノルマンディーへの小旅行をした。ジョルジェットは、ヘントに住むメーテルランクの女友達ロランスに手紙を書いた。「もし明日天気がよければ、ずっと前からやってみたくて堪らなかったことをやるつもりです。まず、私たちの家（グリュシェ）で午後を過ごし、それから帰りには夕方、ルーアンに立ち寄ります。ルーアンへは、まだ一度も戻っておりませんことよ！　そこで、日曜日の一日を過ごします。そこには、不幸な思い出しかないでしょうけれど、そんな思い出も私の素晴らしい現在からすれば、悲惨ではないように思えることでしょう」。ということは、ジョルジェットがバヤージュ通りの家に足を踏み入れなくなってからすでに六年以上も経っていたのだ。……

V　苦しい時（一八九九―一九〇五）

ルネ・ボワレーヴとのつき合い

何人もの名高い作家から評価を得たルブランだったが、またもや世間からは忘れ去られてしまった。それに加え、マルグリットと付き合うことで心配事にも悩まされ、健康をそこなってしまう。失望が、貧血や神経衰弱を引き起こしたのだ。妹のジョルジェットは、一八九九年の春、ルブランに、「お兄さんが、こんなに苦しんでいるなんて、本当に悲しい」と手紙を書いている。「確かに、私たち二人して仲良く不運の中にいるのかもしれないわね、だって、私の人生も健康状態も最悪なんだから。それで、お兄さんに手紙を書かなかったのよ」。彼女は兄に長々と、オペラ・コミック座のアルベール・カレ〔俳優・舞台演出家。一八五二―一九三八〕との問題や、健康上の不安を話した。「私はずっと、お兄さんと同じようなちょっとした不可解な病気をいろいろ患っていたの……時々は少し良くなるけれど、また熱が出ていろんな所が痛くて、立っていられないほど弱って、ベッドに寝てなきゃならなかったの」。

ルブランはルネ・ボワレーヴ〔小説家。一八六七―一九二六〕と知り合った。彼は、一八九六年処女小説『ネアンの奥方たちの医者』を出版するやいなや、大衆受けはしなかったが、批評家たちからは高い評価をうけていた。また、イタリアを舞台にした叙情的で情熱にあふれた小説『花のサント＝マリ』と『ボッロメーオ諸島の香り』を世に問うていた。今日国立図書館に保管されている、ルブランからボワレーヴ宛の手紙が物語っているように、彼はルブランの友人となった。「アンギャン＝レ＝バンの温泉保養地」の便箋に書かれた最初の手紙の日付は、一八九九年五月である。「親愛なる友よ、今月末までここにいる。魅力的な所だ。急に僕に会いに来る気になったら、アンギャン大通り四番地を訊ねてくれたまえ。僕は、姉と義兄のところにいる。歓迎するよ（北駅経由で一三分だ）。いつかジョルジェットと夕食に出かけてくれませんか。（……）妹はとても喜ぶでしょう」。

五月三〇日、ルブランは彼にこう書いている。「いろいろちょっとしたことがあって困っている……。君はまだパリでしょうか？　もしそうなら、木曜の晩、僕ら四人で夕食をとろうと思うのだが、ヴィラ・デュポン五番地に来てくれませんか？　もし、エクスなら、すぐに返事がないから分かるだろう。だとすると僕らにとっては残念ですが」。そして少し後でこう続ける。「ジョルジェットはこの頃やることが多すぎて、出発前に皆で集まれる晩がないのです。明日の晩、夕食を取りに僕の所に来てくれませんか？」。こうした手紙から明らかなのは、若い作家が人付き合いをしたがっていたことだ。おまけに、ルブランはこう書いている。「僕のようにかなり孤独に暮らしていると、この孤独ができるだけ頻繁に邪魔されるのが、何よりも嬉しいのです」。

ルブランは、新しいアパルトマンを探していて、こう書いている。「六時頃来て下さい。例のアパルトマンを見に行こう。もしたまたま日中買い物があれば、朝、電報を打ちます。パリ市内で待ち合わせして、それからまた上りましょう。そうでなければ、僕の家で待ち合わせだ。返事を待っています。夜は一緒に出かけませんか……」。

『閉ざされた口』

《ジュルナル》紙に掲載された多くの短篇が、『閉ざされた口』という題でオランドルフ社から出版された。一八九九年六月一七日、出版社は短篇集の発売を祝って、パーティーを開いた。ジョルジェットはボードレールの詩に作曲された歌をうたった。

ルブランがアンナ・ド・ノアイユ〔詩人・小説家。一八七六―一九三三〕に本を送ると、彼女から手紙が届いた。「この感動をよぶ連作を拝読して、このうえなくたおやかで強い思いを抱きました。ここには、重苦しい人生、穏やかな人生、あるいは激しい人生が語られております。本のページを繰りながら、その風景や空気の中に私は包みこまれ、閉じ込められ、甘やかな動揺が私にも伝わってくるのでございます……」。

ルブランは、モーリス・ロリナにも本を送った。彼は、フレスリーヌ〔ヌーヴェル・アキテーヌ地方の村〕の家から手紙を書いた。「『閉ざされた口』を読み、芸術と夢想、悲劇と真実の衝撃的な感銘を受けました。御礼申し上げます。私はこの本をひといきに読みました。そして、必ず読み返すことでしょう。その言葉の魔力と無慈悲な描写をまた味わいたいものですから」。

ルブランは、クルーズ川の畔にあるフレスリーヌまで、ロリナに会いに行った。そこから『奇巌城』に登場する針の城のモデルとなったピュイギヨン城が見えた。ロリナは〈ラ・プージュ〉という家を持っていた。そこで「忘れがたい一週間」を過ごしたリュシアン・デカーヴは、こう記している。「口笛を吹いて犬のマルゴ、ピストレ、プティ＝ルーを呼び、ロリナは毎日、釣りに出かけた。マス、カワカマス、ウナギ……あるいは詩を釣りに」。

短篇集『閉ざされた口』が記事に取り上げられることはほとんどなかった。《メルキュール・

ド・フランス》誌は紹介だけにとどめている。「情熱あふれる中篇小説集。おそらく多少神経症的でもある。『口摘む人』は、美しい作品である。極端なところが興味深い」。《雑誌の雑誌《ルヴュ・デ・ルヴュ》》〔仏内外の雑誌から記事を集めた雑誌〕では、この本について、もっと長い記事が割かれている。中篇『憎しみ』の一節を引用し、こう結論づけている。「モーリス・ルブラン氏の文体は、ご覧の通り、簡潔そのものである。とはいえ作者が執拗なほど反復することで、こうした核心的な言葉は十分な効果を発揮できている。だが、ルブランは新しい造語を用いない。明快な思考を明快に、そして完全な思考を完全に表現するのに、今なおラブレー、シャトーブリアン、ルナンの言葉で十分だと考えている」。

六月から九月まで、メーテルランクとジョルジェットはコー地方のグリュシェに滞在し、一時ルブランは二人に会いに行った。ジョルジェットは六月末に兄に手紙を書いている。「私のために、お兄さんの旅行鞄の中に白い紙を少し入れるようウジェニーに頼んでね」。しかしながら、七月一四日、ルブランはパリにいた。ルネ・ボワレーヴにこう書いている。「ペレール大通りとテルヌ通りとの角に六時半に来てくれませんか？　アパルトマンはその辺りで、そのついでに、前もってその界隈を見ておきたいのです」。

オランドルフは短篇集『閉ざされた口』の宣伝をしなかったわけではない。一八九九年の九月末と一〇月始めの《週の噂《エコー・ド・ラ・スメンヌ》》には、「田舎で読むための」本の中に、ジョルジュ・オネ、モーリス・モンテギュ、ガブリエル・モントヤ、フェロネ夫人、フュルシの『風刺小唄』といったオランドルフ社の新刊と並んで、モーリス・ルブランの『閉ざされた口』が掲載されている。こうした広告にもかかわらず、本は全くといって売れなかった。ルブランはフレデリック・ルフェーヴルに打ち明けている。「本の売れ行きはぼちぼちだった。以前、僕は幸運な時を過ごした。数年間におよぶもっと冴えない時もあった」。

　ルブランはこの失敗に苦しんだ。国土防衛軍での最後の訓練期間を終えれば兵役義務から完全に解放されるはずであった。ルブランは「消化不良と羸痩《るいそう》のため、一八九九年一〇月二八日、パリ特別委員会により一時的な兵役免除となった」。

　一一月一二日、再びボワレーヴに書いている。「どうしてる？　パリにいるんだろう。近々夕食に来ないか？　例えば、明日金曜、もしだめなら月曜か火曜日に。ジョルジェットの家で夕食をとりましょう」。また別の手紙では、「また二軒アパルトマンを見学したが、いいところはなくてね」。それから、一一月二四日。「今晩ひまかい？　日曜日引っ越しするので、休むことにしました。だから、なんとか夕食に来てくれたまえ。デュコテ家とファビュレも来るように誘ってある」。ファビュレはルブランのリセ時代の友人だ。彼は、一八九七年以来雑誌《エルミタージュ》〔月刊文芸雑誌〕の主宰者であるエドワール・デュコテ〔象徴主義の詩人・作家・劇作家。一八七〇―一九二九〕と非常に親しい間柄だった。

　ルブランは結局引っ越しをした。ヴィラ・デュポンの五番地、ジョルジェットとメーテルランクが住んでいた家に移ったのだ。二人は、もっと自分たちに好都合なレヌワール通り六九番地にすでに家を見つけていた。一二月二三日、ルブランが手紙を書いて、ボワレーヴをある見世物に招待したのは、ヴィラ・デュポンからである。「ポンス対トルコ人、今年のチャンピオンに興味があるかい？　見たいんだが、席はあるだろうか？　返事をくれ、そうしたら、明朝、フォリー＝ベルジェールに電話してみる。だけど、君は忙しいだろうね」。ポール・ポンスは当時最も有名なレスラーの一人だ。人々はこの種の見世物に熱を上げた。試合はフォリー＝ベルジェールで大人気だった。

「例の仕事の日程表」

翌年、一月一三日、ルブランはボワレーヴに書いている。「明日の晩、僕は南仏に発つ。そこで五、六週間過ごすつもりだ。ニースの田舎にどこか小さなつましい施設を探して、仕事をしまくるよ。もし近くに来るなら、ここに宛てて一言知らせてくれるだろうね。そうすれば、僕に転送されるだろう。ぜひ来てくれ。敬具」。

少し後、ニースのサン＝モーリス大通りの別荘〈アヴァロン〉から、彼は友人へ長い手紙を書いている。「僕の仕事の日程表、君を笑わせたあの日程表は、毎日八時間の執筆を記録している。それ以外に、かんかん照りの中を二時間、近場の渓谷や丘を散歩している。なんて美しい太陽だ！　戸外で景色を眺めているとなんて幸せなんだろう！　ニースから三キロの所、山々の斜面の一番下の麓に、静かな小部屋を借りている。オリーブ畑があって、遠方には青い海が帯状に見える。そういうわけで、暮らしは順調です」。「仕事もだ。小説の終わりにさしかかると、いつも、快いと同時に辛い、すごく集中した時間が必要なのです。　そういう時は、仕事から解放されたくて堪らない。三月の前半には終わっているだろう。終わっている！　終わっているっていうのがどんな意味か分かるだろう。終わっているといったってこの本はひどく難しいから、まだまだ手直しするところが沢山あるだろうね。多分、全くの失敗作だろう、いつもそう思ったようにね、ああ、だけど、この作品のために、僕はどんなに努力したことか！」。これが、『熱情』だった。ルブランが原稿を保存していた数少ない作品の一つである。無数の改訂の手が入っている長大な原稿が、彼の熱心な仕事ぶりを物語っている。

彼はこうも書いていた。「仕事が大いに捗っているから、二、三度、山で自動車旅行を楽しむことにしました。僕の心を捉えて放さないあの古いアラブ人の村々にね。君が言うように、君は僕のことは多少とも知っているから、（僕が愛し、僕を愛してくれる人たちにとっては、僕はとても分かりやすい男だから）、分かっているだろう。旅行中は、僕がものすごく幸せだろうって……僕は人に沢山の幸せをあたえるだろうって……」。こうした村の一つ、「銃眼をもった城壁が山々の石と一体となっている古いサラセンの城塞」であるリュセランの村を、ルブランは『熱情』で回想している。彼はボワレーヴに対する熱烈な友情も伝えている。「実は、四月頃君と一緒にウンブリア州（伊中部の州。州都ペルージャ）へ小旅行をしたいと思っていたんだ！　君にはそのことを少しも話さなかったが、というのはお互い暇かどうか分からなかったからね。九九年の終わりの三ヶ月はずっとこの夢に浸っていた。それから、君は新しい小説を書き始めた！　そして、僕はニースに滞在して、真面目に仕事をしなきゃならなくなった。でもいつの日かそうするに決まっていたのさ、そうだろう？　ウンブリアはすごく楽しいだろう」。彼は手紙をこう結んでいる。「さあ、九時だ。僕は自分に恥じないために、まだ一時間と五五分仕事が出来る。だから、さようなら、君のことが大好きだよ」。『熱情』で、ルブランはこの場所を回想している。「ニースの田舎で、アルプスへと続く丘の斜面の麓に、私はひとつ部屋を借りた。そこからはオリーブの段々畑、町、それから海が見渡せた」。

　三月二二日、ルブランはヴィラ・デュポンに戻り、すぐに友人の近況を尋ねた。「戻ったよ、ぜひ会いたい……。土曜日ボエールを招待する夕食会（レストラン・ヴォルテール、オデオン広場一番地、七時）に出るかい？　行ってみたいのだが、もし君が行くのなら、もう決まりだ。再会のいい機会になるだろう。（……）さもなくば、近々ジョルジェットとここに夕食に来ないか、昼食でもいい」。追伸には、「ニースで君に手紙を書いた日の翌日、過労で倒れてしまった。すぐ元気になって、

――暫定的ではあるけど――小説は終えました」と書かれている。

ボワレーヴは多忙だったようだ、というのは、三月二四日、ルブランは彼にこの気送速達便を送っているのだから。「もちろん、僕にはこんなげんなりするような夕食をひとりで食うなんて覚悟はない。でも、多分、夕食会には行くかもしれない……さらに……」。再び、ルブランは懇願した。「来週、夕食に来るのに一番都合の良い日を選んでくれ。いやむしろ、答える面倒を避けるために、火曜日にしよう。もし無理なら、君が決めてくれ……。そうでなければ、僕らは君を待っています」。

ルブランはどちらかと言えば「左寄り」なので、一九〇〇年五月六日と一三日の市町議会選挙で、作家のエルネスト・ゲー〔ジャーナリスト・作家・政治家。一八四七―一九三二〕には票を投じなかった。一九〇九年になって、ゲーにこう言っている。「一〇年ほど前、僕がポルト・ドーフィーヌ界隈にやって来た頃、市町議会選挙が行われていて（というのは、僕は君の大切な選挙人のひとりだったから）、僕は全く迷わずにあなたの反対投票をしに行った。偶然、公開集会が開かれている広間の前を通った時、あなたの考えを伺って、僕の考えと相容れるようには思えなかったのです」。ルブランは中に入って、エルネスト・ゲーが「照明、塗装工事、水、ガス、交通手段」の諸問題について話しているのを聞いた。「もちろん、僕はあなたに反対投票をしました。なぜって、フランス人が他の民族よりも優れているのは、事実よりも思想を重要視し、利益よりも自分たちの夢想の方を優先するというこの素晴らしき美点においてなのだから」。

文芸家協会

ルブランは「文芸家協会」に入会しようと努めた。一九〇〇年五月一〇日、入会の申請を行った。

ジュール・ルナールに推薦を頼むと、ルナールは、同日、「マルセル・プレヴォーに君の署名入りの申込書を送りました」とルブランに書いた。ルブランとジョルジェット、メーテルランクは、当時『にんじん』の英訳者を見つけようと尽力していた。ルナールは、「ご親切に仲介を努めて下さり、お三方には大変感謝しています」と書いている。

当時の作家たちにとって、文芸家協会はたいへん重要であった。協会の企画する集会に、作家たちは、進んで参加していた。「文学的」に、そして「社会的」に価値をもった作品を著している作家たちが、協会に集まっていた。版権料に応じた手数料から、協会はその財源を得ていた。

ルブランは協会の会長ポール・エルヴュに型通りの手紙を書いた。「正式会員として文芸家協会への入会を希望いたします。友人、マルセル・プレヴォーとジュール・ルナールに推薦者を引き受けて頂きました」。マルセル・プレヴォーは、ルブランの手紙に付された推薦文のなかで、「才能に恵まれた頑健な作家兼小説家、物語作家」として、同業者たちにルブランを推薦し、「彼は、モーパッサンと同郷です。モーパッサンの最後の門弟の一人でした。ルブランの作品には師の美点の多くが見いだされます」と記している。

五月一九日、ルブランは声明に署名し、協会の団体規約を承諾した。抽選により、ルブランの応募に関する委員会報告者として指名された劇作家のダニエル・リッシュは、六月一九日の委員会において、ルブランの本をこう賞賛した。「彼の作品は、壮健で力強くもあり、また繊細で邪悪なところもあり、個性的で奇妙な魅力を備えている。彼の作品を読む幸運に恵まれた者にとって、それはまことの喜びである……」。

温泉治療と慢性胃病

七月三〇日にグリュシェでジョルジェットが書いた手紙からすると、養生のため、ルブランは、一九〇〇年の猛暑をプーグ＝レ＝ゾー〔ブルゴーニュ＝フランシュ＝コンテ地方の村〕で過ごしたようだ。ジョルジェットは楽しんで執筆している本のことを話題にしている。前日、メーテルランクと一緒に、本の抜粋を友人のアルフレッド・スートロに朗読したのだ。彼女は兄にも読ませたいと思っていた。「じっくり読んで批評してくれないかしら」。

プーグの温泉保養地の「シーズン」は、ますます賑やかになっていた。一九〇四年《自動車》紙に載った短篇『奔放な女』を読むと、ルブランがこの地方を熟知していたことが分かる。この作品で、サンセールやシャリテ＝シュル＝ロワールの方、あるいはオーヴィニーの森やラヴォーやベルトランジュの森の中に古い城を探して、自転車旅行をしたことをルブランは回想している。

残念なことだが、ダニエル・リッシュがいくらルブランのことを「著名で評判の高いプロの作家たち」の一人だと言ったところで、ほとんどの人は、ルブランの本を読む「幸運」に恵まれることはなかった。ルブランは心底落ち込んでいた。一九〇〇年一〇月五日には、「ルーアンの特別委員会より、極度の羸痩と慢性胃病のため」、ルブランは永久に兵役を免除された。ジョルジェットは兄を蝕む神経衰弱を心配して、一〇月末、グリュシェを発つ前に手紙を書いている。「いつまでも、こんなひどい状態でいてはだめよ。いつかは死んだようになってしまう。先日お兄さんが私に手紙を書いたのは賢明だった。手紙をもっと書いた方がいいわ。（……）お花をいっぱい持って行くわね。後で、どうやって花を摘みながら美しくいられるか教えて、マティルドと一緒に花を摘むわね！」。

マティルド・デシャンは、ジョルジェットに引き取られたグリュシェ近郊の若い娘だった。ジョルジェットは兄に長々とそのことを話している。「なんて奇妙な話なのかしら。私はただ興味のあることをやってみたかっただけだし、機会があればできるだけ、あの子になにか与えたりお金を使ったりしただけなのよ……それなのに、私は今満ち足りた気分でいるの。信じられないことよ！一人の女性の心、知性、意志が、生涯で最も美しい愛の冠の一つを私に編んでくれることでしょう」。このマティルドは、ジョルジェットにとってたんなる秘書以上の存在になるだろう。……

一〇月二九日、投票の結果、フレデリック・ユシェやジャン＝ジョゼフ・ルノーと共に、ルブランの文芸家協会への入会が認められた。

長篇小説『熱情』

オランドルフ（一九〇〇年春の『学校のクロディーヌ』〔コレットの「クロディーヌもの」の最初の作品〕の成功に、いまだに喜んでいる）は、一九〇一年二月始めに『熱情』を出版した。本にはこんな献辞が添えられている。「我が妹ジョルジェット・ルブランに捧ぐ」。ルブランは一冊を父親に贈った。彼は一ページ目にこう書き込んだ。「親愛なる父上に。忠実な息子、父を敬う友、モーリス・ルブラン」。実は、父エミールと子供たちとの関係は芳しくなかった。父親は子供たちに滅多に会わず、子供たちのおかげで、ルーアンではあいかわらず「三人の離婚者の父」と渾名されていた。賢くて打算的な太った家政婦の言いなりだった。後に、父親はこの女のために、遺産の一部を子供たちから奪うことになる。

……

ルブランは、小説『熱情』にそうとうの重きを置いていた。だから、この本が出版されれば、多くの批評が出ると期待していたのだ……が、何もないままであった。《挿絵入り世界《モンド・イリュストレ》》〔週刊新聞〕は小さな注で済ました。「モーリス・ルブラン作『熱情』をご紹介します。大胆であり印象に残る作品、たくましい思想に満ちた小説は、あなたを夢中にさせ感動を与えることでしょう」。ルブランのこれまでの作品を紹介していた《メルキュール・ド・フランス》誌は、この本については口をつぐんだ。ルブランは、友人に書いている。「『熱情』というタイトルさえ、ただの一度も取り上げられなかった。売り上げのことは申すまい、千か千二百は売れた。だけど、僕が二年の努力と思索を費やしたこの本は、他の作家たちから僅かな関心ぐらい払われ、少なくとも数行のコメントを書いてもらうくらいの価値はあった……それなのに無しのつぶてだ」。

小説は自伝的なものだ。つまり、「舞台をルーアンから他の町に移した」、「私的な告白」である。本名を隠す配慮は、告白の誠実さの証拠である。ルブランは、原稿の最初の一枚に、鉛筆でこんな興味深いメモを書いている。「個人的な関心。焼き払うべき」。パスカル・ドゥヴリューはルブランである、同じくクレールはジョルジェットだ。『我が人生の物語』を書いた時、ジョルジェットは『熱情』の数節をそのまま引き写している。

一九〇一年三月三一日、ルブランは初めて文芸家協会の年次総会に参加した。新しい委員会メンバーが選出された。

五月一八日、《パリ生活《ラ・ヴィ・パリジエンヌ》》誌〔挿絵入りの生活情報誌〕に、『熱情』についての驚くべき記事が載った。「もし我々が作者だったら、この小説にこんなタイトルをつけるなんてことはなかっただろう。しかし、ではなんと呼ぶのか？　雄？　それは、もう使われている〔『雄』は、カミーユ・ルモニエが一八八一年に発表した小説〕。好色漢？　絶倫？　それも、まさに〈盛りのついた〉兎だ。パスカル青年がやるような女漁りなんて、想像もできない。それに、地方だと、そういうことはみんなに知られているから、とても難しくて厄介だ！

もしモーリス・ルブラン氏が、主人公の今後の人生を追跡して、その色恋沙汰を私たちに語り続けるなら、人は、ドン・ファンと言うかわりに、もはやパスカル・ドゥヴリューと言うだろう。いくつかの章は、告白のように見える――その中には、ジャン＝ジャック・ルソーの『告白』の淫らな何シーンかを想起させる章もいくつかあり、また明らかに自伝と思わせるものもある。作品は、作者の妹である歌姫ジョルジェット・ルブランに捧げられ、彼女は小説の中にそれとなく登場している」。

「X」と署名されたこの記事に、ルブランは茫然となった。彼は、ルイ・ファビュレに手紙を書き、作者を知らないか尋ねた。ルブランは、ロベール・デュミエール〈詩人・劇作家・翻訳家。特に、ルイ・ファビュレとキップリングを共訳したことで知られる。一八六八―一九一五〉だとは思わなかった。彼なら、「小説を女たらしの物語とは見なかっただろう!!」し、ジョルジェットのことを「もっと凝った表現で語っただろうし、〈歌姫〉とは彼からすると少し素っ気ない」と考えたからである。ファビュレは、記事はまさにデュミエールのものだと答えた。別の手紙で、ルブランはデュミエールを「呆れるほど浅はかで軽々しいやつ」と評している。

レヌワール通りとヴィラ・デュポン

一八九九年一一月、ジョルジェットとメーテルランクは、レヌワール通り六九番地に引っ越した。それは、一八世紀末に建てられた「古いイタリアの宮殿様式」の広大な建物の中にあるアパルトマンだった。建物には大きな木々と花の咲き乱れた芝生の段丘状の庭があった、と『金三角』で描かれている。「それはうっとりするようなみごとな古い庭であり、かつて、一八世紀の末ころには人びとがパシー鉱泉水を飲みにきた広大な領地の一部をなしていた。レヌワール通りから川岸まで二百メートルの幅にわたってひろがっており、四段のテラスをおりていくと、なだらかな芝生があり、緑の灌木《かんぼく》の茂みと巨木の木立がそこここに点在していた」。

後にアンドレ・ド・フキエール（劇作家。一八七四―一九五九）は、「感じが良く」、「穏やかな」レヌワール通りと、「この近所にもよくあるような魅力的なフォリー（一八世紀に建てられた遊楽のための豪華な別荘）」であるメーテルランクとジョルジェットの家を回想している。彼は恋人たちについても語っている。「彼女は光り輝いていて健康的で、圧倒するような官能性に満ちあふれ、コケティッシュの極みというべきだろうか、自分が男たちに引き起こす興奮に少しも気づかないように見えた。彼の方は、文学よりも自動車スポーツに興味があり、同時代の芸術家のような趣味は持たないような素振りをしていた」。

ルブランが住んでいたヴィラ・デュポンには芸術家たちがよく訪れた。隣人には、三番地に、彫刻家がいた。今日も「一八九〇年から一九四一年まで、このアトリエでフェリックス・デリュエルは作品を彫った」とのプレートが残されている。この彫刻家は一九〇〇年の博覧会で金メダルを獲得している。二一番地には、マルセル・プレヴォーの『半処女』の初演をやった女優のリュシー・ジェラールが住んでいた。他にも有名人が住んでいた。ポワンカレ、ルヴァッソール家（パナールの共同経営者）、エメ・モロー。この動物画家は、「現実の題材」だけ描くことに腐心するあまり、一頭のライオンと長い間暮らしていたのだ！

ヴィラ・デュポンは、『813』で描かれている。それは、「パリの町はずれの静かな一角で、ヴィラ・デュポン街のただひとつの出入り口は、ボワ大通りにほど近い、ペルゴレーズ通りに面している。ヴィラ・デュポン街にそって、庭園やきれいな邸宅がならんでいた。この通りのいちばん奥が、小さな公園のようになっていて、そこに一軒の古い大きな家がたっている。そしてこの家の背後に、鉄道の環状線が走っている」。

出版人ピエール・ラフィット

ルブランは「アーティスティック・サイクル・クラブ」のメンバーであった。クラブの代表はアンリ・ボエールで、副代表は挿絵画家のフォラン〔ジャン＝ルイ・フォラン。画家・イラストレーター。一八五二―一九四一〕、書記はジャーナリストのピエール・ラフィット〔スポーツジャーナリスト・出版者。一八七二―一九三八〕だった。クラブは、ブローニュの森のシュレーヌ橋の近くに「山小屋《シャレー》」を持っていた。サイクリングは、ハンバーの自転車（当時は、一財産の価値があった）に乗って、エトワール広場から始まり、しばしばロンシャンの森を走り、最後は大抵「自転車小屋」での食事で終わった。オクターヴ・ミルボー〔小説家、美術評論家、ジャーナリスト。一八四八―一九一七〕はサイクリングの集合場所を知らせている。「自転車乗り《サイクリスト》は、一一時にエトワール広場を出発し、サン＝クルーに向かいます……ジュール・ドゥヴォワイヨが参加します……」。ジュール・ドゥヴォワイヨは、当時有名な歌手だった。……

新米編集者のピエール・ラフィットは、まもなくルパンを世に送り出すことになる。後にルブランは、「私と同様にラフィットにとっても、自転車は、個人の解放を表していました。これこそ、自転車の陶酔から誕生した小説『これぞ翼だ！』で、私が讃えていたことです……」と説明している。のちにルブランは、短篇『誰か』で、「サイクル・クラブ」を回想している。ロンシャンや、自転車小屋、アカシア通りでのサイクリング、日曜日に「自転車競技場の芝生の上」で行われた自転車レースのことを。

ラフィットはすでに、挿絵入り雑誌を創刊し、成功を収めていた。《アウトドア・ライフ》と《フェミナ》である。もまなく《ムジカ》も世に出すことになる。ラフィットは、《フェミナ》の女性読者に向けて何か書いてほしいと、ルブランに依頼した。一九〇一年九月一五日に、『困難な選択』が発表された。登場する若い女性は、当時人気のあった温泉保養地リュションから手紙を書いている。少し前に《ジュルナル》紙に載ったいくつかの短篇と同様、ルブランが登場させたのは、二人の求婚者の間で揺れる若い娘で、風景を前にして官能と興奮の入り交じった感情に心乱される。しかし、その印象は《ジュルナル》、とりわけ《ジル・ブラス》の短篇とは全く違う！　ラフィットはこの点に関しては頑なだった。つまり、何一つとして、最上流階層に属する保守的な女性読者たちを不愉快にしてはならないのだ。

ルパンを世に出した
出版人ピエール・ラフィット

《フェミナ》誌のために、ルブランは「澄んだ瞳」も執筆した。一九〇二年六月から連載小説として発表された小説である。その舞台（ドンフロン地方）やそのテーマ（「極度に感受性豊かな」孤独な若い女性をとりまく謎）は、短篇集『閉ざされた口』の作品を想起させるし、描かれた環境が偏狭な地方都市なのも、小説『熱情』を思い起こさせる。しかし、その書き方は、ラフィット社から出た全ての作品と同様、あくまでも「難のないもの」であった。

オペラ通りの《フェミナ》社で、ルブランは、一九〇二年六月に文芸批評家として入社したアンリ・バルビュス〔作家・社会運動家。一八七三―一九三五〕に出会った。まもなく、彼は発行人になる。バルビュスは、非常にエレガントで背の高い青年だった。ルブランが《ジル・ブラス》紙で出会った作家たちも、《フェミナ》で働いていた。ルネ・メズロワ、フェルナン・ヴァンデラン、マルセル・プレヴォー、マルセル・ルールー、その妻マリー＝アンヌはファッション欄を担当していた。

一九〇二年はルブランにとって気がかりな一年となった。彼はマルグリットが離婚できるのを待っていた。彼女はルブランの息子を授かり、八月一二日に出産した。二人はクロードと名づけた。ルブランはヴィラ・デュポンに住み、マルグリットは表向きはシャルグラン通りに住んでいた。障害は想像に難くない。関係は秘密にしなければならなかったのだ。息子の出生は、ヴィリエ通りの、マルグリットの夫エドワール・ウルマンの居住地で届けられた。しかしながら、ジョルジェットがグリュシェから書いた長い手紙からすると、その頃ルブランは幸福に浸りきっていた。ジョルジェットは手紙をこう結んでいる。「マルグリットとかわいい赤ちゃんにたくさんのキスを送るわ」。「あんまりお兄さんに熱心に書く気にはなれないわ、だってとっても幸せだって知っているもの」。

マルグリットはおしゃれな女性だった。シュー音不全〔ジュやシュが上手く発音できずに、ズやスと発音すること〕が彼女をますます魅力的にしていた。美食家で、多少の浪費癖もあった。ジョルジュという兄弟と、「垢抜けた魅力のある四人の姉妹」がいた。姉妹の一人ブランシュの夫は、急進社会主義の政治家として、将来輝かしいキャリアを築くルネ・ルヌーだった。背が高く痩せていて、黒い顎髭は見事に整えられていた。一九〇二年、ルヌーは、オート＝ソーヌ県の議員に選出されている。マルグリットの別の姉妹ジャヌは、元ニースのデパートのオーナーである資産家のリュシアン・ラテスの妻で、オペラ通りのアパルトマンに住んでいた。息子マルセルはその後、オペレッタの世界で名声を博すだろう。マルグリットの三番目の姉妹ベルトは、銀行家グザヴィエ・ルソーと結婚していた。

マルグリットの家族は裕福だった。贅沢を好んだが、当時のルブランはそれを叶えることができなかった。のちにルブランは、経済的な理由からルパンを書き始めたのだと言い、『813』の中では、金髪のジュヌヴィエーヴが「全ての女性に共通の好みを持ち」、「そして財産、贅沢、権力……がもたらす喜びというのは、女性なら誰しも夢中にならざるをえない」と指摘している。

ラ・コリーヌ病院

ルブランは《ジル・ブラス》にもう書いていなかったし、《ジュルナル》と《フェミナ》への寄稿も短期間のことだった。のちにルブランは、「長く苦しい時」を過ごしたと言っている。作品はほとんど売れず、失望に襲われて、終いには神経衰弱に陥った。そのせいで、書きたくても書くことさえ出来なかった。

レマン湖〔スイスとフランスにまたがる湖〕の畔に一八九九年に開業されたラ・コリーヌ病院に、ルブランはたびたび滞在した。病院は、「ラ・コリーヌ＝シュル＝テリテ」と呼ばれ、花の咲き乱れるバルコニーやベランダからは、素晴らしい山の景色が望め、湖に沈む日没は、それは美しかった。病院は、ヴィドメール博士〔一八五三―一九三九〕が経営していたが、アンナ・ド・ノアイユによれば、「次の本のページ数よりも体重が増えたかに関心がある」医者であった。ラ・コリーヌでの滞在から、ルブランは短篇『湖の畔で』の構想を得た。この作品で彼はジュネーヴの湖レマン湖を愛する人たちについて語っている。ルソーやバイロンのおかげで人気スポットとなったモントルーには、豪奢なホテルが建ち並んでいた。

一九〇二年八月、アンリ・デグランジュ〔ジャーナリスト・自転車競技選手。「ツール・ド・フランス」創設者。一八六五―一九四〇〕は、新聞《自動車《オート》・自転車《ヴェロ》》のために「スポーツの短篇小説」を書くよう、ルブランに依頼した。のちにラフィットとルパンに対してそうだったように、ルブランは多少しぶしぶながらこの依頼を引き受けた。なぜなら、アクションの名人というより、人間の繊細な心理を研究するほうに、自分はよほど向いていると思っていたのだ。しかし食わねばならない。九月七日から、『太陽と雨の物語』との総題で発表される短篇を、ルブランは《自動車・自転車》紙に執筆した。

文芸家たちの夕食会

一九〇三年一月一二日、ルブランは初めて文芸家協会の晩餐会に出席した。それは、一月の第二月曜日、ボンヌ＝ヌーヴェル大通りのレストラン〈マルグリ〉〔一八六〇年にシェフのジャン＝ニコラ・マルグリが開いた有名なレストラン〕で開かれた。サービス、ワイン、クローク込みで七フランであった。店は豪華だった。「ゴシック様式の大きなサロン」はよく知られていたし、「広々したベランダ」や「屋根のないテラス」、「夏の庭」や「大通りに面した居心地のよい食堂」があった。酒蔵もそれは見事で、皆、ムール貝と小エビを添えた「マルグリの舌平目」に舌鼓を打った。演劇人たちが「百回記念」を祝いにいそいそとやって来ていた。「文学のレストラン経営者」と呼ばれたレストランの主人、ニコラ・マルグリは一流の料理人であり、伝統の擁護者であった。巨大な腹。ふさふさとした白い口ひげと銀色のぼさぼさの長髪。「皆さん、ご満足いただけたでしょうか？」と、食事の間に確かめに来たものだ。

ルブランは三月二九日に協会の総会に出席した。翌日、新しい委員会は、マルセル・プレヴォーを会長に選んだ。

グールの城で

ルブランの姉ジュアンヌとフェルナン・プラが借りたディエップ近くのグールの城で、ルブランは夏のひとときを過ごし、体を休めた。ジュアンヌとフェルナンはそこで、娘のフェルナンドとマルセールと一緒にヴァカンスを過ごしていた。二人は結婚できずにいた。フェルナンの両親が反対していたからだ。フェルナンは訴訟を起こし、一九〇二年一一月、二人の結婚に対する異議申し立てが撤回された。フェルナンの両親は控訴した。……確かに、フェルナンと兄弟のエドワールは、一家からすると長いこと「乱れた生活」を送っていた……そのため、両親やもっとまじめな生活をしている兄弟のギュスターヴとはうまく行っていなかったのだ。

一九〇三年六月九日、パリ控訴院が異議申立ての撤回を確認したので、結婚式が七月一八日ヌイイ〔パリ西部近郊にある都市〕の市役所で行われた。ルブランは証人の一人であった。ジュアンヌとフェルナンは、ブローニュの森のすぐ近く、ヌイイのサン＝ジャーム通りの家とグールの城に、たくさんの家具や美術品を持っていた。プラ家は豪勢な暮らしを送っていた。ジュアンヌは、美しいリネン類や、完璧に整えられたインテリアや、非の打ち所なく客をもてなすのが好きだった。グールでルブランは、夏の数ヶ月をジュアンヌのそばで過ごし、他方ジョルジェットとメーテルランクはすぐ近くのグリュシェに住んでいた。

一七六六年に建てられたグールの城には、長方形の大きな主屋があった。桃色の煉瓦と白い石造りで、軽やかにアーチを描く大きな窓があった。ジュアンヌとフェルナンは、古物商で見つけた大紋章でペディメントを装飾したが、それはそのまま今日も残っている。城は村の中心にあり、ゴシックの小さな教会の近く、サーヌ川が横切る大きな公園の中央にあった。こちら側には、煉瓦造りの馬小屋があり、川の反対側には、城の所有者であるバール一家が住んでいる「スイス風の山小屋」が、丘の上に見えた。

ジュアンヌの結婚契約書から城の家具調度品が分かっている。一階には、アンピール様式のビリヤード室と、黄色い絹で覆われたマホガニー製の長椅子や肘掛け椅子が配されたサロンがある。黒い木製のピアノはプレイエル製だ。壁には金の額縁に入れられたおびただしい古い版画がかかっている。食堂もまたアンピール様式で整えられている。城の中央に配された玄関広間には円卓、一脚の肘掛け椅子、高名な家具職人ジョルジュ・ジャコブの署名が入った四脚の椅子がある。「大広間」にもジャコブの署名入りの家具がある。彫刻を施した金色の木製家具や沢山の長椅子、肘掛け椅子、小円卓、壺などだ。……

起伏の多い広大な庭は、池、滝、木製の橋、巨木で彩られていた。この場所は、『カリオストロ伯爵夫人』のなかで描かれている。庭を見わたす「長い見晴台」の噴水の水盤や、ルパンがド・ロルヴィル侯爵や共犯たちを閉じ込めた丸天井の地下室、古い壁で囲まれた菜園があった。菜園には、「村の教会がそびえ」、「かつてグールの城主達の墓所であった閉ざされた小さな空間があった」。

休息を必要としたルブランは、「庭師のあずま屋」あるいは「オレンジ用温室」と呼ばれる、菜園と教会に近い公園の片隅にある煉瓦造りの小さな家に滞在した。時にはジュアンヌの招待客のグループに加わった。ルブランと、大きな白い帽子を被った未来の妻マルグリットが写った家族写真が数枚残っている。

グールの城での親族写真
右端が妻マルグリット・ルブラン
左隣の座っている人物がルブラン
中央の立っている帽子の人物がフェルナン・プラ
その前がジュアンヌ・プラとルブランの息子クロード

スポーツの短篇小説

《自動車・自転車《オート＝ヴェロ》》新聞は、単に《自動車《オート》》新聞となり、スポーツ試合を開催するようになった。ルブランがルネ・トランツィウスに語ったところによれば、こうした試合のうち「ツール・ド・ブルターニュ」で優勝したのは、ルブランだった。「僕は《自動車》紙主催のツール・ド・ブルターニュで優勝して、賞品にタンデム〔二人乗り自転車〕を貰いました。……ですが、自転車は一人乗りじゃないとだめですよ。……二人になったら、同じ場所に止まりたいってことは絶対ありませんからね」。ルブランは、あいかわらず、新聞に『太陽と雨の物語』を書いていた。この作品を書くことで、感傷的な恋愛小説から冒険小説へと移行し、アルセーヌ・ルパンの方へと大きな一歩を踏み出していた。二〇世紀の初頭、ついこの前までまだ流行していた憂鬱は時代遅れとなり、活力が取って代わった。アウトドアとスポーツの流行に乗った、この新しいスノビズムを、《自動車》紙はいち早く表明していた。

八月二日の『太陽と雨の物語』である『バルザック案内』は、旅と読書の重要性をめぐる一考察である。この作品からは、バルザックと多くの同時代人に対するルブランの関心が窺われる。ルブランは、ユイスマンス作『大伽藍』のシャルトル、アンリ・ド・レニエのヴェルサイユ、フェルディナン・ファーブルのセヴェンヌ山脈、ドーデのプロヴァンス、バレスのロレーヌを回想している。また、ルネ・ボワレーヴのトゥール、「我らが麗しのマルセル・ブーランジェ」によって描かれたサン＝マロとモレ＝シュル＝ロワンについても語っている。

ルブランはパリ郊外も好んで散歩した。おそらく、短篇『散歩』の中に描かれた道順に従って散策したのだろう。「シュレヌ、サン＝ジェルマン、エラニー、ポントワーズ、ヴィオスヌ川とトロエヌの心和む渓谷、ショーモンタン・ヴェクサン、メリユ、シャンブリ、ボーモン、リラダン、そして森……」。

一九〇三年、好評を博した《プティ・ジュルナル》紙の付録《挿絵入り付録《シュプレマン・イリュストレ》》にも、ルブランは書き始めた。八月三〇日には、中篇小説『シャンボン通りサークルの犯罪』を発表したが、その題材はアルセーヌ・ルパンの「犯罪的な」冒険を予感させる。

同年一九〇三年、メーテルランクはグラース〔仏南東部、プロヴァンス＝アルプ＝コート・ダジュール地域圏にある都市〕に〈四街道《キャトル・シュマン》〉という別荘を買い、そこで冬の数ヶ月を過ごすつもりでいた。ルブランは、メーテルランクがパリを離れてしまうことに不安を覚えた。ジョルジェットとあまり会えなくなると思ったのだ。「これは、君たちにとって深刻な事件だよ」と妹に言っている。しかしジョルジェットは有頂天だった。彼女はジュアンヌにこう書いている。「私たちは南仏を発見したばかり。一年中太陽と花が咲き乱れる地方よ。（……）早く来て、さっさといらっしゃい、あなたたちを待っているわ」。

一九〇四年三月一七日、パリのモーリス・バレス〔小説家・ジャーナリスト。仏ナショナリズムを代表する人物として知られる。一八六二－一九二三〕の家で、メーテルランクとジョルジェットはアンナ・ド・ノアイユと知り合った。ルブランはこの詩人の作品について熱烈な言葉を書き送り、アンナはこう返事を書いている。「まるでお好きな本のことのように、私の作品についてお話しして下さったこと、大変光栄で心より感謝申し上げます。寛大なお気持ちがあってと思いますが、また文学的な共感もおありだったように感じております。このような共感をあなたから得られるのは、大変ありがたく存じます」。

確かに、ルブランは時々文学批評を行っていた。彼は、友人マルセル・ブーランジェについての記事を書いた。名文家で精緻な作家と見なされており、彼の住んでいるシャンティ〔オー＝ド＝フランス地域圏の町〕

を舞台にした中篇小説を二〇本集めた『シルヴィーの国で』を出版したばかりだった。記事は一九〇四年六月九日に《自動車》紙に発表された。友人が剣術や馬術といった「貴族の」スポーツを好むことを想起してから、ルブランはブーランジェの文体にみられる古典主義を褒め称えた。同日、ブーランジェはルブランにこう書いた。「友よ、君のおかげで、どんなに大きく深い喜びで僕は満たされたことか！　君は、僕のことを〈古典主義〉と評し、厳かで麗しいヴォーヴナルグや、あの非の打ち所のない躍動感に溢れたクーリエの回想録を語ってくれた。まさに、それだけで、君は、僕が望みうるあらゆる褒美を一度にすべて与えてくれたのです。そうだ、フランス文芸の偉大なる過去は、僕から片時も離れないし、僕を後悔の念で満たしている。そうでしょう、かつての僕らはもっと豊かに生きていた。苦悩も多かったが、ずっと優雅で意外性にも富んでいた。作家には、もっと良心があった。ただ、いついかなる時でも、例えば、誰かが自分の友人だと分かると、思いやりに満ちた心からの喜びを感じるものです。もうかなり前から、君は僕の友人だとは思っていた。今一度、君は、僕にそれを証明したのだ。僕に限りない感動を与えるようなやり方で。僕が決して忘れないであろうやり方で。そして親愛なる友モーリス・ルブラン、僕の誠実な感謝の気持ちがさらに心の底からのものとなるようなやり方で」。

『赤い口、八〇馬力』

一九〇四年六月、オランドルフ社から「スポーツの短篇小説」を集めた『赤い口、八〇馬力《グール＝ルージュ》』が出版された。その作品の多くは、すでに《自動車》紙上で発表されたものだった。ルブランはこの本を「《自動車》紙編集長アンリ・デグランジュに」捧げた。「親愛なる友よ、これが、愛に溢れ、血で赤く染まり、自然と力と肉体の美とに捧げられた、あなたが私に依頼してもうすぐ二年になろうとするスポーツの短篇です。私がこの作品の執筆で得た喜び、またあなたがこれらの作品を気に入って下さった思い出に、この作品をあなたに捧げます」。

彼は、最近まで自転車に対して使っていたのと同じような言葉でもって自動車を語っている。「町や村は動く都市のように私たちを迎えにやって来て、そして、私たちの背後で、捨てられて道路にばらまかれたもののように、突然動かなくなった。森や平原や川や丘は、全て私たちが近づくと眠りから覚め、大地の呼吸の秘められたリズムによって揺られた感覚を抱きながら、私たちは、上ったり下ったりした。なんと素晴らしく力強い生であろう。私たちは、もはやただ感じやすく繊細な塊でしかない。押し寄せる感動に身を震わせているのだ」。

アンリ・キストメクルス〔小説家・劇作家・ジャーナリスト。一八七二―一九三八〕は、友人の本について《自動車》紙で、熱のこもった記事を執筆した。「これが、まるで力と愛と血を束ねたかのような四〇篇の短篇小説である。（……）モーリス・ルブランは、生命にとりつかれている。彼は、血まみれの聖体《ホスティア》を受け取った。命そのものが彼に宿っている。（……）ルブランの天才は、文学的天才ではない。彼は造形的な文章、甘く囁く気どった文章、吐き気を催させるような聴覚の喜びのために抑揚をつけた文章を嫌う。彼は書くために書くのではなく、生命がほとばしるごとく書くのだ。だからこそ、彼は最も信頼するに足る作家の一門なのだ」。《フィガロ》紙では、フィリップ＝エマニュエル・グラゼが、この「非常に興味深い」本は「鋭敏なモダニズムの極めて新奇な特徴」を持つと記した。「本書を構成する、テンポの速い感動的で精彩に富むすべての物語において、その本質を成しているのは常にスポーツなのだ。スポーツのもつ目もくらむような魅惑と快感すべてがそこに見出される」。

この「モダニズム」によって、本書は心理小説とルパンの冒険との間の接点に位置づけられる。短篇『紳士』が描く「メチェルスキ大公」はアルセーヌ・ルパンのすべてを備えている。同様に、四月一七日に《自動車》紙に発表された短篇『友人奉仕』は、たいへん「ルパン風」だ。語り手は、ルパンを予言する人物、魅力的なデソール伯爵によって心ならずも強盗事件に巻き込まれるのだ。六月一一日の《自動車》紙に載った短篇『強い男』には、怪盗紳士の冒険シリーズの第一巻に収められた中篇小説『ハートの七』の冒頭を想起させる場面が出てくる。

演劇の試み

一九〇四年、夏の猛暑のせいで、ジョルジェットとルブランは再びコー地方のグリュシェとグールに戻り、ルブランは読書三昧の日々を過ごした。六月三〇日の《自動車》紙で、彼は、ノアンの貴婦人の生誕百周年を記念して、『ジョルジュ・サンドとスポーツ』に関する記事を発表した。サンドの小説を多数引いて、青春時代、ルブランを魅了していた作家を「自然そのものであるかのように自然だ」と賞賛した。

それまでルブランが出版した一〇冊の書籍は、全体で二万から三万部が売れていた。つまり一冊につき、三千部になるかならないかぐらいだ。食べていくには十分ではない。なんとか成功を摑もうと、ルブランは演劇の道に挑戦することにした。そこで一幕物の戯曲を数篇執筆した。そのひとつ、『カンドール氏』は、一九〇五年九月に上演を果たしている。同年一二月には、フェミナ社が『びっくり仰天』という戯曲を出版した。これは、マリー＝アンヌと、ルパンにぴったりの名を持つラウール＝ダルギヌという恋人二人の会話からなる戯曲だった。

ルブランはもっと長い戯曲を執筆中であった。そのうち、三幕物の『憐れみ』一作品だけが上演されることになる。この戯曲は、初期作品の雰囲気をとどめていた。つまり、このたいへん簡素な筋立ての心理劇は、ジュヌヴィエーヴと「情熱的」な劇作家である夫ジャックとの不可能な愛を描いているのだ。ルブランは、その原稿を高名な〈自由劇場〉の創設者アンドレ・アントワーヌに送り、一九〇四年八月一四日、アントワーヌは「承知しました。あなたの非常に素晴らしい戯曲『憐れみ』を、アントワーヌ劇場で上演しましょう」と、返事を書いた。しかし、それが上演されるのはやっと一九〇六年になってから、多くの障害を経てからであり……それも不成功に終わったのだった。とはいえ、その時には、ルブランはすでに「アルセーヌ・ルパンの父」になっていることだろう。

父エミールの死

一九〇五年は、もう少し幸先良く始まってもよかっただろう。というのは、前年の一二月二九日、セーヌ県裁判所が、エドワール・ウルマンとマルグリット・ウォルムセールとの離婚を言い渡したのだ。ついに離婚を果たしたことで、ルブランの心配の種はひとつ減り、法的な猶予期間が過ぎればすぐにでも、マルグリットと結婚できるはずだった。

一九〇五年一月に、不幸が襲った。父エミールが二四日火曜日に亡くなったのだ。翌日、義兄フェルナンに付き添われ、ルブランはルーアンの市役所に死亡届けを出した。死亡通知状が友人たちに送られた。「船主卸売商、ルーアン港石炭輸入業者組合代表、エミール・ルブラン（享年七五歳）が、当該日、バヤージュ通り四番地の自宅にて、教会の定める臨終の秘跡を受けて逝去いたしましたことをここに謹んでご通知申し上げます」。バヤージュ通りでの喪の集まりが済むと、ほとんど春のような暖かさの中、二〇年前ブランシュが埋葬された記念墓地での埋葬が行われた。《ルーアン日報》は、葬儀を次のように報告している。「昨日、多くの参列者の中、ルーアン港石炭輸入業者組合代表エミール・ルブラン氏の葬儀が執り行われた。記念墓地内の墓前で、ディエップの商工会議所所長ル・マニャン氏により弔辞が読まれた」。

その間、ラフィットはバルビュスと共に、《万人のための読み物《レクチュール・プール・トゥス》》誌と競うような新しい月刊紙の創刊に向け奔走していた。それが、「挿絵入り百科辞典的雑誌」《私は何でも知っている《ジュ・セ・トゥ》》である。創刊号は、一九〇五年二月一五日に発売された。大々的な広告キャンペーンと大きなポスターが、サラ・ベルナールの『回想録』の出版を宣伝していた。雑誌には、ジュール・クラルティ、カテュール・マンデス、ヴィクトリアン・サルドゥ、アベル・エルマン、ダニエル・ルシュウール……といった有名作家が寄稿していた。

ラフィットは、この雑誌のために冒険短篇小説を書くことをルブランに提案した。というのは、英国では、シャーロック・ホームズのおかげで《ストランド・マガジン》が大当たりしていたのだ。ルブランは、短篇『アルセーヌ・ルパンの逮捕』を執筆した。有能な刑事ガニマールが、社交界に出入りするアルセーヌ・ルパンという名をもったエレガントで惚れっぽい強盗を逮捕する話であった。この短篇は、七月に掲載される。

悲劇的な現実

ルブランはあいかわらず《自動車》紙に『太陽と雨の物語』を書き続けていた。その多くは、恐ろしい自動車事故を描いていた。四月二日の『悲劇的現実』でルブランは、「《自動車》紙の愛読者」からの手紙を引用した。手紙は、「驚くべき屈託のなさで」作中人物を殺してしまうことを非難していた。「あなたの署名を一目見るだけで、どんなぞっとするような不慮の惨劇を目撃することになるのかと、私は恐ろしくなります。ある夫は、妻の頭を自動車のボンネットと木の幹の間に挟んでぺしゃんこにしてしまいました。ある妻は、夫と車を断崖の上から死の淵へ突き落としました。フランスの道路を荒らしているのは、〈赤い口《グール＝ルージュ》〉なのです……」。ルブランはこう自問する。「こんなにも私を楽しませてくれたスポーツに、こんなに多くの恐ろしい罪の責任を負わせるなんて、私は間違っていたのだろうか？　すべては、私の想像の中だけで起きていて、私たちが好き勝手にでっちあげたものなのか？　だから、こうした不安を掻き立てる恐ろしい惨事というのは、現実には起こらないものなのか？」。そして、ベルギーの新聞から拾ったという痛ましい三面記事を引用し、ぞっとする事故が現実にも起こりうることを示したのだった。

遺産の競売

ルブラン家の子供たちはバヤージュ通りの家を売りに出したが、そうは簡単にいかなかった。三月一五日、パリの公証人バザン氏宅で、ジョルジェットは自分の代理権を兄に譲渡し、兄が妹の代わりにことを進めることができるようにした。問題は特に、結婚の破綻により法廷とトラブルを抱えていた姉ジュアンヌだった。ルーアンの裁判所の判決は、フェルナンに保佐人を立てることを認め、セーヌ県裁判所の判決は、一九〇五年四月一二日、「プラ夫人にルーアン、バヤージュ通り所在の建物を協議あるいは裁判により売却すること」を認めた。

子供たちは父親のコレクションも売りに出した。競売は、《ルーアン日報》で一九〇五年五月二七日に告知され、二九日にサン＝ニコラ通りの競売場で始まった。最初の競売では一万二四〇〇フランもの大金が得られた。最も高い値がついたのは、ルイ一四世のマルケトリ細工の置き時計だった。ルネサンス様式の食器棚や数多くの置き時計、たんす、骨董陶器もあった。五月三〇日には、工芸品や銀食器、宝飾品、絵画……などが競売にかけられた。バヤージュ通りの家には四一を数える絵画が掛かっていて、その中には、アレクサンドル・デュブール作のオンフルールの眺めや、クール作の女性の肖像画、バンタボル作の海景画があった。

書籍は六月八日に売却された。競売吏は《ルーアン日報》に広告を出している。「故E・ルブラン氏の見事な蔵書、一八世紀の挿絵入り書籍、挿絵入りの様々な作品、文学。黒檀製の二つの美しい書棚と書斎家具」。

従姉のエルネスティーヌ・カレに宛てたルブランの長い次のような手紙から察すると、この競売はルブラン家の子供たちにとって必要に迫られたものだったようだ。「僕が今回の相続でなんらかの権限を有していると思っているみたいだね。いや、残念だけど、違うんだ！　僕は君や姉妹たちと同じ資格しかない。三万二千フランの債権者だけど、それだけだ。（……）会社はほとんどすべて清算された。けど、ぱっとしないね。家具の競売はすごくうまく行ったから、おかげで運良く赤字を埋めることができるだろう。だから、君が話しているのは、相続人ではなくて、自分の金を取り戻せてほっとしている債権者なんだよ」。

ルブランはこの手紙にモントルー〔スイス、レマン湖東部の保養地〕と記している。ルブランは、ヴィドメール博士がヴァルモンに開いたばかりのクリニックに戻っていたのだ。このクリニックのことは、六月二七日の《自動車》紙に掲載された時評『保養所』で描かれている。「私が好んで身を寄せるのはそこだ。そこでは、どこよりも空気がおいしい。そこには、どこよりも微笑ましく快い景色が広がっている。ジャン＝ジャック・ルソーによって不滅のものとなった眺めだ。山々はどこよりも調和のとれた姿をしている。湖の青と空の青い水のあいまに、夢想は類いまれな優しさを帯びる。漂う香りはあなたを陶然とさせる。この恵まれた湖岸の自然には、官能的で東洋的な何かがある」。彼は、医者についても語っている。「毎朝、テラスからテラスへ、ヴィドメール博士が通っていく。人が良心の導き手と呼ぶように、博士は、まさに意志の導き手とでも呼べるような人物だ。クリニックに到着すると、皆、自らの意志を博士の手に委ねる。鋭敏な知性とまさに驚くべき直感によって、博士は、自分の気質を正確に理解している人なら自らそうするに違いないように、あなたを導く。あなたの一日の体力、あなたが歩むことができる歩数、消化できる食料の重さ、これらを量る神秘的で不謬の秤を博士はまるで持っているかのようだ。博士はあなたの代わりに考え、あなたに代わって欲する。そこでは、人は、ただ生きる。奇跡の庭師が手入れする植物のように暮らすのだ。そして、それは快いものだ」。

VI　ルパン誕生（一九〇五―一九〇七）

『アルセーヌ・ルパンの逮捕』

「アルセーヌ・ルパンの父」になるなど思いもよらずに、ルブランがその最初の冒険を発表したのは、彼がこうした健康上の気がかりや厄介事を覚えていた時期だった。《ジュ・セ・トゥ》誌第六号に『アルセーヌ・ルパンの逮捕』が出たのは、一九〇五年七月一五日のことである。

のちには、二〇万部の販売部数を誇ることになる《ジュ・セ・トゥ》誌は、多様な記事を載せ、未発表の読み物にかなりの紙面を割いていた。そのシンボルはよく知られている。地球儀型の大きな頭の、考え込んだ風にこめかみへ指をあてた小柄な人物である。社長のラフィットには、ルールーとバルビュスという二人の協力者がいた。『文学生活の回想』でロニーは、彼らをこう描いている。「青白く鈍重なルールーは、人には親切だがなげやりだった。バルビュスは、心細やかで、神経質、顔が痩せた背の高い若者。才能をもつ者には公平さと敬意を欠くことはなかった」。特にバルビュスの方が、《ジュ・セ・トゥ》誌に掛かりきりだった。バルビュスは、広告に名を使っていいかをルブランに尋ねた。ルブランはこう答えた。「もちろんだとも。僕の名を好きなように使ってくれたまえ。雑誌の成功を心より祈っていますよ」。

驚くべきことに（後には、ルブラン自身も驚いたことだが）、ルブランが続篇を書こうなどと夢にも思わなかった短篇『アルセーヌ・ルパンの逮捕』が世に出たときには、かたちはすでにかたまっていた。つまり、『ルパン』ものの傑作に見られる「ルパン」だ。主人公はすでに「かの有名なアルセーヌ・ルパン」であり、その過去は輝かしい名声に彩られている。ルブランはルパンに命ぜられていたのだ。のちには、こんな風に言っている。「物語を語るのはいつも好きだったし、僕にとっては無意識みたいな仕事でした。ペンを取ると、アルセーヌ・ルパンが僕に命じるのです。僕は、かつてパリ市議員だったアルセーヌ・ロパンの名をちょっと変えて、どこに行くのかさえもよく分からずに書いたのです。『アルセーヌ・ルパンの逮捕』をね」。

ルブランがロパンの名を変えたのは無意識だった。彼はのちにこう告白している。「アルセーヌ・ルパンの名だって、特に意識もせずに頭に浮かんだ。後になって、昔のパリ市議会議員の名前に影響されたんじゃないかと思いました」。だが、もっと単純に、ロンシャン競馬場で五月に開かれていた社交界の催し、かの有名なルパン（＝リュパン）賞の影響ではないだろうか？　ルパン（＝リュパン）はまた、ルブランが熱愛したバルザックの『人間喜劇』にたびたび出てくる名でもある。

議員のアルセーヌ・ロパンは、自分に似た名前の使用に対して抗議したとよく言われている。一九〇八年一〇月の《コモエディア》紙〔《自動車》紙のアンリ・デグランジュが一九〇七年に創刊した日刊紙〕はこう記している。「さる愛想のよいパリの紳士が、アルセーヌ・ルパンと母音が一つ違う名を名乗っている。かつて大都市パリの市議会議員であったアルセーヌ・ロパン氏のことだ……。さてさて、アルセーヌ・ロパン氏は騒ぎにするつもりはなかったし、エスプリの持ち主である彼は、抗議しようなどと考えたこともなかった」。

ルブランはジョルジュ・シャランソル〔ジャーナリスト・文芸評論家。一八九九―一九九五〕にこう言っている。「アルセーヌ・ルパンの名？　この人物をどうやって創造したかって？　どうやってこんな考えが浮かんだのか、とてもご説明できないでしょう。おそらくそんな考えが僕の中にあったのだけれど、自分自身気づかなかったのでしょう。……実際、すべては僕の無意識の中に生まれたのです。そこにこそ僕は自分の知らぬ何か優れたものを見出した。そして、長年の執筆経験によって身につけていた心理小説作家としての腕を奮って、それを使っただけなのです」。事実は、ルパンの起源を見るべきは、《自動車》誌に掲載された「スポーツの短篇」である。自転車と自動車が冒険への準備を整えていた。短篇『若き娘』の主人公は「謎に夢中で、ありきたりなものを憎み、未知の強烈な感情を渇望している」。『赤い口』に収められた短篇『トーナメント』では、「人好きのする魅力あふれるヒーロー、前代未聞の冒険の騎士、人の意表を突くような大胆さ」を備えたアンリ・ド・ボープレが登場する。

　またたく間にルブランは、伝説となる成功を収めた。毎年『占い暦』を出していたあの有名な占い師マダム・テーブとの出会いの話を信じるべきなのか？　ルブランは四〇歳にさしかかった頃、偶然劇場で彼女の隣に座った時のことをジョルジュ・ブールドンに語っている。幕間で、ルブランは手相を見てもらった。マダム・テーブはこう言った。「私には、間もなく、あなたが仕事で途方もない成功を収めるのが見えます。（……）今、あなたがフランスで占めている文学的地位は、あなたが誇りに思ってもいいものでしょうが、これだとて、これからあなたを待っている地位と比べれば何ものでもありません。あなたは、世界で最も知られた作家の一人になろうとしている……」。ルブランは、ピエール・ラガルド〔ジャーナリスト・作家。一九〇三―五九〕にもこの逸話を話している。「一九〇五年に、シャトレのゲネ・プロで、僕はマダム・テーブの隣に座りました。彼女は僕にこう言った。『五年後に、あなたは有名になるでしょう』ってね。僕は田舎を舞台にした僕の大事な長篇小説のことだと思いました。それが、ルパンのシリーズだったのです。お恥ずかしい話さね……」。

ルブランは、アレクサンドル・ジャコブから着想を得たと言われたことがある。一九〇五年の三月に流刑にされた、アナーキストの強盗だ。しかし、それは全く違っている。そうではなく、当時は優雅な泥棒というテーマがはやっていたのだ。一九〇五年七月、ルパンが最初の冒険をおこなった頃、《万人のための読み物》誌には「最新流行の泥棒」についてのこんな記事が出ている。「見るからに怪しいマランドラン〔中世に街道を荒らした強盗団〕は時代遅れだ。今や、フロックコートにシルクハット姿の完璧ないでたちで出没する紳士強盗の時代である」。

ルブランは、人生の最期まで自分に取り憑くことになる人物を創り出したなどとは思ってもいなかった。一九〇五年七月には、ルパンの冒険に続きを書こうなどとは考えもしなかったのだ。彼は、あいかわらず《自動車》紙に執筆しており、定期的に『太陽と雨の物語』を発表していた。七月七日の短篇『共犯者』では、ベルナン＝トリスタルという分かりやすい変名でトリスタン・ベルナールを想起している。

一九〇五年の夏、《フィガロ》の「文芸小時評欄」を担当するフィリップ＝エマニュエル・グラゼは、作家たちの執筆計画についてアンケートを行った。そこで、「少し前にスポーツと文学を結びつけた、非常に軽快で現代的な作家」と紹介されたルブランは、ルパンのことは考えてはいない。彼の答えをみよう。「新年度には、アントワーヌ劇場で三幕物の戯曲『憐れみ』がある。これは既に稽古を行っているが、劇場の事情で来シーズンに延期された。冬の間は、三年前から取りかかっている小説。それから短篇集『閉ざされた口』第二シリーズ。更に、ほとんど完成している戯曲が二本。――劇場支配人たちにはなんともいいニュースだろう！」。ルパンはこうした計画の妨げになろう。『憐れみ』は確かに上演されるだろうが（一九〇六年五月になってだが）、他の戯曲と小説は日の目を見ることはない。

ルパンのこの予期せぬ登場のせいで、ルブランは新たな心配を抱えこんだ。ラフィットが彼に依頼したように、冒険物語の道を進み続けねばならないのだろうか？　この成功は束の間のことだと彼は考えていた。のちにルブランはこう言っている。「続けるようラフィットに頼まれた時、僕は断った。当時、フランスでは謎解き小説や警察小説の評価は低かったからね」。彼に関するジャン・エルネスト＝シャルル〔ジャーナリスト。一八七五―一九五三〕の次のような見解に、ルブランは同意見なのである。「モーリス・ルブランの才能が開花したとて、他の誰と比べても彼は、精神生活が欠如したすばしこい強盗の偉業を語るのには向いていなかった。モーリス・ルブランは繊細な心の底を描く小説家になれただろう。また、そうあるべきだった」。

ルブランは、夏をグールで過ごした。七月二七日の《自動車》紙に掲載された短篇『寄り道の気持ち』は、自動車でのパリからディエップまでの道を描いている。スピードのもたらす幸福感や「移動による陶酔」、それに「空間の逸楽」をこの短篇は想起してはいるものの、車を停めて、「一瞬、たとえ一時間でも散歩すべきこうした魅力的で興味深い古い小さな町」のどれかを訪れるのがほんとうの幸せであることをとりわけ主張している。「こうした町はどこも私たちが感嘆するような何ものかを提供してくれる。教会正面の扉口や、廃墟と化した中世の城塞の主塔、数世紀つづく庭園の面影といった何ものかを」。ルブランはこうした町として、ポントワーズ、トリ＝シャトー、グルネー、そして「今や稀に見る悲劇的な廃墟となった城の麓に眠る」ジゾールを挙げている。

フランスのコナン・ドイル

ラフィットとルールーは、八月、グールに滞在し、ルパンの続編を書くようにルブランを説得した。強盗は投獄されてるんですよ、と彼は反論した。ラフィットは「脱獄させろ」と応酬し、「続けろよ。フランスのコナン・ドイルになれるぞ。栄光を手にするんだ」とそそのかした。ルブランは他のジャンルの文学に専念したいと言い返したが、ラフィットは言った。「そうかい？　他のジャンルで頑張ったところでどうにもならないさ。心理小説は終わったんだ」。今や「幻想と怪奇の文学」の時代だ。それは、九月、ガストン・デシャン〔文学者・ジャーナリスト・政治家。一八六一―一九三一〕が《ジュ・セ・トゥ》誌に発表した記事のタイトルである。記事の中で彼は、コナン・ドイルとH・G・ウェルズ〔英の作家。SFの始祖と評される。『透明人間』『宇宙戦争』など。一八六六―一九四六〕の作品を分析している。しかし、ルブランは「大衆」作家に「身を落とす」（ルブラン自身の言葉だ）ことを望まなかった。「文学的な冒険小説を書くだけでいい」とラフィットは繰り返し、「ほとんど毎日のように」ひっきりなしに頼み込んだ。

もっとも、その頃《自動車》紙に寄せた短篇を書くことで、ルブランは推理小説に近づきつつあった。八月一四日の《自動車》紙に発表された短篇『三重の謎』は、謎解き小説に通じるところがある。というのは、「三重の謎」は物語の最後に解決されるのだ。八月二八日に掲載された『殺人』も同様だ。

ルブランはとうとうラフィットの頼みを聞き入れた。とにかく食わねばならない。夏にはもう、彼は仕事に取りかかっていた。のちにジョルジュ・ブールドンにこう言っている。「知らないうちに、潜在意識が僕を操っていたのです。たいした努力なんてしなくても、奇妙なシチュエーション、荒唐無稽な出会い、複雑な筋立てのアイデアがどんどん湧いてきました。そして、まったく驚いたことに、それらは不思議なほどたやすく解決してしまうのです。何もないところから生まれたアルセーヌ・ルパンは、こうして頭の中に出来上がってきたのです」。

「最初の一二の短篇」を携えて、ルブランはパリに戻った。一一月一五日、《ジュ・セ・トゥ》誌は、次号に「大ヒット間違いなしのセンセーショナルな作品」を掲載すると予告した。「天才詐欺師アルセーヌ・ルパンの驚くべき、謎に満ちた、人の意表をつく、独創的でゾクゾクするような冒険。ルパンの怖るべき辣腕ぶりと悪運は、これまで偉大な冒険家たちが成し遂げた奇想天外な偉業を何もかも凌駕している」。一二月には、中篇『獄中のアルセーヌ・ルパン』が『アルセーヌ・ルパンの破天荒な生活』シリーズに発表された。物語には「第一回ルパン懸賞」が付いていた。

ラフィットは類いまれな商人だった。派手やかな成功を手にした彼に、人はしばしば厳しい評価を下した。例えば『ある証人の回想録』のピエール＝バルテルミー・グジ〔ジャーナリスト・作家・劇場支配人。一八六五－一九四三〕がそうだ。「ラフィットは、最後のグラン・ブールヴァール的道楽者で、最初の流行仲買人だった。彼のすごいところは、文学のことは、きれいさっぱり、とんと気にかけていないところだ。だが、このきわめて愛想のいい馬鹿は、天才的な新聞の売り子だった」。J・H・ロニーはこうだ。「ピエール・ラフィットは、現代性、広告、贅沢に鋭い感覚を備えていた。コート紙のカエサルだった」。そして、アルベール・カイム〔作家。一八七六－一九四七〕はこう言っている。「かつてのスポーツジャーナリストは、もともと頭の切れる人物ではないが、それを自覚していて、次第に上っ面のパリ人らしさで、おそらく自分でも気づいていた欠点をひた隠し、エレガントなファッションを身にまとう一方、ビジネスでの抜かりなさと順応性も兼ね備えるのだ」。

一九〇六年一月、『アルセーヌ・ルパンの脱獄』が、次のような序文を添えて発表された。「かの有名なアルセーヌ・ルパンは、その風変りな冒険を始めたばかりだというのに、早くも比類なき手腕の片鱗を読者にみせつけた。とはいえ、それとて、本作で脱獄の約束を果たすために彼が発揮する力と比べれば何ものでもない……」。この中篇のために、ルブランは警察庁長官アマール氏に取材をした。のちにルブランはこう言っている。「僕は、警視庁長官の助言を求めに行くべきだと思ったのです。長官は私を大変親切に迎えてくれ、原稿に手を入れましょうと言ってくれました。……しかし、一週間後彼は、名刺と共に何のコメントも添えずに原稿を送り返してきたのです。……こんな脱獄はまったく不可能だと思ったのでしょうね！……」。またこうも言っている。「一度、ルパンを書き始めた頃、警視庁長官に原稿を渡しました。忠誠と名誉のためだけに務めを果たしている警官に対して、僕は敬意を表したいと思っていましたから、僕の作品が彼らをあまりにも愚弄してはいないかを、長官に言ってもらいたかったのです」。

クルヴォー通りでの再婚

一月三一日、ようやくルブランはマルグリット・ウォルムセールと結婚した。立会人は、モーリス・メーテルランク、フェルナン・プラ、ルブランの友人ルネ・モロ（彼はすでに最初の結婚の証人を務めた）、そしてマルグリットの義兄弟である銀行家のグザヴィエ・ルソーだった。結婚通知状が友人たちに送られた。「文筆家モーリス・ルブラン氏は、ここに謹んで、マルグリット・ウォルムセール夫人との結婚をご報告申し上げます。一九〇六年一月。ボワ・ド・ブローニュ大通り、クルヴォー通り八番地」。

この一月三一日の記念日を、ルブラン夫妻は、のちのちまで大切に祝った。結婚から七年たって、ルブランはある友人にこう書いている。「今日は、僕らの結婚記念日なんです。この日が僕らにとってどれほど大切か、あなたに分かってもらえたら！　この日のおかげで、どれほどそれまでの大変な努力が報われ、僕らもあれほど辛い時を忘れることができたことか」。

ルブランと妻マルグリットは、クルヴォー通り八番地に居を構えた。アパルトマンは最上階の六階だった。上階になるほど家賃が下がる時代には、これは慎ましさの証である。とはいえ、その界隈は住み心地がよかった。ポルト・ドーフィーヌにほど近く、「ボワ・ド・ブローニュ大通りとビュジョー通りとの間」にある、この小さな通りの八番地は、『ルパン対ホームズ』ではルパンの住まいになっている。一九〇八年一一月、《フェミナ》誌は、アパルトマンの中で撮られたルブラン夫妻と息子クロードの写真を二枚載せている。「このとても趣味のよい美しい住まいで、フランスのコナン・ドイルは稀代の怪盗アルセーヌ・ルパンを生み出したのです」。

戯曲『憐れみ』の不成功

五月五日、ようやく戯曲『憐れみ』の総稽古が、アントワーヌ劇場で行われた。今日でもなお、ステンドグラスで飾られ、風変わりな色に塗られた劇場のファサードが、ストラスブール大通りに残っている。『憐れみ』は、イプセン〔ヘンリック・イプセン。ノルウェーの劇作家。思想劇・社会劇により近代演劇の祖とされる。一八二八－一九〇六〕の『野鴨』が大当たりしたすぐ後にかかった。それは、ルブランにとって重要な日だった。彼は、演劇の道を進もうと考えていて、アントワーヌ劇場は、「その完成度やみごとな技法から、真実に捧げられたこの新たな芸術の代表作といえる」作品をとりあげていると、一目置かれていたからだ。

総稽古での観客の反応は、非常に冷ややかだった。五月六日、アントワーヌはこう記している。

「モーリス・ルブラン氏の見事な戯曲『憐れみ』の総稽古が、昨日、さんざんな結果に終わると、作者は『よろしい、お客に何が必要かはよく分かった。真面目な劇作は諦めよう。これからは金を稼ぐためにこしらえますよ』と私に言った」。

主役は、評価の高かった二人の俳優、ポール・カペラーニとヴァン・ドランが演じた。エドモン・ストゥリグ〔ジャーナリスト。一八四五―一九一八〕は《演劇年報》で『憐れみ』のあらすじを載せている。「作者は、ある文士と結婚し、――愛情から――夫を苦しめる若い女を描いている。彼女は、女優たちに嫉妬するあまり、夫が戯曲を書くのを望まない。最愛の夫を束の間彼女から取り上げてしまう友人たちを追い払う。不幸な作家が幼い従妹をただかわいがっているというだけで、この少女を追い出してしまう。夫は、この精神錯乱者に深い憐れみを抱いている。しかし、最後に、妻の哀願と涙の甲斐もなく、夫は平穏な暮らしと仕事のために妻を捨てる。彼は、自分自身のために、やらねばならないことがあるのを理解する」。

『憐れみ』は、パッとしないどころか大失敗だった。上演はたった八回で打ち切られたのだ！ルブランに目をかけている《ジュ・セ・トゥ》誌は、「批評は絶賛している」、「誠実な感情に満ちている」、「スピーディーかつ好奇心をそそる三幕」などと書き立てていたが無駄だった。数少ない評論記事にも好意的な言葉はほとんど見られない。《メルキュール・ド・フランス》のアンドレ＝フェルディナン・エロルド〔作家・詩人。一八六五―一九四〇〕は控えめだ。「モーリス・ルブラン氏の『憐れみ』のヒロイン、ジェルメーヌほど耐えがたい女性を、作家はめったに舞台に上げようとはしない。確かにジェルメーヌは病人かもしれないが、こんなにひどい仕打ちを受ければ、どんな英雄的な憐憫の情も失せようというものだ。彼女を捨てるからといって、夫のジャックを悪く思うなんてことがあるだろうか。むしろ、もっと早くこの賢明なる決断をとらなかったことに驚くくらいだ」。

《イリュストラシオン》紙の批評家は、「最も素晴らしい感銘をもたらした」イプセンの戯曲を賞賛した後で、こう記した。「数日もしないうちに上演されたモーリス・ルブラン氏の三幕物『憐れみ』では、劇場の熱狂はそれほどではなかった。言うことを聞かせることなどとてもできない性悪女を研究するという目的も、いったい何が面白いのかも観客は理解できなかった」。《挿絵入り世界《ル・モンド・イリュストレ》》も、同様に素っ気ない。「この心理分析の作品は、よく練られているし、非常に興味深い描写に満ちてはいるものの、舞台よりはむしろ書籍に向いている。『憐れみ』は、モーリス・ルブラン氏の文学的才能に少しも恥じない作である」。《演劇年報》のエドモン・ストゥリグはかなり手厳しい。「この三幕を聞いていると、ポルト＝リッシュの喜劇『恋する女』を思い出す。イプセンの『ヘッダ・ガブラー』も思い浮かぶ。どちらも傑作だ……。カペラーニとレオン・ベルナール両氏、ヴァン・ドラン嬢は、この度はずれで我慢のならない戯曲をそつなくけなげに演じていた」。

ルブランには明らかに好意的な雑誌、《フェミナ》で、マルセル・ルールーは、『憐れみ』について「非常に荒削りだが、興味深い」戯曲であり、「このテーマはかなり議論されてきた」と述べている。彼は、友人ルブランをあくまでも持ち上げている。「モーリス・ルブランは、いくつかの重要な文学作品ですでに名を知られていたから、今さらつまらぬ戯曲を書くことはできなかった。自分の才能を試すかのように、敢えて最も危険で厄介なテーマを選んだのだ」。

ルブランが他の戯曲の上演を断念したのは、『憐れみ』が失敗したためだろう。ルブランは「本質的で人間的、深く掘り下げた素晴らしい作品によってデビューを飾った」が、その作品は「見事な演技」にもかかわらず、「かなり冷ややかに迎えられた」と、アントワーヌは回想している。また、演劇に関する本の中でこう書いている。「モーリス・ルブランの作品『憐れみ』を是非とも上演したいと私は思った。とても価値のある作品なのに、観客が正当に評価しているように思えない」。こうも続ける。「この失敗の後、作者は演劇を諦めて小説に専念し、アルセーヌ・ルパンによって富と名声を勝ち取ることになる」。

我が教え子の二人

五月、《ジュ・セ・トゥ》誌に、『アンベール夫人の金庫』が載った。「第五回アルセーヌ・ルパン懸賞」の課題は、「アルセーヌ・ルパンが対決する有名な探偵とは誰か？」だった。ルブランは、彼のヒーローとシャーロック・ホームズを勝負させるアイデアを思いつき、六月、《ジュ・セ・トゥ》誌に、『遅かりしシャーロック・ホームズ』を発表した。ところが、そのせいで、ラフィットはコナン・ドイルから抗議の手紙を受け取る羽目になった。ドイルは自分のヒーローの名が使われるのを断ったのだ。

以前ほど定期的ではないにしろ、ルブランは《自動車》誌への寄稿を続けていた。六月一日、『我が教え子の二人』と題された時評で、マルセル・プレヴォーとモーリス・ドネーに自転車の楽しさを手ほどきしようとしたが、後者に関しては失敗だったと語っている。「先晩、私の前で、モーリス・ドネーは、夏にはサイクリングを楽しんでいると言った。だが、私には信じられない。なぜなら、誰よりも類いまれな才能に恵まれ、現代演劇の巨匠の一人であり、何百回もの上演記録をほこる者でも、そうだからといって、サイクリストになれるというわけではないからだ」。そして、こう時評を結んでいる。「私の教え子の一人は、自転車でバランスを取るコツを即座に会得した（……）。

もう一人は、そうではなかった。だからといって、後者が前者よりも歩みが遅いというわけではないのである。現在、『半処女』の作者プレヴォーは三〇馬力の自動車を猛スピードでかっ飛ばし、他方、『仮象』の著者ドネーは、レストレルでぶらぶらと道草を食らっているが、確かなのは、私の教え子たちは二人ともに、ほどなく、ポン・デ・ザールの端に到着するということだ……そう、アカデミー・フランスセーズ会員の椅子に」。実際、ドネーは一九〇七年、プレヴォーは一九〇九年に、アカデミー会員になった。

ルパンの犯した千一の悪事

七月、《ジュ・セ・トゥ》誌は『黒真珠』を掲載し、次のように告げた。「これにて『アルセーヌ・ルパンの破天荒な生活』第一部は終了です。しばらくの間は、悪名高き強盗が、世間を騒がせたりいたしません。もっとも、これはたんに、あなたたちを驚嘆させる、途方もないある謎めいた事件を準備せんがためなのです。それは、つねなる巧妙さと、ずば抜けた手腕をつかって、ルパンだけが企て、ルパンだけが成し遂げることの出来る事件の一つなのであります」。実際、一九〇六年、ルブランは『ルパン対ホームズ』と『奇巌城』を執筆していた。彼が全身全霊をあててルパンに打ち込むことを決心すると、ジュール・ボワ〔詩人・小説家・劇作家。オカルトに関する著書多数。一八六八―一九四三〕はこう記した。「間もなく、ルパンの犯した千一の悪事の物語を我々は聞くだろう。モーリス・ルブランの尽きざる霊感である、このペルシャ王妃のシェヘラザードは、冒険家たちのなかでも最も愛すべき男の生まれ変わりや、いかさまや、おそろしい策略の華々しい物語を、次から次へと我々に語ってくれるだろう」。

ジョルジェットとメーテルランクは、グリュシェで最後の夏を過ごした。二人はジュアンヌとフエルナンに電報を打っている。「大事件。コードベックにいる。会いたし」。修道会に関する法律のせいで修道士が放棄して売りに出ていた、サン＝ワンドリーユの修道院を二人は購入したいと考えていた。法律の専門家であるフェルナンの助言を必要としていたのだ。九月一八日、修道院はカルヴァロ医師に落札され、サナトリウムになる予定だった。ところが、修道士の友人の実業家ジュリアン・シャペがより高値をつけたので、これによって「修道院は救われるはずだった」。ジョルジェットとメーテルランクは、シャペ氏から建物を借りる手続きをすすめ、まもなくそこに住むことになった。

一一月、フェルナン・ヴァンデランの小説『犠牲者』が出版された。ルブランはヴァンデランにこう書いている。「これは、ある種の傑作だ。僕がある種のと言ったのは、普通ならば、時の重みに耐えたものだけが正真正銘の傑作として認められるからです。この作品には、あなたの才能を愛さずにはいられない、ありとあらゆる魅力が備わっている。あなたの書き方、さりげなくも深遠なる考察、涙を浮かべて大笑いするようなアイロニーといったすべてが」。

すでに「犠牲者」を間近で見ていたルブランは、読者として打ってつけであった。ヴァンデランが描いた「犠牲者」は、両親が離婚した子供だからだ。もっとも小説のタイトルはアイロニーである。離婚のおかげで、子供は、前よりも快適な暮らしを送るようになるのである。自分の方が好かれたいと思うあまり、父親と母親は、必死になって子供のご機嫌取りをするのだ。

文学晩餐会

昨年の夏以来ルブランの作品を載せていなかった《自動車》誌は、一二月二五日に短篇『クリスマス』を掲載し、初めて、作者の署名の下に「翻訳権保有」と明記した。《ジュ・セ・トゥ》誌のおかげで、ルブランはかなり有名になり、いまや翻訳許可の依頼が来るほどだった。……

一九〇七年一月一〇日、ピエール・ラフィットのレジオン・ドヌール受勲を祝し、コンチネンタルホテルで三百人以上を集めた祝宴が開かれた。《アウトドア・ライフ》誌は、「演説するジュール・クラルティ氏〔小説家・劇作家・批評家。一八四〇―一九一三〕」の写真を載せた。クラルティを囲む文士の中には、立派な口ひげを生やしたアルセーヌ・ルパンの父も写っている。

一月一一日、ルブランにとって別の「文学晩餐会」、文芸家協会の晩餐会が、レストラン〈マルグリ〉で開かれた。体調もかなり回復したように思われたルブランは、協会の「委員会」に立候補することを決心し、作家たちとできるだけ付き合うように努めた。

二月七日の《自動車》紙に出た短篇『駈け落ち専門』が、ルブランの『太陽と雨の物語』シリーズ最後の作品となった。アルセーヌ・ルパンに専念することを決心したのだ。……

二月二八日、雑誌《ノルマンディーの心《アーム・ノルマンド》》は、ヴァロワ通りにある牛肉料理で知られた流行りの店で、最初の「ノルマンディー作家の晩餐」を開いた。ルブランも招待され、宴会の主宰者であるル・アーブル出身の作家ユーグ・ル・ルー〔ジャーナリスト・作家・政治家。旅行記や植民地についての作品を著した。一八六〇―一九二五〕と話をした。のちにル・ルーはその時のことをルブランに書いている。「その晩のあなたはまことに見事な語り手でした。芸術家であり、碩学であり、思想家であり、私たちの故郷スカンディナヴィアの伝説を蘇らせる霊媒でした。先祖デンマークの海賊《ヴァイキング》の小舟を語り、セーヌの河口《エスチュアリー》を描いてみせた。私たちを楽しませ、夢中にさせ、時には、感動のあまり涙を流させたのです」。

ルブランは、健康上の不安から一時期遠ざかっていた、文士たちとの付き合いを再び始めた。ジヤン・エルネスト＝シャルルが主宰していたベル＝フイユ通りの週刊誌、《政治と文学の批判者《サンスール・ポリティーク・エ・リテレール》》の友人たちとも頻繁に会った。エルネスト＝シャルルは、日曜日にオフィスで講演会を開いていた。編集次長であったアンドレ・ビイーは、こう回想している。「モーリス・ルブランと奥さんは、ベル＝フイユ通りの日曜の会に足繁く通っていました。青年時代、モーリス・ルブランはエトルタでモーパッサンと知り合った。『死の如く強し』の著者は、エトルタに、ルネ・メズロワと共同で、〈ラ・ギエット荘〉を所有していたのです。ルブランが初期の短篇と長篇小説、『熱情』と『ある女』を書いたのは、モーパッサンの影響下でした。また、作家フロベールの兄アシル・フロベール医師の立ち会いで誕生したことも自慢の種にしていました。『ボヴァリー夫人』の作者のように、ルブランは口ひげを長く生やし、頭頂部は見事につるつるでした。ですが、《ジュ・セ・トゥ》誌のために最初の『アルセーヌ・ルパン』シリーズを執筆するよう依頼することで、ピエール・ラフィットが彼を突き落とした坂道を、ルブランはもうずるずると滑り落ちていたのです」。「大金にはなるものの、この身をすり減らすごとき仕事のせいで、彼は神経を患い、クルヴォー通りのバルコニーで仕事をしなければなりませんでした。バルコニーはガラス張りのベランダに囲まれていて、その黄色いガラスのために、彼には太陽の光が差しているように見えたのです。彼は鉛筆だけで書き、横になっていました。僕の記憶では、デリケートであり礼儀正しい男でした。探偵小説の成功が彼にとってはむしろありがた迷惑だったし、その才能にはもっとよい使い道があったはずです。メーテルランクの威光に包まれた妹のジョルジェット・ルブランが、時々彼に付き添っていました。彼女の芝居がかった態度のせいで、兄の慎み深さがより一層際立っていました」。

三月一八日、ラフィット出版社は、シャンゼリゼ大通り九〇番地にある新社屋の盛大な披露パーティーを開いた。「パリの社交界、文学界、芸術界のお歴々」が一堂に会した。劇場やパーティー会場、数多くの工房を併設する、この優美なファサードの建物は、ピエール・ラフィットにとって大成功であった。そこは、「まさに、アメリカでしか目にしないような、大勢の人が生き生きと働いている場」だった。ロニーは、『文学生活の回想』で、この館を語っている。「出版社の中で、どこよりも輝いて華やかなのは、ピエール・ラフィットだった。ラフィット社は、シャンゼリゼ大通りの広大な建物の中にあり、フェミナ座という劇場まであった。上階は、《ジュ・セ・トゥ》、《フェミナ》、《アウトドア・ライフ》、それに書店が広々とした面積を占めていた。心ときめかした娘たちが大げさな身ぶりではしゃいでいた。（……）至る所で、パリの文学界や演劇界の名士がすれ違っていた。挿絵ばかりのちゃらちゃらした出版物は、いい意味で軽薄なものだった」。

文芸家委員会

一九〇七年三月、ルイ・ボドリ・ド・ソニエ〔作家・科学や自動車に関するジャーナリスト。一八六五―一九三八〕が文芸家協会に入会した。推薦者には、彼と同様、自転車と自動車のファンである友人の二人がなった。アンリ・キストメケールとモーリス・ルブランである。ルブランは、協会の委員に選ばれるのに必死だった。小説家ダニエル・ルシュウール〔一八五四―一九二一〕の夫、アンリ・ラポーズ〔美術評論家。一八六七―一九二五〕への手紙は、彼がいかに奔走していたかを物語っている。「昨日はステファヌ＝ポル、今日はポール・ド・ガロスに会った。二人とも、ダニエル・ルシュウールと僕を全面的に支持している。代わりに、僕らも二人をしっかり支援すると約束しました。その点は、よろしく頼みます。嬉しいのは、僕が集めた票が全てダニエル・ルシュウールへの票にもなることです。ですが、万全を期すために、あなたにはボノムとフランクの支持を取り付けて欲しいのです。というのは、ジュール・ボワが自由であるからには、彼は死に物狂いで票集めをするだろうから。今すぐダニエル・ルシュウールは、ラクールとダタン、ミシェル・コルデの票を手に入れる方がいいくらいだ。ジョルジュ・プラデルも忘れないように」。

名前の挙がった作家たちは、文芸家協会に属していた。委員会に入れるように、ルブランはアンドレ・クヴルール〔医学博士・詩人・小説家。一八六三―一九四四〕に頼み、ベルンから手紙を書いている。「お手紙に心より御礼申し上げます。あなたは本当に親切な方だ。人からすぐに好感を抱かれるのもむべなるかなです。週末パリに戻るので、土曜か日曜にお会いしませんか。到着次第、日時や場所をご連絡しますので、相談しましょう。今の委員会では、知り合いはドネーとユザンヌだけで、それほど影響力はありませんが、私を支持してくれるでしょう……少なくともそう期待しています！　プロヴァンとアロクールとは挨拶する程度、皆さん同様ロニーは知っています。他の人は、三つに分類できます。作品を知っている人、名前を知っている人、それから名前も作品も知らない人。支持を訴えねばならないのは、この三番目の人たちです！」。

三月二四日の総会では、ミシェル・コルデ〔小説家。一八六九―一九三七〕の「収支決算報告」を聞き、委員会の新しいメンバー八名を三年任期で選んだ。ルブランは、一六七票中一二四票を獲得して当選した。彼は、ジュール・ボワ、劇作家ジャン・ジュリアン〔一八五四―一九一九〕、それに彼の友人ダニエル・ルシュウール夫人と共に二五名から成る文芸家協会委員会の仲間入りをした。毎週月曜日、ガラス扉つきの書棚が壁いっぱいに並んだ部屋で、委員たちはみな、長いテーブルの席についた。

三月二五日、新しい委員会は、委員長としてヴィクトール・マルグリット〔小説家・劇作家。一八六六―一九四二〕を再選した。三人の書記が選ばれた。ダニエル・ルシュウールとモーリス・ルブラン、それに交霊術、魔術、悪魔崇拝……といった怪奇現象に関する多くの書籍を著したジュール・ボワである。賞の選出のために集まった委員会を撮影した写真には、ジュール・ボワとアンドレ・クヴルールの間にルブランが収まっている。そこに写っているロニーは、のちに協会のことを回想している。協会の「代表理事」で「太って憂鬱そうな目をした」「食道楽の貴族」、レオンス・ド・ラルマンディ伯爵。『屈辱のロジェ』の著者ジュール・マリーと同様、大儲けしていた大衆作家で「見事な漆黒のあごひげを生やした」アンリ・ジェルマン。ジュール・マリーは協会会長になることを夢見ていた。彼は、「自分にふさわしいだけの名声が得られないことに憤慨して、機会があれば必ず冒険小説のほうが優れていると主張していた」。

サン＝ワンドリーユでのジョルジェットとメーテルランク

一九〇七年の春、モーリス・メーテルランクとジョルジェット・ルブラン、偉大な作家と著名な女優、あの「光輝く恋人たち」が、サン＝ワンドリーユ大修道院に居を構えたことを、世間は新聞によって知った。サン＝ワンドリーユは、その歴史とゴシックの遺跡、そして一八世紀の広大な建造物から、ノルマンディーで最も神聖な大修道院の一つに数えられていた。二人はすでに追い出されたという噂が流れていた。実際は、きちんとローマ教皇庁の聖座の許可を得て、シャペ氏は大修道院を手に入れていたのだ。しかし、ベルギーに追放された修道士たちのもとにはある不愉快な情報が届き、彼らを愕然とさせた。さる女優が大修道院の中で世俗劇を上演しようとしていて、また夫でもない作家と暮らしているというのだ。

メーテルランクとジョルジェットが滞在したのは、広大な修道院の東側、宿泊所と医務室であっ

ノルマンディーの大修道院サン＝ワンドリーユでの
ジョルジェット・ルブラン

た。もとは大修道院の教会だった一三世紀の廃墟、ゴシック様式の回廊中庭《クロイスター》とそこに設けられたルネサンス期の手水用水盤、ロマネスク様式の交差したアーケードが施された大食堂、それに修道院修士会の広間は、観光客に公開され、毎週月曜と木曜には、領地の管理人がガイドをした。

ジョルジェットとメーテルランクは、夏の数ヶ月をここで過ごした。一九一一年以降は毎週日曜日に、タンカルヴィルに滞在しているジュアンヌとフェルナンが、サン＝ワンドリーユを訪れた。多くの芸術家や作家が頻繁にやって来たようだ。レジャーヌ、サラ・ベルナール、アナトール・フランス、アベル・ボナール、リュシアン・ギトリ、モスクワ芸術座の支配人コンスタンチン・スタニスラフスキー……ジョルジェットは、『勇気の機械』の中で、「丸天井に笑い声を響かせ、全てを見ながら、何一つちゃんと見てはいなかった」という、コレットの訪問を回想している。

ルブランは『カリオストロ伯爵夫人』に登場する、この「有名な大修道院の廃墟」をしばしば訪れた。彼は、メーテルランクとこれまでになく良好な関係を保っていた。一九〇七年五月一三日、メーテルランクが文芸家協会に入会する際の推薦人にもなった。ルブランは、委員会の会議に出て、その後晩餐会に出席した。五月二七日の会合で、彼は翻訳権に関する事項の担当委員に任命された。

著作権問題

ある問題で作家たちの意見は割れていた。モーリス・アジャン〔弁護士・政治家・ジャーナリスト。一八六一—一九四四〕が、著作権が切れた作家の出版には、一〇パーセントの税を課して国庫を潤すという法案を提出したのだ。ルブランは、文芸家協会での役職から、この件に無関心ではいられなかった。《批判者《サンスール》》紙の友人たちは、この問題についてアンケートを行った。五月二七日、ルブランは、エルネスト＝シャルルに手紙を書いている。「文芸家委員会のメンバーとして僕が全力を傾けて取り組んでいること、それは先人の残した作品の利益を集団としての作家に分配するという計画です。そこにこそ、文学と芸術における連帯という美しい思想があるのです。直接の相続人の正当な権利は守られるべきです。ですが、そうした偶然による相続人と同様に、いやそれ以上に、作家には先達によって遺贈され、そして死後も自分たちが培っている思想の遺産に対して権利があります。この観点から行動しなければなりません。また、だからこそ、今回のようなアンケートが有益で建設的だといえるのです」。同じ手紙で、ルブランはアンケートへの回答を送った。「私には、作家が出版社よりも国庫の方をはるかに気にかけるべきだなんて思えません。作家は、まずは自分たちの利益を考え、それから法案が作家の扶助と年金の財源に一〇パーセント上乗せするようなものなら、それを支持して、作家の利益に対する連帯を表明すべきでしょう」。

『怪盗紳士アルセーヌ・ルパン』

ルブランは、「ぼくはいかにしてアルセーヌ・ルパンと知り合ったのか」という副題を持つ中篇『ハートの七』を執筆した。ルパンは、ジャン・ダスプリーと名乗り、「クラブの仲間で、社交界のつきあい」もあった。四月の《ジュ・セ・トゥ》誌にはこう書かれている。「今やフランス全土および世界中で人気を博す、かの有名なる怪盗紳士に格別のご興味をお寄せの多くの読者の皆様は、私どもにこんな質問をなさいます。アルセーヌ・ルパンは本当に存在するのか？　彼の伝記作家はどうやってルパンと知り合ったのか？　そこで、この質問をルブラン氏に伝えたところ、ご自分でその質問に答えてくれることとなりました」。五月号では、全てが「実話」であるかのように演出されていた。この作品で、ルブランは「《ジル・ブラス》紙の寄稿者」として登場し、挿絵を描いたA・ド・パリスは「アルセーヌ・ルパンの伝記作家」の肖像を描いている。四月の《ジュ・セ・トゥ》紙の広告は、彼の二人のヒーローであるルパンとガニマールに挟まれたルブランの写真を掲載していた！

六月一〇日、《ジュ・セ・トゥ》紙に発表された短篇の集成本『怪盗紳士アルセーヌ・ルパン』が出版された。ルブランは、「『怪盗紳士アルセーヌ・ルパン』というタイトルは、初期の物語を本にまとめたいと思い、そのために総題を付けなければならなかった時に、頭に浮かんだ」と言っている。このタイトルは時流に乗っていた。現在の意味での「紳士《ジェントルマン》」という語は、その少し前に、イギリスかぶれによって流行したばかりで、「怪盗《カンブリヨルール》」という言葉の方は、すでにヴィドック〔フランソワ・ヴィドック。犯罪者から、パリ警察の密偵、捜査局所長、私立探偵となった。一七七五―一八五七〕の『回想録』に出てくるとはいえ、普及したのは一九世紀末になってからだった。

ラフィットは慎重に振る舞った。当初は二千二百部しか刷らなかったのだ。とはいえ、宣伝がうまくいけば、もっと売れるだろうと期待していた。

本として出版される前に、ルブランは、これらの短篇に手を加え、いっそう生き生きとした会話になるよう手直しをした。大衆文学の道に自分の「背中を押して」くれたことに感謝をこめて、ルブランはこの本をラフィットに献じた。「親愛なる友よ、君は、自分では決して挑戦しようと思わなかった道に僕を導いてくれました。僕は、そこにこんなにも多くの喜びと文学上の魅力を見出したのだから、この第一巻の冒頭に君の名を記し、僕の君への友情と変わらぬ感謝の意を表すのが当然だと思います」。

ラフィットは周到に事を運んだ。本の表紙には、アンリ・グーセがイラストを描き、たちまち語り継がれることになるつばの広い帽子を被ったルブランの写真までが載っていた。ジュール・クラルティが序文を書いた。ルールーはクラルティに本の校正刷りを渡し、ルパンは「ひとつの人物の典型、既に伝説的な人物の典型であり、これからもずっとそうだ」と保証したのだった。彼は、シャーロック・ホームズにくらべてどれだけルパンが優れているかを主張した。なにしろモーリス・ルブランはある離れ業に成功している。前もってその犯人を知っているのに、犯罪によってかけられた謎に私たちは夢中になってしまうのだから。

『アルセーヌ・ルパン』がまずまずの成功を収めると、ラフィットは、「一九〇七年のひと夏で二五版を重ねる！」と、まるで途方もない大ヒットだと信じさせるような広告を打った。「大ヒット作。町でも田舎でも海でも山でも読まれている本」。本には、「出版界における革新的なアイデア」と広告が謳う懸賞が付いていた。それは、「これらの冒険を好きな順に並べよ」というものだった。

ルブランがラフィットのソシエテ・ジェネラル・デディシヨン・イリュストレ社と契約したのは、六月一二日であった。初版は二千二百部、価格は三・五〇フラン。一部売れるごとに、作者には六〇サンチーム入った。一〇年間有効のこの契約のせいで、ルブランは冒険小説を執筆し……そして成功を強いられることになった。「モーリス・ルブラン氏はピエール・ラフィット氏に探偵風俗小説は全てを提供することを約束し、一方、ピエール・ラフィット氏はそれらを同条件のもと同じ双書で出版することを約束する（……）最低一年に一冊の割合で出版し、これらの書籍のうちの一冊の売上げが、発売後一年で三千部を上まわらなかった場合には、ピエール・ラフィット氏は本契約を解除する権利を有する」。

ベル・エポックのフランス人

かつてはアナーキストに共感していたルブランも、今では保守的な人々の反議会主義を支持していた。最初のルパンものからは、多少なりとも反ユダヤ主義が伺える。ナタン・カオルンやレプスタイン男爵のような多くの悪徳銀行家やいかがわしい事業家は、しばしばユダヤ人だ。《批判者》紙の友人たちと同じく、ルブランは保守主義にはほど遠かった。むしろ彼らのように反教権主義で、政治的には中道左派であった。『アルセーヌ・ルパン』にショルマン男爵のような「ぺてん師、金のありそうないかがわしい外国人」たちが登場するのは、一八九〇年代の作品と同様に、当時の作品でも、ルブランが世間一般の考え方を反映していたからである。多くの左派のように、彼の反ユダヤ主義は、ユダヤ人そのものよりも、ユダヤ人が株式仲買人や買占め人や銀行家や高利貸しと共に確立した金融システムを標的にしていた。

ルブランは十分に幸福とは言えなかった。ラフィットのために働いても、自分の作家人生に、思い描いていたような意味を与えることは出来ないと感じていた。アンドレ・ビイーは「彼の取り巻きは、ルブランが後戻りしない覚悟で、ただただ金儲けの文学に励んでいるのを見て嘆き」、そして「彼自身、そのせいで悲しんでいるように見えた」と回想している。心ならずもアルセーヌ・ルパンとなったルブランは、のちに「堕落という漠然とした気持」を覚えたと言っている。「僕は、僕が自分の作品と見なしているもの、つまり心理小説を諦めきれなかった。腹をくくって、冒険推理小説というこの新しい文学ジャンルを受け入れることができなかったのだ」。当時、それは、批評家たちにほとんど評価されないジャンルであった。一九〇七年八月三日、《批判者》紙の「評論手帖」欄にザディーグの筆名で署名した批評家は、ルパンについてこう書いている。「文学的な経歴からいって、ルパンの優秀な伝記作家は、犯罪や犯罪者の物語を書くべき人物ではなかった。（……）モーリス・ルブランが現代の非常に優れた作家だということを忘れてはならない。この簡潔で洗練された文体の作家は、見事な心理分析の小説をいくつも発表してきたし、心を震わす素晴らしい作品を今後もっと書くことができる。もちろん、ルブランが、大泥棒の信じられないような面白おかしい馬鹿騒ぎを語って楽しんだとしても、私は少しも腹を立てたりしない（……）、だが、彼が真の霊感に立ち帰り、アルセーヌ・ルパンの冒険の続編は、彼の管理人かフェリシアン・シャンソールか誰かに書かせる方がいいのではないかとのぞむ者だ」。

ルブランがルパンに専念しようと決意したのは、あくまでも「まず食わねばならない」からでしかなかった。ポール・ディヴォワやピエール・ドクルセル、ピエール・サール、ジュール・マリーのような、当時ルブランが付き合っていた人々の間ではほとんど認められていなかった大衆小説家の中には、財を築いた者もいた。ルブランは、ルパンのヒットに乗じて、同一九〇七年に「オランドルフ社・一フラン双書」から処女作『ある女』を再刊させたが、てんで売れなかった。もっとも、この双書で彼は、ジョルジュ・オネ、アルベール・デルピ、ギュスターヴ・トゥードゥーズ、モーリス・モンテギュ、アドルフ・デヌリ……といった大衆作家たちの隣に並べられたのだった。

文学的典型

《フィガロ》紙で、フィリップ＝エマニュエル・グラゼは、すでに「三〇万もの家族」がその冒険に夢中になったルパンの成功を認めている。「本当に魅力がある、かのアルセーヌ・ルパンって人物は。モーリス・ルブラン氏は我々の文学にまさにひとつの典型を授けた。この人物は、ジュール・クラルティ氏の的を射た表現によれば、この先もずっと、実際に生きている人のように生き生きとしているだろう（……）彼の冒険譚のどれを読んでも最終行の最後の一言まで、読者ははらはらし通しだろう」。《イリュストラシオン》紙は、「この最高に愉快な本で、モーリス・ルブランが、アルセーヌ・ルパンが成し遂げたとする偉業の数々」を取り上げている。「かの怪盗紳士は、大胆不敵で、腕が立ち、才気にも恵まれているから、誰でもこの人を友人に持ちたいと思うだろう。ルパンは盗みを働く、それは本当だが、その理由は金儲けというよりむしろ、自分の技量に対する情熱のように思われるのだ」。

《政治文学会報》で、ジュール・ボワは、この本について長い記事を書いている。この記事は、ラフィットが彼に依頼し、《会報》の編集長だったアドルフ・ブリッソン〔ジャーナリスト・劇評家。一八六〇―一九二五〕に掛け合ったのだった。ルブランはグールから、ジュール・ボワに宛てた手紙を書いている。「親愛なる友よ。ラフィットはアドルフ・ブリッソンに手紙を書いて、アルセーヌ・ルパンの記事を載せてくれるようにしつこく頼みました。だから、記事の〈全文〉が掲載されるのは間違いありません。できれば、今書いてもらえないでしょうか。正直、この記事が僕にとっての切り札になると思っています。第一に、あなたの署名があるし、それに僕の本のターゲットと同じ読者層に向けて書かれているのですから。あなたが記事を書こうと思ってくれたことを、どれほど感謝していることか」。

ジュール・ボワは、「才能あふれる物語作家、モーリス・ルブランは、モーパッサンと故郷と学校が同じで」あり、また「ノルマンディー地方は明晰さと慧眼を彼に授けた」と記している。「軽快な文章、思い切ったアイデア、複雑に絡まり、絶妙に解決に至るプロット、小説の中で発揮された奇術師の才、底なしの明るさ、登場人物が憎まれることのないように、最悪の事態に陥った時でさえ、彼に優雅さ、時には高潔ささえ与えるそつのなさ（……）、それら全てが、長い間嘘話をでっち上げる山師の専門領域だった文学ジャンルの名誉を、文字通り回復させている」。

しかし、《メルキュール・ド・フランス》誌でラシルドは、この「ブールヴァール文学」や本に付いている懸賞のことを皮肉っている。一九〇八年一〇月、ルパンが舞台化された時、ガストン・ド・ポロウスキー〔小説家・劇評家。《コモエディア》編集長。一八七四―一九一三〕は《コモエディア》誌にこう書いている。「アルセーヌ・ルパンが、書店で収めた成功を、今度は舞台で勝ち取ることは間違いなかろうが、この成功はまたしても辛辣な批判を招くことになるだろう」。

ルパンのヒットは、「フランスのコナン・ドイル」とルブランを呼んだラフィットの宣伝によるところもあるだろう。当時コナン・ドイルはあまりに有名だった。同年一九〇七年にガストン・ルルーは、「コナン・ドイルよりも何かすごいことをする」ために『黄色い部屋の謎』を書いたほどだ。

名だたる作家

九月に《ジュ・セ・トゥ》紙は「アルセーヌ・ルパン短篇」シリーズで『ユダヤのランプ』を発表し、「アルセーヌ・ルパンの冒険が、《ジュ・セ・トゥ》でも書店でも大ヒットしたことから、我が社はモーリス・ルブランに、彼のヒーローと偉大なるイギリスの探偵エルロック・ショルメスとの新たな闘いを書いてくれるように依頼しました」と、報じた。

文芸家委員会の会議が再開した。一〇月七日、ジョルジュ・クレマンソー〔政治家。一九〇六―〇九年首相に就任。第一次大戦中に再び首相となり、連合軍を勝利に導いた〕の応募が検討された。ルブランは、一九〇六年一〇月以来首相を務める、この著名な政治家で、才能に恵まれた作家の資料報告者として任命された。

グラン・パレで開催中の自動車ショーが大変な賑わいを見せている頃、《政治文学会報》のためにロベール・ウド〔文芸家。生没年不明〕は、「今日の最も名だたる作家や芸術家たち、自動車愛好家や運転手自身に」、「ドライバーとしての所感」を送ってくれるよう依頼した。ルパンのおかげで「名だたる作家」の一人となったモーリス・ルブランは、こう書いている。「私は、自動車が主人公の短篇を一五〇篇発表しています。ですから、一五〇回、運転している時の私自身の高揚感を描き、一五〇人……いやそれ以上のドライバーを事故によって死なせる機会を得たわけです。つまり、私は自動車を、素晴らしい文学的主題として、そしてある状況に悲劇的な結末をもたらしうる絶好の手段として見なしているのです。だからといって、私が他の観点から、自動車の熱狂的ファンであることに変わりはありません」。雑誌にはルノーのエンジンの上に身を屈めたルブランの写真が掲載されている。

ルブランは当時、クレマンソーの応募報告書を書いていた。彼はそれを、『怪盗紳士アルセーヌ・ルパン』の一冊を添えて本人に送った。一一月一五日、クレマンソーは彼に手紙を書いた。「拝啓。身に余るご親切な報告書とお手紙に、なんとお礼を申し上げたらよいか当惑しております。いつかふと、あなたが私のオフィスのドアをたたく気になったら、その時にはきっと、今日あなたに感謝の言葉をしたためる時間がないことをお詫びすることができるでしょう。どうか会いにいらして下さい。あなたの素晴らしい冒険小説で、昨晩からたっぷり一時間気張らしをさせて頂きました。重ねて御礼申し上げます」。ルブランは、一二月九日の委員会で、クレマンソーの入会を支持した。一二月一六日には、当時かなり評判になっていた文学賞を投票で決定した。その中には、三千フランの賞金が贈られる「ショシャール大賞」もあった。

パリからルーアンへ

一二月二七日の《ルーアン日報》は、新たな連載小説の予告を載せた。「間もなく、怪盗紳士アルセーヌ・ルパンの連載が始まります。さしあたって、モーリス・ルブラン氏のアルセーヌ・ルパンは、イギリスの小説家コナン・ドイルにとってのシャーロック・ホームズだとご存じであれば充分でしょう」。新聞はルブランが、「文学界で名声を博したルーアン出身者」であることも記している。

ルーアンの高校《リセ》の同窓会機関誌として一九〇六年に創刊された雑誌、《われらが古き学び舎《ノートル・ヴュー・リセ》》は、ルパンを生んだ作家が同窓生であるという誇らしい事実にぜひとも触れたく思い、ルブランに手紙を依頼した。これは運が悪かった。ルブランはリセについては嫌な思い出しかもっていなかったのだ。そこで彼は故郷へのノスタルジーを語る方を選んだ。「私は、冬になると、どうしても、ルーアンの通りに漂う薄霧を吸い込みたくてたまらなくなる日がある、――そして、夏には、町の彼方に美しい地平線を成す、あの緑の丘を見たくて仕方ない日がある。(……)壮麗な大聖堂や古《いにし》えの宮殿の面影が、今もどれほど鮮明に私の目に浮かんでくることだろう! 神聖な庭園の木々の下、ゴシックの高い塔の陰に腰を下ろし、ステンドグラスに描かれた敬虔な物語を裏側から眺めていると、なんと幸せなことだろう!」。

短篇『謎の旅行者』はパリからルーアンへの鉄道の旅を描いている。ヴェルノン、サン＝ピエール、ポン＝ド＝ラルシュ、ワセル、サンテティエンヌ、「サント＝カトリーヌの丘を貫通したトンネル」が登場する。「列車は谷間に出た。さらにもうひとつトンネルが続いて、列車はルーアンに近づいた」。

ルブランは当時、エルロック・ショルメスが再び登場する長篇小説『奇巌城』を書いていた。「アルセーヌ・ルパンの冒険を一新させるアイデアで最も効果的だったのは、エルロック・ショルメスを装ったシャーロック・ホームズとルパンを闘わせるというものだった」と、のちにルブランは述べている。小説はグール付近から始まりグール付近で終わる。アンブリュメジーは実際にはアンブリュメニル（そこにはかつて小修道院があった）で、ルパンが隠遁するヌーヴィエットの農園は、ビヴィル懸谷の近く、まさにカドゥーダル（ジュルジュ・カドゥーダル。ナポレオン暗殺未遂者）が上陸した場所だった。

『奇巌城』は一九〇八年一一月から、《ジュ・セ・トゥ》誌に「新アルセーヌ・ルパン懸賞」と共に掲載され、その後一九〇九年には単行本として出版された。のちにルブランはこう言っている。「もう駄目だった。僕はもうアルセーヌ・ルパンから離れられなかった」。ルブランはあいかわらず謙虚で、怪盗紳士が集めた財宝の隠し場所のために、エトルタの針岩の中を穿つなどという天才的なアイデアがどうやって閃いたのか、決して語ることはなかった。

VII　ルパンのベル・エポック（一九〇七―一九一〇）

劇作家フランシス・ド・クロワッセ

ルブランはルパンの舞台化を提案され、当時流行の劇作家だったフランシス・ド・クロワッセとの共作を受け入れた。クロワッセは、『シェリュバン』、『桟橋』、『クジャク』、ヴァリエテ座で盛況を見た『幸福を、奥様方』で成功を収めていた。エルネスト＝シャルルは《オピニオン》紙に「モーリス・ルブランとフランシス・ド・クロワッセを協力させて、彼ら自身思いもよらなかった作品を作らせるとは、まさに幸運というほかない」と述べている。二人は一本のシナリオを仕上げ、一九〇七年一二月、アテネ座支配人のアベル・ドゥヴァル〔俳優・劇場支配人。一八六三―一九三八〕、そしてルパンを演じることを打診されていた若き俳優アンドレ・ブリュレ〔一八七九―一九五三〕に朗読した。二人の作家はそれから別々の旅に出た。フランシス・ド・クロワッセはモロッコへ、冬を「太陽の国で」過ごすのが好きなルブランはヴェネツィアへ。サン＝マルコ広場で鳩にパンをやるルブランの写真が一枚残っている。

「小説『アルセーヌ・ルパン』がブカレストの新聞《ルーマニア》によって不法転載された」ルブランは、一月一三日の文芸家委員会で、「当該新聞を訴えるために、文芸家協会に協力を求めた」。

ルブランは翻訳の版権料でいくらか稼ごうとの心づもりであった。ルブランに頼まれたメーテルランクは、一九〇八年一月一八日、グラースから、彼のドイツ語の翻訳者に手紙を書いた。『アルセーヌ・ルパン』のドイツ語の翻訳者と出版社をモーリス・ルブランに教えるように依頼したのだ。一九〇八年になると、『アルセーヌ・ルパンの偉業』とのタイトルで、アレクサンダー・テイシェイラ・デ・マトスが英訳した。これは《タイムズ》紙の記事に取り上げられ、フランスと同様の大成功を収めた。同年、《自動車年鑑《アニュアル・ド・ロトモビル》》に、ルブランは、「かの有名なアルセーヌ・ルパンの作者」として載った。

受勲者となる！

一月一七日の政府の決定により、その「文学的功績」が認められ、ルブランは、公教育と美術の分野でレジオン・ドヌール勲章のシュヴァリエ章を受章した。ルパンよりも文芸家協会での活動が評価されたおかげである。とはいえ、《ジュ・セ・トゥ》誌の見解は異なっている。《ジュ・セ・トゥ》誌は、「モーリス・ルブランが年の一時を過ごし、アルセーヌ・ルパンを執筆した」グールの城の眺めを載せ、「先刻ルブランが受章したのは、かのアルセーヌ・ルパンと無関係ではない」としている。この機会に、エルネスト＝シャルルは、友人のために《批判者《サンスール》》紙で、『モーリス・ルブランのいくつかの本』と題した、長文の記事を書いている。「モーリス・ルブランは、何度も読み返すことのできる作家だ。これにまさる賛辞はない。ルブランは、初期作品をとりわけ再読すべき作家であるが、だとしても、それは初期作品が彼の主要作だからではなく、最近の作品が、本来の彼を大きく変化させ、変質させてしまったように見えるからだ」。ルパンの「度が過ぎない優雅な空想

中央がルパンを演じた俳優のアンドレ・ブリュレ
左がルブラン、右が劇作家のフランシス・ド・クロワッセ

力」を賞賛した後で、彼は、「もしモーリス・ルブランを単にアルセーヌ・ルパンの作家とだけ認識しているなら、彼に対して不当であろう」と述べ、『ある女』『熱情』『閉ざされた口』『これが翼だ！』を分析した。この記事は、いまだ癒やされていないルブランの心の古傷に触れたであろう。エルネスト＝シャルルはこう記事を結んでいる。「観察者と詩人のどちらの才能も兼ね備えた作家が『熱情』のような作品を書いているのを見ると、モーリス・ルブランには、いま一度感情の深遠な分析や、現実の悲劇を描いてもらいたいという気持ちになる。彼は、そこでこそ、自らの力量と緻密さを発揮するのだ。ルブランは、それによって他の美点がより一層貴重なものとなる、あの素晴らしい資質を備えている。人を魅了する力だ」。

ルパン対ホームズ

二月一〇日、『ルパン対ホームズ』が出版された。前作と同様、《ジュ・セ・トゥ》誌のテキストと比べると、多くの改訂がなされていた。ルブランは結末を完全に変えてさえいた。広告には、「『怪盗紳士アルセーヌ・ルパン』で、モーリス・ルブランはその大胆不敵な強盗の決定的なシルエットを描いてみせました。本作を読まれた方は大勢いらっしゃいますが、その誰もが奇想天外な冒険の第二巻を読みたいとお思いになるでしょう」とある。

Ph＝E・グラゼは《フィガロ》紙にこう書いている。「この素晴らしい作品の中では誰もが皆、好感の持てる人物だ。尽きることのない想像力で、奇想天外きわまり手に汗握る、信じられない冒険。それでいてそのありそうもないことの中では常に論理的な冒険の数々を、作者はこの本に集めた」。グラゼが強調しているように、ルブランは当時の実際にあった事件から着想を得ていた。「私はと

《ジュ・セ・トゥ》誌の表紙、ルパンとホームズの人形を操るルブラン

りわけ青いダイアモンドの物語をお薦めする。あなたも、この話はきっとお忘れではないでしょう。この世間を大騒ぎさせた不可思議な事件には、謎や矛盾が山ほどある。とはいえ、それもアルセーヌ・ルパンの登場によって奇跡のように説明される。ルパンは全てを蔭で操る。彼にとっては、クロゾン伯爵夫妻、城主たち、疑わしいオーストリア領事ブライヒェン氏も、端役にすぎないのだ。愉快きわまりない話で、これほど巧みに現実を利用した面白い話を想像することなど、だれもできはしないだろう」。

三月九日の文芸家協会の晩餐会で、ルブランは宴会の主催者であるユーグ・ル・ルーへの歓迎の辞を述べた。この名誉は、会長のヴィクトール・マルグリットと二人の副会長ミシェル・プロヴァンとモーリス・カンタン＝ボシャールが偶然インフルエンザのため家に籠もっていたために、舞い込んだものだった。ルブランは、出身地に触れた。「このテーブルに、麗しきフランスは、その息子のなかでも最良の者たちを派遣しました。ここに謹んで、フランスの最も歴史ある地方の古都は、私が代表させて頂きたく存じます」。こうして彼は、ル・アーヴル出身のユーグ・ル・ルーに、自身がルーアンの出身であることを思い出させたのだった。

三月二一日、ある会議がシテ・ルージュモン〔パリ九区〕で開催された。委員の三分の一の入れ替えを必要とする年次総会を準備するためである。ジュール・ルナールは『日記』にこう記している。「私が一文字だって読んだことがない、こんなに沢山の人たち！（……）この哀れな男たちは、朝早くからやって来て、自分は熱心だとか献身的だとか有能だとか、貢献しますとか宣言する。つまらぬ美徳の自慢大会そのものだ！」。

ルブランは二二日の総会に出席した。翌日、定例の月曜の会議で、新たな会員が認められた。その中には、ルブランが推薦したアンリ・バルビュスもいた。新しい委員会は執行部を選んだ。ルブランはポール・ラクールと共に、委員会報告者に任命された。ジョルジュ・ルコントが会長に選出された。

サン＝ジェルヴェ＝レ＝バン

八月、アルプスのサン＝ジェルヴェに滞在していたルブランのもとに、フランシス・ド・クロワッセが会いに来た。二人はそこで戯曲を共作した。アンドレ・ブリュレは夏をシャモニーで過ごしていた。二人は進行に応じて戯曲をブリュレのところへ読みに行った。《ファンタジオ》誌〔隔週刊の風刺雑誌〕に掲載された一枚の写真には、山を背にした三人の姿が写っている。

ルブランはよく遠出をした。ジョルジュ・カゼラ〔劇作家。《コモエディア》誌編集長。一八八一—一九二二〕は、ルブランと一緒に「グリンデルヴァルトの上で、果敢にも危険なセラックを登った」と伝えている。『スポーツと未来』（一九一〇年にカゼラが出版した本）には、登山家の格好をした二人の友ルブランとカゼラが、氷河に囲まれて写る一枚の写真が載っている。

八月二七日、ルブランはまだサン＝ジェルヴェにいた。オランドルフ社から復刊された『ある女』をピエール・ベルトラン〔画家。クロワッセの秘書となり、パリの新聞のカリカチュアを描いた。一八八四—一九七五〕に一冊贈呈した。「ピエール・ベルトラン、フランシス・ド・クロワッセの忠実なる協力者へ」と献辞を書き、「忠実な友、アルセーヌ・ルパンとモーリス・ルブラン」と署名している。

九月二九日、これほどまでの成功をルパンが収めるとは思っていなかったラフィットは、ルブランにこう書いている。「従って、今後、君の作品を外国で翻訳するために、僕らは新たな販路を開拓する。その場合は常に、僕らは五〇パーセントの利益を受け取ることにしよう。それは慣例通りだしね。そのために、君が既に交渉した人物、その人物に関しては、今後も君個人の権利のままだが、そうした人物全員のリストを僕らに渡してくれないか。そうすれば、僕らは君の本の新しい買い主を全力で探すよ。僕らが頑張れば、絶対君自身もこれが素晴らしいアイデアだと思うようになるさ。昨日もまた、君の件で外国から手紙を一通受け取った。けれど、確かに、君の翻訳権には利益が出ないから、課長たちは他の人の本を売りこむ方に熱心なんだ」。

ラフィットがいくら懇願しても、ルブランは少しも譲らなかった。その後交わされた契約をみても、脚色や翻訳の権利に対してルブランが拘束をうけていないことは明らかだ。

四幕物の『アルセーヌ・ルパン』

パリに戻り、ルブランとフランシス・ド・クロワッセは原稿をアベル・ドゥヴァルに渡すことができた。ルブランは栄光の頂点にいた。一〇月の《ジュ・セ・トゥ》誌は一面に「アルセーヌ・ルパンの創造者」の大きな写真を掲載し、こう告げている。「アルセーヌ・ルパンの驚くべき偉業は、全世界を夢中にさせました。《ジュ・セ・トゥ・クリスマス号》には、この冒険の、ますます独創的で感動的な続編が掲載されます。この新連載を通して、フランスのコナン・ドイルとの異名をとるモーリス・ルブランは、かつてみない程の力量をみごとに披露しました」。これこそ『奇巌城』の冒険のことであった。

ヴァリエテ座のオーナーで、パリの名士であったポール・ガリマール（出版者ガストンの父）の気を悪くさせないように、戯曲では、ガニマールはゲルシャールに変更された。ゲルシャールの方は、その名を、一九〇七年当時アナーキストがたくらむ陰謀の取り締まりを担当していた有名な警察捜査官グザヴィエ・ギシャールから取った。

最終リハーサルが、一〇月二八日の午後に、アテネ座で行われた。今日でもオペラ座の近く、小さなブドロー通りに、そのモダン・スタイルのファサードが残っている。「総稽古」は二〇時に始まった。《コモエディア》紙のゴシップ記者は、客席にジャンヌ・グラニエ〔ベル・エポックを代表する女優・歌手。一八五二―一九三九〕とポレール〔有名な歌手・女優。コレットの『パリのクロディーヌ』の舞台で主役を務めている。一八七四―一九三九〕、桟敷席に「巻き毛で帽子が目立つ」ジョルジェット・ルブランを認めた。お決まりの白いネクタイを締めた燕尾服の男性たちの中に、ダヴァン・ド・シャンクロ〔劇作家。生没年不詳〕は、《ゴーロワ》紙編集長のアルテュール・メイエールと多作な大衆作家のピエール・ドクルセルを目にした。《笑い《リール》》誌〔パリで人気を博した週刊風刺雑誌〕の批評家レオ・マルシェは「立派な詩人ユーグ・ドゥロルム」に会った。レオ・マルシェは幕間に作者たちを祝福しに行きたかったが、「楽屋の入り口は熱狂した群衆に塞がれてしまって入れなかった。それに、フランシス・ド・クロワッセとモーリス・ルブランは賞賛の言葉を口ぐちに浴びせる人々に三重に取り巻かれていて、近寄ることさえできなかった」。

上演後の劇作家たちの勝利を、《コモエディア》紙は、こう回想している。「波のように押し寄せる燕尾服とドレス姿の紳士淑女に、二人の男が囲まれ、絶賛され、息も出来ないほどだった。一人は、クロワッセ。痩せて気取っていてつんと取り澄ました様子であった。もう一人はルブラン。息もつけず、落ち着きのない様子で、あたり構わずにこにこと微笑みかけ、群衆に誰彼となく握手をしていた」。一枚の写真に、劇場の楽屋でフランシス・ド・クロワッセとアンドレ・ブリュレのそばにいるルブランが写っている。三人とも蝶ネクタイ姿だ。ルブランは燕尾服にいつものつばの広い帽子を被り、他方アンドレ・ブリュレの方は、当時珍しくなかったシルクハットを得意げに身につけていた（二〇三頁参照）。

《コモエディア》紙で、ギュスターヴ・ギッシュ〔小説家・劇作家。一八六〇―一九三五〕は戯曲を「見事な出来だ」と評価し、その成功を喜んだ。「何とも魅力的なルパンは、奔放な空想力と才気、そして思いもよらない奇抜な着想によって、素晴らしい成功を勝ち取った。そして、見事に強盗を果たした今宵、ルパンが盗まなかったと言える唯一つのものとは、成功である」。「モーリス・ルブランがアルセーヌ・ルパンに捧げた二冊の本は、まるで芝居である。感動あり笑いあり、常に大団円での思いがけない展開あり、要約はされているものの完璧なプロットが、各章すべてに見いだせないだろうか?」。《タン》紙〔「時」の意。代表的な日刊政治新聞〕では、アドルフ・ブリッソンがルパンを「気品に溢れている」と評している。「小説家モーリス・ルブランの想像力は、この人物に〈気品〉を与えた。劇作家フランシス・ド・クロワッセの機知に富んだ創意は、ルパンに演劇的な奥行きをもたらした。アンドレ・ブリュレのしなやかで繊細な品位、スポーツマンの優雅さは、この人物に生き生きとした命を吹き込むことに成功した」。《論争日報《ジュルナル・デ・デバ》》で、アンリ・ド・レニエ〔小説家・詩人。一八六四―一九三六〕は、ルパンを「愛すべき気持ちの良い」人物で「その道の達人」と評している。《イリュストラシオン》紙の批評家は、ルパンに「一流の巧みさ、器用さ、屈託のなさ」を認めている。《笑い》紙で、レオ・マルシェは、「ルパンと刑事たちが熱中しているこの巧妙な隠れんぼ遊びに、私はすっかり夢中になっている」と言う。普段は手厳しい批評家カテュール・マンデスは《ジュルナル》紙で、「若い娘たちは何をぼうっと考えているのか?」と問い、「アルセーヌ・ルパンのことさ!」と答えている。「アルセーヌ・ルパンは、言ってみれば、ダビデ＝ガヴローシュ〔『レ・ミゼラブル』に登場する浮浪児〕なのだ。革命家の浮浪少年であるルパンは、社会という巨大なゴリアテの額に狙いを定め、からかいながら、必ずや仕留めてみせる〔旧約聖書に登場する羊飼いの少年ダビデは、ペリシテ人の巨人兵士ゴリアテの額に石を放ち、倒した〕」。「批評サークル」の重要な会長であるカミーユ・ル・センヌ〔劇作家・劇評家。一八五一―一九三一〕は、《世紀《シエークル》》紙〔大手の日刊紙〕で「夢見るようなミステリーのおとぎの国」について語っている。《ジル・ブラス》紙のフェルナン・ノジエール〔劇作家・劇評家・演出家。一八七四―一九三一〕は、「巧みで、興味をそそる機知に富んだ」作品と評している。《挿絵入り生活《ヴィ・イリュストレ》》誌〔豊富な写真が掲載された週刊生活誌〕のシャルル・ルヴィフは、「これからもずっと観客は、アルセーヌ・ルパンの冒険を観続けたいと思うだろう」と考えている。「この魅力的な作品を通してずっと、生き生きとして心地のよい、テンポの速い会話が、事件から事件へ観客の興味を捉えて放さないのだ。観客を夢中にした二人の作家は、この舞台に、才気溢れた想像力と舞台を熟知した自らの力すべてを注いだ」。《政治文学会報》のジャン・トゥヴナンは、「驚異的な冒険、巧妙なプロットに支えられた思いがけないどんでん返し」について語っている。「敵同士が探り合い、互いにだまし合いを仕掛ける場面、ゲルシャールにやられたルパンが突然反撃し、彼から逃れる最終幕、これらは創意に溢れた天下一品の傑作である」。

　ジャン・エルネスト＝シャルルは、《オピニオン》紙でルブランを「自然で簡潔、明快、鮮明、スピーディーで堅実、レトリックに凝らない物語作家」として、彼の他の作品を褒めそやした。「ルブランは優れた作家であり、決して期待を裏切らない」。批評はどれもとりわけ俳優陣の演技を褒め称えている。ゲルシャールを演じたポール・エスコフィエの情熱的な演技、艶めかしいソニアを演じたロランス・デュリュックの魅力である。

パリの名士

一九〇八年一一月、《ジュ・セ・トゥ》誌で『奇巌城』の連載が始まった。《ジュ・セ・トゥ》誌は、ルブランが「本作でコナン・ドイルを超える」と予告している。「世界中で最も有名な人物」であるアルセーヌ・ルパンは、「かつての自分を超えた力を発揮して、この至高の偉業を成し遂げた」。各エピソードには、マユの挿絵入りで「アルセーヌ・ルパン懸賞」が付いていた。

ルブランはあいかわらず、文芸家協会の月曜日の会議に欠かさず出席していた。一一月三〇日、ジョルジュ・ルコント〔小説家・劇作家・ジャーナリスト。一八六七―一九五八〕はベルリン会議での任務の報告をしている。そこでは、「本大会の加入国において、いかなる作家であっても、死後五〇年間は、著作権の保護が認められた」。

ルパンの成功により、ルブランは雑誌の「有名人ゴシップ欄」に載るパリの一名士となった。一一月二七日の《挿絵入り生活》誌をみると、ルブランはフェドー〔ベル・エポックのブールヴァール劇を代表する劇作家。一八六二―一九二一〕の『奥方の亡きご母堂』の初演を観にコメディ・ロワイヤルに行っている。ゴシップ記者は、「パリ社交界の観客」の中にウィリー、フランシス・ド・クロワッセ、ピエール・モルティエ、ピエール・ヴォルフ、ロマン・クーリュス、ルネ・メズロワ、ポール・ガリマール、ガストン・ルルーがいるのにも気がついた。

同日一一月二七日、ルパンで稼げるだけ稼ごうとしていたルブランは、作家協会のギヨーム・ベナールに手紙を書いた。「イタリア、スペイン、スカンディナヴィアでの『ルパン』の買い手の氏名と住所を私に送るよう指示していただけますか。私から、各人に、必要な情報をお送りしたいと思います」。一二月四日、ルブランは、戯曲『アルセーヌ・ルパン』を「《イリュストラシオン》紙掲載の翌日から」出版できる契約を、ラフィット及びフランシス・ド・クロワッセと結んだ。

この一二月、ルブランは一八九二年から準会員であった作家協会に、正会員としての入会許可を求めた。彼は、『女の平和』のことを忘れていなかった。というのもこんな風に書いたのだから。「上演された戯曲として、私は、『憐れみ』、『アルセーヌ・ルパン』、そして、署名はありませんがモーリス・ドネーと共同執筆した四幕物の『女の平和』を発表しています」。推薦者は、ジュール・ルナールとモーリス・メーテルランクであった。

栄誉？

一九〇九年一月、舞台『アルセーヌ・ルパン』の「上演百回記念」が祝われた。「年始のプレゼント用豪華本」のカタログに、ラフィットは「フランスのコナン・ドイル」の写真を掲載した。「アルセーヌ・ルパンは、今日シャーロック・ホームズの人気と肩を並べる人物であり、その冒険はみんなを夢中にさせました。この楽しいシリーズにて既刊の二巻は、想像できる限りの最も魅力に溢れた愉快な読み物です」。

二月一日の《フェミナ》紙は、二月二六日に行われる「《フェミナ》の金曜日」の講演で、「かの有名な『アルセーヌ・ルパン』の著者モーリス・ルブランが、大泥棒たちと偉大な刑事たちの偉業について私たちに手ほどきをしてくれる」と予告している。また、「皆様の好奇心を満たしてくれるこの講話の終わりには、あっと驚く、風変わりな出し物があります」と付け加えている。

三月四日、「年末年始のプレゼント向けの豪華本として、『アルセーヌ・ルパンの奇想天外な冒険』の挿絵入り版のための契約を、ルブランはラフィットと結んだ。「その初版は一九〇九年の年末に出版される予定であった」。これは、翌春になってようやく発売されることになる。

三月八日の文芸家協会の委員会で、ガストン・ルルーが会員として認められた。その晩、ルブランはレモン・ポワンカレ大統領主催の晩餐に出席した。彼は、ジャン・エルネスト＝シャルルの立候補の報告者に任命された。彼と付き合いのあった「文士たち」にとって、ルブランは「アルセーヌ・ルパンの父」となった。それは、一九〇九年三月までアテネ座で上演され、至る所で再演されたルパンである。《ルーアン日報》は、『ルパン対ホームズ』を連載していた。スペインの二人の作家がバルセロナでこの小説をアレンジした六幕の舞台を上演させた。ルパンは有田龍三《ありたりゅうぞう》として日本にも登場した〔一九〇九年、森下流仏楼（るぶろう）なる作者が、『黒真珠』を翻案した『巴里探偵奇譚・泥棒の泥棒』が雑誌『サンデー』に掲載された。本作で、ルパンは「鼬小僧・有田龍三」として登場する〕。エドガー・ジェプスン〔英の推理・冒険作家。一八六三―一九三八〕は、ロンドンで戯曲のノベライズ本『アルセーヌ・ルパン』を出版させた。ルブランは、映画化の契約も薦められたが、少しも驚くことではない。一九〇八年以来、エクレール社はニック・カーター〔ニコラス・カーターのペンネームで複数の作家によって語り継がれている米の虚構の名探偵〕の多くの映画で成功していたのだ。ルパンにとって、これは結局期待外れだったようだ。のちにルブランは書いている。「一九〇九年、私はパテ社と交渉を持った。当時、売却の条件はかなりよくて、私は二万フランの内金と字幕を入れたフィルム一メートル当たり一〇サンチームを要求した。ぎりぎりになって、パテ社は取引に踏み切ることをためらった」。

三月二七日、《イリュストラシオン・テアトラル》誌〔パリで上演される戯曲を掲載する雑誌〕は、作家たちのポートレートと一緒に、戯曲『アルセーヌ・ルパン』を掲載した。ルブランは、巻き毛に陽気な目をし、豊かな口ひげを生やしていた。ほどなく、ドライバー用のハンチングを被ったフランシス・ド・クロワッセと、いつものつば広の帽子を被ったルブランのカラー写真が表紙を飾った戯曲を、ラフィットは出版する。

三月二八日、ルブランは文芸家協会の総会に出席した。翌日、新たな事務局が組織された。ルブランは協会の副会長ダニエル・ルシュウールとともに選出された。彼女は、当時『神経症の女』を書いた著名な作家であった（そして、今日彼女の最も知られた小説である『ニーチェ主義の女』を出版したばかりだった）。ジョルジュ・ルコントは二回目の会長に選ばれた。《オピニオン》紙は、会議と投票の様子について報告している。「ジョルジュ・ルコントが満票で会長に再任された。ダニエル・ルシュウール夫人が一八票で副会長に再任された（……）任期を終えたもう一人の副会長ジュール・ボワ氏は、残念な結果となった。素晴らしい作家モーリス・ルブランが一七票で選出されたのだ。これが今年度の事件だ。無駄な演説やとっぴな発言のことは忘れることにしよう」。

六月一四日、文芸家の晩餐会で、ルブランは、パリ市参事会員であり、小説や歴史書を著している晩餐会の主宰者エルネスト・ゲーへの歓迎の辞を述べた。ルブランはゲーの作品、特に出たばかりの『ロワールとル・マンの軍事作戦』についてありきたりの賛辞を並べた。

六月一五日、『奇巌城』が書店に並んだ。小説は《ジュ・セ・トゥ》誌の連載と比べると多くの改訂がなされていた。ルブランはとりわけノルマンディーの歴史に関する多くの箇所を削除した。

批評はたいして出なかった。ルブランはすでに「大衆」作家となっていたのだ。ルパン・ファンであるPh＝E・グラゼは、《フィガロ》紙にこう書いている。「モーリス・ルブラン氏によって考え出された驚異的なるヒーローが成し遂げた数々の偉業に対する私の感嘆、驚き、感動を表現しようとしても、私は、すでにアルセーヌ・ルパンのこれまでの作品のためにありとあらゆる形容詞を使い果たしてしまったと思う。この新シリーズを賞賛するには、私にはただただ、これまでの作品とくらべても遜色なく素晴らしく、非凡きわまりない創意と最も豊かな想像力とが完璧な論理を伴って驚くほど見事に結びついていると、言うのみだ」。

七月一日の《ジュルナル》紙に掲載された記事で、ルブランは自分の仕事を釈明しようとする。この記事は、「想像の甘美なる快楽」と気晴らしの文学の擁護である。そのためには「最大限の軽快さと豊かな空想力を必要とする。作家自身が楽しんで、自ずと顔がほころぶのだと思わせなければならない。また、プロットが落ち込む深い闇のただなかでも、生き返らせほっとさせてくれる、あのアイロニーの風をうちそよがせなければならない。これが、私が『奇巌城』やそれ以前の『アルセーヌ・ルパンの冒険』を書きながら目指したことだ。不道徳な文学だって？　とんでもない！　腕きき強盗の話を読んだからといって誰も盗みを働こうとなんて思いもしない（……）本の登場人物たちは、私たちに悪をなすように誘惑するどころか、むしろ私たちを行動に駆り立て、冒険への愛や力への信奉、大胆不敵、冷静沈着、意志の強さに対する崇拝の念を抱かせるのだ。いつか、偉大なる泥棒の心の中に入り込んで、彼の動機や感動や喜びや不安、激しい欲望、壮大で熱狂的な夢を白日の下にさらし、こうした観察記録を出版したいと思っている。タイトルは、『アルセーヌ・ルパン、活力《エネルギー》の師』だ」。

小説『奇巌城』は大きな成功を収めた。アヴァルの断崖とその針岩を描いたモネの一八八三年の有名な絵画までもが、「奇巌城」と名づけられたほどだ！　ルブランのもとには脚色許可願いが押し寄せた。彼は、作家協会の公文書用紙で、同年に『ちび伍長』で共にデビューを飾った二人の劇作家、ヴィクトール・ダルレとアンリ・ド・ゴルスとの契約にサインをした。彼らに、既刊の小説から数幕物の戯曲をひとつ作り、『アルセーヌ・ルパン対エルロック・ショルメス』とのタイトルをつける許可を与えた。ただし、「アテネ座で上演された戯曲『アルセーヌ・ルパン』のために、モーリス・ルブラン氏とクロワッセ氏が使用した場面や小説の一節を用いることは出来ない」。最後にはこう記されている。「当該の戯曲がもたらす金銭あるいは手形で支払われる著作権やその他の利益」の分配は、三分の一はルブラン、三分の二は二人の劇作家である、と。

『マクベス』、『ルパン』そして『女の平和』

ジョルジェットは夢を実現し、八月二八日サン＝ワンドリーユの廃墟で『マクベス』を演じた。舞台の準備の間（リハーサルは一ヶ月間。その間多くの俳優が修道院に宿泊していた）、彼女は兄に手紙を書いていた。「私たちは毎日仕事をしています。私が『マクベス』の翻訳者のいろいろな解釈を大きな声で読んで、メーテルランクは英語のテキストを目で追っているの」。

何もかも周到に準備されていた。招待状には、おすすめのホテルとして、二つのホテル、コードベックの〈ラ・マリヌ〉とデュクレールの〈ドゥニーズ〉が挙げられていた。「七時四五分には、車でサン＝ワンドリーユの修道院に観客の皆様をお連れします」。観客たちは、上演の間、「グループに分かれ、（……）マクベスの召使いたちがご案内します」。ジョルジェットの傍らでは、ルネ・モプレ、セヴラン＝マルス、彼女の若い友人ピエール・ルコント・デュ・ヌイ〔数学者・生物物理学者・哲学者。アマチュア俳優。一八八三—一九四七〕が演じた。

一見してパリのエリートだけが観るような舞台に対して、地方はいささか冷ややかだ。コードベックの《フロ》紙は皮肉まじりにこう書いていた。別荘に改装されたサン＝ワンドリーユの修道院で、「メーテルランク夫人（ジョルジェット・ルブランの名でより知られた）が、〈芸術の公演〉を開催する。それがまさに〈芸術の公演〉であろう証は、席代が二百フランであることだ」。
夏になると、戯曲『アルセーヌ・ルパン』は国内ツアーを始めた。八月一九日、劇団は（当時真新しかった）フェカンのカジノにいた。《コー地方の覚書《メモリアル・コーショワ》》紙は、アンドレ・ブリュレが「輝かしい大成功を収めた」と記している。舞台は多くの地方劇団によっても上演された。ルーアンでは、一九〇九年から一九一〇年に、「若き主役」エディ・ドゥブレ〔一八八〇―一九七四〕がルパン＝シャルムラース公爵を演じた。

一九〇九年一〇月末、『女の平和』も、主役にコーラ・ラパルスリ〔女優・詩人・劇場支配人。一八七五―一九五一〕を迎え、ブッフ・パリジャン劇場〔パリ二区にある劇場〕で再演された。新聞各紙は、この舞台やデュタック、モーリス・ドネーについて書き立てた。誰もルブランのことは書かなかったが、《ファンタジオ》誌だけは、ルブランは「署名していない」が「著作権を得ている」ことに触れた。音楽を担当したデュタックと共に、ルブランは著作権のことが気になった。そこで、デュタックに作家協会に問い合わせてくれるように頼んだ。作家協会はデュタックに、「ルブラン氏の名と同様、貴殿のお名前は最初の協力者として載っていますので、新たに楽曲を書いた作曲家の権利の一〇分の一を、手当として、お支払いすることを、ドネー氏は提案しています。モーリス・ルブラン氏についても同様に、台本作者の取り分の二〇分の一をお支払いすることになります」と答えた。

デュタックはこの手紙の内容をルブランに知らせて、こう書いている。「僕の返答はこうだ。未来の作曲家から天引きする取り分はすべて断る。自分がやっていない仕事で給料をもらうなんて恥ずかしいだろうから。最後に交わした約束を守ってくれるように頼みますよ。僕の思い違いでなければ、僕は、モーリス・ドネーがもらうものの半分をもらえるはずだ。それが、『女の平和』の創作の際に僕が貢献した分について、公平だと思う割合だ」。

ピエール・ラフィットの晩餐会

ヴァカンスは雨がちな一〇月とともに終わり、ルブランは文芸家協会の活動を再開した。一一月八日、彼は晩餐会に出席した。ダニエル・ルシュウールと共に、協会の代表として、ロラン・ボナパルト公に彼の名を冠した賞の設立を持ちかけた。一一月二四日、彼は、《ジュ・セ・トゥ》誌創刊五周年に、カールトン・ホテルで催された、ボナパルト公主催の大晩餐会に参加した。そこには、「パリの文学、芸術、社交界、実業界の名士が何百人」も揃っていた。一枚の写真には、演説の後、広間でコーヒーを供された招待客が写っている。ルパンの父はモーリス・バレール、リュシアン・メティヴェ、そしてアンドレ・ド・ロルドのかたわらにいる。

『文学生活の回想』で、ロニーは、ラフィットが催していた晩餐会について語っている。「マルセル・ティネール夫人〔反教権主義の作家として知られる。一八七〇―一九四八〕、ノアイユ伯爵夫人、ドラリュ゠マルドリュス夫人〔詩人・小説家。一八八〇―一九四五〕、トルデルン子爵夫人、デュ・ガスト夫人〔ベル・エポックを代表する社交界の華。レーシングドライバー。一八六八―一九四二〕、ルシュウール夫人、その他文学界の輝かしい面々の大半が、同じテーブルについているのが見られた」。〈カールトン〉での昼食会についても語られている。「真っ黒な口ひげと前髪に白い房のあるメズロワから、黒い瞳に褐色の顔をしたガストン・ド・カイヤヴェ〔劇作家。一八六九―一九一五。〕、フレルス〔ロベール・ド・フレルス。劇作家・台本作者。一八七二―一九二七〕からユーグ・ル・ルー、デュヴェルノワ〔アンリ・デュヴェルノワ。小説家・劇作家。庶民的な陽気なパリ生活を描いた作品を多く残している。一八七五―一九三七〕からフュルシ〔ベル・エポックのモンマルトルで活躍したシャンソニエ。一八六六―一九二九〕、ラフィット社の幹部たちから料理人の重鎮モンタニエ〔プロスペル・モンタニエ。料理人。食に関する多くの著作がある。一八六五―一九四八〕まで、一堂に会していた。モンタニエは、ほとんどいつでも、人を驚かすようなメニューを作った。ほとんど知られていなかったり、今では口にされることのなくなった味わい深い料理が出されたのだ。集まった人々は陽気で、ほとんど若者といってよく、素晴らしい料理と自由闊達な会話に大いに盛り上がっていた……」。

ロニーは、シャンゼリゼ大通りに面した「パリの文学界・演劇界の名士たち」が行き交うラフィット出版社の建物についても語っている。バルビュス、デュヴェルノワ、ルールー……そしてモーリス・ルブランを回想している。「ラフィットでは、アルセーヌ・ルパンのおかげで一瞬にして大成功を摑み取ったモーリス・ルブランによく出会った――予想だにしない成功だった。なにしろ、モーリス・ルブランはそもそもルパンとはかけ離れた文学に打ち込んでいたのだから」。「アルセーヌ・ルパンがルブランという人物を彼本人や世間に知らしめたのだ、とまで言おうとは思わない。むしろ、この怪盗紳士がルブランのキャリアをいささか台無しにしてしまったのではないかと心配している……」。さらに「ルブランが自分の成功に喜んでいるかどうかも分からない……私はいつも思ったものだ。彼はもう一つのキャリアを歩もうとしたが、ルパンが彼の足を引っ張るのだと」……

だからこそ、一九〇九年にルブランは、愛国的で「復讐心に燃えた」波瀾万丈の長篇物語『813』を書いたのだろう。結末で、ヴィルヘルム二世の目の前で、ルパンはカプリ島の岸壁の上から飛び降りるのだ。ルブランは、彼の邪魔なヒーローを厄介払いしてしまおうと考えたのか？ ルブランは、「私の意志に限界はない、私の力にも限界はないのだ」と断言する、ほとんど超人的なルパンを登場させている。バルザック（ルブランはこの作家を「何度も再読」している）の影響は明らかだ。ヴォートラン〔バルザックの『ゴリオ爺さん』等に登場する大悪党〕が「監獄のクロムウェル」であり「犯罪のマキアヴェリ」であるように、ルパンは「盗人の君主」であり「盗みの王かつ犯罪の皇帝」なのだ。「弱い者の心のなかに強い者の意志を入り込ませる、あの揺らがず全てを見抜いてしまう眼差しの一つ」をリユシアン・ド・リュバンプレ〔バルザックの『幻滅』等の主人公。詩人〕（『813』ではジェラール・ボープレとなっている）に向けるヴォートランは、『813』のルパンとうりふたつだ。

『813』は、ルブランの当時の考えをよく反映している。彼が仕上げにかかっていた本『国境』や計画中のルパンの冒険『ドルフ男爵の殺害』〔未発表〕も同様だ。ルブランは、ヨーロッパの政治状況が気がかりだった。一九〇六年以降、戦争が始まるという噂がひろまっていた。かつてはアナーキストに賛同していたルブランも、今では憲兵や盲目的愛国主義者の友人となった。この変化は時代の流れであった。一九〇五年に『我らが祖国』を著したシャルル・ペギー〔詩人・思想家。一八七三—一九一四〕のように、多くの社会主義者や平和主義者がナショナリズムに方向転換していた。

新聞連載小説作家

『アルセーヌ・ルパンが私たちにつきまとう』、これが、ドゥ・マスク座〔かつてパリ九区にあった劇場〕が一月二二日から上演していたR・ド・リヴァッソによるヴォードヴィル劇のタイトルだ。ルパンはルブランにもつきまとっていた。とはいえ、彼の著作目録をみると、一九一〇年は詩的ともいえるようなテキストから始まっている。一月二九日土曜日（パリは、一週間前から壊滅的な洪水に襲われ、溢れる水の中を人々が行き交っていた）、《われらが古き学び舎《ノートル・ヴュー・リセ》》誌のためにルブランは、『少年時代』と題した短いテキストを書いた。これは四月に掲載されている。ルブランによれば、少年時代は「私たちが読むことの出来るもののうち最も魅力的な」本である。「憂鬱な時に、私たちはそれを紐解く。すると私たちの名を持つこの小さな坊やの見事な物語に圧倒されるのだ。この男の子は、寛大で英雄的で情熱家で、なんて純真だろう！」。

春に、ルパンは初めて上製本で出版された。最初の三つの冒険譚が、広告によれば「美しい函入り」で売られる三巻本になったのだ。「フランスにおけるシャーロック・ホームズのライバルから生まれた素晴らしい本を、モーリス・ルブランは、三冊世に出しています。その作品の中で、怪盗紳士は見事な偉業を成し遂げ、ガニマール、エルロック・ショルメス、イジドール・ボートルレとの波乱に満ちた闘いを繰り広げます」。

三月五日から《ジュルナル》紙に連載小説として掲載された『８１３』は、この大日刊紙に発表されるルパン長篇シリーズの幕開けとなった。ライバル紙の《マタン》紙は、ガストン・ルルー〔大衆小説作家・ジャーナリスト。『黄色い部屋の謎』『オペラ座の怪人』など。一八六八－一九二七〕とレオン・サジ〔大衆小説作家。『ジゴマ』シリーズで知られる。一八六二－一九三九〕（『ジゴマ、姿の見えない支配者』は、一九〇九年一二月より《マタン》紙に発表されていた）の小説を掲載していて、それと競うために、《ジュルナル》紙はルパンの冒険を載せようと思ったのだ。ルブランと《ジュルナル》紙の文芸部長の関係は良好だった。編集長は、一九一九年までアンリ・ド・レニエ、それ以降はリュシアン・デカーヴだった。ルブランは、キャリアの重要なステップを上った。彼は「大衆」作家、「新聞連載小説《フィユトン》」の作家になったのだ。

皇帝ヴィルヘルム二世をサンテ刑務所の独房で迎えるルパンを描いたプルボ〔イラストレーター。一八七九－一九四六〕のカラー・ポスターを用意して、《ジュルナル》紙は、『８１３』を世に出した。ポスターには、「アルセーヌ・ルパンは《ジュルナル》紙で続きます。モーリス・ルブランの書き下ろしの大作『８１３』をお読み下さい」と書かれている。《ジュルナル》紙には、「数々の作を世に問うている大作家モーリス・ルブランが、《ジュルナル》紙のために特別に書き下ろした新作『813』の掲載が始まるのは、明日土曜日です」と予告している。広告は「大衆的」な調子だ。「怪盗紳士、人好きのする悪党は、あいもかわらずその鮮やかな手口で、桁外れな偉業を遂げることをやめない」——「伝説的なヒーローは、スラム街にも最も閉鎖的な階級にも潜り込む」。広告には、いつものつば広の帽子を被り、長い口ひげが顔を一文字に横切っているルブランの写真が載っている。

『813』は、一九一〇年六月に、単行本になって出版された。ラフィットは自信満々だった。なにしろ初版は、一万二千部だったのだ。本はヒットした。八月には五千部が増刷され、一二月にはさらに同じだけ増刷された。ラシルドは、《メルキュール・ド・フランス》でこの小説の名を挙げたが、明らかにルパンをあまり気に入っていなかった。「難解なジグソーパズル……推理小説のジグゾーパズルの巧妙さを備えた、これらの驚くべき冒険は、強盗という単純な職業から、人がどうやって、最高位の社会的身分にまで成り上がることができるのかを、私たちに教えてくれる。ルパンの物語の第三巻では、この好感もてる人物の活躍により、アルザスとロレーヌがフランスに返還されるという奇跡が訪れることを期待しようではないか!……ともあれ、これはプロイセン王のために書かれてはいない!」。

《フィガロ》紙では、Ph＝E・グラゼがもっとほめている。「昨夏に私たちと結んだ約束通り、怪盗紳士はヴァカンスの直前に私たちの元に立ち戻ってきた。ルパンの冒険がなかったら、ヴァカンスは完璧とは言えなく、わびしいものとなっただろう。なにしろフランスの若者は誰も彼も、今や年に一度、アルセーヌ・ルパンの作品を求めているのだ。若者たちはモーリス・ルブラン氏がルパンを書いてくれるのを待っている。ルブラン氏は若者に最も愛される小説家となった。素晴らしいことに、皆が彼に背負わせている、この押しつぶされるほど重い使命を果たしうるだけの才能を、この作家は持ちあわせている。その使命とは、その最初の冒険にしてからが世界で最も驚異的なものにみえたというのに、これらの冒険に、常にその続きを書くということだ。それも常にいっそう驚異的な続きを書かねばならない」。

Ⅷ　大衆作家（一九一〇―一九一四）

サン＝ワンドリーユでの『ペレアス』上演

ルブランの体調は優れなかった。一九一〇年七月、休養にサン＝ジェルヴェを訪れ、気乗りしないまま、小説『国境』を執筆していた。《パリ＝ジュルナル》紙は、「作家の執筆計画についてのアンケート」を実施し、『夏休みの宿題』と題して結果を報告したが、七月三〇日に、この特集を担当したアラン＝フルニエは、こう記している。「『アルセーヌ・ルパン』の著者は――『８１３』に続き――『国境』と題される小説を発表する予定だ。晴れ渡った素晴らしい天気だ。目の前に広がる美しいサヴォワ地方の景色を眺めながら、苦々しい思いで私は執筆に励んでいる、とルブランは書いている」。

ジョルジェットとメーテルランクは、サン＝ワンドリーユにいた。八月の始め、アナトール・フランスが修道院を訪れたが、二人は留守であった。散歩に出かけていたのだ。ジョルジェットは、手紙を書いている。「誰も知らないそれはすてきな場所がたくさんあるんですよ。お会いできていたら、一つ残らずご案内してさしあげたかったのに。今月末に、どうか、こちらにいらしていただけるようお願い申し上げたかったのに、残念です。メーテルランクの主人公たちの神秘的な美しい恋の物語を上演する予定ですの」。ジョルジェットは、『ペレアスとメリザンド』の演出に取り組んでいた。兄にはこう書き送っていた。「修道院で『ペレアス』の舞台を企画しています！　モーリス〔メーテルランク〕も喜ばないことはないだろうという気がしてからというもの、夜昼となくこのことばかりを考えています。難しいけれど、とても面白い仕事です。だって、『ペレアス』は『マクベス』よりもずっと現実を拒否しているんですもの」。

兄は妹にこう書き送った。「『ペレアス』を上演するだなんて、いやはや！　ああ、お前の所へ行って手伝えたらどんなに楽しいことだろう！　僕が元気だったらなあ！」。どの批評家を招待したらいいか尋ねられて、ルブランはこう答えている。「《コモエディア》のレオン・ブルムを招待しなさい。一流の劇評家で、実にとても聡明で芸術家肌で、いつだって誠実な男だ。お前もすごく気に入るよ。だけど、批評家たちの奥さんも招待しなきゃだめだ。そうしないと、まずいことになる――ご機嫌がよろしくないか、来てくれないかだ。《フェミナ》紙のカテュール・マンデス夫人、さもなくばデュヴェルノワが、愛人にしている女流詩人のドルツァル（かなりのべっぴんだし頭もいい）を連れて来てくれるだろう。《ジュルナル》紙のラ・ジュネス〔エルネスト・ラ・ジュネス。小説家・ジャーナリスト。一八七四－一九一七〕も招きなさい（一人だけでいい）。時間があれば、批評家たちの返事を教えておくれ。ノジエール（《マタン》紙）も絶対外せない。たぶん、二席招待した方がいいだろう。彼には丁寧にお伺いを立ててみなさい」。ピエール・モルティエ〔作家・ジャーナリスト。一八六五－一九三七〕も推薦している。「《コモエディア（ゴシップ欄）》の記者だ。メーテルランクの熱狂的なファンで、ひっきりなしにそのことを書いている。きっと、上演の前後には、君たちの記事を山のように書くだろう」。レオン・ベルビ〔ジャーナリスト。一八六七－一九五四〕、ルイ・シュネデル、それに《パリの噂《エコー・ド・パリ》》紙のフランソワ・ド・ニオン〔小説家・劇作家。一八五六－一九二三〕とその妻、ルブラン自身よく知っていて、「感じが良い」と思う「善良な人たち」の名も挙げている。自分の近況も伝えている。「ゆっくりとだけど確実に体調はよくなっている。何年かはこんな風に過ごさなきゃならないだろう。頭の方はしっかりしているから嬉しいよ……。それに『国境』もね」。……ルブランはこの小説を書き終えたばかりだった。

上演は、八月二九日だった。俳優陣の中には、ルブランの従兄弟のマルセル・デュフェもいた。『マクベス』と同様、観客は、修道院のなかを移動しながら鑑賞した……のだが、今回は一時雨が降った。上演後、ジョルジェットは兄に便りを送った。「メーテルランクは、感激していました……とはいっても、総稽古が終わると、皆がさっさと床につくように、空に向けて発砲したのよ」。後日こんな手紙も書いている。「総稽古にいらしていたレジャーヌとギトリ〔両者とも当代を代表する名俳優〕から面白い提案があったの。それなのに、モーリスは口をつぐんだまま。彼は不在ですと言うしかないでしょうね。ああ！　この世の恐ろしい災厄は、人間というものの大部分が持っている特質なのよ。こわいことね。これといってまともな理由もないのに、突然、愛する心は閉ざされ、知性はもう何も聞かず、一種の盲目的な力が働いて、人は反発をしあう。いったい何が、こんなひどいことを引き起こすのかしら？」。実際、この上演はメーテルランクにとって何にもならなかった。この「物思いにふける無口な大男」には、平穏の妨げでしかなかったのだ。

シャトレ座の『アルセーヌ・ルパン』

豪華絢爛な演出で知られたシャトレ座〔パリ一区に建つ劇場〕で、ヴィクトール・ダルレとアンリ・ド・ゴルス共作の「大スペクタル・ミステリ」『アルセーヌ・ルパン対エルロック・ショルメス』が、一〇月二八日から上演された。翌年の三月末まで続き、大成功を収めた。数多くのエキストラが登場した。アンリ・ジュリアンが、一晩で二〇回も姿を変えて、ルパン役を演じた。エルロック・ショルメスはアンリ・ウリ、ガニマールの役は当代の人気喜劇役者であるモリセーが務めた。

この上演にあわせて、ジャン・エルネスト＝シャルルは、《オピニオン》紙に友人についての長い記事を寄せている。「慧眼きわまりない『熱情』の作者は、（……）周知のとおり、フランスのコナン・ドイルになることを突然望んだ。間違いなくモーパッサンの最も優れた、最もユニークな弟子だったモーリス・ルブランは、その師から遠ざかった。彼が緻密に計算された空想的な物語作家であることが明らかになったのだ。その非凡な想像力は、同時にまた節度をたもっている。ルブランは、アルセーヌ・ルパンの驚異の冒険を見事なまでに作り上げた。これらの冒険譚は数限りなく、変幻自在なのだ」。ルブランは、「ひとつの類型を作り上げた。彼は、私たちにヒーローを授けたのだ。（……）探偵小説の歴史に、必ずやアルセーヌ・ルパンはその名を刻むであろう」。ルパン像を少しも歪めることのなかったこの戯曲も絶賛している。「このヒーローの特徴をほんの僅かでも変えようとしたら、今やただではすまないだろう。アルセーヌ・ルパンは、誰もがこうあるべきと認めている人物なのだから（……）。ヴィクトール・ダルレとアンリ・ド・ゴルスによるアルセーヌ・ルパンは、（……）まさに我々が知っているルパン、我々が敬服している、愛しているルパンそのものだ」。

一一月一六日、《エクセルシオール》紙〔ラフィット社の挿絵入り日刊紙〕の創刊号にこうある。「シャトレ座の『アルセーヌ・ルパン対エルロック・ショルメス』は、大ヒットを飛ばしている。確かに、金を払うだけの価値はある。愉快で面白いし、みたこともないような豪華な舞台で上演され、喜劇役者の王で

ジョルジェットと、恋人だった作家のモーリス・メーテルランク（1909 年）

ある、あの愉快なモリセーが率いる素晴らしい劇団が演じているのだから」。新たな新聞《エクセルシオール》を、ラフィットは大々的に売り出した。写真をふんだんに使い、文学や演劇の時評に多くの紙面を割き、連載小説に力を入れることになっていた。ラフィットに懇願されたルブランの名は、寄稿者の長いリストに挙がっていた。第三号には、ルブランの中篇『うろこ柄のピンクのドレス』が載った。

アンケートの流行

同年、ジョルジュ・カゼラは、スポーツについてのアンケートの結果をまとめた『スポーツと未来』を出版した。田舎で過ごしているモーリス・ルブランは、こう書いてよこした。二つの自転車旅行の合間に、アルセーヌ・ルパンの奇想天外な冒険を書き上げたのだ。「どんなものでも、スポーツというのは実に楽しいものです。スポーツをするのに忙しくて、私の意見をお伝えする暇がないほどです。――とはいえ、貴殿のアンケートにとっては、スポーツ嫌いの論拠をお尋ねになった方が、よっぽど興味深いのでは？」。

新聞や雑誌ではこうしたアンケートが流行していた。ありとあらゆるテーマに関して、著名な芸術家たちに意見を求めたのである。一九一〇年一一月、《妥協しない者《アントランジジャン》》紙〔一八八〇―一九四七に発行された右派の日刊紙〕の編集長レオン・ベルビは、マリー・キュリーの科学アカデミーへの立候補をめぐって、百人近い作家にアンケートを行った。「アカデミー・フランセーズ会員に選ばれるのにもっともふさわしい女流文学者を三人」挙げるというものだった。一一月二七日に、ルブランは簡潔な返答を送っている。「編集長殿、私は彼女たちに投票します。ラシルド、セヴリーヌ、コレット・ウィリー」。この選択からは、ルブランがいまだ異議申し立てとしての文学に惹かれていたことが見てとれる。セヴリーヌはアナーキストに賛同していたことでよく知られていたし、ラシルドは（一八八四年に書かれた、かの『ヴィーナス氏』執筆以来）「大胆」と見なされる小説をいくつも書いていた。コレットは、舞台で裸同然の姿をあらわにして、ブルジョワジーのひんしゅくを買っていた。彼女は、ルブランの友人でもあった。一二月二七日、ジョルジェットはコレットの訪問をメーテルランクに伝えている。コレットは、自分がメーテルランクや「影響力のある」モーリス・ルブランから評価されていることを知っていた。

一二月一七日より、《エクセルシオール》紙で、来たるべき戦争を予告した小説『国境』の連載が始まった。復讐に燃える父モレスタルにとって、ドイツへの恨みを忘れることなど不可能だ。反対に、息子フィリップは平和主義者で、彼にとっては戦争などばかげたことでしかない。争いが生じたら逃げようと心に誓っている。しかし、戦争の現実を前にした息子は、祖国を守らずにはいられなくなるのだ。

一九一一年一月二二日、自宅のヴィラ・エランでルブランは、パスカル・フォルテュニ〔劇作家・ジャーナリスト。生没年不詳〕の訪問を受けた。翌日、フォルテュニは、『アルセーヌ・ルパンにきく』と題し、対談の内容を《エクセルシオール》紙に発表した。彼は、ルブランに「スコットランド・ヤードの最新ニュース」を持ってきた。「スコットランド・ヤードが、他の刑事といっしょにかの有名なコナン・ドイルを雇った」というのだ。ルブランはこう答えた。「へえ、こいつはおもしろい。私だったら、気乗りがしないなあ。探偵冒険小説を書くのは本当に楽しいし、すごく面白いから、本当のことを言うと、実際に体験することなんぞにどんな魅力があるのか私には分かりません」。そして、三千フランの小切手を盗まれたが、捜査は断ったという話をした。「のんびりと、こんなことが起きたのかもしれないと想像して執筆する無上の喜びと比べたら、現実に捜査をするなんて実につまらぬことです。だから、私はそうしたのです、暖炉のそばでくつろいでね。しかも、そうすることで、ずっと早くにその三千フランを取り戻したのです」。

あいもかわらず若くて腕ききで

一月二七日、《パリ＝ジュルナル》紙に、短篇小説『ソステーヌ・ラパンの最後の犠牲者』が掲載された。作者ミシェル・プシシャリは、ファブリス・ルノワールの名でルブランを登場させている。物語の最後で、主人公は自分の史料編纂者に沈黙を余儀なくさせるのだ。翌日、アラン＝フルニエは、時評欄「文学生活」にこう記した。「モーリス・ルブラン氏は、この思いつきの作り話に憤慨した。『８１３』の作者は、こう書いてよこした。これは実に迷惑な話ですよ……いや、とんでもない！　私はアルセーヌ・ルパンが世界中を駆け回るのをやめさせようなんてこれっぽっちも考えていませんし、時々彼を蘇らせてやろうと思っています。あいもかわらず若くて、腕ききなままでね……」。

とはいっても、二月の《ジュ・セ・トゥ》誌に載った中篇小説『思い出にふける男』は、『国境』と同様、「心理小説」に回帰したように思われた。『恋』や『麗しのジムーズ夫人』のような《エクセルシオール》紙に寄せた短篇も同様である。二つの道を同時に歩もうとルブランは決めたようだ。自分が書きたいと思う作品、それに食べていくためのルパンだ。一九一一年二月、《ジュ・セ・トゥ》紙は、四月より「短篇シリーズ」『ルパンの告白』を掲載すると発表した。三月の紙面では、まるまる一ページを使って、「ルパンが帰ってくる」ことを告げ、こう記している。「モーリス・ルブランの主人公たちと作品は大変な人気を博しているとはいえ、その作品は、明らかに、一般的に〈大衆小説〉と呼ばれるものとはかけ離れています（……）。本紙にこれから掲載される六篇は、文学的な配慮もゆきとどいた立派な作品です」。

四月から、マニュエル・オラジの挿絵入りで『ルパンの告白』が掲載された。『813』と違い、本作でルパンが盗みを働くのは、既成の秩序を脅かすというより、むしろ弱き者を救うためである。当時は、アナーキスト強盗、「ボノ一味（アナーキストのボノを首領とした、自動車を使った強盗一味）」の時代だった。次第に愛国心に目覚めて社会の秩序を尊重するようになっていたルブランは、そんな輩と同類だと思われたくなかったのだ！『奇巌城』では、「社会に反して」ルパンが挑む「闘い」が描かれていたが、一九一三年に発表された『ルパンの告白』の初版の背表紙には、「読者の皆様は、お気に入りのモーリス・ルブランの主人公に、大いなる愛国心を認め、好感ともいえるような不可解なお気持ちを抱くことでありましょう」とある。

『青い鳥』

一九一一年三月二日、レジャーヌ劇場（パリ九区にある。現在は、パリ劇場と呼ばれている）で上演された『青い鳥』で、ジョルジェットは大成功を収めた。「本年の舞台で最も優れた作品は？」と《エクセルシオール》紙に尋ねられたルブランは、こう答えている。「今年最も優れた舞台がどれかは分かりかねます。ただ、最も美しい舞台なら決まっています。モーリス・メーテルランクの『青い鳥』です」。

この『青い鳥』は、ジョルジェットにとり、不幸の鳥となる。端役が数多くいるなかで、ルネ・

ダオンという若い女性がメーテルランクの目にとまったのだ。身につけていたネックレスの宝石から「銀の房飾り」とあだ名されていた。彼女はのちにメーテルランク伯爵夫人になるだろう。

四月にはオルヌ県のカアンで、ルブランの従兄弟ジョルジュ・バリルが亡くなった。《コンデの《レヴェイユ・》目覚め《ド・コンデ》》誌〔地方週刊誌〕は、バリルがルーアン出身であり、「文学界と演劇界で名声を博している」モーリス・ルブランとジョルジェット・ルブランの従兄弟であると記している。のちに「我が従姉妹アルジナへ、我らが愛するジョルジュの思い出に」との言葉を添えて、ルブランは未亡人に『うろこ柄のピンクのドレス』を献本している。

四月末、ジョルジェットはレヌワール通りを離れ、ペロネ通り三二番地にある小さな庭つきの邸宅に引っ越した。姉ジュアンヌの住まいの近くだ。ジュアンヌはマイヨ大通り三二番地から、九六番地にある四階建ての広大な屋敷に住み替えた。それは、一八九九年から一九〇九年までそこで暮らし、伝説となる数々の宴を催したロベール・ド・モンテスキュー〔詩人・美術評論家・収集家。ダンディーとして知られ、プルーストの『失われた時を求めて』のシャルリュス男爵のモデル。一八五五－一九二一〕が、〈詩の女神の館《パヴィヨン・デ・ミューズ》〉と名づけた屋敷であった。ジュアンヌとフェルナンもまた、この館でパーティーを開き大変な評判をとった。

五月、『国境』が店頭に並んだ。刷り部数は一万部だ。《イリュストラシオン》紙はこう記している。「本作でモーリス・ルブラン氏は、伝統的な愛国心に燃える父親と国際主義平和運動に心酔した息子という、心を揺すぶられる――また、きわめて今日的な――対立を描いている」。この本をルブランはかなり重要な作だと認めていた。残された本のあちこちに書き込まれたメモから、舞台化の構想もあったことが分かっている。小説はまずまずの成功を収めた。当時のフランス人が頭から離すことのないテーマを扱っていたのだ。その反響は、一九〇七年にゴンクール賞を獲得したエミール・モズリの『ロレーヌ地方』や、一九〇九年にポール・アケールが出版した『兵士ベルナール』、バレスの有名な『コレット・ボドッシュ』など、他の多くの作品にも窺える。

ノルマンディーで

「ノルマンディー公国建国千年祭」を祝うために、雑誌《ノルマンディーの心《アーム・ノルマンド》》は、一九一一年六月号で、数人の作家にノルマンディーに関する原稿を依頼した。「アルセーヌ・ルパンの伝説的な冒険を著した高名な作家」であり、「『憐れみ』の優れた劇作家」と紹介されたルブランは、なんとシチリアを語ることにした。はるか昔、前妻マリーと新婚旅行に訪れた時の思い出だ。「古えのヨーロッパの最も古い土地のひとつに、三つの文明が重なり合い、それぞれが、いずれ劣らぬ偉大さ、高い芸術性、あふれ出る創造力のしるしを刻んだ。その土地とは、シチリアである。そして、その記憶がいまだその土地で生き続けている三つの民族とは、ギリシャ人、ローマ人そしてノルマン人である。ノルマンディーの息子にとって、この地中海の島への旅ほどに感動をあたえてくれるものを私は知らない。彼の祖先である北方人が訪れ、その信念と理想、類いまれな才の見事な証をそこに残したのである……」。

やはり執筆を依頼されていた、かの『奇妙な旅』の著者ポール・ディヴォワはこう記している。「人間の活動のあらゆる分野において、ノルマンディーは、人びとの羨望を集め、しばしば最も重要な場所と見なされてきた。小説の世界もまた、この地に敬意を表している。モーリス・ルブランが強盗王、紳士アルセーヌ・ルパンの冒険の舞台として選んだのも、ノルマンディーに他ならない」。

とても暑い夏で、八月は猛暑だった。ルブランはタンカルヴィルを訪れた。一九一一年、ジュアンヌとフェルナン夫妻は、グールの城からタンカルヴィルの城に居を移したのだ。「廃墟、付属建物、厩舎、庭園や庭」といった、城に属する土地建物もすべて所有していた。タンカルヴィルからサン＝ワンドリーユに赴き、ルブランは、ジョルジェットとメーテルランクにも会った。『青い鳥』のエキストラを演じたルネ・ダオンも一緒だった。ルネ・ダオンがリルボンヌのローマ劇場でさる役を演じると知ると、ジョルジェットは見に行こうとメーテルランクを誘った。舞台の後、修道院での夜食に、二人はルネ・ダオンを招待した……そして、彼女は夏中そこにとどまった。ジョルジェットは不都合を感じなかった。母親が亡くなって悲しみに沈むメーテルランクが、この若い娘のおかげで、少しは陽気になってくれたことが嬉しかったのだ。二人は、ルネを連れて、ドライブに出かけた。雨が降ると、メーテルランクはルネと一緒に、修道院の広大な広間でローラースケートをした。詩人の機嫌は以前より良くなったようだった……それに、若い娘は悩ましげな黒い瞳をしていた。……

《エクセルシオール》紙のジャーナリストが、九月一五日、エトルタの海岸でルブランに会ったと書いている。八月二二日以来、世間を騒がせているモナリザ盗難事件〔一九一一年八月、ルーヴル美術館から、『モナリザ』が盗まれ、二年後に発見された〕について、ルブランに質問をした。モナリザの行方をルパンは知っているのでしょうか？「とうに世人がその質問を私にしましたがね」とルブランは答え、モナリザはきっと浜辺から離れた、怪盗紳士が「正真正銘のダ・ヴィンチ作の『モナリザ』」をイジドール・ボートルレに見せたあの針岩《エギュイーユ》のなかにあるだろう、とほのめかした。それは、滞在客がアヴァルの断崖の上に、『奇巌城』で描かれたフレフォッセ砦の奇妙な姿を見ることができた最後の夏であった。砦は一〇月二六日に爆破されたのだ。ルブランは『奇巌城』の新版に、次のような注を書き加えた。「本書に記された事実が発覚したため、軍当局の要請により、この砦は破壊された」と。

一幕劇『アルセーヌ・ルパンの冒険』

ルブランは一幕物の戯曲『アルセーヌ・ルパンの冒険』を執筆した。この寸劇は、一九一一年九月、当時流行りのミュージックホール、シガル座の舞台にかけられた。モダンスタイルのファサードに、ウィレットが天井画を描いた劇場だ。ルブランの芝居の前には、「モナ・リザ」を題材にとったウィルネッド〔劇作家。一八八四－一九三七〕のレビュー『彼女は微笑む！』が上演された。俳優レミュ〔『マリウス』の父親役など。一八八三－一九四六〕が、モナリザを演じたのだ！

総稽古は九月一五日に行われた。ルパン役を務めたのは、アンドレ・ブリュレだ。《エクセルシオール》紙は、「モーリス・ルブランの戯曲には、実に味わい深い魅力がある。首飾りをめぐる、この新しい見事な物語は、すぐに人気を博すことになろう」と記し、《ゴーロワ》紙は、アンドレ・ブリュレをこう評している。「この芝居をアンドレ・ブリュレが演じるのを見られるとは、なんという喜び、悦楽だろう。幕際の楽しい恋のエピソードが本作をさらに魅力あふれる作品にしている」。《愉快な新聞《ジュルナル・アミュザン》》〔風刺週刊誌〕のコラムニストも、「すばらしいミステリー作家モーリス・ルブラン氏」の「寸劇」を賞賛している。

一二月末、いつも一緒にいるマティルド・デシャンを連れて、ジョルジェットは船に乗りアメリカに向かった。ボストンのオペラ座で『ペレアス』を演じるのだ。こうして、三ヶ月もの間、メーテルランク――すでに何年も前からジョルジェットは彼のことを「赤ちゃん《べべ》」と呼んでいた――と若いルネ・ダオンを二人きりにしたのだ。……

ニース

夏の間はタンカルヴィルで過ごすものの、ジュアンヌとフェルナン夫妻は、ニースにも別荘を持っていた。英国人遊歩道《プロムナード・デ・ザングレ》五五番地にある〈ヴィラ・ミネルバ〉である。ニースとタンカルヴィルは、《ジュルナル》紙に発表された新たなルパンの冒険『水晶の栓』で描かれている。ニースでルブランは、ジョルジェットにも会いに行った。グラースの〈四街道荘《カトル・シュマン》〉の代わりに、メーテルランクは、ニースに「ムーア様式の」別荘を手に入れ、〈蜜蜂荘《アベイユ》〉と名づけたのだ。それは、ユーカリの巨木に囲まれて、ボーメットの丘の上に建っていた。

ニースでは、ルブラン夫妻は〈蜜蜂荘〉からそう遠くないところにある大きなホテル〈レ・ボーメット〉にたびたび滞在した。一月から二月にかけ、たっぷり一ヶ月の間である。その間、ルブランは平気で息子に学校を休ませていたのだ！　『水晶の栓』で、この場所は、「ニースの町をかざるように美しくとりかこむ丘のなかに、マンテガの谷とサン・シルベストルの谷のあいだにそびえる丘があり、その上にニースの町やアンジュ湾の絶景を見おろすように大きなホテルがたっている」と描かれている。

ニースでは、裁判所の美術鑑定家をつとめる友人ルネ・モロや、劇作家モーリス・ヴェルヌ、ジャーナリストのジョルジュ・モールヴェール（《ニース＝マタン》紙を中心に活躍していた）と親交を深めた。一九一一年、『芸術と大通りと人生』のなかで、モールヴェールはルブランのことを回想している。「ニースの奥まった地域にあるとても古い庭だった。モーリス・メーテルランクとモーリス・ルブラン、それに私は、夢中になって、低い壁を這う毛虫の長い行列について歩いた（メーテルランクは著書『蜜蜂の生活』で、毛虫の生態について論じている）」。

メーテルランクにミシェル・ジョルジュ＝ミシェル（画家・ジャーナリスト・小説家。一八八三―一九八五）を紹介したのは、モールヴェールだった。ジョルジュ＝ミシェルはのちにこう語っている。「私たちは大理石の階段をテラスまで下りた。そこからは、海岸が見渡せた。テラスから下をのぞくと、断崖に生い茂った椰子、ユーカリ、オリーブ、イトスギの見事な林が下方まで広がっていた」。

ジョルジュ＝ミシェルによれば、メーテルランクは彼にこう提案したそうだ。「お発ちになる前に、アルセーヌ・ルパンにお会いになりませんか？　別荘はすぐそばですよ」。「庭のレモンの木の下で、男が執筆していた。緑色のショールを肩にかけ、つば広の帽子を被り、見事な口ひげを生やしていた。彼の目の前には、ヴュー・ニースの町が広がっていた。オレンジの木と西洋カリン、つぼみがほころび始めたアーモンドの木々のあいまから、町の赤い屋根がきらきらと輝いて見えた。原稿の上に花びらがひらひらと舞った」。

ポンプ通りのヴィラ・エラン

当時パリでルブラン一家が暮らしていたのは、一八三〇年頃に建てられた一六区の邸宅であった。居心地のよい前庭のついたその家は、ポンプ通り八五番地に出るヴィラ・エランの奥にあった。最近まで田舎だったこの界隈にだんだんと増えてきていたブルジョワ子弟の受け入れに、一八八四年に開校されたリセ・ジャンソン・ド・サイイ高校の広大な建物の近くである。

邸宅は、窓がモールディングで装飾された四階建ての建物だった。一階には、台所と食堂があり、少し高くなった庭に直接面していた。二階は、大広間と広い書斎、書庫が大部分を占めている。それはガラス張りのバルコニーに続いていて、そこから階段で下りると生け垣で囲まれた庭に出られるようになっていた。三階には、ルブラン夫妻の寝室とマルグリット夫人の私室、化粧室、バスルームがあった。四階には、息子クロードの寝室と使用人たちの部屋だ。モーリス・ド・ワレフ〔ジャーナリスト・文芸家。一八七四―一九四六〕は、ルブランのことをこう書いている。「アルセーヌ・ルパンのおかげで、ルブランは金持ちになり、愛人の閨房のように、瀟洒なポンプ通りの邸宅に家具を揃えた。こまごまと気を配る妻と、父親同様品のある息子と一緒に、ルブランは絹と金とで織り上げられた日々をそこで送っていた。あのろくでもないアルセーヌ・ルパンは、そこにはいない。毎年、知恵を絞って彼のために新たな化身を生み出さねばならない、あのルパンは！」。モーリス・ド・ワレフは妻マルグリットの「あでやかな四姉妹」のことも語っている。「姉妹たちは、美しい女性が身につけるひらひらしたフリルそのものだった。鳥かごのなかの鳥のように少しもじっとせず、動きまわり、ぴょんぴょん跳ねている。その鳥かごといえば、格子は金色で、餌入れはいっぱいに満たされているのだ」。

『水晶の栓』

ルパンに乗じて、ルブランは自分の他の作品も出版させたいと思っていた。一九一二年二月二〇日、《ジュルナル》紙の文芸部長宛てにこんな手紙を書いている。「お約束通り、『水晶の栓』と題した新たなルパンものの小説が書き上がりましたら、すぐにお送りします。四月の後半二週間に《ジュルナル》紙に掲載し、一行につき二フランの原稿料をお支払い下さい。『水晶の栓』に続いて、三作のルパンものを《ジュルナル》紙に発表することも了承済みです。原稿をお渡ししてから六ヶ月以内に掲載し、同じ一行二フランに相当する額をお支払い頂けると、御社にはお約束頂いております。原稿引き渡しの際に、六千フランをお支払い下さい。さらに、《ジュルナル》紙に、『恋する四姉妹』と題する恋愛冒険小説もご提供いたします。一行一・五〇フランとなります」。

明らかに、ルブランはルパンを書かずにはいられない状況だった。ルパンは他の作品よりも高い値がついたし、ルパンに乗じて他の作品も「出して」もらおうとしていたのだ。『恋する四姉妹』については、そう上手くはいかなかった。この小説が、『裸婦の画』というタイトルで世に出たのは、ずっと後になってからだった。

七月六日から、アテネ座で、戯曲『アルセーヌ・ルパン』が再演された。主役はM・ブルースが務めた。アンドレ・ブリュレの後任という難しい役どころだったが、ブルースは大喝采を浴びた。《エクセルシオール》紙は、「アルセーヌ・ルパンとの再会を楽しんだ」と記し、八月の《ジュルナル》紙は、「アルセーヌ・ルパンは、あいかわらず大人気だ」と報じている。

タンカルヴィルの城で

その年の夏を、ルブランはタンカルヴィルで過ごした。城には、「曲がりくねった小道」を通って辿り着く。ルブランは『水晶の栓』でこう描いている。「小道は「小さな広場に続いていた。そこに、鉄でおおわれ、釘がつき出し、両側にふたつの高い塔がたっている、大きな門があった」。作品の中では、「きりたった」断崖や「見事な見張り塔」、森は、モルトピエールという名で回想されている。タンカルヴィルは、『虎の牙』の舞台のモデルにもなっている。「ふたつのゴシックのアーケード、礼拝堂の跡」や「マントルピースのある」「壁面」はタンカルヴィルのものだろう。『二つの微笑をもつ女』では、タンカルヴィルの城は、ヴォルニックという名で登場する。塔や見張り塔、「崩れかけた礼拝堂のゴシック風の三門のアーチ」が描かれている。

タンカルヴィルで、ルブランは、領地のはずれにあるロマンチックな「鷲の塔」によく閉じこもった。そこに彼のための部屋があったのだ。塔の内部は、多角形の部屋が三つ重なり、螺旋階段で繋がっていた。真ん中の部屋はクラシック様式の内装だった。上の部屋は、ゴシック様式の丸天井に覆われていた。

中世の廃墟のそばにある、木造のせまい小屋のテラスで執筆するのを、ルブランは好んだ。この場所は『二つの微笑をもつ女』のなかで描かれている。「そこには、かつてそこが城塞であったことをしのばせる何本もの塔や、物見櫓、礼拝堂などの残骸が、積みかさなるように残っていた。丘には月桂樹やツゲ、ヒイラギなどがところせましとおいしげり、そのあいだを縫うようにして何本かの細い小道がはいのぼっていた。場所ぜんたいが、壮麗な力強さにみちていた。そしてその壮麗さは、いあわせる一同が、丘の向こうが切りたつ断崖になっていることを知っているだけに、いっそうの風格をおびるのだった……」。

一九一二年の夏(雨がちな夏だった)、妻マルグリットと当時一〇歳の息子クロードと一緒に、ゴシックの廃墟のなかでルブランを撮った写真が数枚残されている。一家は、コクザールの塔の下にある「礼拝堂」のアーケードの近くでポーズを取っている。『ドロテ』では、ルブランはこの塔の名を「コクサンの塔」に変えている。

タンカルヴィルで、ルブランは、ジュアンヌ・フェルナン夫妻が招いた数多くの客たちとも親交を結んだ。夫妻の二人の娘はとても美しかった。緑の目に褐色の髪をした一九歳のフェルナンドと、三歳年下で母親と同じ金髪のマルセールだ。妹は「あまりに見事な金髪なので、《砂》と呼ばれていた」。「私たちのタンカルヴィルのお城はお客さまでいっぱいでした。一四のゲストルームはすべて埋まっていました」と、マルセールは回想している。一九一二年の夏、城の招待客の中には、文筆家として歩み始めたばかりのマルセル・レルビエがいた〔戦後、前衛的な映画監督として活躍。一八八八—一九七九〕。レルビエはのちに、「一九一二年、私に初めて文学上のアドバイスをくれた作家は、モーリス・ルブランでした」と述べている。招待客の中には、マルセル・ラテス〔作曲家・ピアニスト。一八八六—一九四三〕やピエール・ルコント・デュ・ヌイもいた。ルブランの甥のマルセルの方は作曲家であった。ジョルジェットと『マクベス』を演じたピエールは、精力的で才気煥発であった。タンカルヴィルで、ピエールが投げ縄の操り方を教えてくれたとクロードは語っている。彼はヨットと乗馬の名手でもあった。時には、ルイ・ファビユレや、エドモン・ロスタン〔劇作家。『シラノ・ド・ベルジュラック』が有名。一八六八—一九一八〕の長男であるモーリス・ロスタンも滞在した。モーリス・ロスタンはルブランの姪のマルセールととても仲が良く、彼女は、カンボ〔カンボ・レ・バン。バスク地方の温泉地〕にある『シラノ・ド・ベルジュラック』の作者の豪奢な別荘に招待され、一九一三年の夏を過ごしている。

一九一二年八月に出版された短篇集『うろこ柄のピンクのドレス』を、ルブランは城の主人たちに捧げた。雑誌《新しい欄《リュブリック・ヌーヴェル》》〔一九〇九—一三年に発行された月刊文芸雑誌〕は、この「奇妙で、悲劇的、胸を打つ感傷的な一連の物語には、アルセーヌ・ルパンの作者のあふれんばかりの度量の広さが認められる」と伝えている。エルネスト゠シャルルは《エクセルシオール》紙にこの本についての長い記事を寄せている。記事の中で、「心の底から善良な」人物、ルブランのことが語られている。短篇集の売れ行きはいまひとつだった。アルセーヌ・ルパンの父の著作のなかでは最も売れなかった本となった。

ルパンの成功はつづく……

九月一三日、『アルセーヌ・ルパン』の上演三八三回を記念して、アテネ座でパーティーが開かれた。二五日には、《ジュルナル》紙で『水晶の栓』の連載が始まった。翌日、いくつかの新聞は、「アルセーヌ・ルパンの最も不思議な冒険」と謳い、第一話を全面掲載した。例のつば広の帽子をかぶったルブランが写っているオレンジ色の巨大な宣伝ポスターが貼られた。九月二五日の《ジュルナル》紙の最終面には、「アルセーヌ・ルパン」と署名された次のような「忠告」が太字で掲載された。「うっかりして、本日の《ジュルナル》紙二面に掲載された書き下ろしの大作『水晶の栓』第一話をお読みになると、最後の行までおやめになるわけにはまいりません。どうかくれぐれもご注意のほどを」。

『水晶の栓』は一二月に書店に並んだ。表紙には、大きく横切るように、太い黒文字でアルセーヌ・ルパンのサインが刷られている。これ以降、この表紙の装丁は、「怪盗紳士の冒険シリーズ」の決まり事になった。

ラフィットは『憐れみ』も刊行した。ルブランは「友人、アンリ・バルビュスに」一冊献呈した。恒例の《ジュ・セ・トゥ》主催のクリスマス・パーティーで、バルビュスは別れの挨拶を述べた。数ヶ月も前から、ラフィットとの折り合いが悪く、ライバル会社のアシェット社に移るのだ。代わりに、ジャック・デ・ガションが《ジュ・セ・トゥ》誌編集長の座についた。

ルブランは、従甥《いとこおい》のマルセル・デュフェにも本を贈った。従姉妹のガブリエルの息子である。

「マルセル・デュフェに。いつか、君がこの素晴らしい役を演じる日が訪れることを」。マルセルは、すでに俳優の道を歩み始めていた。一九一三年には、コメディ・フランセーズに入団している。

一一月、アテネ座で、フレッド・アミーとジャン・マルセール〔劇作家・オペラ台本作者。一九五六年没〕の戯曲『ミストレス・ロベール』が朗読された。《ジュルナル》紙は、「アルセーヌ・ルパンの冒険のその後を描いた、探偵ものの戯曲とのことだ」と伝えている。本作は、一九一三年一月に『謎の手』というタイトルで上演されている。ルパンの未亡人であるミランドル伯爵夫人が登場し、その娘が、実はゲルシャールの息子に他ならないアンドレ・ビュルタンという男に恋してしまう。舞台は、文明の進歩した未来だ。「テレビ電話」や「水上飛行機」なるものも使われている！

一月八日の「総稽古」をみたロベール・ドルジュヴァルが、《エクセルシオール》紙にその様子を報告している。出席者のなかには、フラン＝ノアンやリップ、グザンロフ、レオ・マルシェがいた。「会場にいたモーリス・ルブラン氏は、大団円に拍手喝采した。ルブラン氏よりも厳しい評価をおくる必要はなかろう」。《妥協しない者》紙の批評家は、この舞台がいささか分かりづらいと評している。「アルセーヌ・ルパンでさえ分からなくなるほどの大混乱だ」。《挿絵入りコモエディア》でも、同様の意見をエルネスト・ラ・ジュネスが述べている。「まったくもって、なんて複雑なんだろう！」。

舞台はまずまずの成功を収める。上演は七一回を数えることになるのだ。《エクセルシオール》紙は、「まずヒットまちがいなし」と語り、主役を演じたオーギュスティーヌ・ルリッシュ夫人と拍手喝采を浴びたアリー・ボールといった役者たちを賞賛した。

アングルの短刀
ルパンが成功しようとも、ルブランが他の作家たちからの尊敬をかち得ることはなかった。せいぜい、一九一三年に『小説』という著書のなかで、ジャン・ミュレールが「きちんとしたフランス語で書き、良識に反することもさしてなく、モーリス・ルブラン氏はルパンの偉業物語を語っている。我々は、ルブラン氏からは、熟考に値する物語技法を学び、それを他の領域に応用することができるだろう」と認めようとしたぐらいだ。

ルーアンの図書館には、ルブランが一九一三年一月三一日にしたためた感動的な手紙が保管されている。彼の本のひとつについて励ましとなる記事を書いてくれた友人に宛てたものだ。「あなたの記事は、私に大きな喜びを与えてくれました。涙も多少入りまじった大きな喜びです。親愛なる友よ、今から申し上げることは、あなたを驚かせるかもしれません。ですが、実際、いささか悲しいことなのです。私の文学作品について発表された研究は、あなたのこの記事が初めてなのです。賭けてもいい。ルパンを発表する前に、たった一紙でもいい、たった一冊についてでもかまわない、私の本について書かれた正真正銘の記事はたったひとつだって見つけることはできないでしょう」。そして、『熱情』の不成功を前にした失望を述べると、自分が「堕落」していった事情を説明した。「もちろん、私は少しも辛いと思いませんでした。とはいえ、終いには別のジャンルに挑戦したのです。……まずは演劇、それからアルセーヌ・ルパン、なぜなら書く機会が訪れたものですから……」。「私が愛することを止めなかった文学に、いつかまた、立ち戻ることを妨げるものは、何ひとつありません。親愛なる友よ、この再スタートは、あなたの友情にあふれた記事のおかげだと言ってもいいでしょう。ですから、未来のことと過去のことと、二つの理由で、あなたにお礼を申し上げます。あなたの記事を拝読して、傷が癒やされるような気持ちになりました。……何ものにもとらわれず、完全に自立し、そして誠実この上ない、批評界を代表する方がお書きになった評論のおかげです。この喜びを忘れることはありません」。

主人公の犠牲者となった作家という、こうした印象を裏付ける証言が他にも残っている。ルブランはルパンを自分の「アングルの短刀」と呼んでいたのだ〔画家アングルがヴァイオリンの名手だったことから、得意な余技を「アングルのヴァイオリン」という〕。ルネ・トランツィウスに次のように言った時のルブランの当惑ぶりを、アンドレ・ビイーは明かしている。「ほとんど僕の知らないうちに、あの恐ろしいアルセーヌ・ルパンが、僕のペンを奪ってしまった。……あの悪党は僕の人生を乗っ取ってしまった。時には、後悔することもある」。他所では、こんなふうに泣き言を言っている。「もはやあいつと縁を切ることはできないのだ。僕と同時にあいつは仕事机に座る。僕はあいつの影になってしまい、あいつに従うだけなのさ」。「うんざりだよ、あいつはどこにでもついてくる。あいつが僕の影なのではなくて、僕があいつの影なのだ」。この点については、「フランスのコナン・ドイル」をルブランに認めるのは正しい。イギリスの探偵小説作家と同じく、ルブランは自分の名声を高めてくれた主人公とは別の道に成功を求め、彼をお払い箱にしようとするのだが、そのたびに主人公を蘇らせるはめになるのだった。

『マリアニ図鑑』

ルパンの人気のおかげで、一九一三年四月に、ルブランはかの『マリアニ図鑑』に載った。食前酒の広告のために、マリアニ社は、有名人たちに手書きのメッセージを寄せてもらい、挿絵入りのアルバムに掲載していた。シャルル・クレマンがルブランを描いた版画の下に、「アルセーヌ・ルパンの手記からの抜粋」とみられる次のような言葉が書かれている。「私が強盗になったのは、一本のコカ・マリアニ社のボトルのためだった。八歳の時のことだ。それ以来……」。ルブランを褒め称えた紹介文で、ジョゼフ・ユザンヌ〔ジャーナリスト・美術評論家。イドロパットのメンバー。一八五〇―一九三七〕は『熱情』に触れてはいるものの、こと細かに語っているのはもちろん、怪盗紳士の成功についてだ。……

　その春、ジョルジェットはイタリアを旅した。いつも連れ添っているマティルド・デシャン、それに俳優のロジェ・カルル〔俳優・画家・作家。一八八二―一九八四〕が一緒だった。ジョルジェットは彼の愛人になった。メーテルランクの方は、ニースに残ったことが至極満足であった……そばにはルネ・ダオンがいたのだ。

　一九一三年六月、ラフィット社から短篇集『ルパンの告白』が刊行された際（一万部発行）、《エクセルシオール》紙で、「読者を夢中にさせる名高い小説家」ルブランのことをロジェ・ヴァルベルは取り上げたが、論評があまりに漠然としていて、まるで作品を読んでいないかのような印象を与えている。ともあれ、他の二、三の作品と共に、構成とユーモアに秀でた珠玉の一篇『赤い絹《きぬ》のスカーフ』のような短篇は、ルブランの名声に少しも恥じない傑作と言えるだろう。

　正しい評価を下した批評家がひとりいる。八月、ファイヤール社から出ていた雑誌《何でも屋《トゥシュ・ア・トゥ》》〔挿絵入りの週刊誌〕に寄せた記事で本作を賞賛したピエール・ヴァルダーニュ〔作家・劇作家。一八五四―一九三七〕だ。「モーリス・ルブラン氏によるアルセーヌ・ルパンの新作を読了し、感嘆することしきりであった。主人公の人並み外れた能力が発揮される事件のからくりは、かつて人間の想像力が生み出すことの出来たもののなかでも、最も驚異的であると同時に、最も緻密に練り上げられたものである（……）。枯れることのない創意の泉が満ちみちているのを、モーリス・ルブラン氏はきっと感じているだろう。

さもなければ、長篇小説にまで発展させうるようなテーマを、こんな風にごく短い短篇にまとめてしまうなどできまい。しかし、『ルパンの告白』の各章はいっそうのことスリリングであり、私は、読む者の心をかき乱すエドガー・アラン・ポーのいくつかのページを繰った時と同じ戦慄を覚えた」。さらにこう付け加えている。「『赤い絹のスカーフ』と『うろつく死神』は、謎と不安に満ちている。これらすべてが、モーリス・ルブラン氏の流麗で、生き生きとした、非の打ち所のない言葉で語られているということは、特筆に値しよう。だからこそ、ルブラン氏はこんなにも長い間大きな成功を収められているのだ」。

『ルパンの告白』は、同年には早くもアメリカで、ニューヨークの出版社ダブルデイ・ページ・アンド・コー社から刊行された。

コー地方で

夏になると、ルブランはタンカルヴィルへ向かった。ルパンの映画化の契約を交わすため、ドイツ出身の米国人であるメンシェンが会いに訪れた。彼は、二万フランをルブランに前払いし、ルブランによれば「ジョワンヴィル＝シュル＝セーヌに撮影所を買った」という。メンシェンが「エクレール＝メンション・スタジオ」を設立したのは、実際は、エピネ＝シュル＝セーヌであった。映画『ルパン対ガニマール』には、ジョルジュ・トレヴィルとアリー・ボールが出演している。

ルブランは好んでコー地方を散策した。一九一三年、『ヴール＝レ＝ローズ』という小冊子の著者二人に数行の原稿を依頼されたルブランは、こう書いている。「心に深く刻まれた、ヴール＝レ＝ローズ近郊の田園の思い出をここに記したく存じます。道を曲がるたびに現れるあのごく小さな城を目にしたことをよく覚えています。（……）ヴール＝レ＝ローズの湯治客にも、ぜひこうした城をご覧になって頂きたい！　一〇キロ、遠くても一二キロ歩けばいいのです。想像をかき立てる古めかしいノルマンディーの城館の姿を目にすることでしょう！」。こうしたコー地方の城館が好きだったルブランは、その絵はがきをコレクションしていたほどである。

一九一三年の秋に、《エクセルシオール》紙上で、ロベール・ドルジュヴァルが「映画対演劇」をめぐって行った「大調査」にも、ルブランは回答を寄せている。多くの作家と同様、ルブランは映画をあまり重要視していないし、「ほどなくして映画の発展は終焉を迎えるであろう」と考えていた。「新しさ――その魅力は絶大だ――が飽きられ、あらゆる文学の傑作、伝説、歴史やフィクションの主人公が、至る所で残らず〈映画に出演して〉しまえば、この流行にも終わりがやって来るでしょう」。ルブランは、演劇と映画とをはっきり区別していた。演劇は、「優れた思想を生み出し」「崇高な感情を呼び覚ます」目的のものであり、映画とは、「目を楽しませ」「食後の消化を助ける」ためのものであった。

「映画のためにお書きになりたいと思ったことはありますか？」という質問には、きっぱりと答えている。「シナリオを書いたことは一度もありませんし、今後もないでしょう。シナリオには、非常に特殊な能力が必要です。私はそんな才能を持ち合わせてはおりませんから、手を出しません。もっとも私の小説のいくつかが映画化されても、何の問題もありません。アルセーヌ・ルパンが映画に出演すべきだと神がお望みならば、そうさせてやります。ですが、シナリオは私よりもずっと精通した方に書いて頂かなければなりません」。

挿絵入り分冊

一一月、『アルセーヌ・ルパンの奇想天外な冒険』の廉価版を出す契約を、ルブランはラフィットと結んだ。「九五サンチームの定期刊行物」である。当時、この種のコレクションが大きな発展を遂げていた。ルパンが発行部数を大きく伸ばしたのも、こうした安価な出版物のおかげである。それはルブランにとって、確実に多額の収入を保証してくれるものだった。それでも、気難しい読者たちが忌み嫌うこうした挿絵入り分冊で、自分の本を出すのに気乗りがしない作家はまだまだ多かった。

一二月一九日から二五日にかけて、パリのカジノで、ミシェル・カレ〔俳優・劇作家・監督。一八六五―一九四五〕が監督した映画『アルセーヌ・ルパン対ガニマール』が「完全ロードショー」で上映された。ジョルジュ・トレヴィルがルパン、アリー・ボールがガニマールを演じた。翌一四年一月には他館でも上映された本作は、メンシェン映画会社によって制作された。この映画会社は、ルブランにとりとんだお荷物になるだろう。なにしろ、その後ルパンの映画を一切制作せず、その上、映画化の権利だけは譲らなかったのだ。

一九一三年一二月八日に、ガストン・ドゥメルグ〔政治家。一九一三年当時は首相。一九二四―一九三一年には大統領。一八六三―一九三七〕によって内務大臣に任命された義兄のルネ・ルヌーと、ルブランは親交を深めていた。それに、ジュアンヌ・フエルナン夫妻が豪華なパーティーを催していた〈詩の女神の館〉にも足繁く通った。一九一三年、その館で「アルセーヌ・ルパンのしかけた金色の罠にはまった、フロベール一門出身の繊細なモーリス・ルブラン」にたびたび会ったことを、マルセル・レルビエは、『美術と文学』のなかで語っている。当時よく行われたように、プラ家は自邸で芝居を上演していた。何日も前から寒波が襲っていた一九一四年二月二〇日に、ジュアンヌはパーティーを開催し、八〇〇人もの招待客を集めた！《妥協しない者》紙は、二一日に、「昨晩、プラ夫人は、〈詩の女神の館〉に客を招いた。宴はまことに見事で、招待客は厳選された人びとだった」と記している。ドン・ルイス王子や、歌手のジャン・ド・レシュケ、ルイ・バルトゥ〔政治家。一八六二─一九三四〕の名が挙がっていた。《フィガロ》も、「トリスタン・ベルナール夫妻、J・H・ロニー夫妻、モーリス・ルブラン夫妻、エルミヌ・ルコント・デュ・ヌイ夫人、ジョルジェット・ルブラン＝メーテルランク夫人、アベル・エルマン、シャルル＝アンリ・イルシュ、アンドレ・ジッド、ジャック・エベルト、アンリ・バルビュス」といった、幾人かの招待客の名を記している。パーティーでは、モーリス・ロスタンとマルセール・プラによる『ペレアスとメリザンド』も上演された。

ルネがそばにいても何も言えないジョルジェットの微妙な立場を、ジュアンヌも兄も知っていた。同時に、ジョルジェットとロジェ・カルルとの関係、そしてマティルドとの怪しげな関係も承知していた。……

モーリス・ロスタンは、プラ家との友情を忘れないだろう。特に、「文学に強い憧れを抱く魅力的な女性」であるマルセールとの思い出を。当時、「上流社会」では、二人は婚約中であると言われていた。一九一四年四月八日、《ジル・ブラース》紙のゴシップ欄は、近々二人が結婚するという噂を打ち消さねばならなかった。

ベル・エポックの最後の日々

五月二八日、『アルセーヌ・ルパンの奇想天外な冒険』を、近々九五サンチームの挿絵入り双書

レオ・フォンタンが画いた『水晶の栓』表紙

で出すことを、ラフィット社はルブランに知らせた。一部売れるごとに、ルブランは、一〇サンチームを得ることになった。それに加え、第一巻は三万部の発行部数が約束されていた。六月四日、ルブランは「全ての点について同意します」と答えている。七月一〇日、第一巻が発売された。『怪盗紳士アルセーヌ・ルパン』を若干改訂したもので、レオ・フォンタンが描いたカラーの表紙だった。何世代もの間、読者にとってルパンと言えば、この表紙に描かれた姿を思い浮かべることだろう。片眼鏡に握りのついたステッキ、ぴかぴか光るシルクハット、勝ち誇った眼差し。

ああ！　全てのフランス人と同じように、アルセーヌ・ルパンもベル・エポックの最後の時を生きていたのだった。……

IX　戦争（一九一四―一九一八）

悲劇的な日々

カイヨー夫人がおこした殺人事件の裁判〔現職の大蔵大臣カイヨーの妻が、《フィガロ》紙編集長を殺害した事件〕が世間の注目を集めていた頃（カイヨーに代わって、ルネ・ルヌーが大蔵大臣になった）、とうとうオーストリアがセルビアに最後通牒を送り、ヨーロッパに戦雲が立ちこめた。八月一日、ヴィヴィアーニ〔ルネ・ヴィヴィアーニ。一九一四年当時、首相兼外相。一八六三―一九二五〕は動員を命じた。三日、戒厳令発令を知らせる張り紙が、すべての市町村に貼られた。この知らせに、プラ家で夏を過ごそうとタンカルヴィルに滞在していたルブランの一家は仰天した。メーテルランクとジョルジェットは、サン＝ワンドリーユにいた。

八月二二日、シャルルロワでの敗北により、フランス軍は総退却を余儀なくされた。『砲弾の破片』の中で、ルブランはこう語っている。「この八月末のいまわしい日々は、おそらくこれまでフランスが体験したいかなる悲劇的な日々よりも悲劇的だったろう。パリまでが、脅かされていた。一二もの県が敵の侵略をうけていた。死の風が、このおおしい国民の頭上に、吹きあれていたのだった」。九月六日のことも書かれている。「総司令官がフランス全軍に向けて不朽の名言を発し、ついに敵ドイツに対する総攻撃を命じた、前代未聞の奇跡の日がやってきたのだ」。

ルブラン一家はタンカルヴィルを離れた。ヴェルヌイユ＝シュラヴル近郊のラ・モット牧場〔ノルマンディーの牧場〕にある、従兄弟アンリ・プラの家に、二週間滞在することになった。のちに、アルカションのホテル〔ランド地方、ボルドーの南西にある海水浴場〕に移った。「アルカションにほど近い、付近の松の木が、くだりの斜面沿いに大きな入り江の岸にまでつづいている、レ・ムローの美しい村にある一軒の別荘」を、ルブランは『三十棺桶島』で描いている。

ほとんどの作家たちがそうだったように、ルブランも愛国者、「盲目的愛国主義者」となった。「完全な秩序のもとでおこなわれた動員、兵士たちの熱狂、フランス魂のめざめ」を褒め称えた。マルヌの会戦やランス大聖堂の破壊といった悲惨な出来事に胸を痛め、それらを作品に描いた。戦争のイメージのいくつかは長い間彼の脳裏から離れなかった。たとえば、あの「野蛮人たち」に手を切られた子供たちの姿は、『砲弾の破片』の終わりにも描かれている。

ルブランは五〇歳だった。志願するには年を取り過ぎている。多くの作家と同様に、彼は新聞の報道で戦争の行方を追った。一方で、軍事委員会の委員長であった義兄のルネ・ルヌーから、情報を得ることもできた。それはしばしば不安になるような内容だった。ルブランの作品にとって、一九一四年は節目となる。この年から一九二〇年頃までの小説を読むと、読者はたちまち、あの苦悩に満ちた空気に包まれることだろう。

ルブラン一家の美しい邸宅

エイゼル川の悪夢が襲ったあの秋の終わり、ルブランは人影もまばらなパリに戻った。次第に自動車も目にしなくなっていた。ルブランの大邸宅にほど近いヴィラ・エランの突き当たりに、作家

モーリス・ルブラン、妻マルグリット、息子クロード

のアニー・ド・ペーヌ〔ジャーナリスト・作家。一八七一―一九一八〕が住んでいた。彼女の家には、娘のジェルメーヌ・ボーモン〔作家。コレットの親友。一八九〇―一九八三〕や友人たちが出入りしていた。コレットや女優のマルグリット・モレノ〔コメディ・フランセーズをはじめ映画でも活躍した名女優。一八七一―一九四八〕、そしてミュジドラだ。黒い瞳に見事な褐色の髪をした、この二四歳の女優ミュジドラは、翌一九一五年には、ルイ・フイヤードの映画で成功を手にすることになる〔「レ・ヴァンピール」の女頭領イルマ・ヴェップ役が有名〕。

　クリスマスの数日前に、夫のアンリ・ド・ジュヴネル〔《マタン》紙の主筆。動員されヴェルダンで召集兵であった〕が配属されているヴェルダンに発ったコレットは、アニーにこう近況を知らせている。「（アンリは）あなたに焼きもちをやき始めています。まあ、しょうがないでしょうね。あの人はどんな情勢にも敏感だから、ルブラン一家を邸宅から追い出して（アンリはこの邸宅を知っていたけれど、手に入れ損なったのです）、私たちがあなたのお隣に住むと決めたのですよ」。一九一五年初頭の手紙ではこうだ。「私が掃除をしています。モーリス・ルブランが怒りそうだけど、サラダの葉っぱを剥いて、金持ち連中みたいに、緑の部分をすべて捨てています」。ルブランの愛国心を物語る証言だ。どうやら、物資不足が深刻化していたご時勢に、牛の赤ワイン煮や鶏肉のファルシといったご馳走を作っている隣人の道楽ぶりに、ルブランは憤慨していたらしい。

　程なくして、アニーに宛てた手紙のなかで、コレットは、再びアルセーヌ・ルパンの父が暮らす美しい大邸宅への妬みを打ち明けている。「もし、あなたがモーリス・ルブランを死ぬほど夢中にさせて、全財産を巻き上げていたら、あの人はあなたに邸宅を貸して、私たちがあそこに住めたのかしら?」。

　不幸がルブラン一家を悲しみに突き落とした。俳優マルセル・デュフェが消息不明になり、まだ若い従甥をルブランは失ったのだ。赤十字が創設した「戦争捕虜捜索社」の努力もむなしく、マルセルが戦死したのか捕虜になったのかを知ることはできなかった。

文芸家協会での立候補

終戦を待ち望み、出版は、一九一四年七月から一二月まで一時中断された。しかし、戦争は終わらなかった。新聞の紙面も減り、時には連載小説が削られてしまうので、「大衆」小説家たちも苦労していた。一九一五年は、ルブランも、《ジュルナル》紙にフランス兵の勇ましさを讃える「英雄物語」シリーズを発表しただけだった。三月五日に掲載された第一話が描く「負傷兵」は、「残虐かつ美しい」。「彼は、われわれの救済のために身を捧げるあの英雄たちの痛ましい象徴だった。負傷兵であり、その四肢から血を流す殉教者であった。あの英雄たちにやましいところなどあるだろうか？　彼らこそ、誰よりも汚れを知らぬ者ではなかろうか？」。

「文芸家」の役に立ちたいと（多くの作家たちが前線にいたのだ）、ルブランは文芸家協会の委員会に立候補した。一九一五年三月二一日の総会で、次の「議題」が全会一致で採択された。「フランス精神のために命を捧げた人々に敬意を表し、本協会は、彼ら犠牲者たちの遺言の代弁者であると信ずる。彼らの犠牲により、残された作家は一丸となって、心と力の団結を固くする使命を負ったのだ」。

ルブランは三年の任期で選ばれた。翌日の委員会では、パリの夜空に現れた四機のツェッペリンが大きな話題となったに違いない。ジョルジュ・ルコントは五回目の会長に選ばれた。のちに、モーリス・バレスはこう書いている。「ルコントが率いる委員会のメンバーには賛成だ。この大きな団体を、ユニオン・サクレの声のひとつにしようと力を尽くした。平和を勝ち取るために最後まで戦い抜くことを説く声だ」。

一九〇七年から一九一〇年の間そうしたように、ルブランは毎週月曜日、定期的に委員会の会議に出席した。しかし、雰囲気はもはや同じではなかった。時代は戦時下だった。のちに、ロニーはこの「委員会」についてこう語っている。「この侘しいシテ・ルージュモンで、私たちは荒唐無稽な話を交わしていた。なにしろ国による公式発表は、国家が仕組んだとんでもないでたらめだったのだから。とはいえ、あちらこちらで、稲妻の光が一瞬、真実の欠片《かけら》を照らしてもいた。勝利、敗北、全てが歪曲され隠蔽されていた。政府の発表では、恐ろしい悲劇は無味乾燥なロマンスに書き換えられていた」。

四月一九日、文芸家協会の「協会史」にはこんな記述がある。「モーリス・ルブラン氏が〈田舎への招待〉の目的を説明した〔文芸家協会は、兵士たちが静かな田舎で休息できるように手配していた〕。これは、ジャン・ド・ボンヌフォン〔ジャーナリスト。一八六七―一九二八〕の考案で、すでに彼はヴィシー近郊の邸宅を委員会が使用できるように手配している」。将軍たちから送られた「見事な手紙」を読み、軍の「議題」で表彰された人々を賞賛する。戦死した作家の遺族にお悔やみの手紙を送り、捕虜や負傷兵に本を贈り、「愛国的講演会」を開催する。こうしたことで、大半の時間を過ごすのだ。一九一五年春のパリは、『金三角』で回想されている。パリでは、「榴散弾」「トーブ」「ツェッペリン」〔いずれも第一次大戦で使用されたドイツの飛行機〕といった言葉が、日常語となり、ホテルは野戦病院に変わり、人々は傷痍軍人や「赤十字のしるしのついた青い大きなコート」をはおった従軍看護婦とすれ違った。

スフィンクス荘

七月の初旬、ルブランはパリにいた。一二日の文芸家委員会に出席したのだ。それから休暇を過ごしにエトルタへ出発し、〈スフィンクス荘〉を借りた。クリクト街道にあるこの別荘は、木組みの交差したコロンバージュの家で、窓はかたどられた木製のコーニスで飾られていた。庭を挟んで、〈スフィンクス荘〉の所有者でもあるジョルジュ・ルヴェルの別荘〈カピュシーヌ荘〉と隣り合っていた。

長らく、エトルタの住民はこの当時のルブランのことを覚えていた。いつも夢想にふけっていて、ハンチングかつばの広い帽子を被り、大きなショールで肩を覆っていた……だから住民は彼がスパイではないかと疑っていたのだ！　戦時内閣が例の張り紙を方々に貼ったばかりだった。「口をつぐめ、用心しろ、敵がこっそり聞いている」。

エトルタでは、ルブランはジョルジュ・ブールドンや別荘〈エル荘〉にいたアンリ・デュヴェルノワ、時おり妻のリズを連れて、ホテル〈断崖〉に休暇を過ごしに来るレオン・ブルムと親交を深めていた。ブルムの息子ロベールは、ルブランの息子クロードと同じ年だった。戦時中にもかかわらず、「シーズン」は賑やかだった。「ほとんどの別荘は借りられていて、ホテルは多くの客で賑わっていた。とはいえ、例年と同じ夏ではなかった。やはりいくらか気が塞いでいたのだ。誰もがいない人のことを考えていた。もはやダンスパーティーも、子供たちのパーティーでさえも開かれなかった。社交パーティーもなかった……」。前線から避難してきた負傷者を受け入れているエトルタの「補助病院」を支援するために、コンサートが何度か開かれた。

ジョルジェットは、かつての演目をサン＝ワンドリーユで再演した。『ペレアス』が八月一九日、

『マクベス』が二二日だ。収益は「芸術家相互扶助団」とベルギーの救済事業に充てられた。その夏、ニースにも、ジョルジェットは姪のマリー＝ルイーズを連れて短期間滞在した。メーテルランク宛の手紙では、姪のことを「マリーズ」と呼んでいた。

『砲弾の破片』

一九一五年九月、フランス中に、太い黒文字が書かれた黄色の大きなポスターが貼られた。それは、「有名なアルセーヌ・ルパンの作者モーリス・ルブランの書き下ろし」『砲弾の破片〔邦題『オルヌカン城の謎』〕』の、《ジュルナル》紙掲載を宣伝するポスターだった。いつものつば広の帽子を被った、小説家の写真も載っていた。九月三日の《ジュルナル》紙はこう予告している。「かの『アルセーヌ・ルパン』の著者のすべての小説と同様、『砲弾の破片』は皆様方に、強烈かつ思いがけなく、常に新しい感動を与えることでありましょう」。九月二〇日の《ジュルナル》紙には、この小説の序文にあたる数行の文章が載ったが、これは単行本になるときに全て削除されている。この序文で、ルブランは、この物語が実話だと思わせようとしていた。そのため、場所や人物の名を変えねばならなかったと述べている。

ルブランは、フランスの兵士を「気高い英雄」として描く一方、「ドイツ兵野郎《ボッシュ》」に対しては激しい憎しみを露わにした。事実、連載小説は検閲されていた。世論の士気を喪失させるようなものは何ひとつ許されなかったのだ。すべては、フランスとベルギーの英雄的行動を讃えなければならなかった。

ルブランは一〇月にパリに戻った。四日には、文芸家協会委員会に出席した。協会副会長で志願兵であったアンリ・バルビュスが前線から送った「快活と勇敢、そして上機嫌がみちた」手紙を、会長が何通も読み上げた。ルブランは大いに書いた。複雑なプロットの長篇小説である『金三角』と『虎の牙』を執筆していた。これらの作品には、この激動の時代の痕跡が色濃く残されている。

ラ・モットの牧場

上等なワインを安全な場所に隠すと、メーテルランクとジョルジェットは、サン゠ワンドリーユを自動車で後にした。「ドイツ兵野郎《ボッシュ》も、こればっかりは手にいれられないわ！　ああ！　奴らが私の一九〇二年のシャトーヌフ゠ドュ゠パプを手にするのを見たいものだわ！」。二人は、いつも一緒にいるルネ・ダオンを今回も連れていた。途中、フェルナンの従兄弟アンリ・プラの家、ラ・モットの「牧場」に泊まった。ここには、時々ルブランも訪れた。たとえば、一九一五年一〇月二四日、雨の降る日曜日に綴られたルブランの手紙によれば、牧場にいる彼は、「数日、田舎で」過ごしている。

ラ・モットの「城」での生活を、ジョルジェットは、『回想録』の中で語っている。「なんて奇妙で陰気な時を過ごしたことか！　見ず知らずの人々が、同じ不安によって突然結びつけられ、同じ屋根の下に身を寄せ合って、恐怖を抱いてただ待っている。女は日がな一日セーターを編んで過ごし、男は情報を集めに行く……情報！　私たちはそのためだけに生きていました。朝にはそれを待ち、午後にはそれを聞きに行き、それからそれについていろいろと議論をし、そして翌くる日は、また同じ事の繰り返しでした」。

ルブランがラ・モットに滞在していたのは短い間だった。一〇月二五日には文芸家委員会に出席していたのだから。モーリス・バレスが、自分の「勲章メダル」を見せに委員会に出席した。文芸家協会から賞金として贈られていたボナパルト基金の一部を充てて、「戦場で名誉の死を遂げた」作家たちに勲章を贈ろうと考えたのだ。

動員の際に閉鎖された劇場は、一九一四年の秋には少しずつ営業を再開していた。一九一五年には、劇場とミュージックホールは、かつてないほどの盛況を見せた。クリュニー座〔かつてパリ五区にあった劇場〕は、大ヒット作を再演した。たとえば、一〇月三〇日からは、舞台『アルセーヌ・ルパン』が上演されている。

バレス勲章

ルブランは、「バレス勲章」のために奔走していた。戦死した作家について調査をし、その家族と連絡をとった。数ヶ月間、ルブランはモーリス・バレスと連絡を取り合っていた。一九一五年一一月八日、バレスはルブランに宛ててこう書いている。「拝啓　作家やその権利受継人が、勲章を受章するのに必要な資格について、正確なことが私には分かりかねます。〈戦場で死を遂げた作家〉を定義した簡単な規定を、すでに作成なさいましたか？　よろしければ、委員会との話し合いに協会にお伺いします。それが一番手っとり早いでしょう」。

ルブランは返事を書いた。「あなたがお手紙で指摘された、重要と思われる諸問題の解決のため、また私どもが作成した名簿をお渡しし、苦慮している点についてご相談するためにも、直接お会いするのが有益かと存じます（……）次の土曜日委員会に集まりましょう」。

少し前から〈蜜蜂荘〉に滞在していたルブランの娘マリー＝ルイーズが、パリに戻ってきた。彼女は父親と一緒に、一一月二九日と三〇日、〈詩の女神の館〉で開かれた大きな催しに出席した。そこでは、『マクベス』と『ペレアス』の上演時にサン＝ワンドリーユ修道院で撮影された映画が上映された。ジョルジュ・ブールドンは《フィガロ》紙にこう記している。「ジョルジェット・ルブラン＝メーテルランク夫人の見事な演技とその美しさ、および歴史的なサン＝ワンドリーユ修道院を使った素晴らしい背景に、観衆は、熱烈なる拍手喝采を一斉に浴びせた」。

一二月二六日、ルブランはラフィットに宛てて手紙を書いている。《ジュルナル》紙での連載が終わったので、『砲弾の破片』は、アルセーヌ・ルパンの冒険と同条件で、ほどなく出版されると期待していたのだ。「どうかお願いだ。一言、出版すると、はっきり言ってくれたまえ」。

一九一六年一月二〇日、バレスはこんな便りも送っている。「親愛なる友よ。アラン＝フルニエが名誉の死を遂げた状況について、あるいは、未だに生きていると思われている理由について、詳細な情報を得たいと思っております〔アラン＝フルニエは戦死したが、当時は消息不明とされドイツ軍の捕虜になったとも言われていた〕。彼の友人か親戚に私の願いを伝えては頂けないでしょうか？　彼について話し、哀悼の意を表したいと思っているのです」。ルブランはこう返事を書いている。「ひどい風邪をひいて、昨日は委員会に行けませんでした。電話でアラン＝フルニエの件について問い合わせてみました。彼本人あるいは友人を知った人はおりませんでした」。

ルブランは、《ジュルナル》紙の文芸部長アンリ・ド・レニエとも親交をもっていた。一月二七日、アンリ・ド・レニエはルブランに宛ててこうしたためている。「あなたが修正なさりたい点に関して、早々にル・パージュさんと意見が一致できるように願っております。今月、あなたの短篇が載らないことになったら、私は困りはててしまいます」。はたして、ルブランは、このル・パージュ氏（当時、《ジュルナル》紙の副社長だった）と気が合ったのだろうか？　《ジュルナル》がその後掲載したのは、「英雄物語」シリーズの二篇だけだ。二月一五日の『二人の息子』と三月三日の『母親』である。前作同様、この二作は、レニエの希望どおり、非の打ち所のない英雄を登場させている。レニエは、一九一六年三月、ある女流作家から送られてきた短篇について、とてもじゃないが掲載できないとの返信を送っている。「お考えにもなってください。一瞬たりとも、自分の務めから逃れたいなどと思う兵士を登場させるなんて！　そんなことをしたら、抗議が山のように押し寄せますよ……」。

一月三〇日、ルブランはバレスに宛ててこう書いている。「私がお送りした書類と手紙を頂戴しに、この伝言をお届けに参りました者が、明日月曜日に再びお宅にお伺いしてもよろしいでしょうか？（……）委員会は勲章の授与の件について話し合わなければならないのです」。追伸にはこう言い添えている。「この手紙をお届けしたのは、私の息子で、まだ一三歳の子供です。戦時中にモーリス・バレス氏と握手して頂けたら、素晴らしい思い出になるでしょう！」。

確かにルブランは翌日、文芸家協会の委員会に出席した。協会の「日録」にはこう記されている。「モーリス・ルブラン氏が、バレス勲章委員会の業務を報告した。四〇名の名簿が既にできあがっている。（……）委員会はモーリス・ルブラン氏の報告に謝意を表し、彼と委員会が任務の大部分を早々に成し遂げたことを賞賛した」。

バレスは息子クロードを歓待したのだろう。というのは、ルブランは二月一日バレスに宛ててこう書いているのだから。「おかげさまで、息子はどんなに喜んだことでしょう！　私がどれほど感謝していることか。田舎の青年だった私は、フロベールの家の前やエレディアの墓（詩人ジョゼ・マリア・ド・エレディアはルーアンのボンスクール墓地に眠っている〕の傍らで、ご著書『自由人』〔一八八九年刊〕を読みに出かけたものです。あの頃すでに、私があなたに抱いていた尊敬の念と同じ思いを、息子が抱いてくれるように願っております。また、『フランスの聖人』〔『フランスの魂と戦争』第二巻。一九一五年〕をご恵贈賜りまして御礼申し上げます。きっと、あの不安な時代を思い出すことでしょう。当時、私はしばしばあなたの記事に慰めを求めたものです」。

アシェット社

新聞《エクセルシオール》のせいで、ラフィットは財政的にいきづまっていた。一九一六年二月一日、ラフィットは主な雑誌と社屋をアシェット社に売却した。ルブランは、「一年に一冊のスピードでどんどん本は出版され、ラフィット社を買収したアシェット書店は、世界中に売りまくっていた」と、記している。アシェット社が書店に卸すとはいえ、ルブランの作品はあいかわらずラフィットの名で出版された。ピエール・ラフィットは、シャンゼリゼ大通りにあるラフィット社の社長の座にとどまったものの、経営を担うのは、今やサン＝ジェルマン大通りのアシェット社だった。

一九一六年二月一日、ルブランはヌイイで行われた姪のフェルナンド・プラの結婚式に出席した。フェルナンドは、シガレットペーパー製造会社の跡継ぎであるロベール・ラクロワと結婚した。二人はパリに住んでいたが、オート・ガロンヌ県のマゼール＝シュル＝ル＝サラにも家があった。その地から、ルブランは『八点鐘』のラ・マレーズ館の名を思いついている。フェルナンドは一族の中でかなり異色な女性だった。とても信心深く、ある時期は毎日ミサに通っていたのだ！　息子たちの教育にかかりきりで、静かに暮らしていたフェルナンドの生活は、夫とは対照的だった。夫は妻を何度も裏切っていた。

二月一一日、ルブランは、ラフィットに宛てた手紙のなかで、『砲弾の破片』はルパンと同じ条件で出版される約束だと念を押している。「今、体調が悪くて、これからニースに発つところだ。『砲弾の破片』の出版のことだが、僕らの契約をきちんと守っていただきたい。ニースから戻ったら、フーレ氏〔エドモン・フーレ。アシェット社の編集者。のち社長。一八六七―一九五五〕に会ってもらうつもりだ。まずは、お知り合いになれて光栄だし、アシェット社と仕事ができてどれほど幸せかをお伝えしますよ。それから、僕の今までの作品と未来の作品から、どうしたら最大限の利益をあげられるか、一緒に考えることができるだろう」。

豪華ホテルリヴィエラ＝パレス

ニースのホテル〈シャトー・デ・ボーメット〉で、ルブランは数日を過ごした。そこから、三月三日、ラフィットに宛てて手紙を書いている。「『砲弾の破片』は冒険推理小説だから、君と僕の間では、この件に関して、新たな契約を結ぶ必要はないことになっていた。だから、今回は簡単な手紙のやりとりで充分だろう。でも、もしフーレ氏が必要だと思うのなら、彼の提案する契約にサインする用意はある。ただし、次の二点だけは変更して欲しい。一、君も知っての通り、海外における翻訳権はずっと僕が所有している。この点に関して、何か変更するようなことは受け入れられない。二、この本は僕の冒険双書に入っているから、すぐに九五サンチーム文庫に入れるべきじゃないかな、僕らの間ではそう決まっていたようにね」。

フーレ氏のサインが入った契約書をルブランが受け取ったのは、ニースだった。六千部印刷し、それに対し、ルブランは三六〇〇フランを受け取り、ヴィクトル・ユゴー通りのクレディ・リヨネ銀行にある口座に振り込まれることになった。

三月中旬、ルブランは〈シャトー・デ・ボーメット〉から、シミエ地区の広大な庭園に囲まれた豪奢なホテル、〈リヴィエラ＝パレス〉に移った。三月一六日に、アシェット社に宛ててルブランが次のような手紙を書いたのは、そのホテルにおいてである。「『砲弾の破片』はどうなっていますか？　二週間前にラフィットに手紙を出してから、何の返事もありません。なんとか進めて頂けませんか。ごく簡単なことでしょう！　新しい契約など無用です。『砲弾の破片』は、ラフィットと私が九ヶ月前に契約した本のシリーズに含まれるのですから。それとも、フーレ氏は、以前のラフィットとの契約を反故《ほご》にするおつもりなのでしょうか。そして、ルパンであろうとなかろうと、これから出る私の本には全て、新しい条件を提案することにでもなさったのでしょうか？　そうなったら、私は自分の過去の本を全て取り返して、他社に行くことだってできます。それが、御社のご希望なのでしょうか？　もちろんそうではないし、疑うまでもないでしょう。私もそうは望んでおりません。ならば、どういたしましょうか？」。

当時、ルブランは、《ジュルナル》紙に、アメリカの連続活劇映画を翻案した小説『赤い輪』を書いていた。難しい仕事だった。一篇の映画にのっとって長篇小説を書き、エピソードのひとつひとつを上手くつなげて、全体をフランス風に変えねばならない。その上、週替わりに新たなエピソードが上映される映画のペースと、連載小説が掲載される日刊紙のペースとを、ぴったり合わせなければならない。『赤い輪』について、《ジュルナル》紙の文芸部長アンリ・ド・レニエは、三月二一日にルブランに宛ててこう書いている。「恐縮ですが、小説がどこまで進んでいて、いつ頃原稿を頂けるか伺えますでしょうか？」。

三月二一日、『砲弾の破片』の件で、ルブランは再度ラフィットに宛てて手紙を書いた。「九五サンチーム文庫について話そう。君は僕と同意見だと思う。後で、この作品をルパン・シリーズに入れるってことさ。ほんのちょっとルパンを登場させればいい。簡単なことだ。というわけで、お願いだから急いでくれたまえ。もう出版するべきだろう」。「ひどい天気だ。風邪がなかなか治らなくてね。だから、四月末にならなければ帰らないと思う」。三月二五日、あいからずリヴィエラ・パレスから、ルブランは直接アシェット社に宛てて書いている。「この本を早く出して下さい。もうずっと前からのお願いです！　序文の校正刷りを頼んでいました。ですが、それにはもう遅すぎるでしょう（……）それから、私の指示を守るように！　この序文は、タイトルはつけずに、最初のページの左側、つまり対向ページにイタリックで載せて下さい。これは重要です」。

四月七日、リヴィエラ・パレスから再びルブランはアシェット社に『砲弾の破片』を数部送ってくれるように依頼している。……しかし、『砲弾の破片』はあいかわらず出版されていなかった。

……

戦争の不安

ニースから戻った四月一八日、郵便物の中にルブランは、パレスからの手紙を見つけた。「ピエール・ジルベール夫人は、私たちが勲章をお贈りしようと思っていた、作家の若い未亡人ですが、彼女の話では、勲章を受け取りにリヨンまで来るようにマシスに言われたそうです（……）あなたと私は、パリでお渡ししようと思っていたのですが。私たち三人ともパリに住んでいますからね」。

その日のうちに、ルブランはバレスに返事を書いている。「数週間留守にしていて、今朝南仏から戻り、貴兄の電報を受け取りました。すぐに、文芸家協会と連絡を取りました（……）この式典の計画を立てたのは、記者会館です。この件は、貴兄のご承認を得たものとして、ドクルセルとペランに任されていたので、協会も後押ししたのです。地方に住んでいる何人かの人がすでに招かれています。（……）同僚たちに貴兄のお手紙を読んだら（……）、計画を中止しました」。

ルブランは付け加えている。「かなり体調がよくなく、これから数ヶ月はすべての活動を控えなければならないでしょうが（神経の衰弱、戦争の不安など）、それでもやり始めた仕事は続けたいと思っております。ですから、貴兄のお考えに反したり、私の同意なしには何もしないように、委員会の友人たちにきちんと了解してもらうつもりです」。当時、この「戦争不安症」が蔓延していた。医者たちは、この現象に興味を示し、「戦争不安症」「戦争心配性」「戦争神経症」といった名で説明していた。極端に感受性の強いルブランのことだ、他の誰よりも、この「戦争神経症」にかかったとしてもおかしくはない……とはいえあまり表立って言うことはできなかった。当時、戦争の恐怖に起因する抑鬱状態は、臆病の徴と見なされていたのだ。……

四月二〇日、とうとうルブランはバレスにこう知らせることができた。「最終的にすべて解決しました。最後まで抵抗していたのは、記者会館です。地方ですでに招待状を発送してしまった分については、同僚たちはそのままにしようと思っていたのです。私が言い張ったので、今では改めてお詫びの手紙を送らなければならなくなりました。従って、たった三日間でいい加減に片付けられ、貴兄が気送速達便を送って下さらなければ私も全く知らなかった、この馬鹿げた式典は開催されません。万事上手くいきました」。

『砲弾の破片』の出版は遅れていた。五月一七日、エドモン・フーレはラフィット書店の社長ポール・カルヴァンに宛ててこう書いている。「検閲は、『砲弾の破片』の本扉の裏面に印刷するためにモーリス・ルブランが書いた解説を削除するように言ってきました。この序文を削って出版するしかないだろうとルブランにお伝えいただけませんか？」同日、ルブランはアシェット社に宛てて書いている。「序文の本文と一緒に検閲に提出する、ちょっとした注をお送りします」。

一九一六年、エトルタでの夏

一九一六年の夏、ルブランは再び〈スフィンクス荘〉を訪れた。数枚の写真には義兄ルネ・ルヌーと一緒にいるルブランが写っている。この夏、「沿岸から一〇キロ以内のセーヌ下流の町」に滞在するには、「通行許可証の他に、地域の警視が発行した人物保証の証明書を携行する」必要があった。

八月九日、ルブランはアシェット社に手紙を書いている。ルブランは、ルパンシリーズを九五サンチーム文庫から出すことに同意し、最初の三冊が一〇月一日に発売されるよう望んでいる。「ちょうどいい時期でしょう。というのは、《ジュルナル》紙上で新しい連載小説『金三角』が始まるのと同じ頃あいですから」。アシェット社では、『８１３』に関してある問題が持ち上がった。二巻本で発売されることになったのだ。「分冊にすると、上巻の終わりにちょっとした説明と、下巻の冒頭にも第一巻のあらすじを付した説明が必要だ」。出版者が、このあらすじの執筆を依頼すると、ルブランは憤慨した。「なんてこった！　いいから、『８１３』を一冊送ってくれたまえ。ごく短いあらすじ（半頁ほど）を書きますが、九月五日頃まで待ってください。それまでは、《ジュルナル》紙の小説にかかりきりで、一分だって無駄に出来ないのです」。それこそ、『赤い輪』のことだった。

九月二日、エトルタからルブランはアシェット社にこう知らせている。「『８１３』の下巻に載せるあらすじについては、少なくともしばらくかかると思って下さい。というのは、新しい小説の結末を校正していて、『８１３』を読み直すことなんてとてもできないのです」。

一〇月、ルブランは、タンカルヴィルの姉ジュアンヌの館に滞在し、一五日にアシェットに宛てて手紙を書いている。「『赤い輪』は、ルパンとは全く関係ない作品だし、ラフィット社ともおそらく無関係でしょう。これは、精巧に作られたアメリカ映画で、《ジュルナル》紙のために私が小説化しているのですが、それもたいそう面白い作品になりそうなのです。とはいえ、むしろ、二五サンチームの週刊誌向きでしょう。いずれにせよ、それについては一一月に戻ったらお話しします。もっとも、新聞の広告には載せていいと思います。たとえば、『《ジュルナル》紙に掲載されているモーリス・ルブランの傑作『赤い輪』は、読者をあれほどまでに熱狂の渦につつんでおりますが……』とかね」。

九月二九日の《ジュルナル》紙は、一一月四日から「かの有名なアルセーヌ・ルパンの著者モーリス・ルブランの一大映画小説の掲載」が始まることを予告している。一〇月一五日には、「本紙のため特別に執筆されたこの摩訶不思議なる冒険小説に、読者の皆様方は、モーリス・ルブランの作品を大ヒットさせてきた、読む者の興味を引きつけてやまない魅力のすべてをお認めになられることでありましょう。（……）映画は、アジャンス・ジェネラル・シネマトグラフィック・ド・パリの配給により、小説と同時に映画館でご覧頂けます」と報じている。

《ジュルナル》紙は、「モーリス・ルブランの署名があるからには、健全でかつ優れた、まことによく練られた作品、奇々怪々さのなかにも人間味があふれ、意表を突きながらもきちんと筋が通った作であることは保証いたします」と記している。「『赤い輪』の第一話は、一一月一〇日金曜日から一週間、はやりの映画館ならどこででも上映しております。（……）連載小説『赤い輪』が掲載されている間、読者の皆様方は、毎週、その週に《ジュルナル》紙に発表された最新の七話を、映画館にてご覧頂けます」。

アメリカで発達した、小説と映画がタイアップした「映画＝小説」を伴う「連続活劇」という形式は、一九一五年一二月に《マタン》紙に発表されたピエール・ドクルセルによるノベライズ作品『ニューヨークの秘密』とともにフランスに導入された。数多くの大衆小説家が、「映画＝小説」によってかなりの収入を得、大新聞の依頼を受けて、映画のエピソードを読者に語った。ギュスターヴ・ル・ルージュ、マルセル・アラン、ガストン・ルルー……などである。

「小説＝映画」『赤い輪』は、『ニューヨークの秘密』と並ぶ成功を収めた。戦争が膠着状態に陥っていたこの数ヶ月、映画を観ることで、人々は現実を忘れることができたのだ。一九一七年七月の《挿絵入り月刊ラルース》は、こうした映画の成功を嘆いている。「最もヒットした映画は、『ニューヨークの秘密』や『白い歯の仮面』『赤い輪』『吸血鬼《レ・ヴァンピール》』『悲劇の悪党』といった悪行や犯罪、強盗行為を描いた映画だ。《月刊ラルース》のルイ・アンドレによれば、〈大西洋の彼方で生まれた〉これらの〈ミステリー映画〉がフランスに輸入されたのは、〈ドイツの陰謀〉に他ならないという。〈腹黒い策略によって、ドイツは、我らが新たな世代の倫理感までをも喪失させるように企んだのであろう〉」！

冒険・アクション小説双書

一二月七日、九五サンチームの「冒険・アクション小説」双書から『奇巌城』を四万部発行すると、アシェット社はルブランに知らせた。その際、今までのように実売部数ではなく、今後は発行部数に対して印税を支払うと提案した。この提案に当然大喜びしたルブランは、一二月一〇日にこう返答している。「貴社のお手紙とお知らせ頂いたご決断に心より感謝申し上げます。数年前から、英米の大出版社とのつきあいに恵まれてまいりましたが、日々の取引において、会計簡易化のためにこうした決断をし、それもそれを自発的に進んでやる出版社があるなどとは思ってもおりませんでした。どれだけ大切かを私はよく理解し感謝申し上げております。これほどまで私をご信頼頂いたことを大変光栄に存じます」。そして、すべてをなあなあにすませたくないルブランは、署名の後にこう書き添えている。「小切手は直接私にお送り頂けますようお願い申し上げます」。

オレル夫人

一九一七年二月二日、アルフレッド・モルティエ〔ジャーナリスト・作家。一八六五―一九三七〕の妻オレルに宛てて手紙を書き、ルブランは会う約束を取り付けた。「近々お会いしましょう。二度、田舎に滞在しますが、その間の木曜日はいかがでしょうか。私と妻の風邪も全快して、――私の仕事がすっかり終わっている頃に」。当時、オレル夫人の「木曜会」はよく知られていた。外出許可が出ている兵士の作家たちを招待していたのだ。

オレルから娘のマリー＝ルイーズの近況を尋ねられていたので、ルブランはこう返信した。「マリー＝ルイーズは、ニースにいると思います。いずれにせよ、レジャーヌ劇場のジョルジェット・

ルブラン気付で、マリー＝ルイーズに直接ご招待状をお送りになれば、もっと簡単にご連絡がお取りになれると存じます」。オレルから非難されたのか、ルブランはこうも答えている。「なぜ、あなたは、偉そうに、詩人に興味のない輩と私を一緒になさるのでしょうか？　あなたが賞賛なさっている詩人たちを、私はあなたよりも前に讃えました。彼らの名を調査し、作品を研究し、家族と連絡を取り、バレス勲章の受章者として選んだのです。地味な仕事ですよ。確かにあなたのなさっていることのように華やかなものではありません。ですが、彼らの母親や未亡人の絶望した手紙を読むことで、おそらく、私は彼らの秘められた魂に、あなたよりいっそう寄り添っていたことでしょう」。

二月一〇日、《ジュルナル》紙は、「アテネ座で大成功を収めたモーリス・ルブランとフランシス・ド・クロワッセ共作の名高い舞台『アルセーヌ・ルパン』が、ついに今夕から下記映画館にて上映」と報じて、パリの大きな八つの映画館の名を挙げた。ルパンの冒険は当時、イギリスやドイツ、アメリカで映画化されていた。パリで上映された映画は、一九一五年イギリスで、ジョージ・ローン・タッカー監督によりロンドン・フィルム・カンパニー制作で撮影されたものだった。ルパンは、ジェラルド・エイムズが演じた。これは、戯曲を忠実に映画化したものだった。

一九一七年、健康上の理由から、ルブランは文芸家協会に一度も出席しなかった。しかしながら、一九一七年から一九一八年度の「バレス勲章委員会」における委員長の役職に再任されている。

五月一五日の《ジュルナル》紙は、「間もなく『金三角』を掲載いたします」と予告した。「読者を夢中にさせるこの小説は、『アルセーヌ・ルパン』と『赤い輪』の著名な作家が、その見事なる想像力をいまだかつてないほど発揮した作品です。本作では、悲劇の物語に、謎と、常に読む者の予想を裏切る驚くべき波乱万丈の出来事が、絡み合っています。モーリス・ルブランのこの新作は、大ヒット間違いなしです。ルブランの作品の中でも最も衝撃にみちみちた、独創的な一冊」。『砲弾の破片』に登場しなかったルパンは、『金三角』でもほとんど出てこない。ルパンのキャラクターは、戦争や敗北には不似合いだった。とはいえ、挿絵入りの「冒険・アクション小説双書」から、反ドイツ的な側面を強調した『８１３』の改訂版が二巻本で再刊され、ルパンは成功を収めている。

娘マリー＝ルイーズの結婚

五月二六日土曜日、一七区の区役所、それからサン＝フランソワ・ド・サル教会で、ルブランの娘マリー＝ルイーズは結婚した。二八歳だった。新郎は、彼女が「戦時代母」として知り合った、三歳年下の青年、アンドレ・ビゲだった。ブローニュ＝シュル＝メールに住む、ドルドーニュ県の「オートフォール歩兵隊第八四連隊の士官候補」だった。彼は、一九一五年には、「セルビア遠征と退却の際の勇敢な行動により」表彰されていた。また、詩人でもあった。一九一三年には、詩集『火と灰』を出版していた。派手にならないように、結婚は家族だけの内輪で執り行われた。……「外泊許可」が過ぎると、新郎は前線に戻った。マリー＝ルイーズは、叔母のジョルジェットと暮らした。ジョルジェットはもはやマリー＝ルイーズなしにはいられないようだった。二人は、ペロネ通りか、時にはヴィラ・エランのルブランの家で暮らした……安く済んだからだ。実際、ジョルジェットは破産寸前だった。ジョルジェットが株に投機するために渡していた金を、マティルド・デシャンは、手品のようにすっかり自分のものにしてしまったのだ。

エトルタとサン＝ワンドリーユ

ルブランは、夏をエトルタで過ごした。この一九一七年、エトルタの断崖について説明するときに、ある観光ガイドが初めてアルセーヌ・ルパンに言及した。ホテル〈ビーチ〉や〈ロッシュ・ブランシュ〉は、病院になった。レジフからの列車が前線から負傷兵を運んできた。八月二日、シャンソニエ〔自身が作詞作曲したシャンソンを歌う歌手〕のグザヴィエ・プリヴァと小説家ポール・ブリュラの列席のもと、「戦争孤児協会慈善活動」の三周年が祝われた。八月七日、〈スフィンクス荘〉からアシェット社に宛てた手紙のなかで、ルブランはこう問い合わせている。「それで、『金三角』はどうなりましたか？」。小説の連載が《ジュルナル》紙で終わったばかりだった。ルブランは、書店に並ぶのを見たかったのだろう。

ギョーム・アポリネール〔詩人・小説家。一八八〇―一九一八〕は、一一月の《メルキュール・ド・フランス》誌で、「モーリス・メーテルランクは、夏の間、コードベックの近く、聖ワンドリーユが設立したフォントネルの修道院に住んでいる」ことに触れている。実際は、メーテルランクは修道院を放棄して、ジョルジェットが一人で数日を過ごしに来ていただけだった。メーテルランクに宛ててジョルジェットはこう書いている。「あなたって私とは正反対の人間が好きなのね。あなたがお幸せだといいけれど！　二二年間も一緒にいたのに、もう会うこともないなんて、言いようのないほど悲しいことだわ」。「鋭い感受性」からルブランは、妹のことを心配していた。ジョルジェットは体調を崩して、一九一七年の終わりには、モン＝ドールのクリニックで休養しなければならなかった。

『三十棺桶島』

ルブランは、幻想的な雰囲気の奇妙な小説『三十棺桶島』を執筆していた。この「世にも不思議な」物語は、その起源として書かれた詩が示すように、「一四と三の年に」(つまり一九一七年に)起きている。

サレック島のなかで　一四と三の年に
難船と　死の悲しみと　犯罪が起こり
弓矢と　毒と　うめきと　恐怖がつづき
死の部屋と　十字架にかけられた四人の女と
三十の棺桶にはいる三十の死者が生まれるだろう
母の目の前で　アベルはカインを殺すだろう
このとき　残忍な王子である　アラマニ出身の父は
運命の神の命令に従う
無数の死の苦しみと　ゆるやかな苦悶を与えることで
六月のある夜　自分の妻を殺したあと
地下に貴重な財宝の眠る　秘密の場所から
火柱と大音響がわきおこるだろう
そして　むかし北方の野蛮人に奪われた石を
その人はついに　見いだすだろう

人を生かしも殺しもする〈神の石〉を

ルブランは、当時話題になっていたノストラダムスのパロディーを楽しんでいる。恐ろしい事件が起きると、当時の人びとは、それが予言されていたかどうか調べたものだ。ルブランによれば、サレック島はフィニステール県の南にあるはずだが、その名と地理的な特徴から、むしろイングランドとノルマンディーの間にあるサーク島（フランス語ではセルク島）を思わせる。二つの陸地を結ぶ細い地峡と数多くの洞穴で知られた島だ。とはいえ、島の環境は、特にエトルタ近郊の沿岸をモデルにしたようだ。洞窟はティユルのそれを思わせるし、断崖の絶壁の端に掘られたトンネルは、ベヌヴィルの「司祭の階段」を連想させる。

オーヴェルニュにて

一九一八年一月五日、ルブランはアシェット社に宛てて手紙を書いている。「明日、日曜の朝、オーヴェルニュ〔フランスの中南部〕に発ち、一ヶ月滞在する予定です。帰る頃には、『金三角』が出版されていることを願っております」。同じ頃、こんなことも書き送っている。「これほど有力な出版社と正式な契約を結べたことに、心からほっとしております。とは申せ、大ヒットすることが間違いない作品をご提供しているのですから（ラフィットとの契約時はそうではありませんでした）、いささかでも報酬を上げては頂けないでしょうか」。ルブランは、新しい契約では自分の作品はすべて同列に扱って欲しいと頼んでいる。「文学的にはよほど優れた作品が、それゆえに大衆にはあまり受けず、すぐには売れない場合があります。だからといって、最初から売れ行きのいいような作品に、そのしわ寄せが行くというようなことがあってはなりません」。

二月九日、オーヴェルニュから戻ったルブランは、ルパンだけを執筆することにならないように、改めてアシェット社に宛てて書いている。「きっと、機会があれば、もっと純文学的な冒険小説か、あるいは短篇集を書くつもりです。こうした本の売り上げがそれほど伸びないのは当然のことです。あなた方がおっしゃるように、不成功だとか失敗だとか思われたくはありません」。自分の本を早く人気のある双書に入れて欲しかったのだろう。「御社には好都合な頃合いに出版して、私の方は二〇年も前に死んでいるなんてのはごめんです。私が作品を売っているのは、死んでから利益を出すためではなく、生きているうちに儲けて楽しむためなのですからね」。追伸にはこうある。「次作のために、カミーユ・ジュリアンの『ガリア史』とドルイド僧を扱ったフュステル・ド・クランジュの本が必要になるでしょう」。どうやらルブランは『三十棺桶島』を執筆していたようだ。

無一文になったジョルジェットは、〈詩の女神の館〉に転がり込み、姉の好意に甘えるしかなかった。それにもまして、二人の姪、マルセールと、戦争によって夫と離ればなれになったマリー＝ルイーズと一緒にいられることが嬉しかったのだ。……

第一次大戦の終戦

一九一八年、ルブランは文芸家協会の会議に出なかったので、一九一八年—一九一九年度は、ルブランに代わり、マルテール将軍〔ガブリエル・マルテール。軍人・作家。一八五八—一九二三〕が「バレス勲章委員会」の委員長に任命された。

三月一四日、ルブランは、アシェット社のフーレ氏と、著作権料を一律にする「新しい契約」を結んだ。一作品につき、六千部に対して三六〇〇フランの著作権料を手にすることになった。四月一八日、ルブランはアシェット社にたち寄り、翌日発売される『金三角』の著作権料を受け取った。『金三角』は、まず六六〇〇部発行され、大ヒットした。四・五五フランで販売されたが、これは、戦前の「三・五〇フラン双書」に相当するものだった。

多くのパリジャンがそうであったように、ドイツ軍の砲撃をおそれて、ルブランは首都パリを離れた。タンカルヴィルへ向かう途中、ル・アーヴルで災難に見舞われた。五月七日の《ル・プティ・アーヴル》紙が次のように報じている。「我らのよき同業者であり、長らく、その見事な想像力と皆を夢中にさせる語りの才能がル・アーブルの市民からも高く評価されてきた『アルセーヌ・ルパン』の著者モーリス・ルブラン氏が、昨日、大切な荷物を紛失した。彼にとっては大きな痛手である。夜の一〇時頃、ルブラン氏は急行列車から降り、タンカルヴィルの義兄の元へ自動車で向かおうとすると、ほどなく、レピュブリック大通りで、黄色い皮革製の小さな旅行鞄が無くなっていることに気づいた。列車のステップにうっかり置き忘れたのだ。鞄の中には、ルブラン氏にとっては取るに足らない身の回り品と、その他に、最新作『三十棺桶島』の原稿が一五〇枚入っていた。これは著者にとって、何週間もの仕事に相当する。鞄を発見された方は、市庁舎の派出所までお届け頂きたい。謝礼をお渡しします」。

ルブランは、五月二六日に文芸家協会の「臨時総会」に出席した。この種の委員会のうち、彼が足を運んだ最後の一つであった。きわめて規則的な生活を送るようになったルブランは、次第に、「社交」から遠ざかっていく。

五月、あるイタリアの会社から、『砲弾の破片』の映画化の権利を買いたいとの申し出があった。

その少し後、アシェット社は『金三角』の映画化に関して同様の依頼があることをルブランに知らせてきた。ルブランは六月四日にこう答えている。「私はメンシェンというさる男と契約しており(現在アメリカにいて、住所は分からないのですが)、既刊にせよ未刊にせよ、すでに、私の全作品の映画化権を売ってしまいました。ですが、ルパンもの以外の小説は、契約外のようです」。映画の場合はよくあることだが、この計画は実現しなかった。その代わり、小説『金三角』の方は大ヒットした。二ヶ月で、売上げ部数は六千部を上まわり、マドリッドの《エル・ソル》紙が、翻訳権を獲得したい旨を申し出た。一方、ドイツでは、アルセーヌ・ルパンの冒険の新版を出す準備が進んでいた。

当時、ルブランはすでに『虎の牙』を書き上げていたが、大戦のために《ジュルナル》紙上での発表が遅れていた。フランスで世に出るのは一九二〇年になってからだ。一九一八年には、イギリスやアメリカを始めとして「方々で」(一〇月八日にルブランはこう記している)、この小説は発表されおり、舞台化許可の依頼が来ていた。ルブランは、上演される前に戯曲に目を通すことを希望した。「ニューヨークの代理人は、アメリカでの舞台化しか許可しないはずです。特に映画化の権利はまた別です。イギリスでの舞台化は、その後の契約対象でしょう。フランスに関しては、戯曲に私が目を通さなかったものは認められません。というのも、この件には慎重なんです。『虎の牙』を舞台化しても、いいものは出来ないと思うのでね……ですが、アメリカ人の好みは特別ですから」。

マリー=ルイーズは、夫を失った。アンドレ・ビゲは、またその勇敢さを表彰されたばかりだったが、一〇月八日、ポンジヴァールで砲弾により戦死したのだ。「彼の小隊と共にドイツ軍の猛反撃に立ち向かい、後退させた」その直後のことだった。

大臣のルネ・ルヌーは、停戦条約の締結に参加した。一一月一一日、彼はクレマンソーとフォッシュ〔フェルディナン・フォッシュ陸軍元帥。一八五一―一九二九〕、そして「奇跡の勝利を挙げた共和国」を讃える演説を行った。拍手と喝采は鳴り止むことがなかった。

X　つづまやかな小説家（一九一八―一九二四）

ジョルジェットの「胸が張り裂ける」時

一九一八年一二月一三日、ジュアンヌの家で、ジョルジェットはルネ・ダオンから一通の電報を受け取った。「お越しにならないで下さい。メーテルランクはひどく怒っています。すべてを知っています」。メーテルランクは何を知っていたのか？　ジョルジェットとロジェ・カルルのことだろうか？　ジョルジェットは秘密など持ちあわせていなかった。翌くる日、新たな電報が届いた。今度はメーテルランクからだ。「来ても無駄だ。僕たちは終わりだ」。慌てて、ジョルジェットは駆けつけたが、誰もいなかった。この「胸が張り裂ける時」のことを、『回想録』のなかでジョルジェットは長々と語っている。数日、彼女はロワイヤで休養をとった。『緑の目の令嬢』のなかで、ルブランは、オーレリーの姿でジョルジェットを描き、「丘の上にある」「むかしの寄宿学校」を改造した療養所を回想している。そこは、「彼女がもとどおり健康を回復するには最適の、安全な隠れ家である」。「庭と果樹園の向こうに、クレルモン・フェランの町の黒っぽく壮麗な大聖堂が見える」。

三月、ロワイヤに滞在していたジョルジェットのもとに、帰れという電報が家族から届いた。彼女はこう語っている。「夕刻、姉の家に着きました。兄が待っていました。みな心配そうでした。でも、何も言わず、私の方でも説明を求めませんでした。私の滞在について話しましたが、他にはなんの質問もしませんでした」。翌日、パシーの友人たちのところにいると、電話がかかってきた。兄だった。「最初、兄ははっきりしたことは言いませんでしたが、これから何か大事なことを言うのだということだけは分かりました。そして、ためらいながら、メーテルランクの名を口にしたのです。（……）驚きで息がつまり、舌がうまく回りませんでした。

『何かよくないことでも起きたの？　何かあったの？　どうしたの？』

『そうじゃないんだ。何も起きちゃいないよ。ただ、一週間前にあることを知って、確かめたかったんだが、たった今、確認がとれたんだ』

『何？』

『メーテルランクは結婚しているんだ』」。

二月一五日に、メーテルランクは、ルネ・ダオンと結婚していたのだ。

ジョルジェットに手当を払ってくれるように、ルブランはメーテルランクに掛け合った。メーテルランクの答えはこうだった。「しつこく言っても無駄だ。いちいち君に説明しなくても、自分のことはよく分かっている。だから、君に言われなくても、何をすべきかはよく分かっているよ。君のおっしゃる未来については、僕だけが決めることだし、好きなようにするよ。それに、僕がいったい何をされたかを考えたら、このことは不当でもなんでもない……」。

ジョルジェットはアメリカに発とうと考えた。『回想録』ではこんな風に書かれている。「心配した家族は反対しました。兄のところへサインをしに行くと〔ルブランは、妹に借用書へのサインを求めた〕、アメリカでどんな苦労が待っているか、兄はもう一度語りました。（……）愛情深い兄は、私の言い分に耳を貸そうとはしませんでした。兄は、長い間出発を思いとどまらせようとして、最後にこう言いました。

『お前の戦いの日々は終わったんだよ』

私は立ち上がりました。

『いいえ、お兄さん、私の人生はこれから始まるのよ』」。

冒険科学小説

六月六日から、《ジュルナル》紙（当時の文芸部長はリュシアン・デカーヴだった）で、長篇『三十棺桶島』の連載が始まった。謎の重要な鍵となる「死も生も授ける神の石」が、「ラジウムを含む瀝青ウラン鉱のかたまり」であることから、《ジュ・セ・トゥ》誌掲載の『三つの眼』や、やはり「冒険科学小説」といわれた『驚天動地』と同じように、この本は空想科学小説に近い作品となっている。これらの小説で、人びとは、何よりも、過去を再発見するのだ。これは、ルブランの作品すべてに共通する重要なテーマである。『三つの眼』の金星人は、地球の歴史を撮影した映像を人類のもとに送り、『驚天動地』で、人びとは失われた文明を発見する。

一九一九年七月一五日の《ジュ・セ・トゥ》誌の表紙にはこう刷りこまれている。「今号より、書き下ろし読み切り小説を、毎号掲載」。そして、「今号は、モーリス・ルブランの『三つの眼』が一挙掲載」。ページをめくると、新《ジュ・セ・トゥ》誌の紹介文がある。「新《ジュ・セ・トゥ》誌の小説第一作目には、読者の皆様がごひいきのひとり、『アルセーヌ・ルパン』の著者モーリス・ルブラン氏の作品を選びました。皆様のお気に召すことまちがいなしです」。

小説『三つの眼』の最後には、「完」の文字が記されているものの……それは結末まで語ってはいなかった。そして、「完」の文字のあとには、こう書かれていた。「アルセーヌ・ルパンの創造主は、主人公たちを一連の冒険にいく度も登場させるのが好きです。本誌は読者の皆様に代わりまして、『三つの眼』の科学的な起源をあらためて語ってくれるように、作者に頼みます。モーリス・ルブランの新たな小説は、一〇月一五日掲載予定。タイトルは、『光線B』」。

『光線B』は、単に『三つの眼』の結末部分のことでしかなかった。ルブランが、小説を期限までに全部書き終えられなかったか、その自信がなかったかだ。《ジュ・セ・トゥ》誌とルブランの間にはいささか揉めごとがあった。アシェット社に宛てた手紙のなかで、ルブランは、《ジュ・セ・トゥ》誌との「ごたごた」についてふれている。一〇月、『光線B』というタイトルで小説の結末を載せた際、《ジュ・セ・トゥ》誌は、「書き下ろしの読み切り小説を一挙掲載するというきまりに、この一年で一度だけ特例」があったと記した。「モーリス・ルブランの『三つの眼』は、一話完結という約束どおりの、本年を代表する小説になるはずでした。本誌は、この約束を破りたくはありませんでしたが、同時にまた、読者の皆様方にこの感動的な物語をぜひお読み頂きたかったのです」。

ルパンの園

一九一九年二月、ルブランは、夏にエトルタで借りていた家〈スフィンクス荘〉を、ジョルジュ・ルヴェルから現金三万フランで買い取り、〈ルパンの園〉と名づけた。改庭し、『金三角』のヒットを祝うために芝生を三角形に刈らせたという。庭は彫像で飾らせたが、遊び心からよりいっそうロマンチックな雰囲気を出そうと、彫像の頭部を落としてしまった。また、大紋章と上部に錬鉄の装飾が施されたゴシック風の古びた井戸も配された。

〈スフィンクス荘〉を改築した〈ルパンの園〉

〈ルパンの園〉の庭

芝生には、つるバラが咲き乱れている。肘掛け椅子や木製のベンチがたくさん置かれている。奥の一段高くなった芝生の両側に、一本のトネリコとシナノキが立っている。パーゴラや木組みの屋敷の一階部分は、つるばらに覆われている。建物に複雑に配された小塔が独特の風情を醸し出している。〈ルパンの園〉の写真――ルブランは数多くの絵はがきを印刷させた――を見ると、フェカンの建築家エミール・モージュに依頼して、屋敷を改築したことは明らかである。こうした絵はがきの一枚に、ルブランは「一九一九年まで」と書き込んでいるが、その写真から、のこぎりの歯のような形の木製のコーニスが取り払われる前の家の状態が分かる。後になって、建物の正面の、二階にある二つの出窓の間にバルコニーを作らせ、交差した木組みを取り払い、その代わりによりコー地方らしい縦にまっすぐに並んだ柱の装飾を加えたのだ。

右側には、丸屋根のある円形の書斎があり、そこからパーゴラの見事なバラを眺めることができる。一階の中心を占めているのは、カーテンで三つに分けられ、三中心アーチの形の六つの窓から日が差し込む大広間だ。木製の螺旋階段で二階に上ると、いくつもの部屋に通じる廊下に出る。そのうちの大きな二つの寝室には、出窓がある。屋敷には、アンピール様式の豪華な家具が置かれ、たくさんの置物が飾られている。

一九一九年七月一七日、アシェットに宛てて、ルブランが辛辣極まりない手紙を出したのは、このエトルタであった。「親愛なる友人へ。既に申し上げたとおり、私の契約のこの条項は、もはや公正ではないと思います。平和条約の締結から一年もの間、この条項のせいで、売買契約額の値上げの交渉は全て退けられてきました。私たちがこの条項を立てたのは、戦時中と苦境とを見越してのことでした。そうした状況も、いつかは終わりを迎え、戦前の通常の状態に戻るはずでした。だからこそ、大半の作家たちとは違って、私はこの不利な条件を致し方ないものと受け入れたのです。こうして一年以上、私は我慢してきました。ですが、予想は裏切られ、例外的な事情が通例にまでなって、今後も変更できないおそれさえ出てきています。いつものように、貴社は、私たちの取り決めをこの新たな状況に見合うように改めて下さるだろうと、私は信じております」。さらにこう付け加えている。「皆さんと同様、生活費の高騰は私にとっても負担になっています。ですから、もし戦前の料金のままにとどめておくと、私の仕事はもはや、以前支払われていた額の半分の価値にしかならないことさえあります」。次の文をルブランは強調している。「したがって、今から、私の印税が売買契約額と正確に比例するようにしていただきたい」。ラフィット書店の社長であるポール・カルヴァンがエトルタに会いに来たときに、ルブランはこうした諸々のことを話し合ったのだった。

エトルタでの休暇

七月二三日、従姉のエルネスティーヌにルブランは手紙を書いている。彼女の息子モーリスが結婚したばかりだった。「七月一四日のパリ祭を過ごしに、パリに数日戻った折、モーリスの結婚通知状が届いているのに気づきました。アントワーヌも君も本当に嬉しいでしょう。三人を祝福するよ。（……）幸福な結婚というのは、やはり世の中で最も素晴らしいことだ」。

『八点鐘』で描かれている、エトルタの晩秋の美しさを味わうために、ルブランは一〇月になってからパリへ戻った。「その年の晩秋の日々は、天気がとてもおだやかだった。もう一〇月二日だというのに、朝から、エトルタの別荘に残っている何組かの家族は、海岸へおりていっているほどだった。きりたった断崖と地平線にうかぶ空のあいだにひろがる海原が、まるでごつごつした岩のくぼみにとざされてひっそりと眠る、山の湖のように見える。実際、この海岸地方のこのような日々にしか味わえない、人びとを強くひきつけるさまざまなもの、大気のなかにひそむなんともいいようのないかろやかな感じや、空の色のどこまでもつづくあのやわらかな青さがなかったら、海原を湖と見まちがえてもしかたないほどだ」。

　規則正しく一一時に、ルブランはマルグリットを連れて、常連客用のカジノのテラスに出かけた。そこで、ジョルジュ・ブールドンやアルフォンス・カル通りに家を持っていたアンリ・フェヴリエ〔作曲家。一八七五―一九五七〕、劇作家のルネ・ペテール〔一八七二―一九四七〕と語り合った。ルネ・ペテールは、「誰よりも優しく親切で無害な男」とルブランを評している。

　ルネ・ルヌーも、エトルタのアモンの断崖の上に建つ〈ウルトゥヴァン荘〉で、夏を過ごした。一九二〇年初頭、ヴァール県の上院に立候補するよう、クレマンソーは強く勧めていた。一月一一日、ルネ・ルヌーは当選した。ラ・ボエシ通りにあるルネ・ルヌー宅の広間で、ルブランはクレマンソーとヴィヴィアーニに会う機会を得ている。

　〈ルパンの園〉には、友人たちも訪れた。そのうちのひとり、ミシェル・ジョルジュ＝ミシェルは、その若さにもかかわらず（一九二〇年当時、彼はまだ三七歳だった）、当時のあらゆる著名人と親交があり、のちに彼らに関する回想録を数多く著している。彼は、ドーヴィルで夏を過ごし、そこから〈ルパンの園〉を訪れた。彼はこう回想している。「時々、私はルブランに会いに行きました。（……）彼は、こう説明しました。読者をはらはらさせておくには、不安な状況が解決する時刻、あるいは日付を前もって決めておく必要がある。そうすれば、何ページも何ページも、読者の期待を長引かせることができるのだと」。さらにこんなことも記している。「ルブランの家には、よく、彼の編集者のピエール・ラフィットが、ウルガットからやって来ました。ウルガットといえば、すこしお高くとまったスノッブな人たちやテニス愛好者が集まるビーチでした」。カミーユ・セ〔本名カミーユ・シユマン。一八七八—一九五九〕と共作で数多くの小説を著した作家のジャン・ゴーモン〔本名フェルディナン・ヴェルディエ。ルブランと同じリセ・コルネイユ卒業。一八七九—一九三二〕もよく来ていた。妻と七人の子供と一緒に、エトルタで夏を過ごしていた。プラ家とラテス家も〈ルパンの園〉を訪れ、天気が良ければ、庭にテーブルを出して食事をとった。

〈ゴシップ好きのたまり場〔エトルタで、パリからの湯治客が集まるカジノのテラスはこう呼ばれていた〕〉を後にして、ルブランは一時二〇分頃、〈ルパンの園〉に戻った。つましい昼食のあと、庭のパーゴラの下で長椅子に座り昼寝をした。時には、家のすぐ近くで遊んで騒いでいる子供たちを怒鳴ったこともある。この休息の時間は貴重だった。猫を膝にのせ、次回作の筋を考えるのだ。

散歩に出かける前に、庭を少し歩いて、ちょうどよい気温かどうか確認する。半ズボンのゴルフ用のウエアとタータンチェックの長靴下をはき、断崖の上を歩いた。

マルグリットを連れたルブランを、ルクール菓子店で見かけることもあった。食いしん坊のマルグリットは、ルクールの名物だったアーモンド入りのケーキに、自分の名（「ラ・マルグリット」）をつけた。時には、村を出たところのクリクト街道にあるルヴァスール家の農場を訪れた。りんごの木の陰になった中庭で、生クリームと微発泡性シードルをかけた「田舎のおやつ」が振る舞われた。マルグリットは、好んで友人を連れて行き、ケーキに舌鼓をうった。ルブランは、折りたたみの椅子を持参して、ひとりで座り、次の小説に思いをめぐらせた。時には、その近くのティユールにある、イギリス人が営むティーサロン〈羊小屋〉に行った。ふつうは、一七時頃戻り、仕事を始める。というのは、エトルタでもパリと同じくらい執筆していたのだ。

天職としての仕事

一九一九年八月二日の政令により、ルブランは昇級し、公教育と芸術の分野においてレジオン・ドヌール勲章のオフィシエを受章した。ルイ・アラゴン、アンドレ・ブルトン、フィリップ・スーポーによって創刊されたシュールレアリスムの雑誌《文学》が、一九一九年に有名なアンケートを行った。その回答者として選ばれた作家のなかに、ルブランもいた。質問は、「なぜ書くのか?」である。数号にわたって掲載された回答は、毎号、格付けされた。雑誌編集部にとって評価が低い方から高い方へ、順番に並べられたのだ。ルブランはきっと満足しただろう。彼の回答は、一九二〇年二月の第一二号に載った回答のなかの最後のひとつだったのだから。「二五年間も書き続け、数十冊も出版したあとでは、なぜ執筆を始めたのかを分析するのは難しい。毎朝、他にしようがないのでペンを取る。そうでないと、気詰まりや不安、良心の呵責に襲われるのではないかと心配なのだ。そこには、自分自身に対する道徳的な義務と同様に、生理的な欲求がある。心と体の健康、神経系のバランスさえ、日々の仕事に左右される。これこそ自分の天職だったのだと、我々一人一人が恥じることなく思えるのは、そうした日々の仕事なのだ」。

一九二〇年一月一四日、コメディ・フランセーズで行われた戯曲『鎖』の総稽古に、ルブランは出席した。ジョルジュ・ブールドンが劇作家デビューを飾った作品である。ルブランは、観客の反応に「ある種の不安」の混じった「ひどいショック」を受けたと、ブールドンに宛てた手紙のなかで述べている。「私が居合わせたなかでも最も甚だしく不当な行為のひとつ」であり、「数十名もの観客が罵声を浴びせたのは、恥ずべき振る舞いだ」。確かに「大きな騒ぎ」が起き、それ以降の上演でも繰り返されたので、この戯曲を舞台にのせることは禁止された〔戦争に関する台詞が、野次を引き起こしたらしい〕。

利益の保護

四月二〇日、アシェット社は、ルブランに彼の作品を六フランに値上げするが……印税は、同じ比率で上がらないと知らせた。四月二六日、ルブランは冷ややかな調子で返事を書いている。「なぜ私が、したくもないのにこんなに強情を張り、皆のように自分の利益を守らざるを得なければならないのか、その理由をひとつひとつ挙げるまでもないでしょう。つまり、値段がどうであれ、九五サンチームに対して一〇パーセントを私にお支払い頂きたいとお願いしているのです。二フランの本一冊に対して四スー〔一スーは五サンチームにあたる〕を支払うというのは、その本を執筆した者に対してそれほど法外な額なのでしょうか？」。

いささか冷淡な手紙を書いてしまったことを後悔して、五月三一日の手紙では、より穏便な様子を見せている。「後悔しております。フーレ氏のご要望を聞き入れないのは、やはり大変心苦しいのです。フーレ氏は、いつでも、精一杯のことをご提案されているのだと存じ上げていますから」。しかし、ルブランはある条件をつけた。この新たな契約の有効期限は、一年間だけだというのだ。

戦時中失われていた懇親会の習慣を、文芸家協会は再開した。五月九日に〈プティ・ヴェフール〉で開かれた最初の懇親会に、ルブランは出席した。二百人が出席し、主催者は、クリュニー美術館の館長を務めるエドモン・アロクールだった。会食はもはや戦前の内輪の宴会とは異なり、次の懇親会が開かれるまで、六ヶ月も待たねばならなかった。その次は、タンプル大通りの〈ボンヴァレ〉で一一月一四日に催された。

戯曲『アルセーヌ・ルパン』のリバイバル公演は、大当たりだった。アンドレ・ブリュレは、いまだに、怪盗紳士と同一視されていた。一九一九年一〇月二九日の《コメディア》紙は、ブリュレが盗難の被害に遭った時、「アルセーヌ・ルパン、強盗を捜し出せず」という見出しをつけているのだ。一九二〇年六月に、ギャルリー・サンテュベール劇場で、アンドレ・ブリュレはルパンを演じた。「アルセーヌ・ルパンは魅力的な強盗だ。観客はルパンに再会できて大喜びした」と、アドルフ・ブリッソンは《タン》紙に記している。戯曲は、ほどなくしてパリ劇場で再演された。出版者に宛てた手紙でルブランは、上演が二一〇回を記録し、二〇万人以上の観客を動員したことに触れ、この機会に彼の本を宣伝しなかったのを残念がった。

パリのどまんなかにある田舎家

一九二〇年、雑誌《フェミナ》は、パリの美しい家の探訪記事を連載していた。七月一〇日、『パリのただなかにある田舎の家』とのタイトルで、ルパンの父の屋敷の写真が、四ページにわたって掲載された。「真っ青な鉢にゼラニウムの花が咲き、キヅタに覆われたテラスのある、フランス風花壇」の写真もある。「緑と白に彩られたモーリス・ルブラン夫人のディレクトワール様式の居間の片隅」と天井にモールディングを施した大広間が写っている。手すりと二本の柱で二つに分けられた大広間には、アンピール様式の家具が置かれている。「ルブランさんが、その建築的な簡素さを尊重したいと思った」王政復古様式の書斎もある。マホガニーの肘掛け椅子や大きなソファーは、「枯葉色のビロードで覆われている」。一階の「リーフ・グリーンとブリティッシュ・グリーンで装飾された」食堂の写真もある。古い置き時計と「桜材製のピカルディ地方の食器棚」があり、食堂に続いて「一段高く仕切られた所に、オレンジ色のフリーズで飾られた緑色の喫煙室」がある。図書室を兼ねた開廊《ロッジア》もあった。開廊《ロッジア》は、「ガラス張りで、ルブランさんの書斎の隣にあり、庭に張り出していた」。書斎の向かい側には別の開廊《ロッジア》があり、書架の上には、彫像や「いくつかの陶器の美術品」が飾られている。

庭の池には、ルブランがイタリアから持ち帰ったヴェロッキオの「いるかと天使」のレプリカが飾られている。『金三角』のなかで、ルブランはこの「円形の水盤」を回想している。「その中央にひとりの小児の像が立ち、ほら貝の穴からひとすじの細い水流をほとばらせていた」。カミーユ・ジェラールはこの「噴水があって、金魚が泳いでいる、青と金のモザイクでできた水盤」を語っている。彼の褒め言葉に、ルブランはこう答えている。「確かにね。でも、特に自慢にしてるわけではありません。水盤の落成式にモーリス・ドネーを招いたのですが、その日、こう書いてよこしましたよ。『君って奴は、僕を驚かすようなことはしないね。ポンプ通りの池は、実にありふれたものだ』とね。そのとおりじゃありませんかね？……」。

ルブランは規則正しい生活を送っていた。健康上の理由から、静かな暮らしをすることが必要だったのだ。昔よりも外出が減り、作家たちの集まりにも顔を出さなくなった。小説を一年に一冊書いた。のちに、フレデリック・ルフェーヴルにこう言っている。「実際、ただ規律の問題でしかありません。私の頭は、従順なのです。夜の五時から八時は、創作の時間です。同様に、翌日の一〇時から正午は、原稿の執筆と修正です」。午後、近所のブローニュの森に散歩に出かけることもあった。湖の近くにあるカフェのテラスでひと休みし、人びとを眺めて楽しんだ。あるいは、ひとりで歩きながら、これから書く冒険のことを考えるのも好きだった、とジョルジュ・ブールドンに語っている。

散歩から戻ると、猫のカボタンを膝に載せ、暖炉の前で考え事にふけった。のちにこう告白している。「何をしても、どこにいても、五時にはここに戻ってきます。それは、神聖な約束でした。暖炉のそばで気持ちを集中すると、すぐにアルセーヌ・ルパンが現れるのです……。八時まで、彼と一緒に過ごします。ルパンは、あらゆる冒険に私を巻き込むのです。それで、ルパンが主人公の小説を書き上げます。私はルパンの証人なのです」。

ルブランの息子はこう回想している。「父は部屋に閉じこもって執筆し、各章を一〇回でも書き直しました……。私たちは、父を敬い、気をつかっていました。私の寝室は父の仕事部屋の上にあったので、寄木張りの床板がぎしぎしいって仕事の邪魔にならないよう、部屋のなかを歩かないようにしていました」。

アシェット社との新たな契約

一九一八年三月の契約で定められたルブランの著作権使用料は、一九二〇年七月にアシェット社と結ばれた新たな取り決めにしたがい変更された。ルブランの望みは叶わなかった。七月二二日、この新しい取り決めを一年後には破棄できるという条件は受け入れられないと、エドモン・フーレは知らせてきたのだ。「現在の製造条件では、販売価格を下げることはできません。ご希望には沿えられませんが、販売価格が下がらない限り、この取り決めを無効にすることは出来ません」。八月三日、ルブランは返事を書いている。「現在のような状況では、私たちの双方とも、確定した契約を結ぶことはできません。不測の事態が生じて、お互い、自分の利益について再検討する必要が出てくるかもしれません。（……）新しい経験ですから、いつか、もう一度検討しなおし話し合うことができるようにしたいのです。私がお願いするのは、それだけです」。ルブランは妥協策を提案した。二年間の契約をする、「いや二年半でも構いません」。追伸では、こう嘆いている。「『三つの眼』の校正刷りはまだ出ていません。これで一年も待っているんです！　私にとっては、大損害です」。

八月七日に、ルブランはとうとうエドモン・フーレにこう書くことができた。「これで双方の完全な同意が得られました。暫定的な契約は、一九二三年二月二八日まで有効です。現状において、利益の相反する双方が、おおよそ満足できるような厳密な条件を見いだすのは、難しいことです。試行錯誤と忍耐が必要です」。

ルパンの道徳感

八月三一日から《ジュルナル》紙で『虎の牙』の連載が始まった。ジャン・ルティエが描いた挿絵入りだ。校正刷りに目を通したルブランは、主人公が少しずつ「善人」に変わっていったことに気づいた。八月二九日の《ジュルナル》紙に寄せた『アルセーヌ・ルパンの道徳感』というコラムのなかで、ルブランは説明している。ルパンはもはや怪盗紳士ではなく、熱烈な正義の味方なのだ。「ルパンはいつも社会の枠組みにとらわれず、法に反して生きている。しかし、こうした法をルパンが破るのは、社会に奉仕するためだけだ。また、彼は愛国者でもある。彼なりのやり方で祖国に尽くしているし、その貢献ぶりがあまりに豪勢なので、彼を投獄するであろう祖国は、むしろ礼を言わざるを得ないほどだ。とどのつまりは、盲目的愛国者、国粋主義者だ。名声と栄誉を求め、ひどく反動的だ。要するに、ブルジョワであり、資本家であり、伝統主義者なのだ」。
戯曲『アルセーヌ・ルパン』がパリ劇場で上演されている頃、九月には《ジュ・セ・トゥ》誌に、ウンベルト・ブルネレスキ〔伊の画家。一八七九―一九四九〕の挿絵入りで、戯曲『アルセーヌ・ルパンの帰還』が掲載された。ルブランとクロワッセの共作で、「書き下ろしの一幕」ものの「喜劇」であり、「もともと、一九〇八年の戯曲〔『アルセーヌ・ルパン』のこと〕の前座劇になるはずのものだった」。一〇月の《ジュ・セ・トゥ》紙の表紙には、ロレンツィによるいかにも「アール・デコ」らしいイラストが描かれ、「モーリス・ルブランの書き下ろしの小説」『驚天動地』を掲載とある。
当時、ルパンものの映画が数多く撮影されていた。ハンガリーやアメリカでは、『８１３』と『虎の牙』が映画化された。「推理小説の黄金時代」である二〇年代には、たくさんの小説家が、ルブランから多くを学んだと認めた。ラフィット社は、『アルセーヌ・ルパンの奇想天外な生活』という総題をつけ、ルブランの小説を廉価版シリーズに入れて出版し、成功を収めた。マルセル・ル・クルトルやモーリス・トゥーサン、ロジェ・ブロデールが挿絵を描いた。レオ・フォンタンによるカラーの表紙は、今も人々の記憶に残っている。謎のガラスの目玉を観察しているルパンを描いた『水晶の栓』の表紙は、なかでもよく知られている。

『三つの眼』

一〇月二七日、ポール・カルヴァンに宛ててルブランは手紙を書いた。「私の小説『三つの眼』の原稿をお渡しして一年にもなるのに、アシェット社からは、いまだにいつ出版していただけるのかご連絡を頂いておりません。さて、私には、出版を待っている、あるいはこれから待つことになる小説が他に五作もあるのです。これ以上お待ちすることはできません。したがって、『虎の牙』の原稿を御社にお預けするのは、一一月一〇日までであることをお伝えせざるを得ません。公式の契約では、この本が二月中に書店に並び、『驚天動地』は六月に出版されるはずでした。もし、御社がこの契約を遵守下さらないのでしたら、大変残念ではございますが、私は、他社からのきわめて好条件の申し出に応じるしかないでしょう」。

ジョルジェットの方は、少し前からモニーク・セリュールと暮らしていた。ブリュッセルの教師だったが、仕事をやめ、女優に献身的に尽くしていた。生涯、彼女はジョルジェットの忠実な友だった。かつてマティルド・デシャンがそうだったように、秘書であり、同時に愛人だった。モニークは、「手帳」にジョルジェットのこんな話を書き留めている。「兄に聞かれたの。あなたは私の何になれるのかって。――母親。いまだにこれ以上素晴らしいものはないわ」。

兄の忠告にもかかわらず、ジョルジェットは、ニューヨークに発つ決心をした。『秘密をあばく映画』のなかで、ルブランはローズ＝アンドレの姿でジョルジェットを描いている。「これこそ未来だ！　ロサンゼルスに行こう！　アメリカに！　富と自由を手に入れよう！」。一一月二七日、ジョルジェットはキャンディ入れのなかに「サン＝ワンドリーユ修道院の土をほんの少し」入れ、船に乗った。モニークが一緒だった。出発の日、借用証書を兄に渡した。「私は、兄モーリス・ルブランに、五千フラン、さらにアメリカへの渡航費用として一万四千フランを借り受けました。この総額に対する担保として、私の所有する家具調度品すべてを兄に差し出します。さらに、私が死んだ場合には、私の財産すべてを兄に遺贈します」。

一二月二日になってやっと、『三つの眼』が出版された。七千部が刷られた。アシェットは四三五

○フランの手形を送った……が、ルブランを満足させることはできなかった。本が貧相だというのだ。ポール・カルヴァン宛にこんな手紙を書いている。「もし私の『虎の牙』がこんなふうに、つまり、二巻で一四フランもするのにこんな情けない装丁で世に出るくらいなら、出版を見合わせた方がまだましというものです。紙の値下げが発表され、読者は作品を待ち望んでいます。読者が不満足なのを見るのは忍びないし、読者をがっかりさせるのは残念でなりません。それは、私のいつものやり方ではない」。

三月一日、ルブランは、ポール・カルヴァンに宛てて手紙を書き、店頭で自分の本が見当たらないと嘆いている。「恐縮ですが、現在私が被っている損失についてご報告させて頂きます。読者は、私の本を手に入れることが全くできないでいるのです。どの書店でも、同じ答えが返ってきます。アルセーヌ・ルパンは、置いていません、と」。（……）「私が原稿をお渡しした瞬間から読者の手に渡る瞬間まで、私の本一冊一冊を追跡できればと思います。現在、シャンゼリゼ〔ラフィット社はシャンゼリゼにあった〕で起きていることは分かります。しかし、その後は、全くの謎です。私の本が見つからないのです。（……）二つめの要望です。広告予算です。私の本が出版されました。どうかご支援ください。すばらしい作品をアシェット社の手に委ねたのです。どうか、そこから利益を上げてください。一連の月並みな本のようにではなく、今という時代にかなった方法でです。決めるのは出版社です。カタログを葬り去るか、それとも外に出て、忙しく働き、絶え間なく大衆へアピールするか、どちらでしょう。ルパンの死か、それとも、《ジュ・セ・トゥ》誌やラフィット書店、《ジュルナル》紙で摑んだ成功を今後も続けるか、どちらでしょう」。

『虎の牙』は六月に発売された。この作品は、ベルギーの文芸雑誌《緑の円盤《ディスク・ヴェール》》に載ったポール＝ギュスターヴ・ヴァン・ヘイク〔ベルギーの作家・ジャーナリスト・美術商。一八八七―一九六七〕の記事に取り上げられた。「この二巻の新刊は、恐ろしく論理的な激しい恐怖でできている。この耐えがたい拷問から一度解放されると、いまだうち震えているあなたの理性は、そこに、演出の巧みさと見事な効果を引きだす驚くべき手腕を見いだすだろう。今日では、新たな小説を作り上げるというのは甚だ難しいようだ。だからこそ、文士面をして眉をしかめ、こうした作品を軽蔑するようなまねはすべきではないのだ！」。

シミエ地区の滞在

一九二二年一月二〇日、ルブランと妻のマルグリットは、ニースのリヴィエラ＝パレスに到着した。戦時中に滞在したことのある、シミエ地区の豪奢なホテルだ。姉妹のジャヌ・ラテスが危篤なのでパリに帰れという電報を、マルグリットは受け取った。「本当のところは、もう亡くなっていたのです」と、翌日ルブランは、アシェット社の営業部長であるカスタリュミオ氏に宛てた手紙のなかで書いている。「私の方は、じん麻疹症の熱が出てここに残りました。運良くそれほど酷くはなかったのですが、医者から部屋から出るなと言われたのです」。

二月二日、まだニースの〈蜜蜂荘〉に住んでいたメーテルランクに、ルブランは手紙を書いている。「家内は、先刻、姉妹の死にひどいショックを受けた。先週、電報で姉妹のジャヌ・ラテスのもとに呼ばれ、数日僕と離ればなれになったのだが――、この哀れな姉妹が急死したことを、僕は電話で知らされていたのだ。みな、嘆き悲しんでいる。家内の悲しみは尽きることがない」。

ルブランがメーテルランクに手紙を書いたのは、別の理由からだった。姪のマルセールが病気になり、娘の療養のために、プラ家は南仏に借家を探していた。「プラ家が、使用人を連れて、車でやって来ます。海から遠く離れた高台に、小さな施設を見つけてくれと頼まれてね……どこかとても質素な、小さな庭か日の当たるテラスのついた施設をね。寝室は三つ。ここ、シミエ地区には何もない……あるいは、あっても法外な値段だ」。「このかわいそうな姪を君はかわいがっていたね。もし奥さんがご親切に引き受けて下さるのなら、情報や家探しのために、家内がご連絡を差し上げます」。

この手紙は、ルブランとメーテルランクの仲がいまだ良好だったことを物語っている。ルブランは手紙をこう結んでいる。「一言返事をくれ、モーリス、三時頃会えるのは確かかね。すぐに会いに行くよ。というのは、だいたい一〇日後には、僕らは出発するのでね」。

「理想の図書館」双書

三月の初旬、アシェット社とルブランは、新たな双書「理想の図書館」に関する契約を結んだ。この双書から、ルブランの作品がいくつか出版されることになっていた。最も発行部数の少ないタイトルはたったの二万部だ——他方、「冒険・アクション小説」双書に入っているルパンものは、最低でも四万部は発行されることになっていた。

同じ三月には、小説『虎の牙』を原作にした同名のアメリカ映画が、フランスで公開された。ルパンの役はデイヴィッド・パウエルが務めた。大ヒットだった。五月には、アンドレ・ブリュレが、ポルト・サン゠マルタンで再びルパンを演じた。《エクセルシオール》紙によれば、この舞台は「あいかわらず目を見張る成功」を収めたという。

五月二〇日に、フラマリオン社の文芸部長、マックス・フィシェルとアレックス・フィシェルの兄弟が、ルブランに宛てて手紙を書いている。「拝啓　弊社では、近日、冒険小説の双書より書き下ろし作品を数冊出版する予定でおります。当双書から、モーリス・ルブランの作品を一冊、あるいは数冊、願わくは数多く出させて頂ければ、大変幸甚に存じます」。アシェット社と契約しているルブランは、フィシェル兄弟を満足させることはできなかった……とりわけ、ヴィクトール・マルグリットの小説『ギャルソンヌ』がヒットするのを見て、ルブランは悔しがった。七月に、フィシェル兄弟が派手な広告キャンペーンを展開し売りに出した作品だった……この宣伝こそ、アルセーヌ・ルパンのためにルブランが望んでいたものだった。

一〇月三日、アメリカからジョルジェットは義姉マルグリットに宛てて長い手紙を書いた。アメリカの富豪リチャード・ハモンドをヴィラ・エランの昼食に招待してほしいと懇願した。ジョルジェットを大いに支援してくれるかもしれない、というのだ。さしあたって、この男はパリのホテル・クリヨンに滞在中だ。ジョルジェットはこう記している。「兄が我慢してくれるといいのですが」。妹が強調した言葉からすると、アルセーヌ・ルパンの父は人づきあいを嫌っていたようだ。兄をその気にさせようと、ジョルジェットは、リチャード・ハモンドについてこう書いている。「彼は、全然煩わしい方じゃありません。大した人じゃないけど、ばかでもない。ものすごく感じのいい方です」。

再び若々しく？

ルブランの作品の雰囲気にも変化が見られた。戦争の悪夢から解放されたのだ。一九二二年一二月一七日から《エクセルシオール》紙に掲載された『八点鐘』の短篇がよい例だ。その一週間前に、

《エクセルシオール》紙は、一面に謎めいた置き時計の絵を載せて、読者の好奇心をあおっていた。「本作で、読者の皆様は、レニーヌ公爵と名乗るかの怪盗紳士に、再会することでありましょう。抜け目なく、風変わりで、心引かれるその人柄は、紳士が最初の偉業を成し遂げた当時となんら変わってはおりません」。かつての軽快な調子を取り戻したのがよく分かっていたので、ルブランは序文で、「これからお話しする八つの冒険譚は、むかしアルセーヌ・ルパンからわたくしが直接聞いたものばかりです」と述べている。とはいえ、主人公《ルパン》は変わっていた。自分の才能を他人のために使うまっとうな人間になっていたのだ。主人公ははっきり言っている。「したいと思えばいたるところに、感動したり、人のためになるよいことをしたり、しいたげられたものを救ったり、悪をくいとめるたりする糸口がころがっているんですよ」。

いつものように、ルブランは慣れ親しんだ風景を描いている。中篇小説『テレーズとジェルメーヌ』では、エトルタや浜辺、トロワ・マティルドの遊歩道、サン゠クレールの辺り、カジノのテラス、オーヴィル・ホテルとその貸別荘、ビーチ沿いの遊歩道の巻《キャプスタン》あげ機や海から引き上げる漁師たちを回想している。

年を取るにつれ、ルブランの故郷への想いは強くなるばかりだった。そのため、以前よりも頻繁にルーアンに帰郷するようになった。一九二三年一月二五日、リセ・コルネイユの戦没者慰霊碑の落成式に出席するため、ルブランはルーアンにいた。《われらが古き学び舎》誌は、この式典に出席した著名人のなかに、アンドレ・モーロワとモーリス・ルブランの名を挙げ、こう描いている。「古い建物の窓から見える、ぴかぴかの軍服や大学の式服があちらこちらに混じった群衆の眺めは、それは華やかで見事であった」。

『八点鐘』と同様、『綱渡りのドロテ〔邦題『女探偵ドロテ』〕』にも、以前ほど深刻でない雰囲気が見いだせる。この作品は、一九二三年一月二八日から《ジュルナル》紙に発表された。ここでも、中篇『影の合図』で考え出されたような、過去から現在まで伝わる謎という、ルブランにはお馴染みのテーマが展開されている。

二月一〇日、出版される本の宣伝をして欲しいと、ルブランはアシェットに念を押した。三月に『八点鐘』が、五月に『ドロテ』が刊行予定だった。「この二冊を同時に宣伝してはどうでしょうか？ ドロテの方は、《ジュルナル》紙でなされる大々的な宣伝を、『八点鐘』の方は、ルパンの名を上手く利用するのです」。三月六日、アシェットはこう記している。「モーリス・ルブラン氏の望みはこうだ。まず、『綱渡りのドロテ』が四月一〇日に出版される。その際、パリでは《ジュルナル》、《プティ・パリジャン》、《妥協しない者《アントランジジャン》》の三紙、それに地方の大新聞に、小さなメダル型の広告を出して、ドロテの宣伝をする。本は、ドロテの名が並んだ赤いテープで巻く。『八点鐘』は、五月一六日に発売される予定だが、その機会に、アルセーヌ・ルパンの冒険を全部まとめて派手に宣伝できるだろう」。また、「本の中に挟む、四ページの差し込み」も用意しており、「多大な効果のあがるアメリカ式のプロジェクト」を立ち上げる予定であった。

かつてのモーリス坊っちゃん

ルブランは、少年時代に過ごした場所を次第に好んで訪れるようになった。ルペル＝コワンテ家の嫁「エリック夫人」に、ある日再会した時のことをルブランは語っている。「ほとんど毎年恒例になっていたジュミエージュ詣でのひとつで、私は、ずうずうしくも廃墟から離れ、大修道院付属の教会に続く人気のない小路を上っていきました。別の建物の正面に着きました。入り口の階段の前で、年老いた女性が、花瓶にドライフラワーを生けていました。ルナリアという草花です。女性が私を見ました。どぎまぎして立ち止まり、自己紹介をしようとしていると、女性がささやいたのです。『ああ！　モーリス坊っちゃん……』。彼女は四〇年以上も私に会っていませんでした。かつてのモーリス坊っちゃんがずいぶんと変わってしまったことは疑いありません！」。

予定通り一九二三年四月に、『綱渡りのドロテ』が書店に並んだ。広告はこう主張している。「数ヶ月間というもの、魅力あふれるドロテの冒険に世界中が夢中になりました。元気で、頭がよく、エスプリと気品を備えた忘れられない人物ドロテ。読者は、彼女の当意即妙の受け答えに大いに笑い、苦難には胸を痛め、立ち向かう数々の危険に震え上がります。皆、彼女が大好きなのです、まるで、もっともステキな女友達みたいに」。ルブランが望んだこうした宣伝にもかかわらず、『ドロテ』は期待したような成功を収めなかった。八千部の初版が完売する様子もなかった。……

一九二三年五月、ジョルジェットがフランスに帰国した。モニーク・セリュールとマーガレット・アンダーソン〔一八八六―一九七三〕が一緒だった。マーガレットにはニューヨークで出会ったのだ。マーガレットは女優に恋するようになった。マーガレット・アンダーソンは、ニューヨークで、前衛的な雑誌《リトル・レヴュー》を創刊していた。ジェイムズ・ジョイスの『ユリシーズ』の一部を連載していたが、それがピューリタン的な悪書追放協会から道徳に反すると判断されたのだ。有罪を宣告されたマーガレットは、国外逃亡を選んだ。

ジョルジェットとモニーク、マーガレットはヴァノー通りの「朽ちた庭」のなかに一軒の「古びた屋敷」を借りた。夏には、ジョルジェットは友人たちをタンカルヴィルに連れて行き、アメリカにおける映画についての講演会を開いた。この城で彼女たちが歓迎をうけたかどうかは疑わしい。この屋敷に滞在した時、マーガレットたちは好ましくない貧乏な客として扱われたらしい。マーガレットの話を聞けば、誰でも、仕事を見つけて、もっと慎ましい界隈に引っ越すことを選んだに違いない。

『炎の泉』のなかで、マーガレットは、一家の信じがたいほどの吝嗇ぶりを揶揄している。寛容さの欠片《かけら》もない家族なのだ。四〇年間彼らの家で働いた使用人たちは、年をとって働くことができなくなると、よそで施しにすがって暮らしてちょうだいと言われていた。マーガレットによれば、ジュアンヌとフェルナンは、彼らのサロンが広いのと同じくらいつまらぬことに狭量だった。

ルブランに関しても、マーガレットは、彼ら以上に肯定的には描いていない。「モーリス・ルブランは、家族にとても大切にされていた。というのは、彼が神経質だからだ。しかも、消化不良で不眠症で、なにか行動しなければならないとなるとすぐにヒステリックになった。それに本を執筆していたのだから。マラルメみたいに、大きなショールを肩にかけ、サヤインゲンを数えては、八つ以上は決して口にしなかった。一〇月には決まってセーヌのほとりの城で過ごした。そうしなければ年一冊の本を書くことは出来なかったろう。昼食前に部屋で数行を書く——半ページ以上書くことは決してなかった。それから半時寝ようとするが、うまくはいかない。それで、ちょっとした散歩をするのだが、往復半マイル以上は決して歩かない。お茶がすむと、部屋のなかで腰掛け、暖炉の前でうとうとする。薄暗いのを好み、翌日書くことを考える。夕食の前には、サロンの暖炉の前で、過ぎ去りし美しき日々に思いをはせ、ショールを半ば開けて、感動した声でラシーヌを朗誦していた」。マーガレット・アンダーソンは思い違いをしている。ルブランが好んで暗唱したのは、たいていコルネイユだったのだ。

ジョルジェットは、ルブランに会いにエトルタを訪れた（エトルタは例外的な猛暑だった）。アメリカでの失敗を打ち明け、そこで出会った有名人について語った。中には、裕福なパトロンであるオットー・カーン〔投資家・コレクター。一八六七―一九三四〕もいた。彼のおかげで、ジョルジェットはひどい困窮から抜け出せたのだ。

九月三日、〈ルパンの園〉から、「ルブラン夫人の名で、パリ―クレルモン＝フェラン間往復の鉄道半額乗車券」を都合してくれるよう、ルブランはアシェットに頼んでいる。「こうしたことをみだりにお願いするつもりはありませんが、ラフィット社からは、家内のために、元旦の頃の無料乗車券を頂いております。その他にも、毎年、半額切符を一枚、あるいは二枚か、三枚頂いております。私にはありがたい慣例です。御社も、この良き伝統を守って下さると固く信じております。何卒よろしくお願い申し上げます」。

マーガレット・アンダーソンが記したように、「些細な金にもうるさい」ルブランには、普通料金で旅行するなんてとても考えられなかったようだ。しばしば、《ジュルナル》や《フェミナ》、あるいはアシェット社に「鉄道乗車券」を無心していた。こうした特別待遇に浴しなかったポール・レオトー〔作家・劇評家。一八七二―一九五六〕は、『暇つぶし』でこう記している。「もらったタダ券のおかげで、金も払わず一等席で旅している大作家の金持ち先生たちがいらっしゃると思うとな。しがないもの書きで、本当に金が必要なこっちの方は、三等席でいかざるをえないし、それも金を払わなければならないとは。これがこの世の正義というものだ」。

シャマリエール〔クレルモン＝フェランとスパの町ロワイヤとの間にある、豪華な別荘が建ち並ぶ町〕の〈テラス〉から、今度は「息子のクロードのために」パリ＝クレルモン＝フェラン間の「半額切符」を都合してもらえないかと、ルブランはアシェット社に頼んでいる。「一ヶ月後には兵役に行ってしまうので、息子にどうしても会いに来て欲しいのですが」。

モーリス・ルブランとその小説

同年一九二三年、『国境』の挿絵入りの新版のために、ルブランは『モーリス・ルブランとその小説』と題された序文を書いた。「確かに、モーリス・ルブランは、『アルセーヌ・ルパンの奇想天外な冒険』を語って、世界的な名声を獲得した。とはいえ（……）、それでもやはり、人好きのする怪盗紳士が登場しない数多くの短篇や長篇の作者として、ルブランが名声を得ていることには変わりない（……）。モーリス・ルブランは、ルパンのために、自分の才能の全てを費やすわけではない。この謎めいた人物以外の冒険譚を語らせても、同じくらい私たちを感動させることができるのだ」。

自作に歴史にまつわるような広がりを付与したいとルブランはのぞんだ。たとえば、『カリオストロ伯爵夫人』がそうだ。その謎は、『ドロテ』で語られる謎と関連している。作品のなかで、ルブランは、彼がどこよりも愛するコー地方、エトルタやタンカルヴィル、ジュミエージュ、グールを回想している。この小説は、ルパンの「最初の冒険」を語っている。一九二三年にはすでに、この冒険の続きであり、ルパンものの最後の作品となる『カリオストロの復讐』が書きあがっていたものの、それが連載小説として発表されるのは、一九三四年になってからだった。

『カリオストロ伯爵夫人』は、一二月、《ジュルナル》紙に連載された。ユーモアを交えてルブランはこう語っている。「『カリオストロ伯爵夫人』のなかで、ボーマニャンが短刀で自分の胸を一突きした時、私はうっかり、銃声のした方へ農民が駆けつけたなどと語ってしまいました。読者は、私のミスを責めるでしょうかね？〔この間違いは単行本では訂正され、「銃声のした方へ」という文言は削除された〕」。

ルブランは、『バルタザールの冒険』も書いた。怪盗紳士とは全く異なる文学的「類型」を生み出したいと思ったのだ。この主人公は、「モンマルトルの丘の背後、城壁跡のかなたに存する一地区、くずやたちの掘っ立て小屋やあばら家がひしめいている地区」に住んでいる。一八四〇年代に建設された城壁跡の外側、パリをぐるりと取り囲んでいた細い帯状の「貧民街」をルブランはこんなふうに描いた。ブルジョワたちが危険視していた人びとを受け入れているこの緑豊かな貧民街を、ルブランは、アルセーヌ・ルパンの最後の冒険で、いっそう詳しく描写している。

ルブランは『砲弾の破片』に手を加え、一九二三年、ルパンの冒険双書から出版させた。序文では次のように述べられている。「この小説では、事件は、アルセーヌ・ルパンは脇役しか演じていない。しかし、ルパンの協力はあまりに効果があり、ルパンが言った通りの順序で展開するので、もし本書を含めなければ、彼の奇想天外な冒険シリーズは完全なものとは言えないだろう。この本には、ルパンならではの影響力や、行動の流儀、その創意にみちみちた気風の痕跡が、各ページに見いだされるのだから」。

疎遠であった古い友人

一九二四年二月二日、ルブランは、ルーアンの〈英国ホテル〉で開かれたリセ・コルネイユの同窓会に参加した。エルブフの商工会議所の所長であり、大手ラシャ・メーカーの社長でもあるポール・フランケルと共に、ルブランもそこでスピーチをした。ポール・フランケルは、同窓会の会長でもあった。彼は、リセの「舎監《ピオン》」について話した。ルブランもスピーチをするように頼まれていた。「ここに参りましたのは、まず、ご無沙汰しておりました昔の友人たちにお会いしたいと思ったからです……」。

ルブランは望郷の念に駆られることが多くなり、アルジナ・バリルやエルネスティーヌ・カレといった従姉妹たちのような、今ではめったに会わなくなったルーアンの親戚と旧交をあたためたいと思うようになった。エルネスティーヌは、夫のアントワーヌをなくした。三月七日、ルブランは手紙を書いている。「二月二日土曜日、ポール・フランケルとルーアンで夕食を取りながら、昔ポールが時々いっしょに仕事をした従兄のアントワーヌ・カレの話をしました。ポールは、その日アントワーヌが病気だなんて知らなかった。かわいそうなアントワーヌは逝ってしまった。君は、長年の旅の連れを失ってしまったね。（……）幸いなことに、君には、息子さんがいるし、ご逝去のお知らせからすると、お孫さんも二人いる。みなが優しく君を見守り、この辛い別れと孤独の試練を耐えられるように、君を支えてくれることを願っているよ」。

ルブランは近況も伝えている。「僕らにも愛する孫がひとりいる。パリ中央工芸学校《エコール・サントラル》（工学・技術系エリート養成のための国立の高等教育機関）を（六百人のうち）二三〇番で卒業し、今はポワティエで軍の幹部候補生になっている。まだ二一歳だよ。従兄弟のデュフェたちに会ったら、僕はよく君たちのことを思っているって伝えておくれ。遠方のアルジナのこともね。ガブリエルも時々手紙をよこしてくれたっていいのに。君もだよ。心からのキスを送る」。この手紙からすると、ルブランは一族にほとんど会っていなかったらしい。この一九二四年、ルブランは、六月にパーティーを開いて一族を集めてもらうことにしている。

その頃、二度目のアメリカ滞在から戻ってきたジョルジェットは、マルセル・レルビエ監督と、「夢幻的な物語」『人でなしの女』の撮影を終えた。この「前衛」映画には、偉大な人物が「名」を連ねていた。ピエール・マッコルラン〔小説家・詩人。一八八三—一九七〇〕、フェルナン・レジェ〔画家。一八八一—一九五五〕、クロード・オタン＝ララ〔映画監督。『肉体の悪魔』など。一九〇一—二〇〇〇〕、ロベール・マレ＝ステヴァンス〔建築家。一八八六—一九四五〕、ポール・ポワレ〔デザイナー。一八七九—一九四四〕、ラリック〔ガラス工芸家・宝飾デザイナー。一八六〇—一九四五〕、ダリウス・ミヨー〔作曲家。フランス六人組の一人。一八九二—一九七四〕。

……

アメリカでの「ジョルジェット・ルブラン初コンサートツアー」を賞賛し、一九二五年の一月から三月にかけて開催される「二回目のツアー」を予告するポスターを、ジョルジェットは作らせた。この計画は少しも具体化されなかった。ジョルジェットはもう二度とアメリカの地を踏むことはないだろう。……兄は妹のためにいくつかのテキストを書いた。『テルミドール三日』と題されたそのうちの一つの原稿には、こう書かれている。「歌入りの（非常に短い）映画のシナリオ、ジョルジェットのためのプロジェクト」。失敗に終わった妹の試みについてルブランがどう思っていたのかは分からない。……アメリカから最初に帰国した時、ジョルジェットはもう一息でひと財産作ることができそうに見えた。その後、二度目の帰国をした時、「ジョルジェット・ルブラン・アート・ダイレクション株式会社」は倒産し、ジョルジェットは無一文にひとしかった。マーガレットとモニークという二人の「女友だち」との奇妙な「三角関係」を、兄はどう思っていたのだろうか？

XI　ルパンからの逃亡？（一九二四―一九二九）

古い砂利

一九二四年七月、猛暑が襲ったパリを嬉々として離れ、ルブランはエトルタに到着した。彼はがっかりした。アシェット社に宛てて手紙を出していたというのに、エトルタの二軒の本屋では、六月末に出された『カリオストロ伯爵夫人』の在庫が十分ではなかったのだ。この小説については、七月三一日、〈ルパンの園〉から、あるジャーナリストに宛ててこう書いている。「第一巻という言葉をお使いになるのは、あまり適切とは申せません。小説が未完だと思われてしまいます。これは完結した物語で、完成した冒険なのです。カリオストロ伯爵夫人とアルセーヌ・ルパンの闘いを語る第二話を、一年後に出すつもりでおります。三〇年後に起こる話で、タイトルは『カリオストロの復讐』です。貴紙が、第一巻という言葉をお使いになったのは、この第二話のことを私が告げていたからなのです」。

カジノのテラスで、ルブランは、「古い砂利」の友人と落ち合った。これは、ジョルジュ・ブールドン〔ジャーナリスト。《フィガロ》紙等に寄稿。劇評家。ルブランと親しかった。一八六八―一九三八〕とルイ・ド・モルシエ〔作詞家・オペラ等の台本作者。一八七二―一九三七〕が設立したエトルタをよく訪れる家族の会である。カジノは第一次世界大戦前の賑わいを取り戻し、オペラや芝居、映画鑑賞会といった華やかな催しが数多く開かれた。外は、黄と白と茶で彩られ、花壇で飾られていた。中には、ビリヤードやバカラのための広間、図書室、劇場があった。

エトルタは、スポーツでも大いに盛り上がりを見せた。「エトルタ青年スポーツ連盟」主催の「チャンピオンシップ」や、ゴルフコンペ、「国際テニストーナメント」が開催されていた。一九二四年八月末の国際テニストーナメントには、シュザンヌ・ラングラン〔一九二〇年代の女子テニス界に君臨した名選手。一八九九―一九三八〕が出場した。ルブランは感嘆して、彼女について『女子世界チャンピオン』と題された記事を書いている。この題は、ラングランが一五歳の時に獲得したタイトルである。「私たちの時代にどんな風にプレーしていたのか、未来の世代に伝えたいと思うなら、宙に舞うシュザンヌ・ラングランの肖像を刻んだ金のメダルを作るべきだろう。腕を空に伸ばし、片足を曲げ、膝を高く上げている。（……）意志は本能を凌駕し、反射運動を支配している。それは、聡明なる意志だ。稲妻のように素早く、剣の一振りのように迷いがない。実に美しく感動的だ」。

エトルタでルブランは、当時よく知られていた画家のジュール・ケロン〔特に貴婦人たちの肖像画を多く描いた。一八六八―一九四四〕に、頻繁に会っていた。ルブランのようにつばの広い帽子を被り、よく肩に大きなショールを羽織っていた。フェカン街道にある、木製のバルコニーがめぐらされた別荘〈芝地荘〉で夏を過ごしていた劇作家モーリス・セルジヌ〔一八六九―一九四四？〕や、春と夏のために、クリクト街道に塔を頂いた別荘〈木イチゴの茂み〉を借りていた音楽家アンドレ・メサジェ〔作曲家・指揮者。特に、バレエやオペラ、オペレッタなど、舞台のための音楽を得意とした。一八五三―一九二九〕とも親交があった。母親エルミヌが所有していた〈オー＝メニル荘〉に住んでいたピエール・ルコント・デュ・ヌイ〔生物物理学者・哲学者。一八八三―一九四七〕や、ルネ・ルヌーにも会った。このルブランの義兄は、「左翼連合政権」が勝利した国民議会選挙の後に成立したエドワール・エリオ内閣で、一九二四年六月、法務大臣に任命された。

ジョルジュ・ブールドンと一緒にカジノのテラスに座った、ルブランの写真が一枚残っている。ブールドンは、明るい色のスーツに、いつもの細いフレームの鼻眼鏡をかけている。カノチエ〔カンカン帽に似た縁の平らな帽子〕を被っているが、ルブランはお決まりのつばの広い帽子姿だ。ジョルジュ・ブールドンと妻ティグレット、娘のコレットは、アモンの断崖の上に建つ別荘〈浮かれそよ風〉で夏を過ごしていた。当時一五歳だったコレットのために、毎夏、ルブランは自分の最新作を一部取っておいた。一九二四年七月、彼はコレットに『カリオストロ伯爵夫人』を一冊贈っている。「コレット・ブールドンへ、あるお人好しの若者と正直な庶民の女の冒険物語」。小説は六千部刷られたが、すぐに品切れになった。なかなか増刷されないことにルブランは不満を漏らした。「せっかくヒットしていたのに、途中で勢いがそがれてしまった」と。

八月二九日、パリ発ヴィシー行きの鉄道「割引券」を都合してくれと、ルブランはアシェット社に頼んでいる。九月一七日、ルブランが編集者に手紙を書いたのは、ヴィシーで一番の豪華なホテルの一つである〈テルマル＝パラス〉からだ。「『八点鐘』が売れていると伺って、大変嬉しく存じます」。あいかわらず最悪の事態を恐れて、ルブランは書き添えている。「とはいえ、ひとつ心配があります。『カリオストロ伯爵夫人』（文庫本）もよく売れました。初版六千部がすぐに売り切れてしまったので、五千部増刷することを決めました。さて、この五千部が店頭に並ぶのに、三ヶ月以上もかかりました！　催促の手紙を私が出してあげたのに、エトルタの二軒の本屋は、夏の間ずっと、再入荷できずにいました。本屋はどこも同じ状況でした。今度もまたアシェット社は、印刷が間に合わないのでしょうか？」。

エルキュールとバルタザール

『八点鐘』から、ルブランの作品は雰囲気が、ずっと明るくなった。この変化は、《自由な作品》誌〔未発表作品だけを掲載する月刊紙〕の一九二四年一二月号に発表された『エルキュール・プティグリの歯』や、一二月二六日から《ジュルナル》紙に載った小説『バルタザールのとっぴな生活』でも、同じだった。

当時《自由な作品》に寄稿していたアンリ・デュヴェルノワに依頼されて、ルブランは、「書き下ろしの中篇小説」『エルキュール・プティグリの歯』を書いた。一九二一年一月、一人の無名兵士が凱旋門の下に埋葬されたことから、この物語を思いついたのだ。この埋葬された兵士は、前日ヴェルダンで、八つの棺桶のうちから一つを選択せよと命じられた兵士が選んだのであった。小説には、探偵エルキュール・プティグリなる滑稽な人物が登場する。「くすんだ緑色の外套」を羽織り、ぞっとするような犬歯をした「不気味な」見かけをしているが、とても勘のいい男だ。

英雄喜劇的な波乱万丈の物語、『バルタザールのとっぴな生活』は、新たな「文学的類型」を誕生させようとしたものだ。スタイルは、ヴォルテールの『カンディード』から着想を得た。一切は単純であり、人生には冒険など存在しないと教えていながら、バルタザールは、絶え間なく「びっくりするような予期せぬ事件」に巻き込まれるのだ。

ルパンの作者の努力

一九二五年二月一六日、ルブランはラフィットに宛ててこう書いている。「君には伝えてあったように、戦争前の契約にならって一九一八年に結ばれた僕らの取り決めは、もはや時代遅れだ。（……）そういうわけで、実売部数を考慮して、それに見合った額を僕の報酬とするのが（……）公

息子のクロードを肩車する
モーリス・ルブラン

妻のマルグリット
グールの城にて

正だと思う」。相応の金額を示してから、ルブランはこう書き添えている。「アシェット社に対して、僕は無期限の契約に同意し、協調的な精神を幾度となく示してきた（この点に関して、僕にとって大切な手紙をとってある）。だから、社の名誉のためにも、アルセーヌ・ルパンの作者が、その二〇年来の努力の成果に対してそれ相応の報酬を受け取ることを、アシェット社は必ず認めてくれるはずだ。それに、自惚れが過ぎるようだけど、僕の死後もずっと僕の作品で儲けられるのだからね」。

ルブランには、「資産管理担当」のエムリ氏がいたものの、三月二八日に文芸家協会の代表に宛ててこんな手紙を書いている。「電話でお話しした内容は確かです。財産を管理したり、明細書を集めたり、版権の支払いを受け取るといった仕事を、息子のクロードに任せると決めました」。エムリ氏については、こう書いている。「彼の協力にはいつもたいへん満足しておりましたが、手の空いたときに、息子が父親のために働くのはごく当然のことです」。

四月、ルブラン夫妻は、カンヌの豪華ホテル〈カリフォルニア〉に滞在した。ルブランの姪マルセールも一緒だった。彼女はそこで若いジャーナリストと知り合った。クレール・ボアス〔作家。筆名アリエル。数多の慈善団体の代表を務めるなど、社交界でもよく知られていた。アンリ・ド・ジュヴネルの最初の妻。一八七九—一九六七〕とコレットの夫アンリ・ド・ジュヴネル〔アンリは、一九一五年にコレットと二度目の結婚をしたが、のち一九二三年には離婚している〕の息子であるベルトラン・ド・ジュヴネルだ。ベルトランは一九二〇年からコレットと恋愛関係にあった〔作家・ジャーナリスト・哲学者。ベルトランとコレットの関係は、コレットに『青い麦』のインスピレーションを与えた。一九〇三—一九八七〕。コレットから遠ざけようと、ベルトランの家族は良家の子女たちを紹介していた。ベルトランは、マルセールに惹かれた。彼女は若く、美しく、聡明で、一九二二年には小説『いきる』を出版していた。ルブランは、姪にこの結婚を勧めた。

四月四日、ミラノでしたためた、一日の上演プログラムについての手紙のなかで、ジョルジェットは、兄の健康を気遣い、ニースの医師を薦めている。「ぜひ、ベアトリクス通り、ヴィラ・マリナのロランティ博士に会いに行って。私が元気になって、ニースでの二度のコンサートと今回のとを開くことができたのも、先生のおかげなのよ」。ジョルジェットは、ニース近郊で、どこか夏を過ごせるような所を探してくれるように、兄に頼んでいる。「むしむししたノルマンディーは嫌なの」。

救いの手を差し伸べてくれることを期待して、ジョルジェットは苦しい懐具合も兄に報せた。「この冬、ビジネスでも、とても厄介なことがあったの」。「ビジネスで」の近くに、こう加筆している。「まるでお父さまみたいね！」。

金遣いの荒い妹にしょっちゅう頼られて、ルブランはいささかうんざりしていた。ジョルジェットと二人の「女友達」マーガレットとモニークはパリに戻ると、ボージョレ通りのホテルに滞在した。勘定が支払えないことになる前に、ルブランに宛てて、マーガレットはジョルジェットのことを手紙に書いた。「妹さんには、眠れなくなるような手紙を書くよりも、いつもやるべきことがあるのでしょう」。ヴィラ・エランにジョルジェットは呼び出され、アメリカ人の女友達がとった無礼な態度に文句を言われた。それでも、ルブランは寛大だった。マーガレットはこう伝えている。「妹が帰ろうと席を立つと、モーリスは上着の外側のポケットから、百フラン札を五枚出して、彼女に渡した。それから、内ポケットをまさぐると、百フラン札がもう二枚出てきた。最後に、妹がドアに着くと、さらに百フラン札を三枚与えた。したがって、モーリスの施しは、一五〇〇フランに達した。大した額だった」。

バルタザールの失敗

六月、『驚天動地』と『綱渡りのドロテ』がラフィット社の挿絵入り双書から刊行された。同時に、『バルタザールのとっぴな生活』が、文庫本双書で出版された。ルブランは、「わがいとも愛しきマルグリットに」との献辞を入れた。

バルタザールによって、ルブランは、「憐れみを掻きたてる人物」を創りたかった。しかし、主人公はむしろ滑稽だった。一九二六年の挿絵入り版に次のような「書評依頼状」を添えて、ルブランはこの失敗を取り繕っている。「今日その作品が世界中で翻訳されているアルセーヌ・ルパンの父は、まさに得意とするジャンルのパロディーを試みました」。ルブランは、「ティグロ＝コレット」、つまりコレット・ブールドンとその親ジョルジュとティグレットに贈ろうと取っておいた本にこう書き込んだ。「この小さな本は、繊細な人には気に入ってもらえるが、凡庸な人間にはよく思われない。よく覚えておいてくれたまえ……」。息子のための一冊にはこう記している。「愛しきクロードに。この本をお前にも捧げるよ。僕らのいとも愛しきマルグリットに捧げられているのだから」。

若かりし頃に捨てた地方で過ごした日々を、ルブランは懐かしんだ。一九二五年の夏、ルーアンに立ち寄ったルブランは、記念墓地を訪れた。従姉のエルネスティーヌに宛てて書いている。「記念墓地では、僕らのご先祖が眠っている礼拝堂の荒れ果て方を見て悲しくなったよ。デュフェ家の誰かに、ルーアンに来たら、塗装工を探してもらって、扉を塗り直して、中を掃除してもらえないか、お願いしたい。塗装工の請求書は、あとで僕に送ってくれたまえ」。

エルネスティーヌはきっとすぐに塗装工を見つけたのだろう。八月一一日、エトルタからルブランは彼女に宛ててこう書いている。「君の親切には心より感謝している。この塗装工は、実に良心的だよ」。ルブランは家族のことも報せている。「ジュアンヌから君に、愛情あふれるよい知らせがあるよ。昨晩ここに夕食に来たんだ。ジョルジェットの方は、パリの僕の小さな屋敷で夏を過ごしている。僕の家に夢中なんだ。一〇月には、みんなでタンカルヴィルに集まるつもりだ。クロードも二週間一緒だよ。技師をしていて、電機機器会社トムソン＝ヒューストンで面白い研修を受けている。働き者で真面目な若者だし、さいわいスポーツや娯楽も大事にしている。僕は、あいかわらず、まあまあ元気にしている。神経過敏で、理由もなしに胃が痛むけれど、結局は、頑丈な体質なんだ。賢明にも、この悪魔的で魅力にみちたパリとは別のところで暮らした、健全なるご先祖のおかげだよ。僕にとっては幸いなことさね」。

　ルブラン夫妻は、時々、レ・プティット＝ダル近郊〔ノルマンディーの海水浴場として知られる〕にあるサスト＝ル＝モコンデュイの大きな城〔シシィの愛称で知られるオーストリア＝ハンガリー帝国の皇后エリーザベトが一八七五年に滞在したことで有名〕に足を運んだ。夫婦は九月二七日に訪れ、城館の芳名録に署名している。アカデミー会員のアルベール・ド・マン〔政治家。一八四一―一九一四〕の息子であるアンリ・ド・マン伯爵に会いにおとずれたのだ。彼は、サストの市長だった。妻のアニーはよく、芸術家や作家たちを喜んで招いていた。

姪マルセールの結婚

　マルセールがベルトラン・ド・ジュヴネルと結婚したのは、一二月のことだった。〈詩の女神の館〉で祝宴が開かれたが、教会での結婚式は行われなかった。一二月一二日の《フィガロ》紙は、こう報じるにとどめている。「一二月五日土曜日、フランス委任統治領シリア高等弁務官、レジオン・ドヌール勲章オフィシエ章受勲者、アンリ・ド・ジュヴネル氏の子息ベルトラン・ド・ジュヴネル氏と、フェルナン・プラ夫妻の息女マルセール・プラ嬢の結婚が、ごく内輪で祝われた。……新郎の立会人は、チェコスロバキア共和国外務大臣エドワール・ブネス氏とフィリップ・ベルトロ氏〔外交官。文学者や芸術家と親交が深かった。一八六六―一九三四〕であった。新婦の立会人は、法務大臣ルネ・ルヌー氏とモーリス・ルブラン氏であった」。

ジョルジェットは、ユニヴェルシテ通り八〇番地に小さなアパルトマンを借りることができた。経済的困窮から、いくつかの家具を売ろうとした……そのおかげで、偶然、「ソルフェリーノ庭園」時代の友人、ジェローム・ドゥーセ〔作家・ジャーナリスト。少年向けの本や、美術書などを多数著した。一八六五―一九五七〕と再会し、旧交を温めることになった。

一九二六年のクリスマス、ルブラン一家は、タンカルヴィルに集まった。ジョルジェットは、ジェローム・ドゥーセに宛ててこう書いている。「年末年始のお祝いは好きじゃないから、いっそ他の人たちを喜ばせる機会にしようという、とても自分勝手なアイデアが浮かんだのです。他の小さい、い、な人たちよ。クリスマス――と、そのあとも！　タンカルヴィルの姉の城で過ごすことを、家族に決心させせました。それで、私が音頭をとって、マーガレットとモニークと一緒に、村の子供たちのためにクリスマスツリーを飾ることを考えたのです。お金のかかる家族や貧しい人がたくさんいる村です。今、何とかしてすてきなものを作ろうとしているのだけれど……材料が何もないのです……だって、なんでも高すぎるのですもの」。

物語作家の類いまれな才能

ルブランのところには、イギリスの高校向けに『ルパン対ホームズ』に含まれる一話を出版させてもらいたい旨の許可願いがきた。一九二七年二月一六日、アシェット社に宛ててこう書いている。「いずれにせよ、必要な条件は、シャーロック・ホームズをホムロック・シェアーという名にすることです。これは、私の本の英訳版でホームズが名乗っている名前です。こうすれば、コナン・ドイルからのあらゆる抗議を避けることができます」。

ガストン・ルルー〔推理小説の古典的傑作『黄色い部屋の謎』やスリラー小説『オペラ座の怪人』などがある。一八六八―一九二七〕が、四月一五日にニースで他界した。未亡人に宛ててルブランは手紙をしたためた。「ご主人様とはほとんどお付き合いはございませんでした。三、四度お会いしただけです。ですが、大変立派な方だと思っております。ひとは、私たち二人の名と作品を比較したものです。私はそのことを光栄に思っております」。「想像する苦労がいかなるものかを私自身痛いほど存じております。また、そのためには、意識的に考えをめぐらせ、ひたすら夢想にふけり、強迫観念に取りつかれることさえ必要だと存じております。ですからもちろん、私は誰よりも理解しております。ご主人様の非凡な力量、絶え間なく求められる革新、類いまれな物語作家の才能、作品を見事に作り上げ、そこに命を吹き込む並外れた能力、あのほとばしる着想や創意、愉快で思いもよらないアイディアのすべて、才気煥発な語り、人の心をとらえる明るさ、悲劇と謎に対する優れた感覚、仕事に注いだ誠意、――そしてご主人様をスケールの大きな小説家にしているあれほど多くの美点を」。

同様に、ジョルジュ・ブールドンに依頼された、一九二七年五月に出たアンソロジー『フランス作家による愛』に収められた中篇『山羊革の服を着た男』を書くことで、ルブランは、エドガー・ポーを賞賛した。ルブランは、今語ったばかりのルパンの冒険は、「既に七〇年か八〇年前に書かれたことで」、「エドガー・ポーは、このテーマでもっとも素晴らしい短篇のひとつを書いている」

と述べている。

一九二六年の冬から翌年にかけて、《ジュルナル》紙の読者は、『緑の目の令嬢』に夢中だった。この小説は六月二七日に店頭に並んだ。広告には、「人びとを夢中にさせる『アルセーヌ・ルパンの奇想天外な冒険』シリーズの本は、爆発的大ヒットを収めました。その人気には少しの陰りもみえません。ルブランは、この作品で、あの忘れがたきアルセーヌ・ルパンを見事なまでに描いています」とある。《ルーアン速報》で、ジャン・ゴーモンとカミーユ・セは、こう嘆いている。「批評がモーリス・ルブランを正当に評価する日が、いつか来るなどとは期待しないでおこう」。とはいえ、彼は「アクションを愛しながらも、夢を大切にする、あらゆる人びとの友である」。確かに、小説はとても詩的だ。ルブランが言うように、ルパンが解く謎は、「歴史的であり伝説的でさえある」過去に埋もれているのだ。

エトルタでの一九二七年の夏

ジョゼ・ルパン（リュパン）という高等師範学校の学生が、自分と同じ名を持つ、有名な主人公の父からサインを貰いたいと思っていた。一九二七年六月二五日、「モーリス・ルブラン、ルパンからルパンへ」と署名した、ポンプ通りの自宅が写った絵はがきを、ルブランはこの学生に送った。「三、四ヶ月の間パリを離れます。私の新しい小説が出たら、出版者から、すぐにお送りします。その本に、このはがきを貼って下されば、私のサイン！と私の小さな庭の一角！がお手に入ることでしょう！」。

エトルタから、七月四日、《ジュルナル》紙の文芸部長であるリュシアン・デカーヴに宛ててルブランはこう書いている。「書きたい短篇のテーマがいくつかあります。《ジュルナル》紙の掲載を約束して頂けますか？　最初の短篇は、七月末に載せて頂けるようにお送りしましょう。その後三ヶ月間は、月に三日、私の作品を載せて頂きたいのです。この際、お金のことはそれほど重要ではありません。何よりも、《ジュルナル》紙の最下欄以外に〔連載小説は最下欄に載るのが通例〕私の署名が載るのを見たいのです。一九一五年は、二〇〇フラン頂いていました。よろしければ、現在の価格を五〇〇フランにしましょう」。追伸にはこうある。「年末頃には、だいたい八千から九千行のアルセーヌ・ルパンの小説が書き上がっているでしょうから、私が年に一度発表している連載小説は、一月から出して頂けませんか」。

この小説は、おそらく『謎の家』のことだろうが、一九二八年六月まで発表されることはなかった。短篇の方は、一九二七年七月二七日から掲載された。最初の短篇は『美しきアンジェリ』と題された。ルブランはデビュー当時の作風に回帰したようだった。

この七月、ルブランは妻に贈った『緑の目の令嬢』の本にこう綴った。

「大地のような褐色の瞳、それとも空のように青い瞳、
黄金のような鹿毛色の瞳、それとも蜂蜜のような明るい瞳、
エメラルド色、それともエボナイト色の黒い瞳……
もっとも美しい瞳、僕にとって、マルグリット、それは君の瞳だ」。

八月一一日、アシェット社に宛ててルブランは書いている。「『緑の目の令嬢』はどうなっていますか」。六月の初版八千部はすぐに売り切れ、七月に三千部を増刷し、現在さらに六千部を刷っているところだと知らされた。ルブランは、「お便りには感激しました。さらに六千部の増刷という

ことは、合計すると一万七千部です。ルパンもの一二作目にしては、見事です。何の宣伝もしてもらえなかったのですから」と答えている。

一九二七年の雨がちな夏、フィラデルフィア大学の学生のグループがエトルタに滞在していた。《フィガロ》紙が載せた対談で次の逸話を語った時、ルブランは彼らのことを考えていたのだ。「作家人生においてもっとも素晴らしい思い出」は何か尋ねられて、ルブランはジャーナリストにこう答えている。「あの日のことは決して忘れないでしょう。エトルタの断崖の上でゴルフをしていた時、若いアメリカ人のグループが、開いた一冊の本を手に、距離を測って、何かを探している様子でした。（……）小さな城塞の廃墟を横切り、厚い断崖の中を進み、カエサル以来フランスの君主たちが財宝を大切にしまっていた隠れ家に、アルセーヌ・ルパンがたどり着いた道筋を確かめる。その楽しみのために、彼らはアメリカからやって来たのです」。「あなたはどんなに感動なさったことでしょう！」。ジャーナリストがルブランに指摘すると、彼はこう答えた。「それが、ルパンの方もでしてね！　このちょっとした出来事を話したら、うれし泣きに泣いていましたよ！」。

夏の終わりに催される「慈善ダンスパーティー」が、八月二七日、「海の帝国」というテーマで開かれた。八月三一日の《ジュルナル》紙に発表された短篇『活人画』のなかで、ルブランは、こうした上流社会の団体が主催するパーティーを揶揄している。本作で、ルブランは、CGFDと呼ばれる「ドーヴィル祝宴委員会」を描いている。

この一九二七年の夏、ジョルジェットと女友だちは、タンカルヴィルの古びた灯台を借りることができた〔灯台として使われていた二階建ての小さな家〕。ジョルジェットと厄介者のその友人たちを追い払うため、ジュアンヌとフェルナンは、修復工事費を負担した。

『驢馬の皮とドン・キホーテ』

アンドレ・ド・マリクール〔歴史家。一八七四―一九四五〕と共作で、ルブランは、長篇小説『驢馬の皮とドン・キホーテ』を執筆した。この作品は、一九二七年一〇月二三日から《ゴーロワ》紙に連載された。ルブランは、本で読んだ冒険を現実に投影してしまう、少年の頃の自分によく似た、感受性が強く空想家のピエール少年を登場させている。《ゴーロワ》紙は、こう告げている。「皆様方にご紹介するには及ばない二人の作家、モーリス・ルブランとアンドレ・ド・マリクールが、本紙の読者のために特別に書いた、繊細かつ魅力あふれる作品『驢馬の皮とドン・キホーテ』を掲載いたします。探偵小説の著名な作家と古えのフランスの歴史家が出会い、全く新たな作品が誕生しました。詩情と微笑に溢れた人生観に包まれた、波瀾万丈のおとぎの国です」。

バルタザールの失敗から学んだルブランだが、今回は、新たな主人公、探偵ジム・バーネットを、笑いを誘う登場人物として誕生させようとした。ジム・バーネットは、一九二七年一〇月から、《万人のための読み物》誌〔アシェット社の挿絵入り大衆雑誌。当時は、月二回刊行〕に出た、味わい深い三篇の中篇に登場している。「名高いアルセーヌ・ルパンの生みの親モーリス・ルブラン氏が書き下ろした中篇三作の掲載が始まります。小説家がこの新シリーズに登場させるのは、かの怪盗紳士に勝るとも劣らない新人物です。この謎めいた推理冒険物語に、読者の皆様方は、はらはらさせられ通しでありましょう」。《万人のための読み物》誌は、クリスマス号の広告で、「推理冒険物語の大作家が生み出した、新たな人物が再び登場する」中篇『一二枚の株券』を予告した。これは、本当には「新たな登場人物」と言えなかった。一九二八年二月、単行本『バーネット探偵社』の序文のなかで、ルブランは、バーネットをルパンの分身のひとりということにするのだから。一九二八年六月二五日から《ジュルナル》紙に発表される『謎の家』にも、ルブランは愉快なベシュ刑事を再登場させている。

作者が確認した残念な事実

マーガレットとモニークを連れて、ジョルジェットは時々タンカルヴィルを訪れた。彼女は、ジェローム・ドゥーセに宛ててこう書いている。「タンカルヴィルで過ごしたらと、姉が言ってくれたら、すぐに駆けつけるの、私たちみんなでね……節約のためよ」。倹約のために、ほどなくして彼女たちは、運よく城の近くにある廃用になった灯台のなかに住むことができるだろう。ルパンのおかげで、モーリスの方は、窮乏とはほど遠かった。……とはいえ、自分の利益に関することには、些細なことまで目を光らせていた。七月一二日、エトルタから、アシェット社にこんな指摘をしている。「この地方のあらゆる本屋に行ってみました。『神父の家の靴屋』〔クレモン・ヴォーレ／ジョルジュ・ド・ラ・フーシャルディエール共著、一九二八年刊〕、『アクセール』〔ピエール・ブノワ著、一九二八年刊〕、それにモーリス・デコブラ〔大衆小説家。一八八五—一九七三〕は山とあります。ところが、『バーネット探偵社』は一冊もありません。エトルタの行きつけの本屋にさえないのです。手紙を書いて頼んでおいたというのに。作者が確認した残念な事実です！……不満を申し上げたりはしません。ただ事実をお伝えしているのです。《ジュルナル》紙での『謎の家』の成功を考えれば、本をどんどん出庫させなければならないでしょう。さもなければ、宣伝したって無駄ですよ！」。

ルブランは、自動車を買うことにした。もっと頻繁にエトルタに来られるし、コー地方を散策できるようになるだろう。息子はこう述べている。「父は、僅かなもので満足でしたし、快適な生活には興味がありませんでした。小説の主人公にトルペード〔魚雷型の無蓋自動車〕を運転させた最初の作家である父は、六五歳まで自動車を持っていませんでした。それに、パンアール社〔日本ではパナール社で知られている〕の車を買うのも、私がしつこく説得してやっとのこと承知させたのです」。

俳優コヴァル

ポンプ通りの自宅に、ルブランは、俳優のコヴァル〔ルネ・コヴァル。二〇―三〇年代を代表するミュージカル俳優。一八八五―一九三六〕を迎えた。当時名の知られた俳優で、かなり前からヴァリエテ座で喝采を浴びていた。一九三〇年、カミーユ・ジェラールにルブランはこう言っている。「二年前、ここでの話です。この同じ扉から、見知らぬ紳士が入ってくるのが見えました。痩せて、背が高く、優雅で、英国人風でした。すぐに、この紳士がほんの少しの熱意さえもてば、見事にルパンになりきることができるだろうとの印象を受けました。目まぐるしく動き回りながら、同時に冷静沈着な、笑いを誘うルパンです。私は、仕草で彼を制止すると、アルセーヌ・ルパンとの長年の協力のおかげで身についた、あの驚くべき勘のよさから、こう言いました。自己紹介は無用です。コヴァルさんですね……アルセーヌ・ルパンの登場するオペレッタの上演を許可し、主役をあなたに任せる気があるか、私に尋ねにいらしたのでしょう……」。ルブランは申し出を承諾したが、条件をひとつ出した。「フランスらしい、明るくて機知に富んだオペレッタにしましょう。それでは、私の甥、マルセル・ラテス〔オペレッタや三〇年代には数々の映画音楽を手がけた。一八八六―一九四三〕に書かせましょう。甥はその力量があることを、すでに十分示してきましたから」。

一九二六年と同様に、クリスマスにルブラン家はタンカルヴィルに集まった。ジョルジェットは〈灯台〉にいた。一二月二九日、そこからジェローム・ドゥーセに宛てて手紙を書いている。「住所からお分かりのように、私は、ここで、大地よりも空の近くで暮らしています。姉の城から一〇分の、うち捨てられた古い灯台ですの」。

旧友ルイ・ファビュレ

一九二九年初頭、《われらが古き学び舎》誌に、ルブランの『アンドレ・モーロワ〔小説家・評論家。ルブランの二一歳年下。ノルマンディー地方エルブフで生まれ、ルブラン同様、ルーアンのリセ・コルネイユを卒業した〕への公開状』が掲載された。「貴殿がお書きになったもののなかで、ルーアンについて書かれた小さな本よりも私を感動させたものは、おそらく他にありません。それは、私がフォントネル通りのルーアン子で、貴殿より二〇年前に、リセ・コルネイユですべての学業を修めたからです」。ルブランはルーアンの町を回想している。「ロマン主義に心酔していた若かりし頃うろついてばかりいたこの町に、今は、熱烈な巡礼者として、ごく頻繁に戻ってきます」。ルーアン子の流儀が残っているとも書いている。「貴殿と同じように私にとっても、気がふれれば、カトル＝マールに行き〔ルーアンのカトル＝マール地区にはかつて精神病院があった〕、刑務所といえば、ボンヌ＝ヌヴェル、古着ならクロ・サン＝マルクで買い、縁日といったらサン＝ロマン市のことです。午後におやつを食べることは、グテではなく、コラシオネです。（……）私にとって、蚊《ムスティク》は、これからも羽虫《ビベ》のままでしょう」。

時々、リセの門で、ルイ・ファビュレと落ち合うこともあると言っている。二人は、「神聖なルート」を辿るのだ。サントゥアンの庭園、サン＝マクルー、大聖堂、オート＝ヴィエイユ＝トゥール、プティット・プロヴァンス、グラン＝ポン通り、そして大時計台。「思い出を再び蓄え、過去を蘇らせ、私たちはそれぞれ、家に戻りました。ルイ・ファビュレはボシェルヴィルのサン＝マルタン大修道院にほど近い、ルマールの森のなかの隠者の住まいに。私は、私の習慣、考え方、ルーアン子魂を、望んでいようがいまいが、決して失うことのなかったこのパリに」。

実は、二人は疎遠になっていて、その頃再会したばかりだった。ルイ・ファビュレは、旧交を温めたいと望んでいた。一九二九年二月三日、エドワール・デュコテを訪問しに訪れたパリから、ファビュレはルブランに宛てて手紙をしたためている。「青春時代が束ねた二人を、人生は別れさせ、互いに遠くの場所へ送ってしまった――だけど、些細なことから、二人は、遠く離れた場所から呼び戻され、再び近づく。そして共に思い返す青春の時が、離れて過ごしてきた長い人生をすべて消し去ってくれる」。

『謎の家』

三月一三日、『謎の家』が出版された。初版は三万部だった。アンリ・キストメクルスは、友人に宛ててこう書いた。「ああ！　なんてついてるんだ、君って奴は。今も、見事な創造の源泉を枯らすことなく、絶え間なくあふれさせ、二〇歳の想像力、創造の原動力を失わずにいられるとは！　昨晩、僕は『謎の家』をむさぼるように読んだよ……。なんてテンポのよい流れるような構成だろう、なんと見事な推理、奔放な空想力だろう！　君のルパンのなかでも最高傑作を読み終えた気がするよ。若き友よ！　素晴らしい時間をありがとう。僕の家族から君のご家族へくれぐれもよろしく。君の旧友より、さようなら」。

アシェット社は、広告を打った。「記録的数字。発行部数二二八万五千部！『謎の家』でアルセーヌ・ルパンは、アルレットの美しい瞳のために闘う」。もちろん偽りの広告だが、当時の出版業界ではよくあることだ。ともあれ累計発行部数は四万部に達した。

四月一〇日、ニースから、ルブランはアシェット社に宛ててこう書いている。「アルセーヌ・ルパンの父は、子供たちがすべて残らず八つ折判に入れられていないのをいつも残念に思っています」。彼は、「豪華極まりない」〈リュール・ホテル〉に滞在していた。海に面した「素晴らしい立地」で、目の前には遊歩道になった桟橋が延び、その端には、オリエンタル・スタイルのカジノが建っていた。

サラ・ベルナール劇場でのルパン

一九二四年以来ルパンを演じていなかったアンドレ・ブリュレは、一九二九年四月、サラ・ベルナール劇場で再びルパンに扮した。週刊誌《グランゴワール》〔一九二八年に創刊された右派の政治・文学を扱った週刊誌〕に寄せられた記事は、この舞台を賞賛している。「慈善家の強盗は、千一度目も、誘惑し勝利した」。コメディー・デ・シャンゼリゼ劇場で、『お月さまのジャン』が上演されたばかりの、若かりしマルセル・アシャール〔劇作家・映画監督・脚本家。一八九九―一九七四〕がこの舞台を観劇した。《グランゴワール》はこう記している。「幻想的な作品に精通しているマルセル・アシャール氏は、この四幕物を繰り返し観た後で、喜びいさんでこう明言した。『何にもまして若々しい！』おそらく、ここにこそ、この人並外れた人物の成功の秘密があるのだろう。ルパンには、正真正銘の若さがある。生粋の冒険家たちが備えている若さだ」。しかし、記事には残念な誤りがみられる。クロワッセを戯曲の単著者としていて、こうも付け加えているのだ。「場面場面に、実に面白い驚くべき事件が飛び出す。これは、モーリス・ルブランの小説には存在しない！」。

五月一〇日、《グランゴワール》誌は、再び戯曲を取り上げ、ルブランの小説を「何度も読んだ」と言うジョゼフ・ケッセル〔小説家・ジャーナリスト。映画化された『昼顔』など。一八九八―一九七九〕の記事を載せた。「これらのページには、私を魅了する創意、才気、物語作家の才能があふれている」。「フランスで、ガストン・ルルーとモーリス・ルブランが傑作を書いたことに、人は少しも気づいていない。繰り返し言わねばならないのだろうか。だがもう一度言おう。文学的類型を創り上げるには、ある種の内面の技力と、それを知らしめる類いまれな素質——つまり才能というもの——が必要なのだ。アルセーヌ・ルパンは、そうした類型のひとつではなかろうか？」。コナン・ドイルのことを書きながら、ルブランはこの言葉を思い出すことだろう。そして、ケッセルをお気に入りの作家のひとりに挙げるだろう！

しかし、この記事もまた、クロワッセが戯曲の単著者であるとしていた。ルブランは、訂正文を依頼し、同月一七日に掲載された。翌日、ルブランは、《グランゴワール》誌の編集長を務めるオラース・ド・カルビュチア〔政治家・ジャーナリスト・作家。一八九一―一九七五〕に宛てて書いている。「深謝いたします。苦情を言うというのは、実は宣伝したいだけなのだとしばしば、言われています。しかし、今回は決してそうではありません」。同日、クロワッセに宛てて、「共同執筆のことをよく覚えています。思いやりに満ち、私たち二人のバランスがとれ、そして見事な結果をもたらしました」と記している。そして、「私たちに同じ悪さを繰り返して欲しいとブリュレは切望しています。彼の願いを叶えてあげるか考えてみましょう」と、付け加えている。ということは、再び共作することを、ルブランは考えていたのだろうか？　いずれにせよ、自分が、この名高い四幕物の作者だということを忘れられないように、この戯曲を挿絵入りのルパンの冒険シリーズから出すことを、ルブランは望んだ。

このルパンのために、ルブランは、アメリカでの訴訟を闘わねばならなかった。協力したのは、ニューヨークでルブランの利益の管理業務を担っていたボリー・オッソである。ルブランはこう記している。「オッソ氏に決めました。候補者たちのなかでもっとも熱心で、もっとも信頼できる方です」。ルブランは、かつてメンシェンと交わした契約がいまでも不満であった。履行されてもいないのに、この契約のせいでルパンの映画化を許可することができなかったのだ。「いくつもの大きな映画会社から代理人がやって来ます。八百万から一千万フランを失いました。激怒した私は、ついに、訴訟を起こしました。フランスの弁護士たちは、熱心に訴訟を勧めました」。

舞台化の申し出にも対応しなければならなかった。一九二九年五月一五日、作家協会で彼の利益の管理業務に当たっていたアルフレッド・ブロックにこうしたためている。「なかなか悪くない申し出がありました。私の長篇小説『虎の牙』を四幕の戯曲にするというのです」。彼は、いくつか条件を出している。「著作権料を折半すること」と、「タイトルに全面的には賛成しかねる」ということだ。戯曲には『アルセーヌ・ルパンの帰還』というタイトルが予定されていたのだ。

〈昔ながらの料理亭〉

一九二九年、復活祭のためにエトルタを一度訪れていたルブランは、五月一九日にも、聖霊降臨祭を過ごしにやって来た。二〇日月曜日、行きつけのレストラン、ゴンヌヴィル＝ラ＝マレの〈昔ながらの料理亭〉で昼食をとった。オムレツと子牛の胸腺、それに「オブールの若鶏」に舌鼓を打った。ルブランは、大きな広間の角に、いつも同じテーブルを予約していた。広間の壁は、一九世紀半ばからこのオーベルジュに通った画家たちが絵を描いたたんすの扉で覆われていた。クロード・モネの絵も二枚飾られていた。ルブランは台所まで足を運び、店の女主人であるポール・オブールの妻に挨拶をした。台所には、今も巨大な窯とぴかぴかの銅製品が残っている。

六月末、オペレッタ『銀行家アルセーヌ・ルパン』のことを、作家協会のアルフレッド・ブロック宛ての手紙で書いている。ルブランは、ルパンに関する権利はなんでもかんでも守りたいと思っていた。映画化の場合は特にだ。「例外的なケースであっても、アルセーヌ・ルパンの名前を譲渡することはできません。ルパンについて私が書いたおよそ五〇篇もの冒険物語には、複雑なところがあるので、かならず、その他に関しても面倒なことになりますから。もっとも、アメリカでは、こうした権利が私には認められておらず、訴訟はまだまだ終わりそうにありません」。

八月一八日、『謎の家』をエトルタの本屋であるポテル氏に送ってくれるように、アシェット社に依頼している。「この本屋は、週の頭から注文しているというのに、いまだなしのつぶてです」。書店のショーウインドーに自分の本が並んでいないのではないかといつも気がかりで、ルブランは「ノルマンディーでちょっとした調査」を行った。書店は在庫を切らしていた。「書店では売り切れているのに、アシェット社は増刷する気がないように思われます」。

エトルタの海の祭典

八月一八日、ルブランと妻のマルグリットは、エトルタの「海の祭典」に参加した。数多くのコンテストがあった。水泳コンテスト、飛込みコンテスト、「皿競争」、「エトルタの浜辺でもっとも美しい女性」コンテスト、それに「装飾と花飾りのついた」カヌー・コンテスト。褒賞がいろいろ用意され、中には、「午後に開催されるもっとも滑稽な演目の特別賞」もあった。市長レモン・ランドンを支持する《コー地方覚書》〔共和派の地方週刊誌〕は、こう報じている。「褒賞が数多く出され、ご婦人方で構成された審査員団によって授与された。審査員として、現在エトルタで保養している芸術家や文士の幾人かも参加した」。催しの宣伝ポスターには、一〇人の審査員の名が載っている。友人ジュール・ケロンとともに、ルブランも、その一人に挙がっている。

いくつかの試合の勝者に贈るために、ルブランは献辞を書いている。

「天使のように軽く
いぐさのようにしなやか、
マックス・ドゥマンジュ
最高の飛込み」

「コルニュ・アンリへ、
海の勝者
うなりを上げるアモンと
笑みをうかべるアヴァルのあいだ」

ジョルジェットに会いに、ルブランは、タンカルヴィルの灯台を訪れた。九月六日、モニーク・セリュールは、ノートにこう書き記している。「モーリス・ルブランの訪問。モーリスと車で出かける。車の中でジョルジェットが怖がったり、お腹がすいているのを隠そうとするのを、ちょっとからかった」。ルブランは、ジョルジェットに『回想録』の執筆を終えるように勧めた。経済的な問題やルブランが彼女に支払う手当についてもきっと話したのに違いない。というのは、モニークがこう記しているからだ。「モーリスは、ジョルジェットに言った。『簡単なことだ。僕がおまえの相続人だって書いた書類を作ればいいだけだよ。おまえのアパルトマンのなかにあるものは全部僕のものになるってね』」。

ルブランは、コー地方の古い館について記事を書いた。タイトルの『私のアルバム』とは、副題となっている「コー地方の城と館」が写った絵はがきのコレクションのことを指すようだ。「モーリス・ルブラン、エトルタの〈ルパンの園〉にて、一九二九年九月」と署名されている。ルブランは、その記事をフェカンの小さな雑誌《四折り紙》に寄せた。そのなかで、「コー地方の三角地帯」を回想している。「この三角地帯は私にとって神聖なものだった。私の幸せな暮らし、私の過ごした夏と秋の日々が、そこで過ぎていった。あのいくつかの村の名が、私の過去を彩っている。ジュミエージュとその大修道院、サン＝ワンドリーユとその修道院、タンカルヴィルとその廃墟、エトルタとその針岩……」。

仕事の習慣

ルブランは年に一冊、長篇小説を書いた。それ以上書こうとしても、「創造力がついていかない」と言っている。推敲を重ね、何度も原稿を書き直した。フレデリック・ルフェーヴル〈《ヌーヴェル・リテレール》の編集長〉との対談でこう述べている。「口述は決してしません。すべて、自分の手で書きます。膝の上で、鉛筆でね。よけいな話ですが、私の原稿は読みづらくて、タイピストたちは次々辞めていくのです」。

彼の息子はこう述べている。「父は、書斎で執筆しました。ふつうは、膝の上に大きなデスクパットを載せて、白い紙の上に鉛筆で書きました。朝は、二度、二〇分から三〇分間執筆しますが、残りの時間は、日課の散歩をしながら、あるいは暖炉の前で眠ることができずに、執筆中の小説のことを考えていました」。

ルブランは、こう書いている。自分は、「細心綿密に執筆し、よくないと思えば、一から書き直すことを少しも厭わなかった。一度どころか何度でもやり直した」。小説が完成すると、しばらく放っておいた。「それから、見知らぬテキストのように再びそれを手にした。完全な満足が得られなければ、最初から書き直した」。

メ・タミザ〔作家・美術評論家。一八九三―一九六四〕には、こう話した。「同じ章を、よく一〇ぺんも書き直しました。登場人物が、まるで舞台で演じているかのように見えました」。ジョルジュ・シャランソルには、こう言っている。「一日に三ページをこえることはほとんどありません。まさにここ、私の庭の片隅でです。出発点を見つけたら、やっと書き始めます。どこからそれは訪れるのか？　私にもまったく分からないのです。おそらくアイディアが卵のように私のなかに産まれて、それが芽を出し、熟し、ある日私に姿を見せるのでしょう。受胎したときになってやっと私は気づくのです。すると一種うきうきした気分になって、仕事を始めます。最後まで、万事うまく行くと確信して。そこで到着点を探します。私が好きなのは、時間をうんとかけた出産です。（……）ずっと興奮状態のままで、私は執筆するのです」。ジョゼ・ルパンにはこう言っている。「出発点と到着点が正確に決まってからでなければ、小説にとりかかりません。それぞれに、四本か五本の草稿を書きます。読者を引きつけることができるような物語を書くようにしています。物語を過去に関連づけるのが、大いに気に入っています」。ジョルジュ・ブールドンには、自分の仕事の「つらい務め」について語っている。「冒険物語を想像するのは、楽しい遊び以外のなにものでもない。ですが、それを書くというのは、なんと辛い仕事でしょうか！　そこに秘められたドラマチックなところや愉快なところをすべて引き出しながら話を書き上げること、ありそうもないことも自然なことと思わせること、空想に真実の色合いを帯びさせること、それこそが、おそろしくしんどい仕事なのです。私たちが束の間楽しませてあげる見知らぬ人々は、そんなこととは思いもよりませんがね」。

　息子のクロードによれば、父親は「明るく、善良で、気分にむらがなかった」が、「ひどく神経質で、ロマンチックな感情に浸りすぎるむきがあった。美しい日没を目にすると心を打たれて涙を流したものだ」。

　かなりの心配性でもあった。体調が優れないと、すぐに最悪のことを想像した。それは、家族に対しても同様で、よく近況を知らせてほしがった。

　こうした人物描写も、ルブランの礼儀正しさと慎みの深さを力説しなければ、完全とは言えないだろう。エドモン・ロカール博士〔法医学者。犯罪科学の創始者として知られる。一八七七―一九六六〕は、「彼の主人公の美点を備え、加えて謙虚でもある、あの感じのいいモーリス・ルブラン」のことを語っている。メ・タミザは、『仮面クラブ』にこう記している。「私は、無上の喜びとともに、モーリス・ルブラン氏の話に耳を傾けた。著名な人でありながら、これほどまでに気取りがなく、正真正銘の慎み深さを備えた人物に出会ったことは、一度たりともなかった。成功を鼻にかけずに、ルブラン氏は、アルセーヌ・ルパンを生み出したことをしごく普通なことと思っていた」。ルネ・トランツィウスは、ルブランを「寡黙な、物思いに沈んでいる人」であり、「天性の内気さから、なかなか思い出を話さない」と評し、レオン・シュヴィル〔リセ・コルネイユの同窓生。翻訳家。一八七七―一九六七〕は、「この愛想のいい作家の欠かすことのできない特徴である謙虚さ」を力説している。

XII　ルパンの永遠なる作者（一九三〇―一九三二）

『エメラルドの指輪』

ルブランの息子クロードは、ドゥニーズという若い女性に恋をしていた。一九三〇年一月、ルブランは、次のような献辞を添えて、『綱渡りのドロテ』を彼女に贈呈した。「金髪の妖精の髪。……澄んだ眼差し。……すらりとした体。……あしどりはたしかなものの、人生はまだ始まっていない……それも二〇歳！」。

二月一五日、「一週間前からひどいインフルエンザにかかっていた」ルブランは、ロベール・オクスに会いにアシェット社を訪れることができなかったので、彼に宛てて落胆した手紙をしたためた。「では、御社のご希望に添えるように、別の出版社から、アルセーヌ・ルパンの短篇を出すのは諦めましょう。これらが入った『エメラルドの指輪』というタイトルの本を出版しようとしていたのです。ルパンを削除するとは想定していませんでしたし、契約でもこれについて何も触れられていません。しかし、ルパンを削るとなると、思っていた通り、出版社との交渉はすぐに決裂してしまいました。もはや、新聞に掲載された短篇を出版することも、一九〇〇年にオランドルフ社から出した心理長篇小説〔一九〇一年に出版した長篇『熱情』のことか〕を再刊することもかないません。この長篇小説を私はとても大切に思っていたのです。短篇と同様、この素晴らしい傑作を出版できるかどうかは、『エメラルドの指輪』しだいでした。絶望の淵より……お願いです。それならば、いつの日か、アルセーヌ・ルパンの冒険シリーズで、『エメラルドの指輪』というタイトルの短篇集を出して下さい。お気に召さないものは除きますから、次の作品を入れましょう。A『エメラルドの指輪』、B『アルセーヌ・ルパンの外套』（『エルキュール・プティグリの歯』の翻案）、C『山羊皮の服を着た男』、D文庫本の『アルセーヌ・ルパンの告白』を八折判として再刊した際に削除した一本の短篇〔『藁しべ』のことか〕、Eしかるべき書き下ろしの短篇をいくつか」。

交渉しようとしていた、この「出版社」とは、アルバン・ミシェル社だった。ともあれ、アルバン・ミシェルは、ほどなくして『ある女』を出すことになる。アシェット社が「しかるべき」作品しか出してくれないのを、ルブランは残念に思っていた。この点に関しては、ラフィット社と同様に、アシェット社も譲らなかった。「誰の手にも」取ってもらえるようなものしか本にしなかったのだ。

『銀行家アルセーヌ・ルパン』

三月初旬、ルブランはカミーユ・ジェラールを自宅に迎えた。オペレッタ『銀行家アルセーヌ・ルパン』について尋ねに来たのだ。「かの有名なアルセーヌ・ルパンの作者が私を迎えてくれたのは、その庭だった。春の訪れとともにルブランの仕事場となるこの庭は、芽吹いたばかりの蔦がレースのように絡まる、一八三〇年風の屋敷の前に広がっていた。（……）私がいきなり質問を浴びせると、すぐにルブラン氏が話を遮った。

『もちろん、なさいますよね』
『何をですか、先生?』
『拙宅をご覧になるでしょう? お疲れではありませんか?』
『もちろん、そんなことありません』
『うちの芝生は、長さ一五メートル幅一〇メートルでして、六〇歩の散歩になります』ルブラン氏は誇らしげに言った」。

カミーユ・ジェラールによれば、小説『水晶の栓』を元にした戯曲が「まもなく完成するだろう」とのことだった(この戯曲は、結局日の目を見ない)。対談の話題はもっぱら、オペレッタ『銀行家アルセーヌ・ルパン』だった。

それから、ルブランは南仏に旅立った。映画化の話が来ているとまた知らせてきたアルフレッド・ブロックに宛てて、三月一五日、手紙を書いている。かつてメンシェンと結んだ契約に、ルブランはいまだ縛られていた。「ルパンの映画化に関しては、あいかわらず妨害されています。(……)ですが、いずれにせよ、申し出の価格が高ければ、断らないで頂きたい。私は南仏にいるとお伝え下さい。数日後にお電話いたします」。

四月六日、ルブランが出版者に手紙を書いたのは、パリからであった。戯曲『アルセーヌ・ルパン』を挿絵入りの八折判双書から出すという約束について念を押した。

復活祭の休暇にルブランは、エトルタで数日を過ごした。四月一七日、ジュール・ケロンとジョルジュ・ブールドンと一緒に、ゴンヌヴィルの〈昔ながらの料理亭〉で昼食をとった。芳名録に、ジュール・ケロンはルブランの肖像画を描いている。「ジュール・ケロン作モーリス・ルブラン」

という文の下に、「……だが、少々老けている！」とルブランが書き加え、「アルセーヌ・ルパン」と署名している。ジョルジュ・ブールドンは、「僕には、むしろ若返って見える」と書き、マルグリットは、「私は、いつでもありのままの彼を愛しています」と記している。

　五月七日、『銀行家アルセーヌ・ルパン』のブッフ・パリジャン座初日のために、ルブランは、パリに戻った。オペレッタは、イヴ・ミランド〔劇作家・映画脚本家・映画監督。一八七六―一九五七〕とアルベール・ヴィルメッツ〔台本作者。一八七一―一九六四〕が書いた〔イヴ・ミランドが台本を、アルベール・ヴィルメッツが歌の台本、マルセル・ラテスが音楽を担当したようだ〕。劇場のホールに、アシェット社はルブランの作品すべてを二冊ずつ並べた。《挿絵入り月刊ラルース》は、この「ミステリー・オペレッタ」をこう説明している。「銀行家ブルダンはすでに破産寸前だが、二百万フランがまだ金庫に残っている。ターナー卿に変装したアルセーヌ・ルパンは、偽の為替手形を使って、この二百万をだまし取ろうとする。その後、強盗を試みるが失敗、それから銀行家に変装し、皆を幸せなままにして、姿を消す。というのは、これらすべてにいくつかの恋物語が関わっていたのだ。マルセル・ラテスの音楽は、大変優雅で気品があり、入念に書かれている」。

　『虎の牙』を元にしてポール・ガードナーが書いた戯曲の方は、それほど上手くはいかなかった。五月一四日、この戯曲の上演は望まないと、ニューヨークのポリー・オッソに知らせてくれるように、アルフレッド・ブロックに依頼している。「私の意見では、手直しをすれば、最初の二幕は、ある種の演劇的な面白みがあるでしょう。ですが、終わりの二幕は、事もあろうに、アクションがまったく欠けていて、会話だけで進んでいくのです」。

『コナン・ドイルについて』

一九三〇年八月一日の《政治文学会報》誌に、ルブランは、『コナン・ドイルについて』という記事を寄せた。シャーロック・ホームズのファンは、七月七日のドイルの死を悼んでいたのだ。「先刻この世を去ったドイル氏が、人びとの記憶から消え去ることは決してない」。ルブランは冒険小説を擁護している。「コナン・ドイル氏は、推理の素晴らしさによるのではなく（……）、物語作家としての偉大なる才能によって、その名声を勝ち得たのである。（……）小説では、どんなジャンルに属そうと、すべてが虚構である。風俗小説は、推理冒険物語よりも現実を描いているわけではないし、情熱を語る作家は、出来事を綴る作家よりも高い次元に達しているわけでもない」。冒険小説の作者は、「感動させ、夢中にさせ、不安にさせ、動転させる。いずれも正真正銘の芸術家の美点である」。シャーロック・ホームズは、「誰それとはっきり分かる著名人や、私たちの周囲に暮らす、その他大勢の身近な人びとの成す行列の一員なのだ」と書いた時、ルブランは、きっとルパンのことを考えていたのだろう。ルパンについてケッセルが使った言葉を、ルブランは繰り返した。「たったひとつでもいいから、文学的類型を生み出すこと、それこそ、何らかの創造的霊感の印だとお思いになりませんか？」。

この「たったひとつでも」は重要だった。ルパン以外の文学的類型を生み出すことがどれだけ難しいかに思いをめぐらせた言葉だった。一九三〇年の夏、エトルタで、『ジェリコ公爵』を「コレット・ブールドンへ」贈る時、その献辞のなかでこんな風に心配している。「だが、コレットは、罪深くもアルセーヌ・ルパンに抱いたような恋心を、ジェリコ公爵にも感じるだろうか？」。

この夏、《ジュルナル》紙に、『バール・イ・ヴァ荘』が掲載された。この作品には、コー地方の歴史にルブランが抱いている関心がよく表れている。これは、おそらくルパンの冒険のなかでもっとも成功した作品のひとつであろう。そこには、ルパンの冒険の類いまれな魅力のすべてが見いだせる。語りの才能と、読者の心を引きつける力、サスペンスとユーモアのセンス、とりわけ伝説がもたらす詩情。古代ローマ時代にまで遡る謎は、当時セーヌの渓谷、とりわけコードベックでよく知られた「海嘯《かいしょう》〔満潮時に高い波が川を遡る現象〕」あるいは「段波〔川を逆流する波〕」の現象が元になっている。これを目にしようと、当時多くの人々がこの地を訪れた。

義娘ドゥニーズ

オワセルの従姉妹に、ルブランはこんな言葉を添えて、『ジェリコ公爵』を一冊送っていた。「ガブリエル・デュフェへ。クロードがとても素敵なお嬢さんと婚約したことをお知らせします」。夏の始め、この若い女性ドゥニーズに、ルブランはエトルタの家が写った絵はがきを送っていた。「これが、〈ルパンの園〉です。贅を尽くした別荘〈アルルの女〉と比べると見劣りしますが」。〈アルルの女〉は、ドゥニーズの家族が夏を過ごす、当時「超シック」なリゾートとされていたル＝トゥケ＝パリ＝プラージュ〔パリの北、カレーの南に位置する、英仏海峡を望むリゾート地〕にある別荘のことだった。

八月二一日、ルブランはドゥニーズの母親に宛てて長い手紙を書き、婚約者と一緒にドゥニーズが〈ルパンの園〉で数日過ごすことをお許し頂きたいと頼み込んだ。「エトルタは家族的なビーチで、沢山の人がここで婚約を交わしています。それに、よく、若いお嬢さん方が、婚約者の家族のもとにやって来ます。この夏もまた、そんな例を目にしました。クロードの若い友人の婚約者です。親切な未来の義理の両親のために、ドゥニーズさんが数日割くこともしないなんて、人は驚きさえするでしょう！」。

ヴィラ・エランに戻ったルブランは、郵便物のなかに一冊の『怪盗紳士アルセーヌ・ルパン』の英国版を見つけた。『怪盗紳士アルセーヌ・ルパン』に収められた最初の中篇三篇をまとめたもので、フランス語で書かれ注釈が付されており、イギリスの小学生向けに「ロンドンのアシェット書店によって」出されたものだった。フランスでは、アルセーヌ・ルパンの父はそこまで高い評価を得てはいなかった。作家ジャン＝ピエール・シャブロル〔一九二五－二〇〇一〕はこう回想する。当時セヴェンヌ〔フランス中央山地南東部の山岳地帯〕の教師だった父親が、ルパンの抜粋の書き取り《ディクテ》をさせていたが……それは「常識はずれ」と思われていたそうだ。

結婚通知状が刷られ親族に送られた。「レジオン・ドヌール・オフィシエ章受勲者モーリス・ルブランと妻マルグリットは、このたび、パリ中央工芸学校卒のエンジニア、息子クロード・ルブランが、ドゥニーズ・メナシエ＝ダヴー嬢と結婚いたしますことを謹んでご通知申し上げます。式は、一九三〇年一〇月一六日木曜日、ポンプ通り八一番地にて、内輪で執り行われます」。それから、クロードとドゥニーズは、スペインとポルトガル、カナリア諸島をめぐる長い新婚旅行に出発した。

……

ジョルジェット、灯台と『回想録』

モニークとマーガレットとともに、ジョルジェットはその年の一部をタンカルヴィルの灯台で過ごした。『ノルマンディーの道で』のなかで、灯台とその女主人を回想している歴史家のエドモン・スパリコウスキー〔ルーアン生まれの医者・歴史家。一八七四－一九五一〕は、女優の飼っていたシェパードと、灌木が目隠しになっている小さなテラスのことを語っている。
一時期、パリ郊外のサン＝ジェルマン・アン・レー近郊のラ・ミュエットの城〔一六世紀にフランソワ一世が建てた城をもとに、一七七五年ルイ一五世が建てた館〕にも、ジョルジェットは、住んでいた。『勇気の機械』のなかで、「かつてルイ一五世の狩猟用の別荘であった」とジョルジェットは記している。城は、サン＝ジェルマンの森のなかの、八本の道が集まる円形広場の中心に建っていた。大きな長方形の窓のある白い建物は歴史的建造物に指定されていたものの、何の設備もなく、フェルナンとジュアンヌが借りていたものだった。『青い芝生のスキャンダル』のなかで、ルブランは、「歴史的な記憶が次々と蘇ってくるラ・ミュエットの美しい城」や「森からメゾン＝ラフィットの方角に出られる石造りのアーチ」を回想している。

一九三一年一月六日、マルグリットとニースの「英国人・リュールホテル」に滞在していたルブランは、ジョルジェットに宛ててこう書いている。「グラセ〔ベルナール・グラセ。一九〇七年にグラセ出版社を創設〕の言語道断な企てに、お前が折れてしまわないといいのだが〔グラセは、ジョルジェットの原稿に手を入れたり、助言を与えることによって、著作権の一部を得ようとしていたらしい〕。弱みにつけこんで、譲歩を引きだそうとしているのさ。誰だって酷い話だと思うよ。まあ、手数料が高いのはいいとしよう。しかし、この歩合は悪辣だ。お前が過去に過ごした人生と、それに現在の執筆の仕事に対して支払うのだから。議論の余地もない。グラセに三分の一、お前に三分の二。それだってグラセにとっては望外なくらいだ」。

ジョルジェットが『回想録』のために発行者のグラセと契約を結ぶ際、ルブランが妹の問題にどれほど関心を払っていたかがよく分かる。『回想録』は、三月に出版された。ピエール・デカーヴ〔作家リュシアン・デカーヴの息子で作家。またラジオ制作の先駆者として知られる。一八九六―一九六六〕は、回想録『わが亡霊たちへの訪問』で、この出版は「一九三一年の文学界と社交界における大事件のひとつ」だと記している。

『回想録』には、グラセによる長い序文が付された。本のなかで訴えられていたこととは相反することを、グラセは主張した。序文を望んでいなかったジョルジェットは、これを「きわめて悪質」と見なし、グラセを法廷に訴えようとした〔グラセは、メーテルランクに対しずいぶんひどいことを言うと書いたが、ジョルジェットは、メーテルランクを少しも悪く書こうと思っていなかったという〕。

さまざまな友情

ルブランには、ノルマンディーに誠実な友人たちがいた。ルイ・ファビュレや、ルパンから着想を得て『引退した強盗の回想録』を著したアルヌー＝ガロパンだ〔SF小説・探偵小説作家。一八六三―一九三四。『引退した強盗の回想録』は、一九二二年に発表された英国人の強盗を主人公にしたシリーズの第一作〕。《われらが古き学び舎》の二五周年記念特別号のために依頼された記事『コー地方への郷愁』のなかで、ポール・スルディィエ〔実在しない人物の名らしい〕について語ったとき、ルブランはおそらく、彼らのような友人のひとりのことを考えていたのだろう。数多の冒険の後で、ルイ・ファビュレのように故郷に戻り、ル・ジュヌテに一人で暮らす「かつてのヴァイキング」のことを、ルブランは回想している。

アンリ・ジェスピッツ〔ルーアン商工会議所所長。ルーアンに関する歴史的な本を多数著した。一八六六―一九四四〕やルネ・トランツィウスのような、《われらが古き学び舎》の編集員とも知り合いだった。ジャン・ゴーモン〔本名フェルディナン・ヴェルディエ〕や、カミーユ・セ〔本名カミーユ・シュマン〕といった小説家たちも知っていた。ゴーモンは、早くも一九三〇年にこの世を去った。残された未亡人と七人の子供の生活は窮迫した。ルブランは救いの手を差しのべた。一九三一年五月二一日、カミーユ・セはルブランにこう手紙をしたためている。「親愛なる先生、あの晩、感動に包まれてお宅を後にしました。本や古い家具や若葉に囲まれたくつろいだお宅で先生にお会いできたのが、とても嬉しかったのです。にこやかな先生に温かく迎えられ、真心のこもった二時間を過ごしました。先生は、ゴーモンが手紙の中で語ったとおりの気取らず親切な方でした。ゴーモンは、エトルタの〈ルパンの園〉の庭で、先生とお喋りするのが大層好きでした。先生のことを慕っていましたから。ゴーモンの奥さんは（私たちの間には秘密はないので）私に、先生のすばらしい寛大さについて話してくれました。夫人は、先生がお優しいことをご存じでしたから、そのことに驚きもしませんでしたが、心から感動していました。友よ、憐れみと愛にあふれた行いに私はいたく心打たれております。先生がなさったのは、まさに、美しい高潔な才能に恵まれた詩人の振る舞いに他なりません」。

パリで、ルブランはよく義兄のルネ・ルヌーに会った。一九三一年一月一五日には、上院の副院長に選ばれていた。マルグリットの姉であるルネ・ルヌーの妻ブランシュは、五月に亡くなった。三〇日、パリのモンパルナス墓地に埋葬された。

パリの交際仲間のなかには、画家で作家のミシェル・ジョルジュ゠ミシェルがあいかわらずいた。座談の名手で、ヴィラ・エランで開かれるおよそ二五席の晩餐会にもよく招かれていた。妻のシュザンヌがマルグリットととても仲の良かったトリスタン・ベルナールや、作家協会の会長アンリ・キストメクルス、空想あふれる小説を発表していたアンリ・デュヴェルノワも訪れた。ジャン・エルネスト゠シャルルと、《ジュルナル》紙に寄稿し、一九二八年以来毎年「ミス・フランス」のコンテストを開催しているモーリス・ド・ワレフの名も挙げよう。アカデミー・ゴンクールの会長だったロニーとも親交があった。レンヌ通り四七番地に、ロニーの妻マリーが毎月第二、第四水曜日に開いていたサロンに、ルブランは通っていた。

老いた独り身の奇人で歴史好きなアンドレ・ド・マリクール男爵、エドモン・ロカール博士やモーリス・ドゥロール博士〔ルブラン家のかかりつけの医師。「自動車クラブ」のメンバーでもあった〕のような、学者や法律家、医者とも付き合いがあった。一九二四年、エドモン・ロカール博士は、『小説と実験室の探偵たち』のなかで、「優美さ、寛大さ、エスプリ、そして、一言で言えば、この実にフランス的なものである微笑み」を備えているルパンに賛辞を送っている。ドゥロール博士は「まるでそんなことはありえないとでも思っているように、死に対して振る舞う」「危険を恐れない男」であると、『勇気の機械』のなかで、ジョルジェットは記している。

文学界の友人たちは、しばしば彼の作品よりもルブラン自身を高く評価していた。当時、作家協会の委員会副委員長をシャルル・メレ〔劇作家・シナリオ作家。一八八三—一九七〇〕とともに務めていたルネ・ペテールや、ジョルジュ・ブールドンがそうだ。姪マルセール・ド・ジュヴネルは、ルブランを崇拝していた。妹のジョルジェットは、兄の作品を賞賛し、「私はアルセーヌ・ルパンの叔母ですの」と好んで言っていた。

ルパンの映画興行

一九三一年六月七日、アシェットに宛ててルブランはこう書いている。「目下、フランスでの映画化権の売却とアルセーヌ・ルパンのいくつかの小説の映画興行について交渉中です。映画が決まれば、今年の年末から、私たちの本の大々的な宣伝になります。その後もずっと、こうした宣伝が繰り返されるでしょう」。ルパン・シリーズ全作を一冊ずつ、シャンゼリゼ大通りの七三番地、フィルム・オッツォ社に送るように頼んでいる。アドルフ・オッツォ〔映画プロデューサー。マルセル・レルビエ監督『黄色い部屋の秘密』など。一八九四—一九六一〕

は、「大衆」映画を制作していた。ルパンの映画化の話は、他の人たちと同じように、彼とも実現しないだろう。

六月一七日、『バール・イ・ヴァ荘』が出版された。ルブランは、義理の娘に一冊贈った。「私たちの愛しいドゥニーズへ、クロードを幸せにしてくれたことに感謝して」。

ジョルジュ・シャランソルは、ヴィラ・エランにルブランを訪ね、六月二七日の《ヌーヴェル・リテレール》誌に対談を発表している。『大衆小説の巨匠たち』のためにインタビューをしていたのだ。ルブランはこう答えた。「探偵小説というジャンルはもう終わりでしょう。特にイギリスで、五〇年もの間集中的に生産され、書き尽くされたのです」。ルブランは、古典的な文学への関心を見せた。「『アドルフ』〔バンジャマン・コンスタンによる心理小説の傑作。一八一六年刊〕や『カンディード』〔ヴォルテールの風刺哲学小説。一七五九年〕、『クレーヴの奥方』〔ラファイエット夫人による中篇小説。心理小説の先駆けと評される。一六七八年刊〕にみられるような凝縮された表現を好みます。パスカルやクーリエ、ヴァレリーの密度の高い簡潔な散文が与える深い歓びを感じるには、ラテン民族でなくてはなりません」。

七月九日、姪のマルセール・ド・ジュヴネルは息子ロランを出産したものの、母体は危険な状態だった。家族の心配は大変なものだった。ジョルジェットは、ジェローム・ドゥーセにこう書いている。「姪のマルセール・プラ・ド・ジュヴネルは、初産が元で重い病に苦しんでおりました。（……）亡くなってしまうのではと心配で、パリから離れられなかったのです。……六週間もの間、恐怖と苦痛に耐え、マルセールは快復いたしました」。

ベルトランはあまり妻と一緒にいなかった。翌年一〇月から一九三二年四月にかけて、アメリカで過ごしていた。のちにヘミングウェイの愛人になるマーサ・ゲルホーン〔米の著名な戦争ジャーナリスト。ベルトランとの関係が終わると、小説家ヘミングウェイの愛人となり、一九四〇年から四五年まで三番目の妻であった。一九〇八―九八〕と一緒だった。マルセール自身も、タンカルヴィルを頻繁に訪れていた「考古学探検家」のバイロン・デ・プロローク伯爵〔米の著名な考古学者・冒険家。一八九六―一九五四〕と過ごすことが多かった。ロラン坊やの父親かもしれないと噂されていた。ルブランはプロロック伯爵をよく知っていた。詩のなかで、彼の喧嘩好きな性格を風刺しているのだ。

攻撃の準備はできている、突撃の準備もできている、
びりびり、ばりばり、
鉄で、岩で、
俺は、プロローク伯爵だ！

犬を食らう、アザラシも食らう、
ジャッカルだって、野牛だって、
俺を怒らせるやつにはおあいにくさま、
俺は、プロローク伯爵だ！

ルパンの最高傑作

一九三二年七月二〇日、ルブランはある日本人のファンに自筆の文書を贈った。「アルセーヌ・ルパン！　この名だたる冒険家の生涯を描いた拙作を賞賛するつもりなどございません。ですが、光栄にも私に友情を抱き打ち明け話をしてくれた人物に、どれほど好感を抱いているか申し上げる

ことさえ許されないのでしょうか？　思い上がりの誹《そし》りをまぬがれないのでしょうか？　不意に彼が我が家を訪れ、笑いながら『ねえ、また君に話したいことがあるんだ！』と叫ぶときの何という喜びでしょうか。彼は人生が楽しくってしかたないのです！　いつもそんな上機嫌で溢れているのです！　聡明で教養のある日本の読者の方々に、彼がどれほど認められ、評価されているのかを知って、たいそう嬉しく存じます！」。

八月一日の《共和国《レピュブリック》》紙にフレデリック・ルフェーヴルはこう書いている。「今年、モーリス・ルブランのほとんど全作品を再読した。こういうことが時々ある。私は、これ以上の娯楽を知らないのだ（……）モーリス・ルブランは、正真正銘の作家だ（……）こんなに豊かな想像力を月並みなことだと思ってはならない。軽蔑するのはたやすい。（……）もし、そんなに簡単に書けるのなら、モーリス・ルブランの模倣者が数えられないほど現れるだろう」。そして、こう結論づけている。「モーリス・ルブランは、小説家を代表してアカデミー・フランセーズ会員に十分なれると思う。こうした想像は、この偉大なる空想家の頭を、きっと一度もかすめなかっただろう。ルブランはたいそう謙虚な男なのではないかと思われる」。

ルブランは、彼が「私にとってルパンの最高傑作」と呼ぶ場所で、その夏を過ごした。この〈ルパンの園〉から海は目の先だった。市役所の広場とモンジュ通り、それから一九二七年に「古いノルマンディー風の」中央市場が建てられた広場を通る。そこから、ゴルフ場兼ホテルや、昔ながらの木組みでできた風情豊かなロースト肉専門店が建ち並ぶ、短いシャルル＝ルルデル大通りを抜けると、小さなヴィクトル・ユゴー広場にたどり着く。その階段を上ると正面が海なのだ。右手の、小さな山小屋風の別荘には、詩集『内心の声』に入っている、ヴィクトル・ユゴーがエトルタの漁民を詠んだ詩が刻まれている。ひとたび浜辺に出れば、右手にホテル〈白い岩〉の大きな「ノルマンディー」建築が並んでいる。左手には、海沿いの遊歩道に沿ってカジノ、それからホテル〈オーヴィル〉、建物正面に作家アルフォンス・カル〔小説家・ジャーナリスト。ユゴーと親しく、《フィガロ》編集長だった。一八〇八－九〇〕の半身像が飾られたホテル〈ブランケ〉が続いている。その先は、カロージュやキャプスタンのある漁民の町だ。向こうには、これらすべてを囲むように、アヴァルの断崖と針岩がそびえている。モーリス・ルブランとアルセーヌ・ルパンのおかげで世界中に知られている針岩である。……

八月五日、エトルタからルブランはアシェットに宛ててこう書いている。「毎年恒例の同じ泣き言を言わせてもらいます。ル・アーブル、ディエップ、ルーアンでは、ルパンの在庫がありません。事実はお伝えしますが、どうせ解決策を講じては頂けないでしょう」。

コルシカ島に発つ前に数日過ごそうと、クロードとドゥニーズがエトルタにやって来た。お別れに、ルブラン夫妻は、フェカン近郊のサン＝レオナールにあるレストラン〈ラ・ルージュ亭〉での昼食に二人を招待した。ノルマンディーで最も有名なレストランのひとつである。〈ラ・ルージュ亭〉に二つ星をつけたミシュランのお薦めは、アルモリカ風オマール海老や舌平目、若鶏のクリーム煮だ。

ルブランは義理の娘に深い愛情を抱いており、それはドゥニーズの方も同じだった。マルグリットは夫ほど気に入ってはいなかった。彼女は、ドゥニーズに一人息子を奪われたことが耐えられなかった。のちのち二人の仲が険悪になることもあった。だからといって、〈ラ・ルージュ亭〉での昼食がいささか冷ややかだったと言えるだろうか？　数日後、ルブランは息子に宛ててこんな風に書いている。「お母さんはいつも通り、まあまあ元気だよ。実は、お母さんはこう思っているんだ。

〈ラ・ルージュ亭〉での昼食の終わりにドゥニーズが私たちによそよそしくて、別れの挨拶もいつもより不機嫌そうだったってね。パリでも同じように遠慮がちだったって。ドゥニーズは私たちにお別れを言いに電話に出なかったからね。——お父さんは、そんな印象はない。もしお母さんが思い違いをしているなら、優しいドゥニーズにはこのことは言わないでおくれ。お母さんと私は、感情を大げさに表に出しすぎるし、よくありもしない心の機微を気にしすぎるのさ」。

　コルシカ島からの帰りに、クロードとドゥニーズはボーヴァロン〔フランスの南東、オーヴェルニュ＝ローヌ＝アルプ地域圏の町〕に滞在した。この旅の間、子供たちのことを心配して様子を知りたがったルブランは、数多くの手紙を残している。クロードに宛てた手紙にはこうある。「毎日、《マタン》紙の天気図をじっくり眺めている。昨日は、ぐずついた天気だった。（……）ここは、今朝、信じられないような快晴だった。それで、庭でケーキでも食べようと十数人も招いたんだ。さてさて、四時になってみると、雨が降っているんだ！」。しかし、長い手紙の終わりにこう付け加えている。「四時半。素晴らしい天気！雲ひとつない」。

　八月一三日木曜日に書かれたマルグリットの手紙からは、夫婦の暮らしが窺われる。「昨日は、ル・アーヴル、今日はフェカン。明日一四日はタンカルヴィルよ。来週土曜日は、ポムル侯爵夫人からドブッフ城〔ノルマンディー地方にあるドブッフ＝セルヴィルの城。多くの饗宴が催された〕での晩餐に招待されているの。ダルクールご夫妻〔ノルマンディーの古い貴族の末裔〕と、クロイ公爵〔クロイ家は、ベルギー、フランス、およびドイツの名門貴族の家系〕、アルベール・ド・マンご夫妻、カステルバジャックご夫妻もご一緒なの」。「お父さんは、電話に呼ばれて、このルパンへの賛美のしるしをお断りできなかったのよ。この方たちは皆さん、ルパンの大ファンですもの」。しかし、「出費がかさむだろうって、お父さんはとても心配しているわ」ともある！

少し後に出した手紙でも、ルブランは息子の旅行が心配な様子だ。「お前からの電報は二通届いた。だが、三通目はまだだ。楽しい船旅を知らせてくれたはずなのに。（……）私が気がかりなのは、むしろ天候だ。（……）ここでは、大荒れの天気だ。突然土砂降りだ。（……）今朝、私たちは、カジノで朝食をとった。みんな浜辺にいた。大急ぎで、みな脱衣小屋に戻ったよ。海はひどく荒れていた」。「精一杯お母さんを楽しませている。木曜日には、グランヴァル〔ノルマンディー地方、セーヌ＝マリティム県のビーチ〕のガンゲット〔田舎の屋外で、酒や食事、ダンスなどを楽しむ場所〕で、一〇数名の友人を昼食に招待した。貝や、ひな鳥のクリーム煮やパテ・ド・カンパーニュを楽しむというのは、お母さんにとっては今でも魅力的なんだ」。実際、八月二〇日、グランヴァルで昼食会が開かれ、そこからルブランは、ドゥニーズに絵はがきを送っている。マルグリットと、ジョルジュ、ティグレット・ブールドン夫妻、ジュール、マルト・ケロン夫妻のサインも入っていた。ルブランと同じくらい、マルグリットも旅行中の子供たちからできるだけたくさん手紙をもらいたがった。子供たちにこう書いている。「どうしているか分からなかったら心配で仕方なかったでしょうけど、お前たちが楽しんでいるのを知って、お母さんたちも嬉しくてたまらないわ」。

食い道楽なこのマルグリットは気晴らしも必要で、絶えず人に会わねばならなかった。八月末、ルブランは息子にこう手紙でしたためている。「お前に手紙を書いたか知らないが、お母さんはとても忙しいんだ！　ほら、親友のガリポーがクリクトに越してきたし、仲良しのケロンがコードベックに一週間来ていて、それからエトルタに一週間過ごしに来るし、などなど。それから、かわいいマルグリットが痩せたって言ったら、それは嘘だろうよ。まったくもってそんなことはない。まばゆいばかりさ！」。昼食会は続いた。「昨日は、レ・プティット＝ダル〔コー地方、ディエップの南に位置する断崖に囲まれた保養地〕

で昼食だ」と、この一九三一年の夏、ルブランは息子に宛てた別の手紙で書いている。

ルブランは、マルグリットよりも孤独を好んだ。平穏以上に彼の気に入るものはなかった。マルグリットはクロードに宛ててこう綴っている。「ジャック・シュオッブ〔映画プロデューサーのジャック・シュオッブ・デリクール。一八八一―一九四三〕のご子息の結婚式にドーヴィルに招かれているの……だけど、日が近づくにつれて、お父さんは、長旅に尻込みしているのよ」。ノルマンディーはどこもかしこも天気が悪いのに、子供たちに会いにボーヴァロンに行かない理由を、ルブランは説明している。「お父さんたちは、この時期、ここから動きたくないんだ。愛する故郷がすごく好きなんでね。ここでは、他のどこにも見いだせない興奮や感動を覚えるんだ」。

「有名な歌」と題された仮装舞踏会が、八月二二日、「慈善団体事務所」を支援するために開かれた。この機会に書かれた文章のなかで、ルブランは、エトルタの有名な滞在客を回想し、「古い砂利」の仮装舞踏会のことを語っている。「すべてが、純朴で、優雅で、風情があり、気取ったところがなかった」。

メンシエン事件

息子宛ての手紙で、ルブランはよく「メンシェン事件」について語った。「今朝、メンシェンから手紙を受け取ったよ。曖昧な（偽りの）提案をしているが、次のことをはっきりさせたいだけなのさ。つまり、一九一三年の契約が今も有効だということだ。（……）私の作品すべての〈トーキー映画〉化の権利一切を所有しているのは、彼ただ一人であるということをね」。一九三一年九月一日。「ロサンゼルスの領事から手紙をもらった。八方手を尽くしたものの、成功には至らなかったそうだ。

欠席裁判を最終的なものにすることが出来るよう、彼が十分明確な申し立てを送ってくれることを願うよ。そうすれば、私はフランスで自由の身だ」。少し後で。「メンシェン社がどうなっているのか知らねばならない。法廷に召喚し、清算するためだ。会社が解散してしまえば、裁判では間違いなく私たちが勝ち、メンシェンの権利はすべて無効になるだろう。だけど、もし本社が外国に移されていたら、話はもっと長引くかもしれない。あり得ることだ。それに、外務大臣と連絡をとり、領事ともやり取りしている。数週間後には、メンシェン社の悪意を証明できるようなものを得られると期待している」。

　少なくとも、この「メンシェン事件」は、サン＝ラファエル〔ヴァール県にある海水浴場の町〕までルネ・ルヌーに会いに行かなくてもよい格好の口実になった。孤独を紛らわせるために、会いに来てほしいと頼まれたのだ。妻の死後義兄はそんな状態だった。九月一日、クロードに宛ててこう書いている。「かわいそうなルネが、どうやら寂しいらしくて電話してきたんだ。サン＝ラフェエルに来てくれと頼まれてね。お父さんは、メンシェン事件が終わっていないから（……）ここから離れられないと答えたんだ。とはいえ、この悪天候ではよく、お前たちに会いにボーヴァロンに行きたいと思うよ。だけど、それも骨が折れるし、大変だ……今年は、もう二度も南仏に行った……それに、恋人たちのお邪魔をするもんじゃないし……それに自分の故郷が大好きだからね！……」。この手紙はこう結ばれている。「四時だ。ここでラミーをするんだ。七、八人の友人とね。トランプを二組買いに行かなきゃならなかった！　お母さんは、もう夢中だ。この冬は毎日ラミーをすることになるだろう、誰かの家でね！……」。お母さんがラミーを楽しんでくれてどれほど嬉しいことか！」。

　九月六日、オペレッタ『銀行家アルセーヌ・ルパン』を観に、ルブランはル・アーヴルに向かった。息子に宛ててこう綴っている。「ル・アーヴルのカジノ〈マリー＝クリスティーヌ〉の支配人に押し切られて、承知してしまった。『銀行家ルパン』の昼の部をお母さんと観たよ。それはひどいできだった。ところが支配人やアルセーヌ・ルパン、オーケストラの指揮者、道具方、消防士、劇場の案内嬢、代わる代わる私の前に登場する俳優たち、これらの人たちに大げさなお世辞を言わねばならなかった。へとへとになって家に戻ったよ」。

九月は、八月と比べれば天候に恵まれた。ルブランは、息子に宛てて書いている。「やっとだよ、一昨日から晴天だ。本当に素晴らしい天気で、夜はとても涼しいし、空はずっと変わらず（？）青い！　これが続くといいのだが！　もしそうならば、何ひとつ後悔はしない、天気に恵まれた九月のこの地方は、ちょっとないような感動を与えてくれるから」。

いくらかの近況も伝えている。「今日は、ピエール・ルコント・デュ・ヌイのヨットで軽食をとる。明日は、私たちのためにサスト＝ル＝モーコンデュイの城でパーティーがある。プティット＝ダルの近くの、マン伯爵夫人のお宅だ。クロイ公爵夫妻（ベルギーの王族）やダルクール伯爵夫妻、ポムル侯爵夫妻、カステルバジャック伯爵夫妻など……が招かれている。ようするに、この付近の貴族はみな呼ばれているのさ。唯一爵位のない紳士がひとりだけいるが、その代わり男色家だからいいのだろう」。そしてこう結んでいる。「結局のところ、うんざりだ」。

一九三一年一〇月に、タンカルヴィルの灯台で撮影された写真には、戸外で昼食を取る一家の姿が写っている。ジョルジェット、モーリス、義理の娘ドゥニーズ、ジュアンヌ、それにフェルナンもいる。

カンヌでの滞在

一九三二年一月八日、ルブラン夫妻はカンヌのホテル〈カリフォルニア・パレス〉に到着した。着くやいなや、ルブランはクロードとドゥニーズ宛に電信を送って、無事を伝えた。まるで日記をつけているかのように、ドゥニーズに便りを送らずにはいられないのだ。「一月九日土曜日。そうなんだ、親愛なるドゥニーズ、電報で伝えたとおり、君たちがいなくて寂しいよ。夏だ！　松の木陰になった海辺の岩の上で、一日過ごした。目の前には、想像を絶した青い海が広がる。お義母さんは、マルレーヌと映画に行った。『モロッコ』〔ジョセフ・フォン・スタンバーグ監督、ゲイリー・クーパー、マレーネ・ディートリッヒ主演〕を観た。万事順調だ。（……）日曜日。君たちがいなくてもそれほど残念には思わない。天候もすっきりしないから、かわいいドゥニーズ、君たちにはあまり楽しくないだろう。午後は、『マリウス』〔マルセル・パニョルの戯曲を映画化したメロドラマ〕を観る。（……）月曜日。ここに来たくて堪らなかっただろうけど、来なくてよかった！　君たちが諦めてくれるようにたってのお願いをしたっていい。というのは、嵐がすごくて、今日は、ほんの少しだって日が差す気配もない。『マリウス』はすばらしかった。おいおい泣いてしまった。私に言わせれば、これに比肩できるような映画はないね」。

それから一月一三日。「なんて素晴らしい地方だろう！　月曜日は嵐。火曜日は雨と重く垂れ込めた雲。今日は、見事な晴天。今朝は、谷底のように海の上にわずかな霧が漂っていた。お義母さんは、いつも養生している。好不調の波はあるが、気分もそれ次第だ。いずれにせよ、（……）良くはなっている」。

一月一一日、首相ピエール・ラヴァルが、共和国大統領に内閣総辞職を提出し、大統領から新内閣の結成を任された。ルブランは、息子に宛ててこんな風に書いている。「ラヴァルが総辞職した。

エリゼ宮では、また引きも切らずに、うんざりするほど議員が押し寄せ、意味のない協議を重ねるのさ。どれだけの時間が無駄になっているか！」。とはいえ、そのおかげでルネ・ルヌーが海辺から遠く離れていなければならないのを喜んだ。「一緒に食事や夕べを過ごすこと」を恐れていたのだ。「そうなると、マルグリットは陰気だし、私たちの会話が分からないからね（彼女はなんて幸運だろう！）――それに、さんざんつまらない会話を途切れないように苦労してる私はへとへとさね。私たちは二人だけで幸せなんだよ！　誰も必要ないんだ――愛しいお前たち二人を除いてはね」。

　しかし、ルネ・ルヌーは新内閣には入閣せずに、海辺に戻ってきた。一月二七日、マルグリットは、クロードとドゥニーズに宛ててこう綴っている。「もしルヌーがいなかったら、数日滞在を延ばしたでしょうに……だけど、ルヌーは政治の話（とその他いろいろ）をしてあんまりにもお父さんをうんざりさせるものだから、もうがまんできなくなって、発つことにしたのよ」。

　カンヌでルブランは、二月一日の《ニースの斥候兵《エクレルール・ド・ニース》》紙に、ジョルジュ・アヴリルがジョルジュ・シムノンについて書いた記事を読んだ。「推理」小説を賞賛する記事で、「気取った作家たち」や「それがどれほど退屈かで作品の価値を判断する歪んだ読者たち」を嘲弄していた。ジョルジュ・アヴリルにルブランが送った手紙を、同紙は、この月の四日に載せた。「ご助言に従い、ジョルジュ・シムノンの作品を知ったのは、賢明でした。今朝、またシムノンを薦められていましたね。私は、十分に味読することができませんでした。というのは、小説を仕上げるところで、こうした時は読書がまったくできないのです。とはいえ、『プロヴィダンス号の馬曳き〔邦訳題「メグレと運河の殺人」〕』を読み、貴殿の賞賛は過大だとは思いませんでした。その逆です。これは真に素晴らしい作品です。とりわけ、雰囲気を編み出し、登場人物のキャラクターをこしらえ上げるという、冒険小説の作家にはきわめて稀なこの才能を強調なさったのは、どれほどもっともなことでしょうか。普通は、ぐずぐずしている時間がありません。プロットに追い立てられているのです。ちょっと脱線しただけで、話の展開にブレーキがかかってしまいます……。ところが、何か魔力の賜でしょうか、ジョルジュ・シムノンは、描写して、掘り下げて、立ち止まります。読者には気づかれずにです。もし彼にお会いになる機会がございましたら、私の心からの賞賛をお伝え下さい。彼に会って頂こうと思っておりました。ですが、思っていたよりも早く発たねばならなくなったのです」。

二月五日、パリに戻るとルパンの父は、アシェット社の代理人であるモーリス・ラブレと、怪盗紳士の冒険物語を新しい双書である「疑問符」双書に入れるための契約を交わした。四万部発行されることになった。

「マスク・クラブ」

アルベール・ピガス〔シャンゼリゼ出版社から、仏初の推理小説を専門とした「マスク双書」を刊行した。一八八七－一九八五〕が創設したサークルである「マスク・クラブ」のメンバーのなかに、「不朽のアルセーヌ・ルパンの作者」の名がみえる。また、一九三二年二月一五日に出た雑誌《マスク・クラブ》創刊号の「運営委員」のなかにもルブランの名前が挙がっており、フレデリック・ブテ〔作家。一八七四－一九四一〕は、論説のなかで、ルブランのことを「推理小説」の「大家」の一人と呼んでいる。三月一〇日、バンジャマン・クレミュー〔ジャーナリスト・文学批評家・作家。一八八八－一九四四〕は（たいそう堅物なガリマール出版社のグループに属していたのだが〔ガリマール出版社は仏で最も権威ある出版社のひとつ〕）、《カンディード》誌に、推理小説を賞賛する記事を寄せている。「このジャンルの傑作である『奇巌城』に匹敵するものを、たとえばコナン・ドイルの作品のなかに見いだせるだろうか？」。

復活祭の休暇をルブランはエトルタで過ごした。パーゴラの下で撮った写真からすると、クロードとドゥニーズがルブランのもとを訪れていた。ルブランは体調が優れず、仕事も「厳しく制限されている」と、フレデリック・ルフェーヴルに語っている。また、復活祭の月曜日にジョルジェットに宛てた手紙もそのことを物語っている。「あいかわらず、頭が冴えなくて、とても制約の多い生活を強いられているんだ。こんな暮らしがいつ終わるのか分からない。うんざりだ」。

一九三二年夏、《ジュルナル》紙が『二つの微笑をもつ女』を連載している頃、ルブランは『真夜中から七時まで』をコレット・ブールドンに贈った。「コレット・ブールドンへ。働き者で賢い若い女性の物語。正午を一四時に探すなんて面倒なことはせずに〔仏語で「正午を一四時に探す」というのは、「面倒なことをわざわざする」の意〕、真夜中から七時までの幸福を手に入れます」。

七月末、ルブランについての記事を載せたいので、さるベルリンの雑誌が情報を欲しがっている旨を、アシェット社が伝えてきた。ルブランはこう返答している。「このドイツの手紙は、作家に何の役にも立たないことをさせる典型ですね。もうずいぶん前から、言いなりになるのはやめました。こんなことに関わっていたら人生を無駄にしてしまいますよ！　どうか、私がクルーズに出ていて（これは良い印象を与える）、私の秘書（秘書はいないが、いるように見せなければならない）は、世界一周旅行をしていると返答して頂けませんか」。

イギリス人ジャーナリストの訪問を受け、ルブランはこう話している。「アルセーヌ・ルパンの最初の冒険を書く前に、私が一〇篇の心理小説を書いたということを、ほとんどの人は知りません。（……）ルパンについてもっと書くように言われましてね。承諾したら、それ以来ずっと書き続けざるを得なくなったのです。そういうわけで、アルセーヌ・ルパンは、私のキャリアに起きた思いがけない事故みたいなものでしたが、それが私の名声の始まりとなったのです。実際は、幸運な事故です。私にとって、素晴らしい友人でしたから、あのアルセーヌは……」。

八月、クロードとドゥニーズは、ドロミテとヴェネツィアへ旅行に出かけた。ルブランの手紙が何通か残っている。「こんな風に、冒険に出かけられてお前たちはなんて幸せだろう！」。エトルタの近況も伝えている。「かつてない天気。素晴らしい最高の暖かさだ。エトルタはとても気持ちがいい。朝の浜辺はすごい人出だよ」。

寸劇『五分きっかり』

八月一四日日曜の朝、次の土曜に開かれる慈善舞踏会のために、「六、七分の寸劇」を書いてほしいと、ルブランは頼まれた。「そんなに短い時間では、決していい物はできない」と、最初は断った。しかし、お昼には、息子に宛ててこう書いている。「ごく短い寸劇ができた。レモン・ランドン〔当時のエトルタ市長。筆名で、『フランス国王たちの秘密あるいはアルセーヌ・ルパンの正体』を著す。一九〇一―九二〕は大喜びだ。事実、なかなかよく出来ている。タイトルは、『五分きっかり』だ。私のことは触れず、プログラムにも名前は載せないでくれるように頼んだ。ミシェル・ブランドジョンが紳士の役だ——浜辺で日光浴をするご婦人を演じるきれいな若い女性を探している。たいそうな美人でなければならないんだ」。そして、愛する子供たちのために、こう付け加えている。「お前たちは、必要な美点はすべて備えていた。唯一足りないのは、度胸だ。とはいえ、人はすべてを手に入れることはできないし、きっと私にも、この美点は欠けていたのだろう」。

ルブランは、エトルタの近況も伝えている。「今までは、素晴らしい天気に恵まれた。（……）エトルタはシーズン真っ盛りだ。砂利浜は、人であふれている。背中も腹もこんがり焼けている。お前の知り合いの若いカップルはみんなここにいるよ、かわいい赤ん坊を連れてね。遠慮しないでヴェネツィア子を連れておいで」。こんなことも書いている。「今日、マルグリットは女友だちを呼んでいる。総勢二四名で、ブリッジやらラミーやらでお遊びさ。小さなケーキ《プティ・ガトー》もね。私の方は、仕事をすっかり放棄したよ。頭がヴァカンス中なのさ。あちらこちらを放浪中だ」。しかしながら、「時々クロスワード」をしているという。

八月二〇日、「慈善事務所〔革命期の一七九六年に、地域社会の貧しい人びとの救済のために設けられた公的機関〕」のパーティーがあった。マルグリットは子供たちに宛ててこう書いている。「いつものように、たくさんの人出で、お父さんは普段通り大成功だったわ」。その翌日、ルブランは、こう書いている。「あいかわらずいい天気が続いている。時には、曇り空になることもあるが、最後はいつも太陽が照る。八月は本当に快晴だった。――けれどなんてはかないことか！　せわしない暮らしだ。お母さんは、毎日のようにラミーをしている。木曜日は、ベヌヴィル〔ノルマンディー地方カルヴァドス県の町〕の〈果樹園亭〉で、昨日はグランヴァルの居酒屋《ガンゲット》だ。映画は週に二度だよ！　この間の火曜は、『コート・ダジュール』だった。昨日は、『陽気な中尉さん』〔一九三一年制作公開の米の映画〕だ。ばかばかしい映画だが、退屈しない。主役のモーリス・シュヴァリエ〔歌手・俳優。仏、米で活躍した稀代のエンターテイナー。一八八八―一九七二〕はいつもよりずっと良かった。もしまた、私の映画『三人の蠍の女』のシナリオに取り組んで、実現できるのなら、フェルナン・グラヴェ〔ベルギー出身の俳優。一九〇五―七〇〕よりもシュヴァリエの方が、ずっと意外性があって愉快だろうし、作品によりいっそう威厳をもたらしてくれるだろう」。

『冒険の森』

一九二七年、《ゴーロワ》紙に、長篇小説『驢馬の皮とドン・キホーテ』を共作で発表していたルブランとアンドレ・ド・マリクールは、この本のための出版者を見つけようとしていた。それが容易ではなかったことが、ルブランに宛てたマリクールの手紙から窺われる。「ミシェルは断るだろうと思っていました。（……）私と同様、彼もこの作品は子供や少年たち向けだろうと思っているのですが、あなたの方は、あまりに大人たち向けなのではないかと心配なさっている（それは私も理解できます）。ただ、一二歳から一五歳の子供が、一〇歳の子供の冒険に興味を持つなんてことがあるでしょうか？　あなたと同様、私にも分かりません」。アンドレ・ド・マリクールは子供たちに読ませてみなければならないだろうと考えていた。「エミール・ポールに手紙を書いて、このアイデアをどう思うか判断を仰ぎます」。結局、この小説は、一九三二年九月に、『冒険の森』というタイトルで、ドゥラグラーヴ社〔一八六五年にシャルル・ドゥラグラーヴが創設した教育関連を専門とする出版社〕から刊行された。

ルブランとマルグリットは、秋の数日をランド地方の海辺、オスゴール〔大西洋岸ビーチと湖、ランドの森を有する保養地〕で過ごした。八月の初旬、ルブランはクロードに宛ててこう書いていた。「オスゴールへの旅行は決まった。おそらく、無料の往復切符を二枚入手できるだろう。《ジュルナル》紙と《フェミナ》紙ができる限りのことはすると約束してくれたんだ。車を運ばせようかという考えも捨ててはいない。たとえ、私がほとんど運転しないとしても、お母さんが毎日運転しないという理由はないからね」。

ルブラン夫妻は松に囲まれた〈湖のグランド・ホテル〉に泊まった。いつも通り、子供たちに沢山の手紙を送っている。ゴルフをしたり、ビアリッツやダックス、サン＝ジャン・ド・リュズ、バイヨンヌ、カンボ〔いずれもオスゴール近郊の観光・保養地〕を訪れたことが分かる。一通の手紙の中で、ルブランは一九一八年にオスゴールで亡くなった作家ポール・マルグリット〔自然主義の作家。一八六〇—一九一八〕の娘たちに出会ったことを語っている。

一〇月、《マスク・クラブ》誌でルブランの小説を賞賛したアルベール・ピガスに、ルブランはお礼を伝えた。ピガスはこう答えた。「親愛なる先生、お手紙を頂戴し、本当に感激いたしました。私の記事は、小考を正確に言い表したものです。明らかな真実を主張しただけで、お礼をして頂くほどのことではありません。先生は、ひとつのジャンルがもつ単調さを打ち破られたのです」。

日刊紙《意志《ヴォロンテ》》〔左派の日刊紙〕のために書き下ろした長篇小説『謎の鍵』〔一九三四年に、ラフィット社から『赤い数珠』の題名で単行本として刊行〕が、一一月二一日から掲載された。新聞は、ポスターを刷って、この「センセーショナルな書き下ろし連載小説の大作」を宣伝した。「モーリス・ルブランの小説は、常に選ばれた読者の皆様と同様に、一般の皆様のために書かれています。ちょっとした好奇心から読み始めても、がっかりされることは決してありません。興奮と感動の数時間をお過ごし頂けるでしょう」。

マドレーヌ座上映『アルセーヌ・ルパン』

ルブランはついに、メンシェンを相手にしていた裁判に勝利した。「一九三一年、フランスでの裁判により、私は、フランス国内とフランス語作品に対する自由を取り戻した。あとは、判決をメンシェンに通告するだけだった。まさにそこが難しいところで、不可能なのだ。外務大臣とはすこぶる良好な関係だったから、サンフランシスコ領事がこの仕事を引き受けてくれた。彼がハリウッドの領事に頼んで、メンシェンの家を訪問してくれた。会ってもらえなかった。それで、だらだらと長引いているんだ……」。その後、ルブランはこう書いている。「ワーナー・ブラザーズ社と交渉しているルパンの戯曲と最初の二冊の権利を売り、内金の百万フランを受け取る。で、メンシェンの方は？　メンシェンは五〇万フランを要求した。過去の契約を無効にする条件で、私は受け入れた。奴は断った。手紙のやり取りが再び始まり、価格交渉だの、約束だの、裏工作だの（……）。新たな問題が持ち上がった。メトロ＝ゴールドウィン社がワーナー・ブラザーズ社を買収したんだ」。

「メトロ・ゴールドウィン・メイヤー社」〔一九二四年設立の映画会社。その後巨大マスメディア企業となった〕が、ルブランのいくつかの小説の映画化権を獲得したのは、この時だった。そして、ルパンものの最初のトーキー映画が制作された。監督は、ジャック・コンウェイ〔米の映画監督・俳優・プロデューサー。一八八七―一九五二〕だった。本作には、二人の人気俳優、ジョン・バリモア〔米の俳優。『グランドホテル』など。ホームズも演じている。一八八二―一九四二〕とライオネル・バリモア〔米の俳優。ジョン・バリモアの兄。『マタ・ハリ』など。一八七八―一九五四〕が、ルパンとゲルシャールを演じて、戦いを繰り広げた。フランスでは、一九三二年一二月、『アルセーヌ・ルパン』のタイトルで、マドレーヌ映画館で封切られた。派手な広告文（人は言う、「奴は心をも盗む」と）と、まさに「モナリザ」を盗もうとしている謎めいた手が描かれたポスターを使って、大々的に宣伝された。ルブランは、こう書いている。「それほどよくはないが悪い作品でもない。いずれにせよ、アルセーヌ・ルパンらしさがないのだ。大きな原因は、大柄なジョン・バリモアがルパンを演じたことだ。肩幅ががっしりしてギャングのような体格をしている。パリジャンがアルセーヌ・ルパンにぴったりだと思う、エレガントで優雅なアンドレ・ブリュレとはなんという違いだろう！　他方で、ジョンの兄のライオネル・バリモアは個性あふれるゲルシャール捜査官を見事に演じていた」。

一九三二年の年末、クロードとドゥニーズは旅に出ていた。いつものように、ルブランは、定期的に手紙を書いて近況を伝えたがった。しかし、息子夫婦は、前もって行程を決めるのを嫌がった。クロードに宛てた陰気な手紙の中で、ルブランは愚痴をこぼし、こんな言葉で手紙を結んでいる。「Your bothering, but loving father（お前を困らせるけど、心から愛している父親より）」。

ヴィクトールの時代

ルブランは、『特捜班ヴィクトール』を書き上げた。「偉大なルブラン」の時代は過ぎ去っていた。一九三三年、《われらが古き学び舎》誌にこの小説の記事を書いたアンリ・ジェスピッツは、こう自問している。「ここ最近報道されているように、かの有名な怪盗紳士のキャリアは終わってしまうのだろうか？　我々には信じがたい、そうだとしたら何とも残念なことだ」。

一九三三年初頭、雑誌《ノルマンディーの芸術家たち》は、『ジュミエージュとアルセーヌ・ルパン』と題して、ガブリエル＝ユルサン・ランジェ宛のルブランの書簡を掲載した。ランジェが寄せた『ジュミエージュの狼』という記事が、ルブランに懐かしい思い出を蘇らせたのだ。ルブランは、「小説における現代の巨匠のひとり」と紹介されている。手紙には、「モーリス・ルブランと永遠なるルパン」に捧げられたラファエル・ブローの挿絵が添えられている。

ルブランは、『裸婦の画』を執筆していた。四月三日、《イリュストラシオン》紙の編集長だったロベール・ド・ボープラン〔映画・劇評家。ジャーナリスト。一八八二―一九五二〕に宛てて手紙を書き、情報を寄せてくれたことに感謝している。「貴紙の記事〔……〕を読んで、カマルグ地方〔南仏、ローヌ河口のデルタ地帯。仏最大の湿地帯〕に木々がうっそうと茂る公園を想像するなんてことはとてもできないのではと困ってしまいました！　さもなければ、少しファンタジーの世界に足を踏み入れなければならないでしょう。おそらく、そうなるでしょう……」。小説は、「悲痛で、情熱的で物寂しいカマルグ」を舞台にしており、その場所について、ルブランは資料を集めていたのだ。

この年の四月、『二つの微笑をもつ女』が書店に並んだ。復活祭にエトルタへ会いに来た義理の娘への一冊に、ルブランはこう記している。「にこりともしない副社長なんて、私は決して選ばなかっただろう。私のかわいいドゥニーズは、なんて素敵な微笑を浮かべているのだろう!」。クロードと一緒に、ドゥニーズは、ルブランの資産管理をしていたのだ。

《ジュルナル》紙の文芸部長リュシアン・デカーヴとルブランはいささか揉めていた。五月九日にはこんなことを書いている。「さる事情から、交渉時より、私の新たな連載小説は、六月中に載せて頂かなければならないと申し上げていました。一〇日ほど前、最後にお会いした際には、結局、御社の他との契約のせいで、日付をはっきり決めることができないとのお答えでした。(……)ですから、どうか、この手紙をお届けした者に、小説の原稿(『特捜班ヴィクトール』)を返して頂けませんか?」

《ジュルナル》紙の紙面にはなかなか空きが見つからなかったので、『ヴィクトール』は六月一七日から《パリ=ソワール》紙に掲載された。《ジュルナル》紙や《マタン》紙と激しく競い合っていた日刊紙だ。一九三三年三月の謳い文句には、「パリの日刊紙のなかで最大の売り上げ数」とあった。六月一七日の一面には、「モーリス・ルブランの読む者を夢中にさせる長篇小説『特捜班ヴィクトール』は、九ページに掲載」とあり、「アルセーヌ・ルパンのもっとも素晴らしい冒険のひとつ」と約束している。

一九三三年夏、エトルタにて

エトルタでルブランは、『二つの微笑をもつ女』をコレット・ブールドンに贈った。「ヴァカンスの間、退屈しのぎに読む一冊。さて、エトルタでコレットが退屈することは決してない！」。

慈善活動に熱心なジョルジュ・ブールドンに頼まれて、ルブランは『古いカロージュ』と題されたテキストに、「一九三三年九月三日、エトルタにて」と手書きした。「エトルタの船乗り相互扶助組織のための大コンサート」開催の際に販売される紙片に刷られたものだった。最初に印刷されたのは、知り合いの年老いた水夫が酩酊し、凍え死んだという話だった。それは、あまり立派な行いとも言えなかったので、ルブランは、話の結末を変えてしまった！

『ヴィクトール』がラフィット社から出た。コレットに贈る本の最初のページに、ルブランは楽しい詩を綴っている。

ほら、特捜班ヴィクトールだ、
ラ・ドンドン、ラ・ドンデヌ
コレット・ブールドンへの贈り物
ラ・ドンデヌ、ドンドン。
この献辞は、
まったく月並みだ、
だけどもうくたくただ
ずっと探しまわって——ラ・ドンデヌ・ドンドン

コレット・ブールドンが
満足してくれるような献辞を。

署名の後にルブランは、「木陰で三三度、一九三三年九月六日」と書き添えている。

九月一〇日、照りつける太陽の下、「ノルマンディー大祭」が開催された。「ノルマンディーの浜辺の女王たち」を載せて、花で飾られた馬車がパレードした。ルブランは再び、一役買った。審査委員の一人をつとめたのだ。《コー地方ガゼット》紙は、「浜辺の女王祭」の様子を報告している。まずは、人びとがノルマンディーの衣装をまとった市場から始まり、二一時には、カジノで、「女王たち」と「女王たちに仕える騎士、審査委員のメンバー」を迎え晩餐会が開かれた。

アルセーヌ・ルパンとは何者か？

一一月七日の《ルーアン日報》のために、ルブランは、ルネ・トランツィウスのインタビューを受けた。ルパンの父になったことを「まだ信じられない」と言い、「この悪党は私の人生を独り占めにしてしまった。時々恨めしくなる」と打ち明けている。ルネ・トランツィウスによれば、慎み深いルブランは、「対談やインタビュアーが好きではなかった」という。「彼が私を迎えてくれたのは、私がルーアン出身だったからだ」。

《プティ・ヴァール》紙〔共和派で社会主義の新聞。南仏、ヴァール県の県庁所在地ツーロンで創刊された〕が、ルパンについて書いてくれるように依頼した。『アルセーヌ・ルパンとは何者か？』と題されたその文は、一一月一一日に掲載された。ルブランはこう告白する。「私はアルセーヌ・ルパンに囚われた身なのだ！　まずは、英国が彼の冒険を翻訳し、それからアメリカ合衆国、今では世界中に広まっている」。また、影響を受けた作家についても述べている。「誰よりも、また多くの点で影響を受けたのは、エドガー・ポーだ。ポーの作品は、推理小説と謎めいた冒険物語の古典だと思っている」。

「文学的類型」としてのルパンを語ってから、こうも言っている。「ルパンの冒険には、もうひとつ、作品をとても面白くしてくれる要素がある。これが、作品に独創性という美点をもたらしているのだと思う。最初は私にもそのことが分からなかった。もっとも、文学においては、どうすべきかなど全く予想できない。私たちから生まれたものが、私たちのうちで成熟し、しばしば突然に私たちの目の前に現れるのだから。アルセーヌ・ルパンの場合、ごく近い現在と過去とが結びつくことで、とりわけ歴史的であり伝説的でさえある過去とが結びつくことで、作品に面白みが生まれる」。例として、『三十棺桶島』を挙げると、ルブランはこう締めくくった。「こうした素材から探偵冒険小説を書くと、当然、テーマがいっそう高尚なものになる。さて、これこそが、あの厚顔無恥なドン・キホーテともいうべきアルセーヌ・ルパンを、人気者にして、人の心を奪う人物にした理由の一つだと、私は思うのだ」。

その頃、最後には命を奪うことになる病の最初の発作に、ルブランは襲われた。息子はこう述べている。「それは冬の寒い日でした――私と妻は、父を昼食に連れて行くところでした。突然、ボーヴォー広場で、突風が吹いて、レオン・ブルム〔政治家。人民戦線内閣首相。一八七二－一九五〇〕風の大きな帽子、父の一部をなしていたあの有名な帽子が、タータンチェックの大きなマフラーと一緒に飛んでいきました。……鬱血。……それで、もうおしまいだったのです」。数週間、ルブランの顔半分は、麻痺していた。

XIII　最後の日々（一九三四―一九四一）

恋愛小説

一九三四年は不運で始まった。一月八日、ジョルジェットが緊急入院する事態になったのだ。動転したマーガレットは、ジュアンヌに電話をかけた。プラ家の車が迎えに来て、ジョルジェットを病院に運んだ。マーガレット・アンダーソンはこう記している。「酸素マスクの費用の話を聞いて、半身不随の金持ちの親族が（マーガレットはルブランをこう呼んでいた）やっとのことで体を動かすと、意味ありげな仕草をした」。「モーリスは、医者を脇に呼んで、できるだけ安く済ませるように小声で頼んだ」。

《ジュール》紙は、『裸婦の画』がフラマリオン社から出版されることを予告した。それで、ルブランの作品の専売権を所有するアシェット社で問題になった。一月一二日、カスタリュミオ氏は、ルブランに宛ててこう書いている。「ラブレ氏は、この出版を遺憾に思っております。弊社との契約に違反しますから。（……）この本を他の出版社から出すことになさった旨を、書簡でお知らせ頂けませんか？（……）この作品の内容からいって、弊社のどの双書にも入れることができないだろうからという理由で。正式の許可をお出ししましょう」。

この小説は新聞連載ではなかったので、何か宣伝をしなければと考えたルブランは、書店宛に販売促進を促す「寸書」をしたためた。それは、とても謙虚とは思えないものだった。《ジュール》紙は、『宣伝＝謙遜！』というタイトルをつけて皮肉っている。「昨日、フラマリオン社からモーリス・ルブランの新しい小説『裸婦の画』が刊行された。作者は、書店に宛ててこの本についての寸書を書いた。そこから数行引用したい気持ちに逆らうことはできない」。次がその数行である。「タイトルのせいでそっぽを向いてしまう熱烈な冒険物語のファンが、安心してこの本を手にとってくれるように、御社には大いにご尽力を頂きたいのです。実は、これは一種のおとぎ話です。アルセーヌ・ルパンの話ではありませんが、同じ作者が書いた物語です。常に読者の興味を引き、夢中にさせようと心がけ、最大限に喜んでもらえるように物語を描く技量を備えています。これを、作者は、少しずつ身につけてきました。つまり、こうした美点のおかげで、世界中で名声を得ることができたのです」。

この手紙は、フラマリオン社の文芸部長マックス・フィシェルがルブランに依頼したものだった。《ジュール》紙は、むしろ手紙の冒頭を引用した方がよかっただろう。作品の誕生について語っていてずっと面白い。「謎めいた想像の刻苦を司る腹黒い女神が、私に囁いたのです。発見すべき宝、手に入れる目標として、いつもの宝石箱や見事なエメラルドではなく（……）、単に裸婦像、素晴らしい裸婦の彫像はどうだろうかと（……）。まあ、あなたがこんな話にまんまと乗せられるなんてことはありません。書店の勘から、こうおっしゃることでしょう。いや、それはアルセーヌ・ルパンらしくないと！　ルパンは、礼儀正しい紳士だし、お上品ぶってると言ってもいいくらいだ。裸の女性に囲まれて活躍なんてするものか！（……）ご異議はごもっとも。ですから、最初の日から私も反対したのです。そして、この話を私の草案のなかでも最も手が届かない棚にしまったのです。何年も過ぎました！……しかし、陰険な想像の女神は諦めず、私の耳にこう囁くのです。『考えてみて。彫刻家のもとから見事な彫像が盗まれてしまったと。あっという間に彼を有名にしたあの彫像よ。追い詰められて自殺した彫刻家は、不朽の名作を取り戻すという神聖な使命を息子に託すの。ある日、森の木立のなかのニンフ、海に住まう人魚のような美しい四姉妹が暮らすプロヴァンスの古城で、この作品が息子の目の前に現れる。ねえ、どう？ あなたの恋愛冒険小説に打ってつけじゃない？』」

《くちばしと爪》誌〔一九三一―三七年に発行されていた風刺週刊誌〕のなかで、ルネ・マランは「なんと創意に富み、魅力に溢れ、力強い作品だろう！」と述べている。《コモエディア》誌では、ピエール・ラガルドがこう記している。「モーリス・ルブランは実に素晴らしい作家だと思う。アルセーヌ・ルパンの全シリーズは、私を魅了し虜にした。『奇巌城』は五度、『水晶の栓』は三度も読み返した。私にとってルパンとは、シャーロック・ホームズと同じくらい感嘆に価する、おそらくホームズ以上に威信のある登場人物だ。さて、モーリス・ルブランが新たな小説『裸婦の画』を発表したところなので、飛びついて読んでみた。ルパンはまったく出てこないが、ルパンものと同じくらい謎に満ち、空想力に溢れ、面白い。テクニックにおいては、一新されたものがある。それに驚くべき主題だ……」。

　この本はミシェル・コルデ〔作家。ルブランとは、文芸家協会の委員会で一緒だった。一八六九―一九三七〕の記事にも取り上げられた。ルブランは礼を述べている。「なんという喜びでしょう。あなたのような、つまり目の肥えた作家が、拙作についてお書きになった素晴らしい記事を読むことができるというのは。この記事が友人の声を私に届けてくれたのです。なんという喜びでしょう。何より素晴らしいやり方で、この友人との思い出が私に蘇ってきたのです。ご存じのように、神経の安定に気を遣わねばならなくなって、私は次第に世間や古い友人たちから距離を置くようになりました。私が共感をよせる誠実なミシェル・コルデと会えないのが、何よりも寂しくてたまらないのです。冒険小説の作者は、他の作家たちから大抵よく思われません。売れればなおさらです。そのくせ、もし冒険小説以外のものを書こうとすれば、止めろと言われるのです！」。

『青い芝生のスキャンダル』

一九三四年は「スタヴィスキー事件〔詐欺師スタヴィスキーが起こした仏政界の汚職事件。閣僚も含む政界の腐敗が非難され、内閣が倒れた〕」の年だった。多くの議員と同様に、ルネ・ルヌーの名誉も傷つけられた。三月には、急進党から除名された。ルブランが仕上げにかかっていた『青い芝生のスキャンダル』は、「政財界のスキャンダル」と三〇年代の「危機」を連想させる。執筆中の『アルセーヌ・ルパンの数十億』も、当時スタヴィスキーに関して噂されていた「マフィア」を描いている。

『青い芝生のスキャンダル』を、ルブランはアシェット社に送った。『裸婦の画』と同様、誰もが手に取るような小説ではなかった。一一月一五日、ルブランに宛ててカスタリュミオはこう書いている。「原稿をお返しするように、オクス氏から言われました。(……)『青い芝生のスキャンダル』と題された原稿のことです。オクス氏も同意見です。この作品は、今まで弊社が出してきた先生の作品とはタイプが異なりますから、他の出版社から出されても一向に構わない、とのことです」。「私たちの利益は完全に一致しています。弊社とは別の出版社から出されるこの二作品〔『裸婦の画』と『青い芝生のスキャンダル』のこと〕の読者に、ご著書はすべて、これらと同じような作品で、つまり誰もが手に取れる類いのものではないと思われてしまうと、先生にとっても弊社にとっても、大問題になりかねません。いずれにせよ、『青い芝生のスキャンダル』の宣伝で、これまで弊社から出された小説、とりわけアルセーヌ・ルパンの名で出された作品に言及されることのなきよう切にお願い申し上げます」。

ジヴェルニー〔ノルマンディー地域圏、ウール県の町。画家のモネが住んだことで知られる〕の友人の家で静養している間、ジョルジェットは、タンカルヴィルの友人クロード・ラバール宛の手紙の中で、自分の病のことをこう語っている。「結果はどうだったって？　面白い経験だったけど、すっからかんになったわ。私がもう限界って時になってやっと家族が財布のひもを緩めたのよ。でももちろん、ほんの少しだけね！」。それからヴェルネ＝レ＝バン〔オクシタニー地域圏にある温泉地〕で療養した。一二月、クロード・ラバールに宛てて手紙を書いている。「パリでの暮らしは耐えがたいわ……口論が絶えないの、私の出発……お金……危機的な状況……などなど。あのいまいましい金が工面できなくて、私のマーガレットはパリに残ったのよ！」。

こんな窮地とは、ルブランは全く無縁だった。一九三四年一二月、ボローニャの夫人から『赤いマフラー』を翻訳したいという申し出を受けたのは、イタリアからだ。一九三五年二月、『アルセーニョ・ルーピンの作品』というスペイン語版の出版許可の依頼が届いたのは、バルセロナからだ。三月には、似たような依頼がレバノン共和国のジェジーンから届いた。五月には、ウイーンとプラハから、六月にはワルシャワからも、こうした申し入れがあるだろう。……

ニースでの滞在

一九三五年初頭、ルブラン夫妻は、ニースでの常宿〈リュール、英国人ホテル〉に滞在した。クロードとドゥニーズは、オーストリアに旅行中であった。いつものように、「お父さん」は息子夫婦のことが気がかりでならなかった。二月一九日、息子に手紙を書いている。「昨晩、ニースの各紙が、オーストリア国境でのドイツ軍の動静を報じていたので、心配になったよ。アビシニアでイタリアが問題を抱えているのを考えれば、深刻な話だろう〔伊はファシスト政権下、一九三五―三六年の侵略でエチオピアを併合。アビシニア戦争とも呼ばれる〕。今朝、パリの各紙を読んで安心した。いずれにせよ、もし問題が起きそうな気配があれば、すぐにこちらに来なさい」。「もっと心配なのは、雪崩や洪水などだ。（……）細かく報告して安心させてくれ」。近況も伝えている。「昨日は、サン＝ポール・ド・ヴァンス〔プロヴァンス＝アルプス＝コート・ダジュール地域圏の町〕の〈金の鳩亭〉で昼食をとった。すばらしい食事だった。（……）今日は、ジュアン＝レ・パン〔アンティーブにある村〕でおやつを食べる。土曜日は、ここで正装の晩餐会だ」。二月二五日、マルグリットの手紙を読むと、ルブランがよろこんで「インドのガラ・パーティー」に出席したことが分かる。「かわいいお父さんは、ここの穏やかで暖かい太陽から離れたくないの」。

　こうした晩餐を楽しんでいるのだから、ルブランは体調がよかったのだろう。とはいえ、ひどく震えた筆跡からは、後遺症が明らかだった。月末に、息子に宛ててマルグリットはこう書いている。「万事うまく行っていたのよ。そしたら、ほら、もうおしまいよ、お父さんがインフルエンザにかかったの。インフルエンザにかかったお父さんがどんなだか知っているでしょう！　重病で、二週間は治らないと思い込んでるのよ。本当ね、ホテルだと面倒ったらないわ」。二月二八日。「明日金曜の七時四五分に発つことにしました。本当になかなか出発できない。だって、私たちが発つとなると、素敵なお友達たちが悲しむんですもの」。

　春、ルブランは数日をエトルタで過ごした。パリにいるノルマンディー子たちに、「エトルタで保養していて」、四月七日の集まりに出られないと弁解している。
ジョルジェットは、貧しさと闘っていた。五月四日、滞在した療養所について、旧友のモールヴェールに便りを書いている。「最近医院長から手紙を受け取って、家族が費用の残額を支払っていなかったことが分かったのよ。一二〇〇フラン。四月末には、私を訴えるつもりだったんですって。すぐに、ジュアンヌとモーリスに手紙を書いたけど、何もしてくれていなかったのは間違いない」。
六月、フラマリオン社から『青い芝生のスキャンダル』が出版された。男女が「芝生の上で転げ回り、相手が誰だかも分からずに抱き合い、乱れ、もつれ合う」場面から始まる、官能的な小説であった。お上品なジョルジュ・ブールドンは仰天した！ 作家協会会長のシャルル・メレに本を送ると、礼状が届いた。「なんて興味がそそられる見事な小説をお書きになったのでしょう！ 『青い芝生のスキャンダル』をご恵贈賜りまして御礼申し上げます。楽しく拝読いたしました。もしこれほど大胆な主題でなければ、すばらしい戯曲のテーマになっていたでしょうに〔シャルル・メレは劇作家である〕。何でも言える小説家が、改めてうらやましいですよ！――もちろん、あなたのように、これほどの機転と才能に恵まれていればの話ですがね！」。

『モーリス・ルブランとの一時間』

ルブランは、ヴィラ・エランにフレデリック・ルフェーヴルを迎えた。《ヌーヴェル・リテレール》誌の有名な連載コラム『××との一時間』にルブランを選んだのだ。ロジェ・ウィルドの挿絵が入った記事は、七月六日に掲載された。ウィルドはルフェーヴルと一緒に訪れた。ルフェーヴルはルブランをこう描写している。「背が高く、痩せていて、英国人風の優雅さがあり、白髪と淡い瞳

晩年のモーリス・ルブラン（1930年代）

蔓棚に寄り掛かる晩年のモーリス・ルブラン
〈ルパンの園〉にて

がその顔をとても優しく見せていた。ややかすれた声で発した歓迎の言葉から、愛想の良さと気取りのなさが伝わってくる。天気が悪く、庭で迎えられないのを残念がった。あまりに愛着を込めて庭のことを話すので、わざわざ花が大好きだと言い添える必要はなかっただろう」。屋敷のことはこんなふうに語っている。「フランス窓を通して、庭の円形の花壇と芝生が広い部屋の中にまで広がって見える。オレンジ色のカーテンが一層際立たせている緑あふれる日が、部屋いっぱいにあふれている。大広間、それから夏の仕事部屋。窓は庭に張り出したガラスばりの回廊に面している。（……）壁には大量の本。本棚は、どぎつくけばけばしい装丁の本で覆われている。（……）この著名な小説家は冬の間執筆する二番目の仕事部屋を見せてくれた。それは、回廊の端で、どこからでも太陽の光が差し込んでくる一種のガラスばりの小部屋だった」。

ルブランは、ほとんど外出しないと打ち明けた。「劇場へはめったに行きませんし、映画はなおさらです」。また、「実に心穏やかに過ごしています。幸せなのです。辛い時期もありました。感受性があんまり強く、神経の病に苦しんだこともありました。数年もの間、執筆も厳しく制限されていました」。温めている執筆計画もあった。特に歴史小説だ。「歴史小説を書こうと思っています。（……）まだ知られていないちょっとした事件を探しているのです。うまく行けば、タイトルはもう決まっています。『謎のフランス年代記』です」。

ルブランは、実際、『千年戦争』と題された歴史小説を書いていた。校正済みのタイプ原稿を保管していたのだ。ノルマンディーの歴史から題材をとったものだった。小説は、庶子王〔ウイリアム一世のこと〕の時代のヴァルモン〔セーヌ・マリティーム県、フェカン近郊の町〕から始まる。古い城館で見つかった一冊の「家計日記帳〔一家の家計や出来事、事件などを記録したもの。代々その一族の主人が記録し、次世代に伝えた〕」である『カボ家婦人の家系史』により、千年にわたる「フランスとイギリスを股に掛けた壮大な冒険」を説明する「黄金の秘密」を、庶子王が解いてみせるのだ！
こうしたすべてには、もちろん、恋物語もかかわっている。……

初期の作品について語るとき、ルブランはきわめて謙虚だ。「初期の作品のうち、再刊に価するものはありません。もう時代遅れなのです。かなり独特な〈地方〉色が感じられる小説『ある女』を除けば、どれも大した価値はありません」。「心理小説に未練はありません。本の価値というのは、作家が扱う文学ジャンルで決まるのではなく、文学ジャンルをどんな風に扱うかで決まるのです。とはいえ、アルセーヌ・ルパンの父になっただけで十分だと満足するのにはずいぶんな時間がかかりました。今の私の考え方は、まったく違います。私にとって、ルパンはロマンチックな主人公で、現実とはまったくかけ離れた存在なのです」。

エトルタでの一九三五年の夏

一九三五年七月、『カリオストロの復讐』が出版された。この作品で、まだ駆け出しの頃に、忘れられない記憶を焼き付けられた女性の幻影が、ルパンによみがえる。そして、「花の栽培のために広げたコート・ダジュールの素晴らしい土地」にルパンは引退する。

ルブランはエトルタで夏を過ごした。つば広の帽子を被り、緑と青のタータンチェックのストールを羽織った、この優雅な紳士の姿を、人びとは長い間記憶にとどめていた。《フェカン日報》紙は、「催事委員会によって、この夏のための素晴らしいプログラムが計画され」、「名誉委員会」が結成された、と記している。そこには、「文芸家モーリス・ルブラン」、「画家」ジュール・ケロン、「地主組合委員長」コンペール氏の名が挙がっていた。六月三〇日、「音楽フェスティヴァル」が開催され、シーズンは幕を開けた。八月二四日と翌日は、素晴らしい天気に恵まれた。「あらゆる芸術がエトルタに集結していた」時代を讃え、祝宴が催された。プログラムの「特別公演」の「後援会」の中に、「ルブラン夫妻」の名も載っていた。

「ノルマンディー作家の会」会長、エドモン・スパリコウスキーは、土曜の夜、カジノでモーパッサンについての講演をすることになっていた。当日午後、ルブランのもとを訪ね、《小さなル・アーヴル》のコラムで語っている。「ルブラン先生は、椅子に座り、私は、広い窓の近くで、大きな長椅子に座って、お話を伺った。先生は、尊大な態度を見せたり、学識をひけらかしたりもせず、ご自身の成功についてもほとんど語らなかった。しかし、もちろん、その成功を羨む人は少なくなかった。モーリス・ルブランは私の内にたくさんの思い出を蘇らせた（……）いったいどんな雑談から、あるいは、どんな連想から、アカデミー・フランセーズの話になったのだろう？　ルブランの友人でエトルタの滞在客であるルネ・ペテールが、妬ましげに、その異様で、かつ思いもよらない内情を、暴いている〔『アカデミー・フランセーズの秘められた現実』全五巻のことか〕。私には分からない。しかし、少なくとも分かったのは、私たちの優れた同郷人ルブランは、アカデミー会員になるための密かな準備工作やわずらわしい茶番劇を軽蔑していたということだ」。出たばかりのラ・ヴァランドの小説『ウーシュ地方』〔ジャン・ド・ラ・ヴァランド（一八八七－一九五九）著。本書を出版したルーアンの出版社モガールに、スパリコウスキは協力していた〕のことを、ルブランはスパリコウスキに賞賛した。「作品の力強さ、独創的な表現、地方色の尊重」を強調している。

《コー地方覚書》は、カジノでのパーティーをこう描写している。「モーリス・ルブランがそこにいた。広間には、アルセーヌ・ルパンの幻影が漂っていた」。

九月初旬、ルブラン夫妻は、列車でコート・ダジュールに南下した。二人は、ボーヴァロンにある〈ゴルフ・ホテル〉に滞在した。松林に囲まれたこのリゾートで唯一のホテルだ。広い通りはホテルからビーチまで続いている。イタリア旅行の帰りに、クロードとドゥニーズもそこで数日を過ごした。浜辺で写真や動画を撮った。いつものタータンチェックのストールを羽織ったルブランと、やはりいつもの日傘をさしたマルグリットが写っている。

『アルセーヌ・ルパンの数十億』

一一月七日、文芸家協会から、『特捜班ヴィクトール』と『アルセーヌ・ルパンの逮捕』を、ギリシャの二紙が許可なく掲載したとの知らせがあった。ほとんど判読できないような字で、ルブランは返事を綴っている。「ギリシャに出版許可を出したことは一切ありません。『アルセーヌ・ルパンの逮捕』は、著作権が切れて公産になっています。『特捜班ヴィクトール』が《ジュルナル》紙に出たのは一九三三年ですから、違法です。」「私の次回作『アルセーヌ・ルパンの数十億〔邦題『ルパン最後の事件』〕』を掲載するという条件を課して、二千、あるいは三千フランの損害賠償を要求して頂けますか？《プティ・パリジャン》紙で三月か四月に連載されることになっているのです」。

この冒険譚には、ガニマール警部（一九〇五年と同様、ニューヨーク行きの大型客船から降りる時にルパンを逮捕する任務を受けていた）、ベシュー刑事、ルパンの乳母ヴィクトワールも再登場する。ルパンは、オラース・ヴェルモンの名で正体を隠し、ルパンの巨万の富を狙っているマフィアの創始者、ジェームズ・マッカラミーと対決する。もしこの小説が、ルブランの傑作ほどの出来ではないとしても、優れた点がひとつある。語り口が一新されているのだ。どんなに不調の時でも、ルブランは、同じような作品は二度と書かなかった。

ルブランは南仏に滞在しようと考えていた。一二月九日、アシェット社にこう頼んでいる。「家内のために、パリ―ニース間の往復切符を都合して頂けないでしょうか」。ジョルジェットには、こんな旅行をする余裕はなかった。ジョルジュ・モールヴェールにこう書いている。「親切にも今、兄が私にくれる月千フランの手当では、好き勝手なことはできません。じっとしてなければやっていけない、治療やら薬やらが必要ですから」。そして、こう付け加えている。「兄から便りがありません。カンヌのどこか豪華なホテルにいるはずなんですが」。

『影のなかの男』

『赤い数珠』を元にピエール・パロー〔劇作家・俳優。一八八三―一九六六〕が執筆した戯曲『影のなかの男』が、一二月一四日から〈ドゥ・マスク〉座〔かつて、パリ九区、フォンテーヌ通りにあった劇場〕で上演された。マックス・マクスディアン、エルヴィール・ヴォーティエ、イヴォンヌ・ガラ、ジェローム・グルヴァン、シモーヌ・ランベールといった有名な俳優が出ていた。《月刊挿絵入りラルース》誌は、「今月の演劇」欄にこう記している。「ジャンルの法則通りの推理劇だが、刑事の代わりに活躍するのは、パロー氏が実に見事に演じた洞察力の鋭い司法官だ。盗んだのは誰か？　殺したのは？　それを知るには、最終景まで待たねばならない。とはいえ、それまでの間、観客は見事な演技を楽しむことができた」。

一二月二六日、ドイツの映画会社ウーファー社から『ルパンの告白』の映画化の話があった。この申し出をルブランに知らせたアシェットは、こう書いている。「映画によってご著書が広まればどんな利益がもたらされるかはご存じでしょうし、この話を私どもに報せてきた会社がいかに重要かもお分かりでしょう。ウーファー社との取引の成功を願っております。この社の映画はいつもフランス語でも上映されますから」。ウーファー社は、かのフリッツ・ラング監督の『メトロポリス』〔SF映画黎明期の傑作とされる〕のような、「巨額制作費をかけた作品」を数多く生み出していた。だが、ルパンに関するこの計画は、映画に関わる他の多くと同様、日の目を見ることはなかった。……

一九三六年一月一五日、『影のなかの男』を観に行ったピエール・ルコント・デュ・ヌイは、ルブランにこう書いている。「私たちは、比類なき夕べを過ごしました。感謝申し上げます。（……）ご著書には、若さと健康それに真の創意が感じられます。これは、他のどの作家にも見いだせません。私自身は、ひどく退屈であり、日に六時間も真剣に集中しなければならないことを執筆しています。そんな時、あなたの小説ほど私によいものはありません。ご著書を読むと人生が明るく感じられるのです。まるで風呂上がりの時のようです。人生そのもの――楽しくはない――ではなく、人間の創造力の愉快で人を夢中にさせる側面に再び触れさせてくれたのです」。

舞台は、なかなかの成功を収めた。上演は、二月二一日まで続いた。

ルパンのラジオ放送

ルパンほど「現代的」な男であれば当然、新聞雑誌と競いあうようになっていたラジオでのキャリアも踏まねばならない。「著名な物語作家モーリス・ルブランがラジオ放送のために特別に書き下ろしたドラマ・シリーズ」が、一九三六年二月二八日から「ラジオ＝シテ」で放送された。この放送局は、モンサヴォン〔仏の石鹸メーカー〕が提供していた「ラジオ素人のど自慢コンクール」で人気を博していた。ラジオのプログラムには、こうある。「このラジオドラマの主人公は、もちろん、今回新たなキャリアを歩み始めることになった怪盗紳士です。そのうえ、アルセーヌ・ルパン本人が、自らの役を演じることになっています」。

第一回の放送は、『ルパンの逮捕』を脚色したものだった。出演者は、シモーヌ・モンタレ、ベルティル・ルブラン、フェルナン・サブロ……そしてアルセーヌ・ルパン本人！《妥協しない者《アントランジジャン》》紙は、こう記している。「かの冒険家は、新たなキャリアを歩み始めた。ラジオの俳優だ。さしあたって――テレビが普及していない――今のところだけの話だが、マイクを通して演じる俳優たちが姿を見せないでいられるのをまんまと利用しているのだ。（……）しかし、放送終了後、宿敵ガニマール警部に逮捕されずに、どうやってスタジオから出るのだろうか？　それも、間もなく分かるはずだ。すべてのミステリー愛好家の皆様、ラジオ＝シテをお聞き逃しなく」。三月三日、同紙は、こう書いている。「アルセーヌ・ルパンほど人気のある小説の主人公はそういない。（……）このほど、ルパンは、ラジオでもすばらしいデビューを飾った。本誌に届いた何通もの手紙によれば――ラジオのリスナーたちは、モーリス・ルブランが、善良な人々にこんなにも愛されるように作り上げた伝説の〈ごろつき〉と再会できたことを喜んだ。本の中と同様ラジオでも、ルパンは才気煥発で、傍若無人、皮肉屋で、冗談好き、そして魅力的だ」。

ラジオドラマのリハーサルを指導しているルブランのカラー写真が一枚、《ＴＳＦプログラム》に掲載されている。ルブランは、怪盗紳士と握手を交わしているが、強盗の顔の下半分はスカーフで隠されている。

四月、「疑問符双書」から『バルタザールのとっぴな生活』が再刊された。ルブランが書いた序文からは、小説が誤解をうけて、辛かった心情が窺われた。「ほんの些細なことで、ある想像の作品がパロディーとなり、憐れみをさそう人物として描きたかった人物が滑稽で馬鹿くさい人物と見なされてしまう。本書で、私がこの危険を避けられなかったとしても、別に構わない。そんなことよりも私が恐れているのは、もったいぶって、杓子定規で、それが実際起きたことだと思っているかのように見えることだ」。「私がしたかったのは、読者に考えさせることではない。ただ単純に楽しませ、読者に気晴らしをさせたかったのだ。おそらく、それこそ、私の技量にかなった野心なのだろう」。

ルパンの最後の冒険

アンリ・ディアマン＝ベルジェ〔映画監督・プロデューサー・シナリオライター。一八九五―一九七二〕は、『バーネット探偵社』の映画化について、ルブランから「快諾」を得ることができた。「ディアマン＝ベルジェは、オッソと息子を引き合わせ、シナリオを書いたが、私は四、五回ほど書き直させた」と、ルブランは記している。

一九三七年一月、ルブランは震える手で、ルパンの最後の冒険である『四人の娘と三人の少年』のタイプ原稿の校正をしていた。本作で、ルパンは、「予備役士官のラウール・ダルジュリー大尉と名乗っていた。パリ北部の郊外に住む学童グループを無償で教育し、ココリコ大尉との名で知られていた」。

ＭＧＭでジョルジュ・フィッツモーリス〔映画監督・プロデューサー。一八八五―一九四〇〕が、『アルセーヌ・ルパン・リターンズ』を撮影している頃、エクレール・ステュディオでは、ディアマン＝ベルジェがジュール・ベリー主演〔俳優・映画監督。一八八三―一九五一〕で『探偵アルセーヌ・ルパン』を撮っていた。本作は三月にオランピア劇場〔パリ九区にある老舗ミュージックホール〕で上映された。ルブランは、「今ひとつ気に入らない」と記したものの、「オランピア劇場でのヒットをみて、意見が変わった」と書き加えている。

あいかわらず翻訳権獲得の申し出が次々と舞い込んでいた。一九三七年二月、ワルシャワとブカレストから『カリオストロ伯爵夫人』のルーマニア語翻訳版の話があるかと思えば、アメリカ人も『八点鐘』を出版したがっていた。

マルグリットを連れてルブランは、時々ロンニュ村を訪れた。イル＝ド＝フランス地方の小麦畑に囲まれた小さな村だ。そこにクロードとドゥニーズは、〈ヴィレット沼〉という別荘を持っていた。ドゥニーズは、広大な庭の手入れに夢中だった。『ルパンの数十億』のなかで、この別荘は、〈赤い館〉という名で描かれている。「マントの町に近い」「木が生い茂った広大な庭園のある魅力的な地所」だ。

ルブランは祖父になった。孫娘フロランスが、一九三七年三月に誕生したのだ。ドゥニーズの助けをかりて、ルブランは『ルパンの数十億』をやっとの思いで書き上げた。一九三七年には《プティ・パリジャン》紙に掲載される予定だったが、延期されなければならなかった。ドゥニーズは、『千年戦争』と、「カモールの令嬢たち」という副題を持つ小説『アルセーヌ・ルパン最後の恋』も手伝った。この小説は、ルブランが草案を放っておいて眠ったままになっていた『四人の娘と三人の少年』の構想に手を入れ直したものだった。『最後の恋』のプロローグ「アルセーヌ・ルパンの先祖」には、ルパンの祖父、ナポレオンの指揮下、モンミライユの闘い〔一八一四年二月、ナポレオン率いる仏軍がロシア・プロイセン連合軍に勝利した闘い〕で勝利したルパン将軍が登場する！　『千年戦争』で語られたモンカルメ家とカボ家の家計日記帳をめぐる物語なのだ。ルブランは、主人公を旧家カボ＝ルパン家の子孫にしている！　物語の主要な部分は二〇年代に繰り広げられる。怪盗紳士は、「才気煥発で気まぐれで、とてつもなく個性的な」アンドレ・ド・サヴリー大尉と名乗り正体を隠している。英国諜報部の長と闘い、高邁な志を抱いている。彼は言う。「私の夢は、世界平和を打ち立てる助けになること、それだけだ」！小説の舞台を毎回変えるようにしていたルブランは、本作のために「場末《ゾーヌ》」〔首都パリの北部に位置する貧民街〕を選んだ。「《一家八人殺しの怪物》ことトロップマンの忌まわしい記憶〔一八六九年に実際パンタン村であった猟奇殺人事件〕が、不名誉な烙印として刻まれている」パンタン村の周辺だ。そこで、ルパンは庶民の子供たちの教育者の役を担っているのだ！……子供たちのなかに、ジョゼフィーヌとマリー＝テレーズというルパンの実子が二人いる。ルパンは、「カモールのお嬢さん」ことコラ・ド・レルヌとの結婚の後、この子供たちを養子にすることに決める。

「疑問符双書」で刊行される際には、ルブランを手伝って、代わりにドゥニーズが校正をしている。

舞台と映画

一九三七年五月二八日の《シネ＝フランス》〔一九三六―三八年に発行されたパリの映画週刊誌〕のために、ルブランは、自分の小説の脚色について、『演劇と映画がルパンの後を追いかけるとき』と題された記事を書いている。「アルセーヌ・ルパンの人生は、事件に溢れ、事細かに語り尽くされ、沢山の本や戯曲や、今や映画でも語られている。だから人は、ルパンの冒険をひとつかふたつ読んだか見たかして、彼を知っていると思い込んでしまう」。戯曲『アルセーヌ・ルパン』のヒットを想起してから、こう言っている。「実を言うと、レオポルド・マルシャン〔劇作家・台本作者。一八九一―一九五二〕と共作で、『奇巌城』を元に四幕物の戯曲を書いているところだ」。映画プロダクションとのいざこざも語り、こうつづけている。「申し出が殺到している。フランスや外国の会社からの申し出や、共同事業の提案。私はただ待っているだけだ。本当に幸せなことである。これも、友人のピエール・ラフィットのおかげだ。彼は、最初から、起こるべきことを見抜いていた。決して倦むことなく、ありとあらゆるルートを通じてフランス内外に私の本を送り届けてくれたアシェット社のおかげだ。そして、あらゆる観客の前で舞台を見せてまわったアンドレ・ブリュレのおかげだ」。最後に、引退する作家のような口調でこう締めくくっている。「幸せだと言ったからといって、私がうぬぼれていると思ってもらいたくはない。ただ、三〇年間の仕事が報われただけだ。私は真面目に、細心綿密に、仕事をやり遂げた。良くないと思えば、一から書き直すことを厭わなかった、それどころか何度でも書き直した」。

パリが万国博覧会のお祭り騒ぎで賑わっていた頃、ヴィラ・エランを訪れたジョゼ・ルパンは、ルブランの体調が優れなかったのを覚えている。膝に毛布をかけて座ったまま、病人のようだった。ジョゼが「推理小説」について尋ねると、ルブランはこう答えた。「探偵小説がでたらめだと思われるのは仕方がありません。騎士道小説とか、一八世紀の暗黒小説とか、ロマン派演劇とか、それから……あらゆる小説、あらゆる戯曲がそうでしょう。すべて、読者の創造力に訴えかける作品ですよ。そんなにくそ真面目なものじゃない」。

一九三八年の復活祭に《シネモンド》誌〔一九二八―七一年に発行された挿絵入り映画週刊誌〕に寄せた『怪盗紳士アルセーヌ・ルパンは客席にいる』と題された記事で、ルブランは映画『探偵アルセーヌ・ルパン』に言及している。「上映される探偵ものの映画がすべていい出来だとは言えない。それは確かだ。たとえ最後まで座っているとしても、それは冒険の謎を知りたいからというより、たいてい隣に座っている男性や女性の靴や履き物を踏みつけながら暗い部屋から出ていくのが容易ではないからだ」。改めてルブランは冒険物語を賞賛している。いやいやながら書くように仕向けられた、あの冒険物語を。

「恋愛小説を想像するように、探偵物語を作り出すことはできない。恋愛感情には、論理や計算や正確な事件解明は必要ない。（……）二〇年前の恋愛映画のなかで、今日嘲笑や酷評を逃れるものがあるだろうか？」。

夏、エトルタの海を眺めると、ルブランの気持ちは晴れた。『アルセーヌ・ルパンの数十億』のなかで、「自信がなくて迷いがある時、人には心の静けさが必要だ。この心の平穏を、海は私たちにもたらしてくれる」と書いている。七四歳となった今、背中が曲がり、ルブランは「見るからに体調が悪かった」。ゴンヌヴィルの〈昔ながらの料理亭〉のオブール嬢は、ある日、ルブランがマフラーと帽子を身につけたまま、誰かがレストランに入ってくると身を潜めていたのを覚えている。幻覚に襲われているようだった。庭師は、別荘を警備しに来てくれるように、ルブランが憲兵に頼んだと言っていた。ルパンの訪問を恐れていたのだ！〈ルパンの園〉の掃除婦アザール夫人は、ルブランが怖がって、散歩をするときには必ず石突きのついた杖を手にし、床につく前には、ベッドの横に数本の刀を置いていたと言っている。レシェール氏は、〈ルパンの園〉に呼ばれ、「防犯錠」をいくつも取り付けた。エトルタの住民には、「もうろくした」、「自分の書いた本のせいで怖がっている」男のように見えた。

ルブランは、自分の感性と想像力、そして難しい仕事に苦しめられていた。彼の小説をすべてまとめ上げるために、どれほどの努力を払わねばならなかったか想像できるだろうか？　三〇年もの間、ルパンはルブランを眠らせずにつきまとってきたのだ。初めて出会ったとき、モーリス・ドゥロール博士はこう言った。「では、あなたが、あのアルセーヌ・ルパンを創造した父親なのですね？　面白すぎて、よく眠れないことがあるんです」。「本当のところ」と、ルブランは答えた。「私自身も眠らせてくれないことがよくありましたよ。父親なのにね」。

モーリス・ド・ワレフはこう報告している。「ルブランは過労で亡くなったのです。晩年は、ほとんど話をしませんでしたし、糸ガラスでできているかのように立ったままでした。あまりに透き通っているので、触れるとひびが入ってしまうのではないかと心配になってしまうあのヴェネツィアのガラス製品のようでした。握手をしても、私のことを分かっているのか確信が持てませんでした。ただいたずらっぽい気のよさそうな眼差しだけが、彼の魅力的な気質が変わっていないことを鮮明に表していました」。

ティエール通りの家

一九三八年一〇月五日、ルブランは、アシェット社に宛てて手紙を書き、新しい住所を知らせている。ティエール通り四番地だ。体が悪いので、ヴィラ・エランに借りていた広すぎる屋敷を離れることにしたのだ。引っ越したのは、そこからさほど遠くない、ティエール通りの五階建ての建物の中に購入したアパルトマンだった。膨大な蔵書を置くには手狭だったので、一部は屋根裏にしまわれた。銀行もオスマン大通り六番地のユニオン・パリジエンヌ銀行に変わったので、著作権料はそこへ振り込むように、アシェット社に伝えている。

同月、『裸婦の画』がフラマリオン社の「愛双書」から刊行された。エドワール・シモの描いた表紙は、とても扇情的だった。他方、G・フィッツモーリス監督、メルヴィン・ダグラス〔米の俳優。代表作に『ニノチカ』など。一九〇一―八一〕、ヴァージニア・ブルース〔米の女優。一九一〇―八二〕主演の映画『アルセーヌ・ルパンの帰還』が、フランスで公開された。その間、戯曲『アルセーヌ・ルパン』はアランブラ劇場〔一九六七年まで、パリ一一区にあったミュージックホール〕で上演された。

ルブラン夫妻は、友人の一人ジョルジュ・ブールドンを失った。お悔やみの花束を贈り、一一月一二日、ペール・ラシェーズ墓地の納骨堂での葬儀に出席した。体の悪いルブランの代わりに、マルグリットが芳名録に記帳した。

この年の冬は特に冷え込んだ。一二月末、パリには雪が積もった。二八日、カスタリュミオ氏がルブランを訪ねた。ルパンの冒険を「少年文庫」に入れるため、修正を加えることを承諾してくれるよう頼みに来たのだ。翌日、ルブランは「カスタリュミオ宛ての手紙の下書き」を送った。もちろんルブランは快諾していた。「私は――いつも通り――アシェット社を全面的に信頼しております。これらの修正において、御社が、望ましい節度を保ってくださると信じております」。もはやルブラン自身が交渉することは出来なかったので、一二月三〇日、カスタリュミオは、クロードに電話をかけた。二人は、一九三九年一月三日に会う約束をした。ルブランの署名の入ったタイプで打たれた手紙に、クロードは一段落書き加えさせた。ルブランの作品に、「義娘であるクロード・ルブラン夫人の承諾を得るという条件で」、アシェット社が必要と判断したあらゆる修正を施す許可を与える、と。

ついに一月一〇日から、小説『アルセーヌ・ルパンの数十億』が、ジャン・オベルレの挿絵入りで《自動車》紙に掲載された。一月八日の一面にこうある。「明後日、本紙で、読者の皆様方は、アルセーヌ・ルパンのすべて、そのあふれる才気と気品、人を嘲け笑う態度、その謎、その優しさのすべてを再び目にされることでしょう。モーリス・ルブラン先生が、その驚異的な登場人物の新たな冒険を語ります」。

アルセーヌ・ルパンの囚われ人

一九三九年三月の雑誌《トリプティカ》に、ジャン・カバネルがルブランについての記事を寄せた。ジャン・テクシエがルブランを描いている。カバネルは、モーリス・ルブランはこう記している。「ルパンは、ルブランを眠らせない。散歩にもついて行く。（……）時にはルブラン自身、ルパンを生かして名声を与えておくのにうんざりもするだろう。（……）まだ、もう一冊、驚くような素晴らしいルパンの冒険物語を書くような気がするのだ。そんな考えが、先日、パッシーの美しいアパルトマンでルブラン氏に会った晩、私の脳裏に浮かんだ。この男は、四〇年も前から、アルセーヌ・ルパンと暮らし、夜も昼も離れることなく、厄介払いすることが金銭的に出来ずにいる。おそらくアルセーヌ・ルパンは実在する、あるいは実在したことがあるのだろうと言われると、謎めいた微笑みを浮かべるのだ。お分かりでしょう、ルブランは、アルセーヌ・ルパンの共犯なだけではなく、ルパンに囚われた身なのだ」。

六月一四日、今までのルパンものと同じ条件で『アルセーヌ・ルパンの数十億』を出版することに異論はないと、ルブランはアシェットに伝えた。手紙はタイプで打たれ、署名の筆跡も震えていたことから、もはや自分で書くことができないのは明らかだった。

「『少年文庫』に合わせるため、作品にもたらされるかもしれない訂正について」アシェット社といざこざもあったが、『奇巌城』でルパンは「少年文庫」に入ることができた。この作品では、麗しのレーモンドへのルパンの恋を描いた箇所が削除された。

〈ルパンの園〉を最後に訪れたのは、三九年の夏だった。海のほとりのテラスにいる、背中が曲がり、手に杖を持ったルブランの写真が一枚残っている。それは、戦争の脅威が迫った陰気な夏だった。八月の晴天も、人びとの不安を消し去ることはできなかった。保養客の多くがシーズンの終わりを待たずにパリへ戻った。カジノは九月の始めに閉店した。二日、陸軍大臣は自動車を徴発し、動員令を発令した。三日、イギリス、次いでフランスが宣戦布告した。一九一四年同様、ルブランは休暇を早めに切り上げねばならなかった。

ジョルジェットは、マルテル博士の手術を受け、その後、タンカルヴィルに向かった。到着すると、義兄フェルナン・プラがその日の朝急死したことを知った。一〇月末には、マーガレットとモニークを連れて、アンダイユ〔ヌーヴェル＝アキテーヌ地域圏のバスク海岸の町〕に発ち、姪のマルセールの元を訪れた。一一月三〇日、クロード・ラバールにこう書いている。「それでもなお、人生は美しい！」。そして「それでも」に二重下線を引いている。

南への避難

一九四〇年六月、フランス人は南へ避難し始めていた。ルブラン夫妻は、運転手付きの車で、ラ・ボール〔ペイ・ド・ラ・ロワール地方にある海水浴場として知られる町〕へ向かった。そこに家を借りた義娘ドゥニーズに会うためだ。息子のクロードは、東部の前線にいた。ほどなくして家族揃ってラ・ボールを離れ、コニャック〔仏南西部、ヌーヴェル＝アキテーヌ地方の町〕に逗留した。六月二二日、昼食の最中、一家はラジオで、ペタン元帥が休戦協定に調印したと語るのを聴いた。

ルブランは著しく衰えていた。コニャックで、図らずも「家出」をして道に迷ったのだ。見つけるのに、家族は警察を呼ばねばならなかった。

一九四一年七月九日、ルブランはパリにいた。エドワール七世劇場〔パリ九区にある劇場〕で再演中の戯曲

『アルセーヌ・ルパン』を観るためだ。劇場の正面には、お決まりのマントを羽織った怪盗紳士のポスターが貼り出されていた。ジャン・マックスがルパン、コンスタン・レミがゲルシャールを演じた。

夏の終わり、ルブラン夫妻は子供たちが恋しくなって、ペルピニャン〔オクシタニー地方にあるスペインとの国境近くの町〕に会いに行こうとした。容易ではなかった。「自由地区」を通るのは困難だった。夫妻は列車に乗る権利を手に入れたが、それは一〇月になってのことだった。クロードとドゥニーズの小さなアパルトマンは手狭だったので、二人はホテルに身を落ち着けた。

モーリス・ルブランの最期

モニークとマーガレットは、ジョルジェットがもう長くないことを知ってはいたが、重病の兄に報せてもむだだと考えた。そういうわけで、一〇月二二日、モニークが報せたのは、《ニースの斥候兵》紙の編集長であり古い友人のモールヴェールへだった。「ジョルジェットにお会いになりたい？　それなら、早くいらして……」。ジョルジェットは二六日に亡くなった。三〇日の《ルーアン日報》で、ロベール・ドゥラマールは、彼女について感極まった記事を書いた。「ジョルジェット・ルブランが亡くなった。貧困のうちに。パリ、世界、そして夢をその手に摑もうとこの町を立ち去る前、彼女がまだ私たちの町を歩き回っていた若かりし頃、彼女の心に宿っていた幻想とともに、財産も失ってしまった」。

クロードはルブランにジョルジェットの死を伝えたが、小説家にはもう分からなかった。体は弱り切っていた。風邪をひき、肺鬱血を起こした。滞在していたホテルは病人が宿泊するのを嫌がったので、一一月五日、ペルピニャンのサン＝ジャン病院に入院させられた。モーリス・ルブランは翌日息を引き取った。

モーリス・ルブラン略年譜

一八六四年（〇歳）
一二月一一日、ルーアンにて、石炭商エミール・ルブランとブランシュ・ブロイの長男、モーリス・ルブランが誕生。裕福な家庭であった。ルブランの分娩を担当したのは、同郷の作家ギュスターヴ・フロベールの兄、アシル・フロベール。前年にはすでに、姉ジュアンヌが誕生している。
一八六九年（五歳）
妹ジョルジェット誕生。
一八七〇年（六歳）
七月、普仏戦争勃発（翌年まで）。プロシア軍の侵攻を恐れて叔父アシル・グランシャンのスコットランド行きの船に乗る。
一八七三年（九歳）
ガストン・パトリ寄宿学校入学。感受性の強い読書好きな子供だった。
一八七五年（一一歳）
リセ・コルネイユ入学（八二年まで）。優秀な学生だった。サイクリングに熱中。
一八八一年（一七歳）
姉ジュアンヌ結婚（のち離婚）。
一八八二年（一八歳）
リセ・コルネイユ卒業。英語を学ぶためマンチェスターに一年半遊学。
一八八三年（一九歳）
一一月、一年の条件付き志願兵として、ヴェルサイユ歩兵隊での兵役に就く。退役後、ルーアンで放蕩生活を送る。
一八八五年（二一歳）
一月、母ブランシュ死去。父親の紹介で、一家の知り合いのミルド＝ピシャール梳毛機に入社。仕事になじめず、執筆に励む。翌年退社。作家アンリ・アレと知り合う。
一八八八年（二四歳）
年末パリに上る。法学の勉強はせず、モンマルトルの文芸酒場〈黒猫〉に通う。

一八八九年（二五歳）
一月、マリー・ラランヌと結婚。一八九四年まで、ノルマンディーのヴォコットで夏を過ごす。一一月、長女マリー゠ルイーズ誕生。
一八九〇年（二六歳）
短篇『救助』が《挿絵入り雑誌》、《挿絵入り盗人》誌に掲載。短篇集『夫婦たち』を自費出版。
一八九一年（二七歳）
四月、妹ジョルジョット結婚（九四年離婚）。
一八九二年（二八歳）
エトルタで知り合ったマルセル・プレヴォーの紹介で《ジル・ブラス》紙に参加。短篇を次々に発表。レオン・ブロワと知り合う。モーリス・ドネーの戯曲『女の平和』に協力。一二月、上演。成功を収めるものの共同執筆者としては認められなかったことに心を痛める。
一八九三年（二九歳）
四月から長篇『ある女』が《ジル・ブラス》に連載。五月、オランドルフ社から刊行。一部の批評家から高い評価を得るものの商業的には失敗に終わる。ジョルジェットが『水車小屋の襲撃』で女優としてデビュー。
一八九四年（三〇歳）
中篇小説集『苦しむ人々』刊行。サイクリングに熱中。
一八九五年（三一歳）
マリー・ラランヌと離婚。自転車や自動車で旅行。一一月、長篇『死の所産』刊行。
一八九六年（三二歳）
ピエール・ラフィットが創設した「アーティスティック・サイクル・クラブ」に参加。五月、短篇集『謎の時間』刊行。
一八九七年（三三歳）
四月、長篇『アルメルとクロード』刊行。この頃、妹ジョルジェットがモーリス・メーテルランクと付き合う。一二月、《ジル・ブラス》紙に自転車を讃える小説『これぞ翼だ！』を発表。同月《ジュルナル》紙に短篇を発表し始める。
一八九八年（三四歳）
一月、エミール・ゾラの『私は告発する』が《オロール》紙に掲載。二月、『これぞ翼だ！』刊行。
一八九九年（三五歳）
六月、短篇集『閉ざされた口』刊行。作家ルネ・ボワレーヴと親交を結ぶ。

一九〇〇年（三六歳）
文芸家協会入会。夏、プーグの温泉保養地で療養。慢性胃病のため、残りの兵役を永久免除される。
一九〇一年（三七歳）
二月、長篇『熱情』を出版するものの、まったく売れなかった。この頃から一九一〇年頃まで頻繁に姉ジュアンヌ夫妻のグールの城に滞在。
一九〇二年（三八歳）
ピエール・ラフィットが創刊した《フェミナ》誌に参加。八月、マルグリット・ウォルムセールとの間に長男クロードが誕生。ラ・コリーヌ病院でたびたび療養。九月から、《自動車・自転車》紙にスポーツの短篇シリーズ『太陽と雨の物語』を発表。
一九〇三年（三九歳）
《プティ・ジュルナル》紙「挿絵入り付録」に参加。
一九〇四年（四〇歳）
六月、スポーツの短篇小説集『赤い口、八〇馬力』刊行。一幕物の戯曲を数篇執筆（『カンドール氏』は一九〇五年に上演。『びっくり仰天』はフェミナ社が出版）。
一九〇五年（四一歳）
一月、父エミール死去。ピエール・ラフィットの依頼により、短篇『アルセーヌ・ルパンの逮捕』を執筆。七月、ラフィットが創刊した《ジュ・セ・トゥ》誌に掲載。大成功を収める。『アルセーヌ・ルパンの破天荒な生活』シリーズが始まる。
一九〇六年（四二歳）
一月、マルグリットと再婚。五月、戯曲『憐れみ』がアントワーヌ劇場で上演されるが不成功に終わる。
一九〇七年（四三歳）
三月、文芸家協会の委員会に選ばれる。五月、ジョルジェットとメーテルランクがサン゠ワンドリーユの大修道院に転居。六月、《ジュ・セ・トゥ》誌に発表された短篇を収めた『怪盗紳士アルセーヌ・ルパン』が、ラフィット社から刊行、大成功を収める。
一九〇八年（四四歳）
レジオン・ドヌール勲章シュヴァリエ章受勲。二月、ラフィット社から『ルパン対ホームズ』刊行。一〇月、アテネ座で、フランシス・ド・クロワッセと共作した四幕物の戯曲『アルセーヌ・ルパン』が上演され、大成功を収める。一一月より、《ジュ・セ・トゥ》誌で長篇『奇巌城』が連載（翌年六月刊行）。
一九〇九年（四五歳）
八月、ジョルジェットがサン゠ワンドリーユ修道院で『マクベス』を上演。
一九一〇年（四六歳）
三月より、《ジュルナル》紙に長篇『８１３』が連載（六月刊行）。八月、ジョルジェットがサン＝ワンドリーユで『ペレアスとメリザンド』を上演。一二月より《エクセルシオール》紙に、長篇『国境』が連載（翌年四月刊行）。
一九一一年（四七歳）
四月より《ジュ・セ・トゥ》誌に短篇シリーズ『ルパンの告白』が掲載。九月、一幕物『アルセーヌ・ルパンの冒険』が上演。
一九一二年（四八歳）
この頃からしばしば夏をタンカルヴィルで過ごす。
八月、《エクセルシオール》紙、《フェミナ》紙などの新聞雑誌に発表された短篇の集成『うろこ柄のピンクのドレス』が刊行される。九月より《ジュルナル》紙に長篇『水晶の栓』が連載（一二月刊行）。
一九一三年（四九歳）
六月、《ジュ・セ・トゥ》誌に発表された短篇の集成『アルセーヌ・ルパンの告白』が刊行。夏は、エトルタなどノルマンディーで過ごす。一二月より、ミシェル・カレ監督の映画『アルセーヌ・ルパン対ガニマール』が上映。
一九一四年（五〇歳）
八月、第一次世界大戦勃発。
一九一五年（五一歳）
《ジュルナル》紙にフランス兵の勇ましさを讃える「英雄物語」シリーズを発表。七月、エトルタに別荘〈スフィンクス荘〉を借りる。九月より、《ジュルナル》紙に、長篇『砲弾の破片』が連載（翌年六月刊行）。文芸家協会にて、戦死した作家に贈る「バレス勲章」のために奔走。
一九一六年（五二歳）
一一月から、《ジュルナル》紙に、シネ・ロマン『赤い輪』を連載。
一九一七年（五三歳）
五月、娘マリー＝ルイーズ結婚。五月より、《ジュルナル》紙に長篇『金三角』が連載（翌年四月刊行）。
一九一八年（五四歳）
一一月、終戦。一二月、ジョルジェットとメーテルランクが別離。
一九一九年（五五歳）
二月、エトルタの別荘〈スフィンクス荘〉を買い取り、〈ルパンの園〉と名づける。六月より《ジュルナル》紙に長篇『三十棺桶島』が連載（一〇月刊行）。七月、《ジュ・セ・トゥ》誌が長篇『三つの眼』を掲載。八月、レジオン・ドヌール勲章オフィシエ章受勲。一一月、ジョルジェットがニューヨークへ発つ。

一九二〇年（五六歳）
八月より、《ジュルナル》紙に長篇『虎の牙』が連載（翌年六月刊行）。一〇月・一一月《ジュルナル》紙に長篇『驚天動地』が掲載・刊行。

一九二二年（五八歳）
一二月より《エクセルシオール》紙に短篇シリーズ『八点鐘』が掲載（翌年六月刊行）。

一九二三年（五九歳）
一月より、《ジュルナル》紙に長篇『綱渡りのドロテ』が連載（四月刊行）。一二月より、《ジュルナル》紙に長篇『カリオストロ伯爵夫人』が連載（翌年四月刊行）。ジョルジェットが二度目のアメリカ滞在から帰国。

一九二四年（六〇歳）
一二月《自由な作品》誌に中篇『エルキュール・プティグリの歯』を発表。《ジュルナル》紙に長篇『バルタザールのとっぴな生活』が連載（翌年六月刊行）。

一九二六年（六二歳）
一二月より《ジュルナル》紙に『緑の目の令嬢』が連載（翌年六月刊行）。

一九二七年（六三歳）
ガストン・ルルー死去。五月、アンソロジー『フランス作家による愛』に中篇『山羊皮の服を着た男』を発表。一〇月から、アンドレ・ド・マリクールとの共作『驢馬の皮とドン・キホーテ』を《ゴーロワ》紙に連載。

一九二八年（六四歳）
六月より《ジュルナル》紙に長篇『謎の家』が連載（翌年三月刊行）。六月、短篇集『バーネット探偵社』刊行。

一九二九年（六五歳）
旧友ルイ・ファビュレと再会する。七月より《ジュルナル》紙に長篇『ジェリコ公爵』が連載（翌年六月刊行）。《四折り紙》に『私のアルバム』を発表。

一九三〇年（六六歳）
五月からオペレッタ『銀行家アルセーヌ・ルパン』上演。コナン・ドイル死去。八月より《ジュルナル》紙に長篇『バール・イ・ヴァ荘』が連載（翌年六月刊行）。一〇月、息子クロードがドゥニーズと結婚。
一九三一年（六七歳）
三月、ジョルジェットが『回想録』を出版。一〇月より、《ジュルナル》紙に長篇『真夜中から七時まで』が連載（翌年六月刊行）。
一九三二年（六八歳）
七月より《ジュルナル》紙が長篇『二つの微笑をもつ女』を連載（翌年四月刊行）。九月、ドゥラグラーヴ社から『驢馬の皮とドン・キホーテ』が『冒険の森』というタイトルで刊行。八月、登場人物二名の寸劇『五分きっかり』がエトルタで上演。秋、オスゴールに滞在。一一月から《意志》紙に長篇『謎の鍵』が連載（三四年に『赤い数珠』のタイトルで刊行）。ルパンもの最初のトーキー映画『アルセーヌ・ルパン』が上映。
一九三三年（六九歳）
六月より《パリ＝ソワール》紙に長篇『特捜班ヴィクトール』が連載（九月刊行）。脳鬱血の発作。
一九三四年（七〇歳）
二月、長篇『裸婦の画』がフラマリオン社から刊行。七月より《ジュルナル》紙で長篇『カリオストロの復讐』が連載（翌年七月刊行）。
一九三五年（七一歳）
六月、フラマリオン社より長篇『青い芝生のスキャンダル』が刊行。『千年戦争』と題された歴史小説を執筆（未刊）。
一九三六年（七二歳）
二月より、《ラジオ＝シテ》で、ルパンものの放送劇集が放送（未公表）。
一九三七年（七三歳）
三月、孫娘フロランス誕生。義理の娘ドゥニーズの協力の得て『ルパン最後の恋』を執筆。
一九三九年（七五歳）
一月より《自動車》紙で『アルセーヌ・ルパンの数十億』が連載（四一年一一月刊行）。夏、エトルタの〈ルパンの園〉に最後の滞在。
一九四〇年（七四歳）
ペタン元帥が休戦協定を締結。
一九四一年
一〇月ジョルジェットが病死。一一月六日、ペルピニャンで死去、享年七六歳。

（小林佐江子編）

訳者あとがき

一九〇五年、ピエール・ラフィットが創刊した月刊誌《ジュ・セ・トゥ》誌にアルセーヌ・ルパンが登場してから、来年で一一五年が経とうとしている。この怪盗紳士は、たとえその作品を読んだことはなくても誰もが当然の如く知っている、そうした伝説のヒーローとしていまなお生き続けている。そしてそれは、これからもずっと変わらないだろう。

しかしながら、その生みの親であるモーリス・ルブランについては、不思議なほど語られてこなかった。現在はもちろんのこと、新聞に連載されたルパンの冒険物語が人々を夢中にさせていた当時でさえ、この流行作家が、モーパッサンのような栄光、つまり、登場人物の心理分析に秀でた正統な文学での成功を志していた人物だったことを知る人はほとんどいなかった。実際、彼はそうした夢を叶えるために、人並み以上の努力を払ったし、それなりの成果を挙げてもいたのである。長篇『ある女』や『アルメルとクロード』は、一部の文士たちの賞賛を集めていたし、その頃ルブランがつきあっていた友人たちの中には、文壇で大家といわれる人や、その後アカデミー会員に選出されることになる人もいた。作品が売れないだけにいっそう、ルブランは同業者たちの尊敬をかち得てもいたのである。

しかし、生計を立てるために友人のすすめで書いた一本の短篇が、この作家の人生を一変させてしまった。途方もない成功だった。ルブランは、ルパンによって一躍パリの名士の仲間入りを果たした。それだけに、もはや後戻りは許されなかった。大衆作家になるつもりなど微塵もなかったのに。最初のうちは、ルブランもただ手をこまねいていただけではなかった。それどころか、なんとかしてルパン以外の作品も売り込もうとした。しかし、今さら誰が、あのルパンの作家が書いた他の作品――それもことあろうにいささか古めかしい心理小説――に関心を持つだろう。

ここに訳出したジャック・ドゥルワール『いやいやながらルパンを生み出した作家――モーリス・ルブラン伝』（*MAURICE LEBLANC Arsène Lupin malgré lui*, Editions Séguier, 2001）は、この「知られざる有名人」の唯一かつ決定的な伝記である。しかし、死後半世紀近くたって、文字通り世界で初めてこの作家の生涯を語ろうとした試みは、困難を極めた。なにしろ、伝記に必要不可欠な、信頼に足る論考や資料が見つからないのだから。ドゥルワールは、本書初版の「まえがき」で次のように述べている。

これほどまでに――ほぼ全世界的に――著作が有名でありながら、これほどまでにその生涯が知られていない作家はほとんどあるまい。とりわけ、一九二〇年代と三〇年代に関する情報が極めて少ない。モーリス・ルブランは、パリで暮らし、毎年一冊著書を世に問うていたのに、その期間まるで完全に無視されていたような案配である。一九二五年版『フランス人物大事典』で二年前に逝去した作家として扱われているのもむべなるかなとすら思えるのだが、同姓同名の化学エンジニアと取り違えられていたのが事実だ！　アングロ＝サクソン諸国の「探偵」文芸愛好者たちは、一九四一年になって初めて、ハワード・ヘイクラフトの名著『娯楽としての殺人』のおかげで、ルパンの父がそのころまだ存命なのを知ることになるのだ！　当時ヒュー・グリーンは「先の大戦以降モーリス・ルブランの消息をきくことはなかった」と書き、「そのことから、この人物が、大成功を収めているにもかかわらず公の場を避け、極力表にあらわれないようつとめた人物であったと推測される」と付け加えている。

まさにそうなのだが、それが伝記作者の仕事を軽くしてくれるわけではない！　モーリス・ルブランに関しては、間違いや伝説が山積しているだけに作業はますます苦労がともなう。彼に当てられた文章は極めて希少なうえ、お粗末だったり間違っていたり、虚偽に満ちていたりする。そうなった責任は実際はまずモーリス・ルブランその人に、そして妹のジョルジェットにあった。ふたりとも自分たちの周辺におびただしい「伝説」が育まれるのを楽しんでいたからだ。ルパンの父は恥ずかしがりで、謙虚で慎み深かったから、インタビューやインタビューアーがあまり好きではなかったし、空想にはこと欠かなかったから、彼がジャーナリストたちにした打ち明け話は大いに用心して扱わなければならない！この作家に関して信頼に足る文献はほとんどなく、大部分が私的コレクションに保管されている。（「まえがき——知られざる有名人」より。相磯佳正訳）

できるだけ恣意的な省察を避け、資料自らが語り、そこからおのずとルブラン像が立ち現れる、本来なら著者は、そんな伝記を書きたいと思っていたかもしれない。しかし、気の遠くなるような綿密で誠実な調査の末に見つかった書簡は、公開および個人コレクション両方合わせてたったの五五通（初版刊行時）、それにインタビュー記事は八本だけだったというから、この仕事がいかに無謀なものに思えたか想像に難くない。その性質上保存されていた出版社との契約や裁判に関する資料の類いは、他の資料が少ないだけに本来持つべき以上の重要性を担ってしまい、少し偏ったルブラン像を印象づけてしまうこともあったかもしれない。こうした原資料の少なさや偏り（その上虚偽のものもあったのならなおさら）が、ルブランという人間の完全な輪郭——とりわけ「ルパンの父」となって以降——を読者が漠然としか思い描ききれない理由かもしれない。しかしながら、おそらく、この存在の希薄さそれ自体に、ルブランという人物の本質を読み取るべきなのであろう。少なくともそれまでは、自分で人生の手綱を握っていたと思っていた作家が、突如、自分が生み出した怪物に人生を乗っ取られてしまったのである。「ほとんど僕の知らないうちに、あの恐ろしいアルセーヌ・ルパンが、僕のペンを奪ってしまった……」。

ルパンの読者にとっても、ルブランは、怪盗紳士の冒険の、謙虚で忠実な記録者でしかなかった。短篇

『ハートの7』で、語り手はこう自問している。「ぼくはどのようにして彼の冒険を書きとめるという、はえある役割をになうことができるようになったのか？　なぜそれがぼくであって、べつの人間ではないのか？」。彼の答えは簡単である。「偶然がそれを決定した。そこにはぼくの才能や能力などはいっさい関係ない。偶然がぼくを彼のほうにむけたのである」。読者もまた、ただ単に幸運に恵まれた影の薄い善良な市民である、この「ぼく」に関心を持たなかった。信じられないことだが、本評伝を読めば、これはフィクションでも謙遜でもなかったことが明らかになる。作家は、怪盗紳士との約束の時間である夕方五時にはかならず自宅に戻り、ルパンの波瀾万丈の冒険に立ち会うのを習慣としていたという。いつでもどこへでもついてくる強盗のせいで、眠ることもままならない。友人とのつきあいもなくなった。冒険などとんでもない！　ルパンに捧げられた人生は単調で毎日同じことの繰り返しだ。しまいには、ルパンの訪問を恐れて、警察に自宅の警備を依頼までしている。作家は、彼の主人公の主人でもなければ、創造主でもなく、作中人物の囚われ人であり、その冒険の証人でしかなかったのである。運命を自らの強靱な意志で切り開くあの怪盗紳士のために、自らの活力が奪われ、自分自身の人生を歩むことができずに、存在自体が霞のように消えてしまった作家のたじろぎを、著者は、この伝記のタイトルに込めた。

著者は、ルパン以外のルブランの作品『熱情』や『冒険の森』、故郷を舞台にした数々の短篇のなかに、作家の若かりし日の面影や秘められた内面を浮かびあがらせてくれる手がかりを探している。そこには、冒険小説を読みあさった少年時代のルブランが、ロマン主義とアナーキズムに浸っていた若かりし頃のルブランが、ほとんどそのまま描かれているかのようであった。その一方で、モーパッサンの弟子を自称していた頃のルブラン自身の中に、すでにあの怪盗紳士の輪郭を成す欠片がそこここに認められる。自転車や自動車といったスポーツへの熱狂、スピードのもたらす興奮、ダンディズム、謎や恋への渇望、ノルマンディーへの旅……。大衆作家としてたぐいまれな成功を掌中にした後でさえ、「絹と金とで織り上げられた」暮らしを送る作家が、怪盗紳士のことを「つまるところブルジョワであり、資本家であり、伝統主義者」と評したのを知ると、作者とその主人公は思った以上に似たもの同士であると、著者は気づかせてくれる。

また、著者がルブランを理解するのにもっとも重要だと考えていたのは、妹のジョルジェットである。美しく才能に恵まれた女優だった彼女は、モーリス・メーテルランクの恋人であり、パリの文壇人や芸術家のあいだで崇拝されるスターだった。ルブランはそんな「ジョルジェットの兄」であり、彼女の傍らではますます控え目であった。ジョルジェットの言葉をかりれば「同志」として、芸術への憧れと野心を同じように抱き、故郷のルーアンを捨てた二人の兄妹は、終生互いへの愛情を失うことはなかった。本書の一読者としての感想を述べさせてもらえるなら、貧困と病に苦しんだ妹と、思いがけない成功を手にした兄とがほぼ同時にこの世を去ったことを知り、静かな感動を覚えずにはいられなかった。生きて行くには兄もまた、自らの夢と幻滅を映し出す鏡として妹を必要としていた、そんな気がするのである。

著者ジャック・ドゥルワール（Jacques Derouard、一九五〇〜　）は、一九八九年、原著の初版である『評伝モーリス・ルブラン――いやいやながらアルセーヌ・ルパンを生み出した作家』を発表した。その後、続けざまに『アルセーヌ・ルパン辞典』（アンクラージュ社、二〇〇一年）、『ルパンの世界』（アンクラージュ社、二〇〇三年。邦訳は水声社、大友徳明訳）を世に送り出し、二〇一〇年には『モーリス・ルブランの足跡――アルセーヌ・ルパンとの文学散歩』（OREP社）を上梓している。他方、『ある女』『死の所産』（ファレーズ社）等の、ルブランが「ルパンの父」になる以前の作品を再刊するために尽力し、前書きも執筆している。アルセーヌ・ルパン、そしてその生みの親の研究者として、今日、ドゥルワールの右に出るものはいないだろう。他方、彼はコー地方の城館やノルマンディーの建築についての研究も発表し、コレージュ・ド・パタフィジックの正教授も務めている。（なお、彼を物理学の教授とする一部資料があるが、これは同姓同名の別人がいたことからおこった誤りである。）

原著には異なった二つの版が存在する。一九八九年に刊行された初版と、二〇〇一年に出た「改訂版」である。この第二の版は、初めの版が六〇〇頁を超える大著であったのに比べれば、三五〇頁程度に縮小されている。その大きな理由のひとつは、初めの版に付されていた詳細な注が省かれたことであろうが、しかし、これは、単なる縮約版ではない。初版出版後に貴重な資料がいくつも発見されたため、それにもとづく新たな章や箇所が加えられた一方で、「ありとあらゆる」情報を盛り込もうとした初版から、著者が重要ではないと判断した記述が省かれ、章立ても改編されたのである。翻訳にあたっては、改訂版の方を選んだ。

また、二〇〇一年版にあった著作目録は貴重な資料ではあるものの、そのほとんどが日本語では手に入らないことから、本書には掲載しなかった。そのかわりに、巻末にルブランの略年譜を付してある。文中に登場する人名や地名については、本文が読みにくくならない程度に訳注をつけた。なお、ルパン・シリーズからの引用部分に関しては、原則として偕成社のアルセーヌ・ルパン全集を用いた。この場をかりて御礼申し上げる。

最後に翻訳の経緯について、ひとこと。本書は、もともと、中央大学の名誉教授であり、アルフレッド・ジャリの研究者であられた相磯佳正先生と共訳で刊行される予定であった。しかしながら、二〇一七年九月、相磯先生は突然病に倒れ、半年間の闘病の末二〇一八年四月ご逝去された。国書刊行会編集部と相談の結果、本書は図らずも小林ひとりで完成させることとなった。この翻訳書がどうにか形になった今、二年前、経験の浅い訳者に声を掛けて下さり、励まして下さった相磯先生に、改めて御礼申し上げたい。

そして、拙い訳稿のすべてに目を通して粘り強くご指導下さったのは、国書刊行会の礒崎純一氏である。深甚の感謝を捧げたい。

また、相磯先生のご友人である、中央大学名誉教授の髙橋治男先生、パリのパトリック・ラムセイエール氏、ジャン＝ポール・モレル氏のお三方には、主に人名についてご教示を仰いだほか、著者ドゥルワール氏にも、訳者の問い合わせに丁寧なご回答をいただいた。謹んで御礼申し上げたい。原著にあったいくつかの誤植やあやまりについては、著者に許可を頂いた上で本訳書で訂正した。
以上の方々、そしてこの二年間私を支えてくれた夫に心から感謝いたします。ありがとうございました。

二〇一九年夏

小林佐江子

人名索引

ア行

アヴァール　Havard, Victor　95
アヴリル　Avril, Georges　363
アケール　Acker, Paul　235
アザール　Hazard, M[me]　395
アシャール　Achard, Marcel　334
アジャルベール　Ajarbert, Jean　86, 117
アジャン　Ajam, Maurice　190
アソラン　Assolant, Alfred　25
アダン　Adam, Paul　70, 95, 117
アポリネール　Apollinaire, Guillaume　278
アマール　Hamard, M.　177
アミー，ジャン　Amy, Jean　127
アミー，フレッド　Amy, Fread　245
アラゴン　Aragon, Louis　294
アラン　Allain, Marcel　274
アラン＝フルニエ　Alain-Fournier　225, 232, 265
アルヌー＝ガロパン　Arnould-Galopin, Arthur　350
アルビオ　Albio　88
アルモリ　Armory　136
アレ，アルフォンス　Allais, Alphonse　63, 86, 95, 101, 132
アレ，アンリ　Allais, Henri　56–57, 70
アレクシ　Alexis, Paul　38, 99
アロクール　Haraucourt, Edmond　63, 70, 80–81, 295
アンダーソン　Anderson, Margaret　308–310, 314, 321, 324, 330, 348, 376, 380, 399, 400
アンドレ　André, Louis　274
アントワーヌ　Antoine, André　165, 178
アンブロ　Humblot, M.　130
アンリ　Henry, Augustin　38
イプセン　Ibsen, Henrik　180
イルシュ　Hirsch, Charles-Henri　128, 252
ヴァノール　Vanor, Georges　127
ヴァランド　Varende, Jean de la　386
ヴァルダーニュ　Valdagne, Pierre　117
ヴァルベル　Valbelle, Roger　248
ヴァレ　Vallée, Gaston　45
ヴァレリー　Valéry, Paul　353
ヴァンサン　Vincent, Me Mary　108
ヴァンデラン　Vandérem, Fernand　86, 108, 117, 154, 183
ヴァン・ドラン　Van Doren, Mlle 179–180
ヴィヴィアーニ　Viviani, René　255, 292
ヴィッツ　Witz, Thibaud　12, 28
ヴィドメール　Widmer, Dr　155, 168–169
ウィリー　Willy　123, 230
ヴィリエ・ド・リラダン　Villiers de l'Isle-Adam, Auguste　84, 161
ウィルド　Wild, Roger　182, 382
ウィルネッド　Wilned　237
ヴィルヘルム二世　Guillaume Ⅱ　220, 222
ヴィルメッツ　Willemetz, Albert　345
ウィレット　Willette, Adolphe　237
ヴェベール，ジャン　Veber, Jean　86
ヴェベール，ピエール　Veber, Pierre　86, 117
ウェルズ　Wells, H.-G.　175
ヴェルヌ，ジュール　Verne, Jules　25
ヴェルヌ，モーリス　Verne,

Maurice 238
ヴェルハーレン Verhaeren, Émile 105
ヴェロッキオ Verrochio 297
ヴォー Vaux, Ludovic de 86
ヴォーヴナルグ Vauvenargues 162
ヴォーティエ Vautier, Elvire 388
ウォディントン Waddington, Arthur 45
ヴォルテール Voltaire 318
ヴォルフ Wolff, Pierre 212
ウォルムセール，ジャヌ Wormser, Jane 154, 303
ウォルムセール，ジョルジュ Wormser, Georges 154
ウォルムセール，ブランシュ Wormser, Blanche 154, 351
ウォルムセール，ベルト Wormser, Berthe 155
ウォルムセール，マルグリット（モーリス・ルブラン夫人） Wormser, Marguerite 120–121, 138, 154–155, 158–159, 165, 177–178, 240, 242, 257, 292–293, 303, 305, 319, 322, 327, 337, 348–349, 351, 357–358, 363, 366, 368, 381, 387, 392
ウド Eude, Robert 198
ウリ Houry, Henry 228
ウルマン Oulmann, Édouard 121, 154, 165
エイムズ Ames, Gérald 276
エスコフィエ Escoffier, Paul 211
エニック Hennique, Léon 38
エベルト Hébertot, Jacques 252
エマール Aimard, Gustave 25
エムリ Eymery, M. 320
エリオ Herriot, Édouard 316
エルー Helleu 133
エルヴュ Hervieu, Paul 86, 113, 117, 128, 130, 146
エルネスト＝シャルル Ernest-Charles, Jean 174, 185, 190, 201–202, 204, 211, 214, 228, 243
エルマン Hermant, Abel 49, 57, 117, 166, 252
エレディア Heredia, José-Maria de 99, 266
エロルド Hérold, André-Ferdinand 179
オクス Ochs, Robert 342, 379
オタン＝ララ Autant-Lara, Claude 314
オッソ，アドルフ Osso, Adolphe 352, 391
オッソ，ボリー Osso, Bory 335, 345
オネ Ohnet, Georges 141, 195
オブール，ポール Aubourg, Mme Paul 336
オブール，リュセット Aubourg, Lucette 395
オベルレ Oberlé, Jean 197
オラジ Orazi, Manuel 233
オランドルフ Ollendorff, Paul 95–96, 141, 148
オレル Aurel 275–276

カ行

カイム Keim, Albert 176
カイヤヴェ Caillavet, Gaston de 219
カイヨー Caillaux 255
ガション Gachons, Jacques des 244
カスタリュミオ Castalumio, M. 303, 376, 379, 397
カステルバジャック Castelbajac 361
ガスト Gast, Mme du 219
カゼラ Casella, Georges 207
カドゥーダル Cadoudal 200
ガードナー Gardner, Paul 345
カバネル Cabanel, Jean 398
カペラーニ Capellani, Paul 179–180

ガボリオ　Gaboriau, Émile　25
ガラ　Garat, Yvonne　388
カラン・ダシュ　Caran D'Ache　133
ガリポー　Galipaux　358
ガリマール，ガストン　Gallimard, Gaston　208
ガリマール，ポール　Gallimard, Paul　208, 212
カル　Karr, Alphonse　356
カルヴァロ　Carvallo, D.　183
カルヴァン　Calvin, Paul　272, 291, 300, 302
カルトン・ド・ヴィアール　Carton de Wiart, Henri　106
カルビュチア　Carbuccia, Horace de　335
カルル　Karl, Roger　248, 252, 285
ガレ　Gallet, Louis　101
カレ，アルベール　Carré, Albert　138
カレ，アントワーヌ　Calais, Antoine　313
カレ，エドモン　Carré, Me Edmond　53
カレ，エルネスティーヌ　Calais, Ernestine　168, 313
カレ，ミシェル　Carré, Michel　251
カレ，モーリス　Calais, Maurice　291
ガロス　Garros, Paul de　186
カーン　Kahn, Otto　310
カンタン＝ボシャール　Quentin-Bauchart, Maurice　206
カンブルメール　Cambremer, Amand-Adolphe　11
ギオ　Guiau, Jules　10-11
ギシャール　Guichard, Xavier　209
キストメクルス　Kistemaekers, Henry　163, 333, 351
ギッシュ　Guiches, Gustave　117, 210
キップリング　Kipling, Rudyard　45, 150
ギトリ　Guitry, Lucien　92, 190, 227
ギユモ　Guillemot, Maurice　120
キュリー　Curie, Marie　230
クヴルール　Couvreur, André　187-188
グザンロフ　Xanrof, Léon　102, 245
グジ　Gheusi, Pierre-Barthélemy　176
グーセ　Goussé, Henri　193
クソ　Xau, Fernand　117
クーパー　Cooper, Fenimore　25
グラヴェ　Gravey, Fernand　367
グラセ　Grasset, Bernard　329, 349-350
グラゼ　Glaser, Philippe-Emmanuel　163, 173, 195, 204, 215, 223
グラニエ　Granier, Jeanne　209
クラン　Klein, Aloys　40
グランサール　Grandsard, Charles　38
グランシャン，アシル　Grandchamp, Achille　10-11, 14, 33, 37
グランシャン，エルネスティーヌ　Grandchamp, Ernestine　9, 11, 33, 37
クーリエ　Courier, Paul-Louis　135, 162, 353
クーリュス　Coolus, Romain　212
クール　Court　168
グルヴァン　Goulven, Jérôme　388
クルトリーヌ　Courteline, Georges　102
クレマン　Clément, Charles　247
クレマンソー　Clemenceau, Georges　197-198, 284, 292
クレミュー　Crémieux, Benjamin　364
クロイ　Croÿ, prince de　357, 361
クローズ　Croze, Austin de　100
クロワッセ　Croisset, Francis de　201, 203, 207, 209-210, 218, 237, 241, 296, 304, 334, 370, 394
ゲー　Gay, Ernest　145, 215
ケッセル　Kessel, Joseph　334-335, 346
ゲラン　Guérin, Jules　86

ゲルホーン　Gellhorn, Martha　353
ケロン，ジュール　Cayron, Jules　316, 337, 344, 358, 385
ケロン，マルト　Cayron, Marthe　358
コヴァル　Koval　331
ゴスロン　Gausseron, Bernard-Henri　103
コペ　Coppée, François　38
ゴーモン　Gaument, Jean　293, 326, 350
ゴルス　Gorsse, Henri de　216, 228
コルデ　Corday, Michel　187, 378-379
コルニュ　Cornu, Henry　338
コルブ　Kolb, Ernest　70
コレット　Colette　148, 190, 209, 230-231, 258, 320
コンウェイ　Conway, Jack　370
ゴンクール　Goncourt, Les frères　38, 71-73, 86-87, 115, 234, 351
コンペール　Compère, M.　385

サ行

サジ　Sazie, Léon　222
サブロ　Sablot, Fernand　390
サール　Sales, Pierre　195
サール　Sasle, Gustave　42-43, 78
サルセー　Sarcey, Francisque　69
サルドゥ　Sardou, Victorien　166
サン＝サーンス　Saint-Saëns, Camille　122
サンティエ　Saintier, Louis　30
サンティエ，エルネスティーヌ　Sentier, Ernestine　54
サンティエ，デジレ　Sentier, Désirée　8-9, 12, 54
サンド　Sand, George　118, 164
ジェスピッツ　Geispitz, Henri　371
ジェプスン　Jepson, Edgar　214
ジェラール，カミーユ　Gérard, Camille　297, 331, 343-344
ジェラール，リュシー　Gérard, Lucy　151
ジェルマン　Germain, Henri　188
ジッド　Gide, André　252
シムノン　Simenon, Georges　363-364
シモ　Chimot, Édouard　396
ジャコブ，アレクサンドル　Jacob, Alexandre　173
ジャコブ，ジョルジュ　Jacob, Georges　158
シャトーブリアン　Chateaubriand, François　141
シャピュ　Chapu, Henri　71
シャブロル　Chabrol, Jean-Pierre　348
シャペ　Chappée, Julien　183, 188
シャランソル　Charensol, Georges　172, 340, 353
シャルパンティエ　Charpentier, Armand　100, 133
シャルルメーヌ　Charlemaine, Théodore　10, 65
シャンソール　Champsaur, Félicien　195
シャンピモン　Champimont　70, 73-74
シャンロゼ　Champrosay, R.　63
シュヴァシュ　Chevassu, Francis　117
シュヴァリエ　Chevalier, Maurice　367
シュヴィル　Chouville, Léon　341
ジュヴネル，アンリ・ド　Jouvenel, Henry de　258, 320, 323
ジュヴネル，ベルトラン・ド　Jouvenel, Bertrand de　320, 323
ジュヴネル，ロラン・ド　Jouvenel, Roland de　353
シュオッブ，ジャック　Schwob, Jacques　359
シュオッブ，マルセル　Schwob, Marcel　102
シュネデル　Schneider, Louis　226

シューベルト　Schubert, Franz　125, 127
シューマン　Schumann, Robert　125, 127
ジュリアン，アンリ　Jullien, Henry　228
ジュリアン，カミーユ　Jullian, Camille　281
ジュリアン，ジャン　Jullien, Jean　187
ジュール　Claretie, Jules　166, 184, 193
ジョイス　Joyce, James　308
ジョルジュ＝ミシェル　Georges-Michel, Michel　239, 292, 350
ジラルダン　Girardin, Émile de　69
シルヴェストル　Silvestre, Armand　70
ジルベール　Gilbert, Pierre　270
スタヴィスキー　Stavisky　379
スタニスラフスキー　Stanislavski, Constantin　190
スタンラン　Steinlen, Alexandre　63, 95, 102, 117
ステファヌ＝ポル　Stéfane-Pol　186
ストゥリグ　Stoullig, Edmond　180
スートロ　Sutro, Alfred　133, 147, 294
スパリコウスキー　Spalikowski, Edmond　348, 386
スーポー　Soupault, Philippe　294
スラヴェキ　Slavecki, Vincent　11
セ　Cé, Camille　293, 326, 350
セアール　Céard, Henry　38
セヴラン＝マルス　Séverin-Mars　217
セヴリーヌ　Séverine　230
セネカ　Sénèque　45
セリュール　Serrure, Monique　301, 308, 321, 324, 330, 338, 348, 400
セルジヌ　Sergine, Maurice　316
センヌ　Senne, Camille le　211
ゾラ　Zola, Émile　38, 72–73, 84, 99, 128–129
ソレル　Sorel, Agnès　35

タ行

ダヴァン・ド・シャンクロ　Davin de Champclos　209
ダオン　Dahon, Renée　233, 236, 238, 248, 263, 285–286
ダグラス　Douglas, Melvyn　396
ダタン　Datin, Henri　187
タミザ　Tamisa, May　340–341
ダルクール　Harcourt, d'　357, 361
ダルブール　d'Arbourg　100
ダルレ　Darlay, Victor　216, 227–228
ディアマン＝ベルジェ　Diamant-Berger, Henri　391
ディヴォワ　Ivoi, Paul d'　195, 235
ディオン　Dion, de　133
テイシェイラ・デ・マトス　Teixeira de Mattos, Alexander　202
ティネール　Tinayre, Marcelle　219
デカーヴ，ピエール　Descaves, Pierre　349
デカーヴ，リュシアン　Descaves, Lucien　96, 98, 102, 140, 222, 287, 326, 372
テクシエ　Texcier, Jean　398
デグランジュ　Desgrange, Henri　156, 162
デコブラ　Dekobra, Maurice　330
デシャン，ガストン　Deschamps, Gaston　175
デシャン，マティルド　Deschamps, Mathilde　147, 237, 248, 277, 301
デヌリ　Ennery, Adolphe d'　195
テーブ　Thèbes, Mme de　172
デフォセ　Défossé　53
デフォセ　Desfossés, Victor　84, 87, 89–90, 99
テュイリエ　Thuillier　53

デュヴェルノワ　Duvernois, Henri　219-220, 226, 261, 318, 351
デュコテ　Ducoté, Édouard　142, 333
デュタック　Dutacq, Amédée　80, 92, 218
デュドゥイ　Dudouis, Léon　28-29
デュフェ，ガブリエル　Dufay, Gabrielle　313, 322, 347
デュフェ，マルセル　Dufay, Marcel　227, 244, 258
デュブール　Dubourg, Alexandre　168
デュベール　Hubert, René d'　86
デュボスク　Dubosc, Georges　57
デュマ　Dumas, Alexandre　25
デュミエール　Humières, Robert d'　150
デュムシェル　Dumouchel　16
デュメニル　Duménil, Dr Louis-Stanislas　53
デュリュック　Duluc, Laurence　211
デリュエル　Desruelles, Félix　151
デルピ　Delpit, Albert　195
ドイル　Doyle, Arthur Conan　175, 178, 181, 197, 199, 208, 212-213, 228, 231, 335, 345-346, 364
ドゥヴァル　Deval, Abel　201, 208
ドゥヴォワィヨ　Devoyod, Jules　152
トゥヴナン　Thouvenin, Jean　211
トゥーサン　Toussaint, Maurice　300
ドゥーセ　Doucet, Jérôme　44, 324, 330-331, 353
トゥードゥーズ　Toudouze, Gustave　72, 195
ドゥブレ　Debray, Edy　218
ドゥマンジュ　Demange, Max　338
ドゥメルグ　Doumergue, Gaston　251
ドゥラマール　Delamare, Robert　400
ドゥラマル＝ドゥブトゥヴィル　Delamare-Deboutteville, André　29-30
ドゥロー　Deleau, M.　35
ドゥロール　Delort, Dr Maurice　352
ドゥロルム　Delorme, Hugues　62, 209
ドクルセル　Decourcelle, Pierre　195, 209, 271, 274
ドーデ，アルフォンス　Daudet, Alphonse　38, 69, 89, 103, 115, 128, 160
ドーデ，レオン　Daudet, Léon　116
ドネー　Donnay, Maurice　62, 80-83, 91, 181-182, 187, 213, 218, 297
ドーノワ夫人　Mme d'Aulny　25
ドビュッシー　Debussy, Claude　105
トマ　Thomas, Paul　69
ドラリュ＝マルドリュス　Delarue-Mardrus, Lucie　219
トランツィウス　Trintzius, René　36, 40-41, 128, 160, 247, 341, 350, 374
トルカ　Torcat, Zélie　11
ドルジュヴァル　Dorgeval, Robert　245, 250
ドルツァル　Dortzal, Mlle　226
トルデルン　Tredern, vicomtesse de　219
トレヴィル　Tréville, Georges　249, 251
ドレフュス　Dreyfus, Alfred　129
トロップマン　Tropmann　393

ナ行

ニオン　Nion, François de　226
ニーチェ　Nietzsche　127
ノアイユ　Noailles, Anna de　140, 155, 161, 219
ノジエール　Nozière, Fernand　211, 226
ノストラダムス　Nostradamus　280

ハ行

バイロン　Byron　155
パウエル　Powell, David　304

バザン　Bazin, M^{e}　167
バシェ　Baschet, Ludovic　69
パスカル　Pascal, Blaise　135, 353
バダン，オギュスト　Badin, Auguste　46
バダン，ジョルジュ　Badin, Georges　46
パトリ　Patry, Gaston　17, 26, 30
ハモンド　Hammond, Richard　305
パリス　Parys, A. de　192
バリモア　Barrymore, John et Lionel　370
バリル，アルジナ　Baril, Alzina　234, 313
バリル，ジョルジュ　Baril, Georges　15, 234
バール　Bard　158
バルザック　Balzac, Honoré de　118, 160, 171, 220-221
バルトゥ　Barthou, Louis　252
バルビュス　Barbusse, Henri　154, 166, 170, 207, 220, 244, 252, 263
バレス　Barrès, Maurice　69, 95, 128, 160-161, 235, 259, 264-266, 270-271, 276, 281
バレール　Barrère, Maurice　219
パロー　Palau, Pierre　388
バンヴィル　Banville, Théodore de　38
バンタボル　Bentabole　168
ビイー　Billy, André　78, 185, 194, 247
ピガス　Pigasse, Albert　364, 368-369
ピカール　Picard, Edmond　105-106
ピクマン　Pickman, Jean　38
ビゲ　Biguet, André　277, 283
ビーミッシュ　Beamish, M.　37
ファビュレ　Fabulet, Louis　45, 57, 63, 74, 87, 150, 243, 332, 350
ファーブル，ガブリエル　Fabre, Gabriel　130
ファーブル，フェルディナン　Fabre, Ferdinand　160
フィシェル　Fischer, Max et Alex　304, 377
フィックス＝マッソー　Fix-Masseau, Pierre-Félix　123
フィッツモーリス　Fitzmaurice, Georges　391, 396
フイヤード　Feuillade, Louis　258
フィリポン　Philippon　53
フェヴリエ　Février, Henry　292
フェドー　Feydeau, Georges　212
フェロネ　Ferronays, Mme　141
フォッシュ　Foch, Maréchal　284
フォラン　Forain, Jean-Louis　133, 152
フォール　Fort, Paul　122
フォルテュニ　Fortuny, Pascal　231
フォンタン　Fontan, Léo　253-254, 300
フキエール　Fouquières, André de　151
プジー　Pougy, Liane de　133
プシシャリ　Psichari, Michel　232
ブテ　Boutet, Frédéric　364
ブネス　Benès, Édouard　324
フュステル・ド・クランジュ　Fustel de Coulanges　280
フュルシ　Fursy　141, 219
プラ，アンリ　Prat, Henri　256, 262
プラ，エドワール　Prat, Édouard　157
プラ，ギュスターヴ　Prat, Gustave　157
プラ，フェルナン　Prat, Fernand　100, 112, 133, 157, 159, 177, 251-252, 255, 293, 303, 324, 376, 399
プラ，フェルナンド　Prat, Fernande　243, 267
プラ，マルセール　Prat, Marcelle　243, 252, 324, 353
プラデル　Pradel, Georges　187
フラン＝ノアン　Franc-Nohain　245

フランク　Franck, Edmond　187
フランケル　Fraenckel, Paul　312-313
ブーランジェ，マルセル　Boulenger, Marcel　127, 160, 162
ブーランジェ将軍　Boulanger, général　61
フランス　France, Anatole　69, 75, 116, 190, 225
ブランドジョン　Brindejont, Michel　366
プリヴァ　Privas, Xavier　278
ブリッソン　Brisson, Adolphe　196, 210, 296
ブリュアン　Bruant, Aristide　102
ブリュノー　Bruneau, Alfred　101
ブリュラ　Brulat, Paul　278
ブリュレ　Brulé, André　201, 203, 207, 209-210, 218, 237, 241, 296, 304, 334, 370, 394
ブリュンティエール　Brunetière, Ferdinand　113
ブルイエ　Breuillé, Hippolyte　62
ブールジェ　Bourget, Paul　61, 70, 94, 124, 128
ブールジュ　Bourges, Elémir　87
ブルース　Brousse, M.　241
ブルース　Bruce, Virginia　396
ブルトン　Breton, André　294
ブールドン，コレット　Bourdon, Colette　317, 322, 346, 365, 373
ブールドン，ジョルジュ　Bourdon, Georges　62, 172, 175, 261, 265, 292, 294, 298, 317, 322, 325, 340, 344-345, 352, 358, 382, 397
ブールドン，ティグレット　Bourdon, Tigrette　317, 322, 358
ブルネレスキ　Brunelleschi, Umberto　300
プルボ　Poulbot　222
ブルム　Blum, Léon　226, 261, 375
フルリ　Fleury, Maurice de　86, 122
フーレ　Fouret, Edmond　268-269, 271, 295, 298-299
プレヴォー　Prévost, Marcel　81-84, 86, 93, 99, 117, 146, 151, 154, 156, 181-182
フレルス　Flers, Robert de　219
ブロー　Brault, Raphaël　371
ブロイ，シャルル　Brohy, Charles　11
ブロイ，ブランシュ　Brohy, Blanche　7-9, 11, 16, 19-20, 52-53, 61, 77, 166
プロヴァン　Provins, Michel　187, 206
ブロック　Bloch, Alfred　336, 345
ブロデール　Broders, Roger　300
フロベール，アシル　Flaubert, Achille　7, 71, 85
フロベール，アシル＝クレオファス　Flaubert, Achille-Cléophas　11
フロベール，ギュスターヴ　Flaubert, Gustave　22-24, 35, 38, 59, 72, 98, 110, 185, 251, 266
プロローク　Prorok, comte Byron de　354
ブロワ　Bloy, Léon　87-92, 94-95, 99-100
ヘイク　Heeke, van　303
ペギー　Péguy, Charles　221
ペタン　Pétain, Philippe　399
ベック　Becque, Henry　86
ペテール　Peter, René　292, 352, 386
ベナール　Besnard, Guillaume　212
ペーヌ　Pène, Annie de　258
ベネット　Bennett, F. W.　53
ヘミングウェイ　Hemingway, Ernest　353
ペラダン　Peladan, Joséphin　87

ペラン　Perrin, Jules　271
ベリー　Berry, Jules　391
ベルトラン　Bertrand, Pierre　207
ベルトロ　Berthelot, Philippe　324
ベルナック　Bernac, Jean　70, 101
ベルナール，サラ　Bernhardt, Sarah　119, 166, 190
ベルナール，シュザンヌ　Bernard, Suzanne　252, 351
ベルナール，トリスタン　Bernard, Tristan　116, 117, 252, 351
ベルナール，レオン　Bernard, Léon　180
ベルビ　Bailby, Léon　230
ペロー　Perrault, Charles　21
ポー　Poe, Edgar　249, 325, 374
ボアス　Boas, Claire　320
ボエール　Bauër, Henry　99, 133, 144, 152
ポテル　Potel, M.　337
ボドリ・ド・ソニエ　Baudry de Saunier, Louis　186
ボードレール　Baudelaire, Charles　140
ボナパルト　Bonaparte, prince Roland　219, 264
ボナール　Bonnard, Abel　190
ポニャトフスキ　Poniatowski, André　109
ボノ　Bonnot, Jules　233
ボノム　Bonhomme, Paul　187
ボープラン　Beauplan, Robert de　371
ポミエ　Paumier　34
ポムル　Pomereu, de　357, 361
ボーモン　Beaumont, Germaine　258
ボール　Baur, Harry　245, 249, 251
ポール　Paul, Émile　368
ボルディニ　Boldini　133
ポルト＝リッシュ　Porto-Riche　180
ボールペール　Beaurepaire, Charles de　57
ポレール　Polaire　209
ポレル　Porel, Paul　81, 91
ポロウスキー　Pawlowski, Gaston de　197
ボワ　Bois, Jules　182, 187-188, 196, 215
ボワラック　Boirac, Émile　44-45
ポワレ　Poiret, Paul　314
ボワレーヴ　Boylesve, René　66, 138, 141-145, 160
ポワンカレ　Poincaré, Raymond　151, 214
ポンス　Pons, Paul　142
ボンヌショーズ　Bonnechose, Mgr de　27
ボンヌフォン　Bonnefon, Jean de　260

マ行

マクスディアン　Maxudian, Max　388
マシス　Massis　270
マーズ　Maze, Charles　30
マスネ　Massenet, Jules　64, 105
マックス　Max, Jean　400
マッコルラン　Mac Orlan, Pierre　314
マユ　Mahut　212
マラルメ　Mallarmé, Stéphane　122-123, 127-130, 309
マラン　Maran, René　378
マリー　Marie, Marie-Anne　9
マリー　Mary, Jules　70, 188, 195
マリアニ　Mariani, Angelo-François　247
マリクール　Maricourt, André de　329, 352, 368
マルグリ　Marguery, Nicolas　156
マルグリット，ヴィクトール　Margueritte, Victor　187, 206, 305
マルグリット，ポール　Margueritte, Paul　69-70, 368

マルシェ　Marchés, Léo　209-210, 245
マルシャン　Marchand, Léopold　393
マルセール　Marsèle, Jean　245
マルタン　Martin, Eugénie　80, 101, 106, 141
マルテール　Malleterre, général　281
マルテル　Martel, Dr de　399
マレ＝ステヴァンス　Mallet-Stevens, Robert　314
マン，アルベール・ド　Mun, Albert de　323, 357
マン，アンリ・ド　Mun, Henri de　323, 361
マンデス，カテュール　Mendès, Catulle　99, 116, 166, 210
マンデス夫人　Mendès, Mme Catulle　226
ミシェル　Michel, Albin　343
ミヌエサ　Minuesa, Juan　76-77
ミュジドラ　Musidora　258
ミュルフェルド　Muhlfeld, Lucien　128
ミュレール　Muller, Jean　246
ミヨー　Milhaud, Darius　314
ミランド　Mirande, Yves　345
ミルド＝ピシャール　Miroude-Pichard, Louis　55-56
ミルボー　Mirbeau, Octave　72, 84, 128, 152
メイエール　Meyer, Arthur　209
メサジェ　Messager, André　316
メズロワ　Maizeroy, René　95, 102, 117, 130, 154, 185, 212, 219
メティヴェ　Métivet, Lucien　130-132
メーテルランク　Maeterlinck, Maurice　105-106, 109-112, 118-119, 121-126, 133-134, 136, 141-142, 146-147, 150-151, 157, 161, 177, 182-183, 188, 190, 213, 217, 225-227, 229, 231, 233-234, 236, 238-239, 248, 252, 255, 262-263, 278, 285-286, 303-304, 350
メナシェ＝ダヴー　Ménashcé-Davoud 348
メレ　Méré, Charles　352, 382
メンシェン　Menchen　249, 251, 283, 335, 344, 359-360, 369-370
モークレール　Mauclair, Camille　101, 105, 109, 118, 121
モース　Maus, Octave　105
モズリ　Mosely, Émile　235
モネ　Monet, Claude　216, 336, 380
モーパッサン　Maupassant, Guy de　24, 38, 56, 64, 68-70, 72-73, 75, 77-78, 82, 86, 88-89, 94-95, 99-100, 110, 114, 131, 146, 185, 197, 228
モプレ　Maupré, René　217
モラン　Morin, abbé André-Paul　79-80
モリセー　Moricey　228, 230
モールヴェール　Maurevert, Georges　87, 238, 388, 400
モルシエ　Morsier, Louis de　315
モルティエ，アルフレッド　Mortier, Alfred　275
モルティエ，ピエール　Mortier, Pierre　212, 226
モレノ　Moréno, Marguerite　258
モロー，エメ　Morot, Aimé　151
モロー，ルネ　Morot, René　63, 65, 69, 71, 73, 177, 238
モーロワ　Maurois, André　7, 22, 37, 44, 306, 332
モンタニエ　Montagné, Prosper　219
モンタレ　Montalet, Simone　390
モンテギュ　Montégut, Maurice　141
モンテスキュー　Montesquiou, Robert de　234
モンテーニュ　Montaigne, Michel

de　135
モントヤ　Montoya, Gabriel　141

ヤ行

ユ　Hue, Victor　30
ユイスマンス　Huysmans, Joris-Karl　38, 160
ユイヨ　Huyot, M.　36
ユゴー　Hugo, Victor　38, 355
ユザンヌ，オクターヴ　Uzanne, Octave　187
ユザンヌ，ジョゼフ　Uzanne, Joseph　248
ユシェ　Hucher, Frédérik　148
ユレ　Huret, Jules　122

ラ行

ラヴァル　Laval, Pierre　362
ラヴダン　Lavedan, Henri　86
ラカズ　Lacaze　87-88
ラガルド　Lagarde, Pierre　172, 378
ラクール　Lacour, Léopold　123
ラクール　Lacour, Paul　187, 207
ラクロワ　Lacroix, Robert　267
ラ・ジュネス　La Jeunesse, Ernest　226, 245
ラシルド　Rachilde　115, 122, 124, 197, 223, 230-231
ラテス，ジャヌ　Lattès, Jane　303
ラテス，マルセル　Lattès, Marcel　243, 331, 345
ラテス，リュシアン　Lattès, Lucien　154
ラバール　Labarre, Claude　380, 399
ラパルスリ　Laparcerie, Cora　218
ラフィット　Lafitte, Pierre　114, 152-153, 156, 166, 170, 174-176, 181, 184-186, 192-194, 196-197, 207-208, 213, 219-220, 223, 230, 244, 265, 267-270, 280, 293, 318, 394
ラ・ブリュイエール　La Bruyère, Jean de la　135
ラフルテ　Lafreté, Gustave de　132
ラブレ　Labouret, Maurice　364
ラブレー　Rabelais, François　141
ラポーズ　Lapauze, Henri　186
ラマルティーヌ　Lamartine, Alphonse de　38
ラミ　Lamy, Henry　30
ラランヌ，マリー　Lalanne, Marie　58, 62, 64, 67
ラランヌ，ルイーズ　Lalanne, Louise　70
ラリック　Lalique　314
ラルディエ　Lardier, Caroline　65
ラルマンディ　Larmandie, Léonce de　188
ラング　Lang, Fritz　389
ラングラン　Lenglen, Suzanne　316
ランジェ　Langé, Gabriel-Ursin　34, 371
ランドン　Lindon, Raymond　366
ランベール　Lambert, Simone　388
リヴァッソ　Rivasso, R. de　221
リヴィエール　Rivière, Henri　62
リシュパン　Richepin, Jean　86, 102
リッシュ　Riche, Daniel　146-147
リップ　Rip　245
リュニェ＝ポー　Lugné-Poe　92, 122
ル・ルージュ　Le Rouge, Gustave　274
ルイス　Luis, infant don　252
ルヴァッソール　Levassor　151
ルヴィフ　Levif, Charles　211
ルヴェル　Level, Georges　261, 288
ルカプラン　Lecaplain, Arthur　37
ル・クルトル　Le Coultre, Marcel　300
ルコント　Lecomte, Georges　207, 212,

215, 259
ルコント・デュ・ヌイ，エルミヌ　Lecomte de Nouÿ, Hermine　252, 316
ルコント・デュ・ヌイ，ピエール　Lecomte du Nouÿ, Pierre　217, 243, 361, 389
ルシュウール　Lesueur, Mme Daniel　166, 186-188, 215, 219
ルスレ　Rousselet, Armand　30
ルソー，グザヴィエ　Rousseau, Xavier　155, 177
ルソー，ジャン＝ジャック　Rousseau, Jean-Jacques　150, 155, 169
ルティエ　Routier, Jean　299
ルデュック　Leducq, Mme　34
ルナール　Renard, Jules　86, 94, 98, 102, 114, 116, 119, 122, 127-128, 130, 146, 206
ルナン　Renan, Ernest　135, 141
ルヌー　Renoult, René　154, 251, 255-256, 284, 292, 316, 324, 351, 360, 363, 379
ルノー　Renaud, Jean-Joseph　148
ル・パージュ　Le page, M.　265
ルパン（リュパン）　Lupin, José　326, 340, 394
ルフェーヴル，ヴィクトワール　Lefebvre, Victoire　9
ルフェーヴル，シャルル　Lefebvre, Charles　22
ルフェーヴル，ジョルジュ　Lefebvre, Georges　30
ルフェーヴル，フレデリック　Lefèvre, Frédéric　55, 141, 297, 339, 355, 365, 382
ルフォール　Lefort, Achille　37
ルブラン，エミール　Leblanc, Émile　7-11, 14, 17-19, 46, 53-54, 61, 65, 70, 77, 96, 148, 165, 166
ルブラン，クロード　Leblanc, Claude　154, 159, 240, 242-243, 257, 261, 266, 310, 319-320, 322-323, 341-342, 347-348, 353, 356-358, 360-361, 363, 366, 368, 370-371, 380, 387, 392, 397, 400
ルブラン，ジュアンヌ　Leblanc, Jehanne　11, 13, 20, 28, 42-43, 50, 76-78, 100, 112, 157-158, 161, 167, 183, 189, 234, 238, 242, 251-252, 273, 285, 323, 349, 361, 376, 382
ルブラン，ジョルジェット　Leblanc, Georgette　8 頁他各所
ルブラン，セバスティアン　Leblanc, Sébastien　9
ルブラン，ドゥニーズ　Leblanc, Denise　342, 347-348, 353, 356-358, 361-365, 370, 372, 381, 387, 392-393, 400
ルブラン，トマ　Leblanc, Thomas　8-9
ルブラン，フィリップ　Leblanc, Philippe　8-9
ルブラン，フロランス　Leblanc, Florence　392
ルブラン，ベルティル　Leblanc, Bertile　390
ルブラン，マリー＝ルイーズ　Leblanc, Marie-Louise　50, 68, 70, 262, 264, 275-277, 281, 283
ル・ブリュマン　Le Brument　19
ルペック　Lepec　53
ルペル＝コワンテ　Lepel-Cointet　34, 307
ル・マニャン　Le Magnen, M.　166
ルメートル　Lemaitre, Jules　92
ルモニエ　Lemonnyer　60
ルモニエ，カミーユ　Lemonnier,

Camille　117, 149
ルリッシュ　Leriche, Augustine　245
ルルー　Leroux, Gaston　212, 214, 222, 274, 325, 334
ル・ルー　Le Roux, Hugues　130, 184, 206, 219
ルールー，マルセル　L'Heureux, Marcel　86, 117, 154, 170, 193, 220
ルールー，マリー＝アンヌ　L'Heureux, Marie-Anne　154
レオトー　Léautaud, Paul　310
レジェ　Léger, Fernand　314
レシェール　Recher, M.　395
レジャーヌ　Réjane　92, 190, 227
レシュケ　Reszké, Jean de　252
レニエ　Régnier, Henri de　160, 210, 222, 265-266, 269
レミ　Rémy, Constant　400
レミュ　Raimu　237
レルビエ　L'Herbier, Marcel　243, 314
ロカール　Locard, Edmond　341, 352
ロスタン，エドモン　Rostand, Edmond　243
ロスタン，モーリス　Rostand, Maurice　243, 252
ロティ　Loti, Pierre　128
ローデンバック　Rodenbach, Georges　87, 124
ロニー兄　Rosny Ainé, J.-H.　74, 99, 170, 176, 186-188, 219-220, 252, 260, 351
ロパン　Lopin, Arsène　171
ロベール　Robert, Paul　133
ロラン　Lorrain, Jean　99, 101, 116, 123, 128, 133, 136
ロランティ　Laurenti, Dr　321
ロリナ　Rollinat, Maurice　62, 140
ロルド　Lorde, André de　219
ロレンツィ　Lorenzi　300
ローン・タッカー　Loane Tucker, Goerge　276

ワ行

ワレフ　Waleffe, Maurice de　240, 351, 396

訳者略歴＊小林佐江子（こばやし さえこ）
1971 年生まれ。学習院大学人文科学研究科フランス文学専攻博士課程後期単位取得満期退学。ベルギー・リエージュ大学博士課程留学。現在、中央大学商学部准教授。

いやいやながらルパンを生《う》み出《だ》した作家《さっか》——モーリス・ルブラン伝《でん》

二〇一九年九月二〇日初版第一刷印刷
二〇一九年九月二四日初版第一刷発行

著　者　ジャック・ドゥルワール
訳　者　小林佐江子
発行者　佐藤今朝夫
発行所　株式会社国書刊行会
東京都板橋区志村一―一三―一五
電話〇三（五九七〇）七四二一
http://www.kokusho.co.jp
印　刷　創栄図書印刷株式会社
製　本　株式会社ブックアート
装　丁　山田英春

ISBN 978-4-336-06383-0